Wladimir Wassiljew
Bewahrer des Chaos

Wladimir Wassiljew

BEWAHRER DES CHAOS

Roman

Aus dem Russischen
von Christiane Pöhlmann

Piper
München Zürich

Sei unser Held! Mach mit und erlebe die Welt der Piper Fantasy.
Neugierig? Dann auf zu www.piper-fantasy.de!

Die russische Originalausgabe erschien 2004 unter dem Titel
»Lik Černoj Pal'miry« bei AST, Moskau.

FSC
Mix
Produktgruppe aus vorbildlich bewirtschafteten
Wäldern und anderen kontrollierten Herkünften
www.fsc.org Zert.-Nr. GFA-COC-1262
© 1996 Forest Stewardship Council

ISBN 978-3-492-70177-8

Satz: C. Schaber Datentechnik, Wels
Druck und Bindung: Pustet, Regensburg
Printed in Germany

In *Bewahrer des Chaos* werden Auszüge aus Songs der Gruppen *Belomors, Arija* und *Kino* sowie der Mikrotext von Leonid Jewdokimow über das Küken nach Leibniz und Schopenhauer verwendet.

Achtung! Der vorliegende Text ist mit Wissen und Erlaubnis von Sergej Lukianenko, Autor des *Wächter*-Universums, geschrieben und veröffentlicht worden.

Das Dunkel erachtet Kommentare zum vorliegenden Text als unangemessen.

Die Tagwache

Das Licht erachtet Kommentare zum vorliegenden Text als unangemessen.

Die Nachtwache

Die Inquisition schweigt wie immer.

Ohne Unterschrift

PROLOG

Seit dem frühen Morgen wurde mal wieder vor dem Haus gelärmt – und Arik damit um den Schlaf gebracht. Lange Zeit bewegte er sich im Grenzbereich zwischen Schlafen und Wachen, mal schlummerte er vor sich hin, mal versank er in tiefen Träumen, die ihm endlos vorkamen. Mal verflüchtigte sich die Benommenheit und er wurde durch Schreie aufgestört, die für die morgendliche Stunde viel zu munter waren. Nachdem sich Arik eine Stunde lang so gequält hatte, gab er schließlich auf. Er warf die Bettdecke zurück, unter der er sich vor dem Radau verkrochen hatte, stand auf und brachte es irgendwie fertig, zum Fenster zu gehen. Von da ließ sich allerdings nicht erkennen, was sich eigentlich vorm Haus abspielte. Unter Aufbietung all seiner Kräfte stapfte er ins Zimmer nebenan, was angesichts der Größe der Wohnung nahezu eine Heldentat war. Er zog die Gardine zurück und trat auf den Balkon hinaus.

In der Gogol-Straße wurde wieder einmal ein Film gedreht.

In Odessa wurden ständig Filme gedreht. Und aus unerfindlichen Gründen immer in der Gogol-Straße. Arik fiel ein, wie er vor fünfzehn Jahren genauso unausgeschlafen vom Balkon aus Jerzy Stuhr im Kreise irgendwelcher Filmarmenier beobachtet hatte, wie er an der Statue vor dem Haus gegenüber vorbeiging. Dort hatte Arik übrigens selbst einmal gewohnt, in dem Haus gegenüber.

Damals hatte Machulski *Déjà vu* gedreht. Was das heute für ein Film war, ließ sich nicht sagen, Jerzy Stuhr konnte Arik jedenfalls nirgendwo entdecken.

Er blieb noch ein Weilchen stehen, beobachtete das Treiben, blinzelte zum Meer hinüber, seufzte und trottete dann ins Bad.

Draußen lockte so schönes Wetter, dass er beschloss, nach dem Waschen und Frühstücken spazieren zu gehen.

Eine Stunde später trat Arik zur Tür hinaus, blickte leicht angewidert zu den planlos wuselnden Filmleuten hinüber, umrundete den mit einem gestreiften Band abgesperrten Set und machte sich zur Tjoschtschin-Brücke auf. Den ersten Stopp legte er in einem Café ein, wo er eine Flasche Bier kaufte, die er gleich am Tresen genussvoll leerte. Die Sonne und der Sommer taten ein Übriges, und Ariks Laune besserte sich zunehmend, trotz seiner melancholischen und kontemplativen Natur.

Über die Brücke schlenderte er bewusst langsam, zufrieden vor sich hin blinzelnd und den Fluss betrachtend. Wie immer wimmelte es in Odessa von Touristen, man hatte Arik schon zweimal einen Fotoapparat in die Hand gedrückt und ihn um eine Aufnahme gebeten. Mit der Stadt als Hintergrund. Arik fotografierte ohne Widerspruch – warum auch nicht?

Bereits aus einigem Abstand bemerkte er, dass sein Lieblingsplatz auf den Stufen der Kolonnade des Woronzow-Palasts besetzt war. Seine erste Reaktion war Enttäuschung, die sich jedoch, je näher er kam, in Luft auflöste.

Erstens hatte nämlich eine Frau seinen Platz mit Beschlag belegt. Und zweitens schien es eine einsame Frau zu sein. Zumindest eine Frau ohne Begleitung. Attraktiv, langhaarig und traurig. Eindeutig nicht von hier, wie die von der Sonne unberührte Haut verriet.

Obendrein handelte es sich um eine Andere. Noch dazu um eine nicht registrierte Andere.

Als Arik genauer hinschaute, fand er auch eine Erklärung für die fehlende Registrierung. Es war eine Wilde. Soweit er es beurteilen konnte, hatte sie sich selbst beigebracht, ins *Zwielicht* einzutreten, also ohne die Hilfe eines Dritten. Ihre Aura fing gerade erst an, sich in den Farben des Dunkels einzufärben. Nach einer professionellen Initiierung wären niemals so viele neutrale Töne übrig geblieben.

Ach nein!, dachte Arik voller Freude. Eine Wilde. Und was für eine! Ganz nach meinem Geschmack.

Er mochte keine Versteckspielchen. Deshalb trat er ein paar Schritte vor den Stufen ins *Zwielicht*, näherte sich der Frau und setzte sich direkt neben sie. »Hallo«, sprach er sie an.

Die Frau sah ihn verwundert an. Offenbar hatte sie noch nicht oft Andere getroffen. Falls sie es bisher überhaupt getan hatte.

Nein, sie musste doch schon welche getroffen haben. Warum hätte sie sonst diesen Schritt in Richtung Dunkel machen sollen? Eine einzelne Wilde bleibt fast immer neutral, und zwar schlicht und ergreifend deshalb, weil sie über den ewigen Konflikt zwischen den beiden Gruppen der Anderen nicht das Geringste weiß.

»Hallo«

Die Frau rückte unwillkürlich ein Stück weg und betrachtete Arik aufmerksam.

»Du bist nicht von hier, oder?«

»Nein, aus Russland.«

Arik nickte.

Es wurde immer wärmer, die Sonne strahlte mit all ihrer sommerlichen Kraft.

»Und wie gefällt dir Odessa?«

Ansatzweise gab sich Arik ihr zu erkennen, um seine absolut friedlichen Absichten unter Beweis zu stellen und ihr seine hervorragende Laune zu demonstrieren. Kurz darauf entspannte sich das Gesicht der Frau denn auch erstmals, sie brachte sogar die Andeutung eines Lächelns zustande.

»Es ist einfach toll! Allerdings sind die Leute hier ... anders.«

»Ach nein«, erwiderte Arik. »Manche sind halt anders – und manche ganz ... Andere.«

Sie verstand ihn nicht, sondern lächelte bloß. Garantiert war sie eine Wilde. Nur komisch, dass die Tagwache sie sich noch nicht geschnappt hatte. Ob sie erst heute angekommen war? Und seine Kollegen zischten im Moment mit Sicherheit am Strand ein Bierchen – um den Kater des nächtlichen Besäufnisses zu vertreiben. Wer hat dich bloß initiiert, Kleine? Und warum heimlich?

»Kann es sein, dass ich auf deinem Platz sitze? Wenn ja, tut's mir leid. Du kommst bestimmt oft hierher, oder?«

Arik dachte an das letzte Mal, da er auf den Stufen des Säulengangs gesessen hatte. Das war geschlagene drei Wochen her, als er Schwed die neue Pistole gezeigt hatte. Aber das sollte er der Frau gegenüber jetzt besser nicht erwähnen.

»Manchmal sitze ich schon hier. Dann schaue ich aufs Meer und einfach in die Gegend. Ich heiße übrigens Arik. Ich wohne da drüben, über die Brücke und dann gleich links.«

»Wow! Ich bin Tamara.«

»Wenn du willst, zeige ich dir Odessa.«

»Und ob ich will!«

Von der Anspannung der Frau war nicht die geringste Spur geblieben, obwohl Arik nicht einmal magische Interventionen vorgenommen hatte. Da Tamara allerhöchstens eine Andere dritten Grades war, hätte Arik sie nach Belieben manipulieren können. Aber er wollte keine Tricks aus seinem magischen Repertoire anwenden, vor allem, da ja auch gar keine Notwendigkeit dafür bestand.

Arik erhob sich, half Tamara die Stufen herunter und schlenderte mit ihr in Richtung Boulevard.

Wohin auch sonst?

EINS

Der Chef der Kiewer Tagwache, Olexander Scheremetjew, verband seine Neigung zum Luxus in verblüffender Weise mit der Gleichgültigkeit gegenüber jeglichem Komfort. Nur wenige wussten, dass er schon seit vielen Jahren in einer kleinen Zweizimmerwohnung am Platz des Sieges wohnte. An der Decke, die im Laufe der Zeit ergraut war, ballten sich Spinnweben. Von einem Zimmer ins nächste gelangte man nur über einen schmalen Pfad, da der restliche Raum mit Büchern und Sachen vollgestopft war, die jeder vernünftig denkende Mensch größtenteils und völlig zu Recht zum Sperrmüll gebracht hätte. Der Hausherr pfiff jedoch auf die Meinung hypothetischer Besucher. Vielleicht einfach deshalb, weil er keine Veränderungen mochte. Oder aber auch, weil er die meisten Personen, die auf den alten Porträts an den Wänden abgebildet waren, aus seiner Vergangenheit bereits bestens kannte. Oder aber auch nur deshalb, weil schon seine Vorfahren und Verwandten mit diesem Sperrmüll gelebt hatten, allerdings in einer Zeit, als der noch kein Sperrmüll gewesen war. Die meisten von ihnen waren inzwischen jedoch tot.

Abgesehen davon ließen sich die Besucher Scheremetjews an einer Hand abzählen. In der Regel handelte es sich um Andere. Und Scheremetjew selbst lebte gar nicht in dieser Wohnung, er hielt sich nur gern dort auf. Ab und zu übernachtete er auch hier. Manchmal brühte er sich hier einen Kaffee oder einen Tee auf. Sehr selten kochte er etwas. Denn wenn es den Chef der Kiewer Dunklen nach einem warmen Essen verlangte, ging er in ein Restaurant, wobei er ebenso gut das angesagte *Concord* am Lew-Tolstoi-Platz wie das recht bescheidene *Viktoria* gegenüber dem Supermarkt Ukraina wählen konnte.

Das *Viktoria* frequentierte Scheremetjew am Ende allerdings doch häufiger. Es lag nur fünf Minuten gemächlichen – auf jedes dumme Portal verzichtenden – Fußwegs von seiner Wohnung entfernt. Er brauchte bloß den Platz des Sieges und einen Hof, der von Neubauten umschlossen war, zu überqueren.

Sicher, falls das Image es erforderte, bevorzugte er etwas Pompöses und Stilvolles, etwas, das Scheremetjew für gewöhnlich als Fake bezeichnete. Er selbst verkehrte jedoch nicht gern an Orten, an denen normalerweise die Neureichen herumlungerten. Davon abgesehen servierte man ihm im *Viktoria* den Wermut in einem alten Kelch aus venezianischem Glas, und zwar immer in demselben. Das helle Bier bekam er in einem deutschen Seidel mit Deckel und das dunkle in einem Nottinghamer Steinkrug. Kaffee kredenzte man in einer türkischen Tonschale, die noch zu Zeiten der Sultane bemalt worden war und zu der obligatorisch ein über die Jahre nachgedunkelter Silberlöffel mit halb abgegriffener Inschrift in einer unbekannten Sprache gehörte. Das Mittagsgeschirr unterschied sich von dem am Abend. Ein Gedeck am Mittag bestand aus achtzehn Teilen, während es abends fünfzehn waren. Obendrein bekam Scheremetjew im *Viktoria* seine geliebten Zigarren. Ja, im Grunde ging die Hälfte des Angebots sogar auf ihn zurück, da er sich einmal länger mit der Direktorin unterhalten hatte. Selbstverständlich hatte sich das *Viktoria* nach und nach zum inoffiziellen Club der Kiewer Dunklen gemausert. Man traf die Wächter öfter hier als in ihrem Büro in der Bankowa an, in dem berühmten Haus Nr. 10 mit seinen Chimären. Dort langweilten sich meist nur die Diensthabenden und die ganz jungen Spunde, die sich an der Romantik des Wächter-Daseins noch nicht überfressen hatten.

Viele Jahre hatten die Dunklen in Kiew ein ruhiges und unauffälliges Leben geführt. Selbst mit den Lichten hatten sie sich friedlich arrangiert. Natürlich blieben kleinere, dem Schema F folgende Sticheleien und Beschuldigungen nicht aus, aber genau dafür gab es ja die Wachen, damit sie dem Schema F folgten. Doch kaum ein Wächter – nicht einmal einer von den relativ alten und erfahrenen – durfte von sich behaupten, mit eigenen Augen schon einmal einen leibhaftigen Inquisitor gesehen zu haben. Die alte Stadt brachte es fertig, selbst eingeschworene Feinde zu versöhnen. Insofern war es kein Zufall, dass das fünfblättrige Kastanienblatt, das Symbol Kiews, unter den ukrainischen Anderen gleichzeitig als ein Symbol galt, mit dem man Kriegshandlungen beendete und zu Gesprächen aufrief. Man brauchte es der Gegenseite bloß zukommen zu lassen.

Der Sommer hatte Kiew sanft und unmerklich überrumpelt. Noch vor Kurzem war vom Dnjepr frischer, kalter Wind herangeweht, die Bäume schienen auch gerade erst zu grünen – als mit einem Mal eine trockene Hitze herrschte und selbst die Säule des alten Quecksilberthermometers von Réaumur, das selbstverständlich Scheremetjew im *Viktoria* angeschleppt hatte, auf knapp 30° Celsius hochgekrochen war.

An einem dieser Tage zog der Chef der Kiewer Tagwache, Olexander Scheremetjew – für seine Mitmenschen einfach Laik –, aus seiner Westentasche eine alte Taschenuhr, öffnete den Deckel, linste auf die filigranen Zeiger über dem Ziffernblatt, schickte einen versponnenen Rauchfaden zur Decke und rief mit leiser Stimme: »Jefim!«

Sofort drehte sich ein schlanker junger Mann mit dichtem schwarzem Bart um, der am entferntesten der in einer Reihe aufgestellten Flipper stand. Hätte man ihm eine chassidische Kopfbedeckung aufgesetzt und Schläfenlocken hinzugefügt, hätte man einen waschechten Juden aus der nächsten Synagoge vor sich gesehen. Irgendwann einmal hatte sich Jefim sogar tatsächlich für einen Juden gehalten. Bevor ihn die Dunklen entdeckt und initiiert hatten. Eine chassidische Kopfbedeckung oder Schläfenlocken hatte er allerdings selbst damals nicht getragen.

»Ja, Chef?«, fragte er, ohne von seinem Barhocker herunterzuklettern.

»Die Limousine«, befahl Scheremetjew knapp.

Jefim zog die Augenbrauen hoch. Normalerweise bevorzugte der Chef den Subaru. Aber die Wege hoher Magier waren nun einmal wundersam und geheimnisumwittert. Insofern zog Jefim schlicht und ergreifend sein Handy aus der Gürteltasche, rief den Chauffeur an und gab den Befehl weiter.

Sieben Minuten später fuhr der pechschwarze Rolls-Royce am *Viktoria* vor. Laik rauchte zu Ende, erhob sich, schmatzte der Kellnerin beiläufig einen Kuss auf die Wange und begab sich zum Ausgang. Für einen Augenblick wurde es still im Raum.

»Wo willst du denn hin?«, fragte die blutjunge Hexe Angelka, der Liebling des Chefs – wobei der Chef alle weiblichen Wesen unter vierzig als seine Lieblinge betrachtete –, mit bewunderungswürdiger Direktheit.

Einen jungen Mann hätte Scheremetjew für eine solche Frage durchaus zusammenstauchen können. Und ältere Dunkle würden eine derart dumme Frage sowieso nicht stellen. Aber diese jungen Hexen? Wie sollte er ihnen gegenüber keine Nachsicht walten lassen? Zumal hinter Scheremetjews Aufbruch kein Geheimnis steckte.

»Nach Borispol«, antwortete er, wortkarg wie stets.

Über den Zeitpunkt seiner Rückkehr äußerte sich der Chef der Dunklen nicht. Wozu auch?

Kaum in der Limousine, machte sich Laik über das Barfach her. Der Chauffeur fuhr ohne jede Rückfrage los. Die Worte des Chefs hatte er ebenfalls gehört, während er hier, im klimatisierten Innern des teuren und für die Kiewer noch recht ungewohnten

Wagens – lang wie ein Zeppelin und schön wie eine junge Frau –, gewartet hatte.

Erst als sie Borispol fast erreicht hatten, wollte der Fahrer wissen: »Welcher Flug, Olexander Heorhijwytsch?«

»Der aus Moskau.«

Laik drückte sich stets knapp aus, manchmal äußerst knapp.

Nachdem er aus alter Gewohnheit die Wache vor dem Personaleingang manipuliert und nebenbei in Erfahrung gebracht hatte, wo der Flug aus Moskau landete, steuerte der Fahrer, ein älterer und sehr spät initiierter Onkeltyp namens Platon Smereka, das entsprechende Terminal an. Dabei hielt er sich geflissentlich an die Regeln fürs Fahren auf dem Rollfeld. Die bauchige Boeing setzte bereits behäbig zur Landung an.

Laik verfolgte aus den Augenwinkeln heraus und ohne das Glas mit dem Wermut abzustellen, das Geschehen auf dem Landestreifen. Die Boeing setzte auf und zuckelte gemächlich zum Gate, wo das Bodenpersonal mit Schläuchen hantierte.

Schließlich wurde die Gangway herangefahren und die Tür geöffnet, um die ersten Passagiere herauszulassen. Erst jetzt öffnete Laik den Wagenschlag und stieg aus.

Unbefugte sahen weder den Chef der Tagwache noch den Rolls-Royce oder den Chauffeur. Ein leichter, kaum merklicher Zauber ließ normale Menschen an Stelle des Autos und der Anderen nur Leere sehen, nur die grauen Platten des Flugfelds und die Luft über ihnen, heiß und flirrend.

Derjenige, den Laik abholte, kam als einer der Ersten die Gangway herunter. Er war etwas größer als der Durchschnitt, hager, mit eingefallenen Wangen, in einem dunklen Anzug, einem grauen Hemd und schwarzen, spitzen Schuhen, die derart poliert waren, dass sich die schneeweiße Seitenfläche des Flugzeugs in ihnen spiegelte. Der Mann trug weder Tasche noch Handtasche, nichts. Leere Hände. Aufgegeben hatte er das Gepäck auch nicht, wie sich im Folgenden herausstellen sollte. Er war wirklich ohne irgendetwas gekommen.

Nachdem der hagere Mann in dem dunklen Anzug langsam die Gangway heruntergestiegen war, sonderte er sich umgehend von den übrigen Passagieren ab, die wie Ameisen vom Flugzeug zu einem der modernen Flughafenbusse marschierten, die neuerdings über den Flughafen von Borispol kurvten. Obwohl er unmittelbar vor der Stewardess herlief und beinahe mit einem Arbeiter am vorderen Fahrgestell zusammengestoßen wäre, achtete niemand auf ihn.

Der Chef der Kiewer Tagwache stand schweigend in der halb geöffneten Tür des Rolls-Royce.

Der Gast war ebenfalls ein Chef der Tagwache, und zwar der Moskauer Tagwache.

Nun gingen die beiden langsam aufeinander zu und blieben zwei Schritte voreinander stehen – dabei nicht sonderlich auf Etikette bedacht – und dennoch mit einem Gesichtsausdruck, als fließe zwischen ihnen ein breiter Fluss.

»Guten Tag, Sebulon«, begrüßte Laik den Mann schlicht.

»Guten Tag, Tawiskaron«, erwiderte der Besucher im gleichen Ton. In seiner Stimme lag keinesfalls die Freude oder Herzlichkeit, die Menschen zeigen, wenn sie sich lange nicht gesehen haben. Eher hätte man vermuten können, die beiden hätten sich erst gestern Abend voneinander verabschiedet, und zwar bereits in dem Wissen, einander heute wiederzusehen.

»Lass uns auf dieses Gehabe verzichten«, schlug der Kiewer mit schmerzlich verzogenem Gesicht vor.

»In Ordnung«, willigte der Moskauer ohne Zögern ein. »Guten Tag, Laik.«

»Guten Tag, Artur. Wollen wir uns umarmen?«

»Wozu?«

Scheremetjew lächelte kaum merklich. »Um unseren überströmenden Gefühlen füreinander Ausdruck zu verleihen.«

»Verstehe«, sagte der Gast, »wir belieben zu scherzen. Aber gut, umarmen wir uns. Schließlich habe ich dich wirklich lange nicht gesehen und freue mich sogar über unsere Begegnung.«

»Ich freue mich auch, Artur. Und du hast vollkommen recht, wir haben uns wirklich lange nicht gesehen.«

Sie überwanden auch noch die beiden letzten Schritte und umarmten sich, verzichteten jedoch auf die alberne Küsserei oder das Rückenklopfen. Nein, bloß eine schlichte und kurze Umarmung. Danach gaben sie sich die Hand. Ebenfalls kurz, geschäftsmäßig.

»Wollen wir fahren?«, fragte Laik.

»Warte noch einen Moment«, bat der Moskauer.

Er wandte sich nach Westen, wo hinter dem unsichtbaren Horizont Kiew lag. Das alte und ewig junge Kiew.

»Ich grüße dich, Stadt«, sagte Artur alias Sebulon ernst und verbeugte sich anschließend.

Auf dem mit Bäumen bestandenen Wolodymyr-Hügel verstummten schlagartig alle Vögel. Nicht lange, nur eine Viertelminute – und dennoch bemerkte dies kein einziger Kiewer.

»Wohin bringst du mich diesmal?«, wollte Artur alias Sebulon wissen, nachdem der Rolls-Royce die Paton-Brücke hinter sich gelassen hatte und in die Uferstraße eingebogen war. Die Stimme des Gastes klang ungeduldig und leicht gereizt.

»Ins *Le Grand Café*«, antwortete Laik, ohne sich aus der Ruhe bringen zu lassen. »Das kennst du noch nicht.«

»Wo liegt das? Im Chreschtschatyk? Womöglich eines dieser gottverdammten, aufgetakelten Etablissements?«

»Nicht im Chreschtschatyk, aber in der Nähe. Warum? Willst du lieber an einen ruhigen Ort?«

»Ich will meinen Erinnerungen nachhängen«, antwortete Artur mit rätselhaftem Schmerz in der Stimme. »Lass uns das *Le Grand* und seinesgleichen vergessen. Wollen wir nicht lieber in den Andrijiwskyj uswis fahren? In die Schenke *Pid lypoju*?«

»In den Andrijiwskyj?«, wunderte sich Laik. »Sicher, natürlich. Allerdings gibt es da schon lange keine Schenke mehr, sondern nur noch ein gediegenes Restaurant mit Kristallgläsern und allem Drum und Dran. Es heißt *Switlyzja*. Würde das deinen Erinnerungen entgegenkommen?«

»Meine Erinnerungen, Kollege«, seufzte der Besucher, »hängen eher an der Schenke als am Andrijiwskyj. Und am Schloss von Richard Löwenherz.«

»Ein seltsamer Ort für einen Dunklen, was Erinnerungen und andere nostalgische Stimmungen betrifft.«

»Pah! Man könnte auch meinen, die Maly-Wlasjewski-Gasse in Moskau sei ein seltsamer Ort für einen Dunklen!«

»Ist er denn seltsam?«, fragte Laik alarmiert. Normalerweise bezog er in dieser Straße Quartier, wenn er sich in Moskau befand. Bei einer kleinen Hexe, die er kannte.

»Nicht richtig.« Artur seufzte erneut. »Aber irgendwie finden unsere Leute immer weniger Gefallen am Arbat. Und an seiner Umgebung.«

»Warum das?«

»Wie es da jetzt aussieht! Fast wie in Piter.«

»Der Arbat? Wie in Piter? Nun hör aber auf, Artur. Moskau kann nicht so vor die Hunde gegangen sein.«

»Ganz Moskau nicht«, brummte Artur, der plötzlich finster dreinschaute. »Nur der Arbat. Und was Petersburg angeht …«

»Lass uns nachher über die Geschäfte reden«, unterbrach ihn Laik. »Darauf bestehe ich. Als Gastgeber.«

»Schon überredet.«

»Weißt du was? Etwas weiter unten, in Podil, gibt es ein kleines Café, das an das alte *Pid lypoju* erinnert. Das wird dir gefallen. Wollen wir da hin?«

»Gern.«

Die Limousine hatte inzwischen die Wolodymyrska wul erreicht und war schon beinahe an der Andreas-Kirche angelangt. Das Kopfsteinpflaster fiel in Richtung Podil ab. Zwischen den alten Steinen ließen sich ausgetrocknete Rinnen erkennen, die durch die stürmischen Frühlingsfluten entstanden waren.

»Stopp! Wir gehen zu Fuß weiter. Die Tradition muss man pflegen.«

Artur hüstelte plötzlich, ganz wie ein alter Mann, und zappelte unbehaglich auf seinem Sitz herum.

Plagen ihn Rückenschmerzen?, fragte sich Laik ein wenig verwundert. Für einen hohen Magier wie ihn wäre es doch leicht, jedes gesundheitliche Problem zu lösen. Es würde ihn bloß ein paar Minuten kosten.

Dann ging Laik plötzlich ein Licht auf. Nicht der Rücken war der Grund. Sondern das Gedächtnis. Es spielte einem zuweilen höchst bizarre Streiche. Besonders bei Anderen, da ihr Gedächtnis noch viel weiter zurückreicht als das normaler Menschen.

Laik sagte seinem Besucher kein Wort, nahm ihm bloß das Glas aus der Hand, verstaute es in der Bar und öffnete den Schlag des Rolls-Royce. Artur stieß die Tür auf seiner Seite auf.

Die wenigen Touristen dürften vom Anblick der Limousine kaum beeindruckt gewesen sein – das völlig unscheinbare Aussehen der beiden Insassen hätte allerdings jeden beeindruckt.

Wohlgemerkt, hätte. Dunkle ziehen nicht gern Aufmerksamkeit auf sich, sofern es keinen gewichtigen Grund dafür gibt. Die Lichten, ja, denen gefällt dergleichen. Denen reicht die Kraft nicht, die brauchen auch noch Licht und Glorienschein, die müssen sich in weiße Gewänder hüllen. Damit die Menschenwürmer auch auf jeden Fall wissen, wer sie gegen jedes Unglück feit. Und die Menschen glauben das auch noch. Ein guter Witz.

Laik fand diese Aufmerksamkeit eher albern und dumm. Deshalb waren die beiden Dunklen Magier nach wie vor von dem einfachen Zauber geschützt, der die Blicke neugieriger Dritter von ihnen ablenkte. Bis sie den Ort erreichten, an dem sich einst die Schenke befunden hatte und heute das *Switlyzja* lag, bemerkte sie deshalb niemand. Dort gaben sich beide dann den Anschein, das *Switlyzja* gerade zu verlassen. Nur aus Vorsicht, aufgrund der in langen Jahren entwickelten Gewohnheit, sich konspirativ zu verhalten.

In Podil führte Laik seinen Gast in ein kleines Café ohne jeden Anstrich von Exklusivität. Nicht einmal Kellnerinnen gab es, man musste selbst zur Theke gehen, bestellen und dann mit dem Essen auf einem Tablett wieder abziehen. Laik hätte zu jeder Zeit etwas bevorzugt, das in der gleichen Klasse wie das *Viktoria* rangierte, aber der Wunsch des Gastes war ihm Befehl. Vor allem eines solchen Gastes. Die Moskauer Wachen standen seit jeher höher im Kurs als die Kiewer. Artur alias Sebulon war zudem erfahrener und geschickter als Laik. Letzteres weniger aufgrund seines Talents als vielmehr wegen des höheren Alters. Magier außerhalb jeder Kategorie zu vergleichen, war ohnehin schwierig. Es wäre Artur und Laik auch nie in den Sinn gekommen, ihre Kraft zu messen. Niemals. Einfach, weil so etwas rein gar nichts bewies.

Eine Weile schwiegen beide, denn keiner von ihnen wollte sofort zur Sache kommen. Doch ihre Zeit mit einem höflichen Geplänkel übers Wetter oder ähnliche Nichtigkeiten zu vergeuden, wäre Persönlichkeiten wie ihnen nicht eingefallen. Insofern zollten sie dem Wodka mit Pfeffer, dem gebratenen Speck und auch den Hähnchenschnitzeln auf Kiewer Art Tribut. In diesem Café bot man Hausmannskost an, ohne jede Raffinesse, für den Durchschnittsbürger. Es war sowohl im Preis als auch im Geschmack durchschnittlich – aber auch Königen verlangt es häufig genug nach etwas Einfachem.

Irgendwann lehnte sich Sebulon zufrieden auf seinem Stuhl zurück und hob den milder gewordenen Blick vom Teller. Auf seinem Gesicht spiegelte sich ein Anflug von Wohlbehagen.

»Wie sieht's bei euch aus?«, fragte er Laik.

»Alles ist ruhig. Ich könnte in Urlaub fahren. Und das werde ich auch, darauf kannst du Gift nehmen! Aber erst, wenn der Sommer kommt, also wenn es richtig warm geworden ist. Auf die Krim. Oder in die Berge.«

»Du weißt anscheinend noch nicht, dass es in diesem Jahr nur im Juli richtig warm wird!«

»Sage ich doch«, grinste Laik. »Wenn der Sommer kommt.«

»Ja klar«, erwiderte Artur. »Aber du warst schon immer ein Sonnenanbeter.« Artur schwieg gut zehn Sekunden lang, bevor er fortfuhr: »Bei uns weht in letzter Zeit ein ziemlich rauer Wind. Die Lichten haben eine Zauberin bekommen, unfassbar. Fünfzig Jahre lang haben wir genau das verhindern können – und jetzt …«

»Ach ja.« Laik schnalzte mitfühlend mit der Zunge. »Fünfzig Jahre vergehen wie im Fluge. War das damals, als der Spiegel aufgetaucht ist?«

»Es gehörte dazu. Das ist eine verdammt komplizierte Geschichte, und das Auftauchen des Spiegels ist nur ein Teil davon. Was ist das überhaupt für einer? Witali Rohosa aus Nikolajew. Hast du ihn gekannt?«

»Nein.« Laik schüttelte den Kopf und griff nach der Flasche. »Genehmigen wir uns noch einen?«

»Nur zu.« Artur legte keinen Widerspruch ein.

Das Gespräch näherte sich langsam, aber sicher dem eigentlichen Grund, der seinen Moskauer Gast hergeführt hatte.

Sebulon hatte Kiew nichts von seiner Ankunft mitgeteilt. Er war einfach morgens in die Tagwache in der Twerskaja in Moskau gegangen und hatte sich schweigend in Schagrons BMW gesetzt. Dieser hatte ihn genauso still zum Flughafen Wnukowo gebracht. Laik hatte die lodernde Wahrscheinlichkeitslinie spielend bemerkt und war nach Borispol gefahren, um den Gast abzuholen.

»Wahrscheinlich kennt Schwed diesen Rohosa«, vermutete Laik, während er nach seinem Wodka an einer Kleinigkeit knabberte. »Wir könnten ihn fragen.«

»Schwed? Wer ist das?«

»Er sitzt in Nikolajew. Das ist unser Mann dort. Es gibt nur wenige, auf die ich bauen kann, und er gehört dazu.«

Artur maß sein Gegenüber mit festem Blick. »Ist die Wache in Nikolajew stark?«

»Relativ. Es ist die drittgrößte in der Ukraine. Sie ist stärker als die in Charkow.«

»Und die zweitstärkste?«

»Odessa.«

»Natürlich. Da ist doch dieser – wie heißt er doch gleich? Tor… Tur…«

»Turljanski«, soufflierte Laik bereitwillig.

»Genau! Dieses türkisch-polnische Zwitterwesen.«

Laik grinste. Er hatte nicht angenommen, dass der Chef der Moskauer Tagwache ihre ukrainischen Frotzeleien so gut kannte.

»Wer leitet die Wache in Nikolajew? Dein Schwed?«

»Nein«, meinte Laik kopfschüttelnd. »Im Grunde gibt es da gar keinen Chef. Turljanski ist für alle Wachen in der Schwarzmeerregion verantwortlich.«

»Warum das? Hat sich niemand gefunden, der in den einzelnen Städten die Verantwortung hätte übernehmen können?«

»Wie kommst du darauf? Natürlich hätte es jemanden gegeben. Schwed zum Beispiel, er ist ein absolut tadelloser Magier. Nur noch sehr jung. Ein Musterexemplar von einem Dunklen, allerdings extrem faul. In untergeordneter Stellung arbeiten, dazu ist er gerade noch bereit. Aber die Leitung übernehmen, das will er nicht. Der Faulpelz.«

»Wie viele Dunkle arbeiten in Nikolajew? Offiziell, meine ich?«

»Um die zwanzig. Ich habe sie nicht gezählt. Die meisten sind von niederem Rang, Tiermenschen, Vampire und kleine Hexen. Attraktive Hexen, das habe ich überprüft. Aber Magier, da haben wir nur Schwed und Isa. In Odessa sind es übrigens nicht viel mehr, aber da sitzt eben Turljanski.«

»Wie kommt das? Sind euch die Dunklen etwa massenhaft nach Israel abgehauen?«

»Ganz genau. Ich verstehe ja noch, wenn ein Mensch von hier nach Israel geht. Aber ein Anderer? Welchen Grund sollte der haben? Erklär mir doch mal, warum Ljowka nach Israel gegangen ist. Einfach mir nichts, dir nichts ist der abgehauen.«

»In Odessa gelten besondere Gesetze«, brachte Artur gedankenverloren heraus. »Ob ich mal dort hinfliegen sollte?«

»Mach doch.« Laik zuckte die Schultern.

Artur sackte entspannt gegen die Lehne, steckte die Hände in die Taschen und fing an, sanft auf den Hinterbeinen des Stuhls zu schaukeln.

»Sag mal, Laik«, fragte er nahezu beiläufig, »könntest du mir aus deinen Leuten eine ordentliche Mannschaft zusammenstellen? Ich bräuchte etwa sechs Dunkle.«

»Aus meinen Leuten – heißt das, von hier, aus Kiew? Oder aus der ganzen Ukraine?«

»Das ist mir egal.«

»Problemlos. Da bin schon mal *ich*. Dann Turljanski, Schwed, Symonow, Jefim. Und Dymka Rubljow. Das sind dann sechs.«

»Vielleicht noch ein oder zwei, der Vollständigkeit halber.«

»Die würden sich schon finden lassen.«

»Hervorragend. Schenk uns noch ein Gläschen ein, dann erklär ich dir, worum es geht.«

Unverzüglich füllte Laik die Gläser und spießte eine bereits erkaltete Speckschwarte auf die Gabel.

»Ach, dieser Wodka mit Pfeffer ist einfach köstlich!«, bemerkte der Gast genüsslich.

»Er ist wirklich nicht zu verachten«, erwiderte der Kiewer auf Ukrainisch.

Artur lehnte sich wieder zurück und versenkte die Hände in den Hosentaschen. Laik wartete geduldig. Er spürte bereits, dass ihm und der noch zu formierenden Mannschaft eine Reise bevorstand. Eine Reise nach Norden. Nach Russland. Und zwar nicht nach Moskau – sondern noch weiter.

»Weißt du über die ... äh ... Natur der Ingermanländischen Sümpfe Bescheid?«

Laik dachte kurz nach. »Im Großen und Ganzen, ja. Das ist ein böser Ort. Götzentempel der Tschuchonen, auf der Insel Koibu-saari gibt's einen Opferbaum. Nur ein Idiot konnte dort eine Stadt für Menschen bauen.«

»Keine Verallgemeinerungen, Laik«, wies ihn Artur zurecht. »Peter war weiß Gott kein Idiot. Er war eben nur ein Mensch. Und er handelte nach seinem Menschenverstand, und damit – für unsere Augen – recht erbärmlich. Und was weißt du über das Jahr 65?«

»Was meinst du? Im Jahr 65 bin ich in Deutschland gewesen. Genau wie du, nebenbei bemerkt.«

»Ich habe Deutschland nach der Ratsversammlung sofort wieder verlassen«, stellte Artur klar.

»Und ich bin geblieben. Noch anderthalb Jahre.« In Laiks Augen leuchteten die Erinnerungen. »Eine schöne Zeit.«

Artur schnaubte skeptisch. »Also weißt du nichts von dem, was 65 passiert ist. Dann hör mir zu. In diesem Jahr kam es in den Sümpfen zu zwei gewaltigen Wahrscheinlichkeitseruptionen. Die erste in der lichten Phase im Mai, die zweite in der dunklen im November. Diese zweite war stärker. Das *Zwielicht* hat dabei praktisch sein Inneres nach außen gekehrt. Viele Menschen sind gestorben – und auch Andere. Am 12. November hat die Leningrader Tagwache offiziell die Einstellung ihrer Tätigkeit bekannt gegeben, ihre Mitglieder haben die Stadt noch am selben Tag verlassen. Am 14. November hat die Nachtwache dieselbe Erklärung abgegeben. Am 23. November gab es in Leningrad und Umgebung keinen einzigen Anderen mehr, alle hatten es vorgezogen, diesen Ort des Todes zu verlassen und mit ihrer Rückkehr auf bessere Zeiten zu warten. Ich habe mir eine geheime Statistik angeschaut. Stell dir vor, sogar sämtliche Nicht-Initiierte haben die Stadt verlassen! Um jeden Preis! Einige sind freiwillig beim Kriegskommissariat erschienen, vor dem sie sich sieben Jahre lang erfolgreich gedrückt hatten.«

»Und weiter?«, fragte Laik mit einer Andeutung von Skepsis in der Stimme.

»Nichts. Von 1965 bis 1968 war Piter die einzige große Stadt auf der Welt, in der kein einziger Anderer anzutreffen war.«

»Wundert dich das?« Laik schnaubte leise. »Wer hätte denn auch in diesem Horror leben wollen? Gut, die Menschen konnten nirgendwohin. Außer zum Kriegsrat. Aber die Anderen? Warum hätten sie das Leben dort auf sich nehmen sollen?«

»Eben«, bestätigte Artur. »Wir haben jetzt allerdings folgendes Problem: 1968, als sich die Erschütterungen im *Zwielicht* mehr oder weniger gelegt hatten, sind längst nicht alle Anderen nach Leningrad zurückgekehrt. Die starken Anderen ließen sich überhaupt nicht wieder blicken. Lediglich die niederen Chargen, dritter Grad und drunter, die unerfahrenen und naiven Anderen, zogen wieder in die Stadt. Sicher, in den letzten fünfunddreißig Jahren sind sie etwas reifer geworden. Trotzdem gibt es in Piter bis heute niemanden, auf den Verlass wäre, weder bei den Dunklen noch bei den Lichten. Wie du dir unschwer vorstellen kannst, ist in diesen fünfunddreißig Jahren obendrein eine ganze Generation von Anderen geboren worden und herangewachsen. Ein Teil von ihnen ist auf ausgesprochen mysteriöse Weise initiiert worden. Wie genau das aber vor sich ging, weiß ich nicht. Vielleicht war irgendein zugereister Anderer so dämlich, den erstbesten Rotzlöffel zu initiieren. Und der hat sich dann seinerseits die Initiationstechniken angeeignet. Zu unserem Pech muss besagter Tourist ein durchgedrehter Sektierer gewesen sein, hinter dem eine jahrhundertealte Tradition und eine eigene Schule steht. Die Wachen haben es nämlich bisher nicht geschafft, dieser neu entstandenen Garde Herr zu werden. Kurzum, in Piter existiert heute eine ganze Organisation neuer Anderer, die noch nie ein Sterbenswörtchen vom Großen Vertrag gehört haben und sich selbst auch gar nicht Andere nennen.«

»Sondern?«

»Die Schwarzen. Bis vor Kurzem sind sie praktisch nicht aufgefallen. Doch jetzt legen sie mit einem Mal eine ungeheure Aktivität an den Tag. Und weil sie vom Großen Vertrag keinen blassen Dunst haben, richten sie Dinge an, bei denen selbst mir das Kotzen gekommen ist, als ich die erste Aufstellung ihrer Taten gelesen habe. Wie da erst die Moskauer Nachtwache mit dem guten, alten Geser heult, kannst du dir selbst ausmalen. Jedenfalls sind in Russland alle entsetzlich aufgeregt, die Lichten sind in gerechtem Zorn entbrannt und drohen mit Tribunalen. Sie verlangen die Erlaubnis, mehr oder weniger eugenische Zauber anzuwenden – und alles wegen dieser Schwarzen aus Piter.«

»Was sagt die Inquisition dazu?«, wollte Laik sachlich wissen.

»Die Inquisition hat sich lange ausgeschwiegen, bis dann gestern endlich ein offizieller Entscheid aus Prag kam. Ich soll jetzt mit den Petersburger Chaoten fertig werden und ihrem Treiben ein Ende machen.«

»Und warum ausgerechnet du?«, fragte Laik ungläubig. »Warum nicht zum Beispiel Geser?«

»Weil die Schwarzen die Kraft auf unsere Weise einsetzen. Im Grunde sind es Dunkle. Wenn auch wilde Dunkle. Das macht sie dumm und unbarmherzig. Was ich nun von dir will, ist, kurz gesagt, Folgendes: Du sollst mit deinen Leuten nach Piter fahren und dort für Ordnung sorgen. Es ist mir völlig egal, was diese Schwarzen mit den Petersburgern machen, aber ich will den Lichten keinen Grund an die Hand geben, nach Belieben zu schalten und zu walten. Und natürlich empfiehlt es sich auch nicht, einen Auftrag der Inquisition zu ignorieren.«

»Stimmt«, sagte Laik. »Ich verstehe nur eins nicht: Willst du denn, dass ich mich auf eigene Faust um die Sache kümmere, ohne deine Unterstützung?«

»Ja.«

»Aber warum, in drei Teufels Namen?«

Artur stieß einen sehr tiefen Seufzer aus und fuhr sich mit der Hand übers Gesicht. »Laik!«, brachte er in kläglichem Ton heraus. »Machst du dir eigentlich einen Begriff davon, was für ein Gezeter losbricht, wenn die Moskauer in Piter anreisen, um dort für Ordnung zu sorgen?«

Der Chef der Kiewer Tagwache grunzte erst amüsiert, dann warf er den Kopf in den Nacken und brach in dröhnendes Gelächter aus.

Er hörte lange nicht auf zu lachen.

»Gut, Artur«, sagte Laik schließlich. »Ich mache alles so, wie du es sagst. Wann sollen wir fliegen?«

»Ich würde eigentlich sagen heute, wenn ich nicht ... wenn ich nicht gern ein Nächtchen in Kiew verbringen würde. Und ohne dich würde mir das keinen Spaß machen – seit damals.«

Beide grinsten in der Erinnerung an Sebulons letzten Besuch in Kiew. Da hatten sie gehörig die Puppen tanzen lassen.

»Gut, lass uns noch ein Gläschen trinken, und dann fahren wir zu den kleinen Hexen. Inzwischen dürften hier etliche neue rumspringen, oder?«, fragte Artur und zwinkerte.

»Viele sind es zwar nicht gerade, aber wir werden schon was finden!«

»Das versteht sich ja wohl von selbst! Wann hätte

man je gehört, dass du nichts Passendes gefunden hättest?«

»Niemals, Artur! Prosit!«

»Prosit! Oder noch besser: Auf die kleinen Hexen! Mögen sie uns immer erhalten bleiben!«

»Dem kann ich mich nur anschließen! Auf die kleinen Hexen!«

Sie stießen an, tranken das Glas in einem Zug leer und schlenderten zu der geduldig am oberen Ende des Andrijiwskyj wartenden Limousine zurück, vorbei am Denkmal für Hryhorij Skoworoda, vorbei auch am Samson-Brunnen und am Einkaufszentrum Gostiny Dwor, vorbei am Geburtshaus von Bulgakow und dem Schloss von Richard Löwenherz.

Eine halbe Stunde später hielt der Rolls-Royce vor dem *Viktoria*.

Das Handy dudelte lange, nervtötend und widerlich. Ohne aufzuwachen, verfluchte Laik das Ding mindestens fünfmal, aber die Flüche wirkten auf tote Materie verdammt schlecht. Endlich aufgewacht, verfluchte Laik das Handy gleich noch einmal – aber genauso erfolglos. Insofern musste er sich danach recken und schließlich mit zitterndem Finger auf die Empfangstaste drücken.

»Hallo«, brummte er wenig freundlich.

»Guten Tag, Laik.«

Die eisig-ruhige, erstaunlich unerschütterliche und phlegmatische Stimme des Anrufers nicht zu erkennen, wäre schlicht unmöglich gewesen.

»Hallo, Arik. Wo bist du?«

»Vor deiner Tür.«

»Ich komme.«

Laik, der sich das Leben nicht durch die Ankleideprozedur schwer machte, schlängelte sich durch den Pfad zur Tür und öffnete. Vor ihm stand ein Mann, genauso schlank wie er selbst, der ihn dabei allerdings noch etwas überragte. Dem Gesicht des Besuchers hatte ewige Leidenschaftslosigkeit ihren Stempel aufgedrückt.

»Deine Klingel funktioniert nicht«, teilte ihm der Ankömmling mit.

Laik winkte nur ab und schwankte ins Zimmer zurück.

Ohne sich die Schuhe auszuziehen, folgte ihm Arik und setzte sich auf einen Drehhocker, der früher einmal vor einem Klavier gestanden hatte, dem Laik jedoch vor rund dreißig Jahren mit seinem wilden Geklimper den Garaus gemacht hatte. Seit jener Zeit wanderte der Hocker still und leise durch die Wohnung, um stets dort aufzutauchen, wo er gerade gebraucht wurde: in der Küche, vor dem uralten, zu Aussetzern neigenden Kühlschrank, im kleinen Zimmer oder vor dem nur wenig jüngeren Computer der kaum bekannten Firma Sidus.

Laik hüllte sich in seinen geliebten Bademantel, zündete sich mit nach wie vor zitternden Händen eine Zigarette an und blickte voller Hass in Richtung Küche.

Mitfühlend ließ der Besucher den Blick auf dem Hausherrn ruhen. »Was ist?«, fragte er schließlich.

»Ka-a-ffee! Ich ste-e-rbe!«, jammerte Laik.

Der Gast lächelte kaum merklich und vollführte mit der linken Hand einige sparsame Passes, worauf sich auf dem ovalen Tisch neben Laik eine kleine Tasse materialisierte, aus der aromatischer Dampf aufstieg.

Laiks Hände hörten auf zu zittern.

»Arik«, brachte er in tiefer Dankbarkeit heraus, »du bist ein Zauberer!«

»Ein Magier«, stellte der Gast mit einer Stimme, die bar jeder Emotion wirkte, richtig.

»Was macht das schon für einen Unterschied?«

»Also, in deinem Zustand«, erwiderte Arik mit einem kaum wahrnehmbaren Grinsen, »keinen. Wenn du dir nicht mal mehr selbst einen Kaffee materialisieren kannst …«

»Meine Hände zittern!«

»Du hättest nicht so viel trinken dürfen.«

»Ach ja? Und was ist mit Gästen? Wie soll ich denn deiner Meinung nach Gäste bewirten? Soll ich sie auf dem Trockenen sitzen lassen? Vor allem wenn es nicht *irgendwelche* Gäste sind, sondern hoher Besuch!«

»Sehr hoher?«

»Artur aus Moskau.«

»Artur alias Awertschenko?«

»Nein, alias Sebulon.«

Kaum fiel der Name des Chefs der Moskauer Tagwache, da richtete sich Arik unwillkürlich auf, als wolle er im Sitzen strammstehen.

»Also habe ich die Wahrscheinlichkeitslinie richtig interpretiert? Das war ein offizieller Besuch, oder?«

»Ganz genau. Und du bist sozusagen pünktlich eingetroffen. Uns steht nämlich ein kleiner Auftritt bevor. Auswärts.«

»Wo?«

»In Piter.«

Diesmal verzogen sich Ariks Lippen fast zu einem richtigen Lächeln. »Und all das nur, damit ein paar Magier aus Odessa zu einem Gastspiel nach Piter fahren.«, brummte er in leichter Abwandlung eine Zeile aus einem Lied von Rosenbaum. »Wer hätte das gedacht?«

»So kann's kommen«, erwiderte Laik.

»Und wer fährt alles mit?«

»Ich, du, Symonow, Schwed, Jefim, Rubljow. Vielleicht nehmen wir auch noch Iraklij mit.«

»Steht es so schlimm?«, wollte Arik wissen.

Diese Frage drängte sich allerdings auf, schließlich hatte Laik die Namen fast aller starken Dunklen in der Ukraine aufgezählt, jedenfalls sofern sie den Wachen angehörten.

»Das wird sich herausstellen. Vielleicht ist es nur halb so schlimm. Aber fahren müssen wir.«

»Hast du Symonow und Schwed schon angerufen?«

»Bisher noch nicht. Wann auch? Schließlich haben wir die ganze Nacht ...«

»Wo ist Sebulon eigentlich?«

»Im *Premier Palace*. Er schläft sich aus.«

Aristarch Turljanski, der Chef der Schwarzmeerregion, versank in Gedanken. Laik rauchte unterdessen seine Zigarette zu Ende und trank seinen Kaffee, was seine Lebensgeister merklich belebte.

»Ruf Symonow und Schwed an, ja?«, bat Laik. »Ich gehe mich inzwischen waschen.«

»Mach ich«, versicherte Arik und holte das Handy heraus.

Als Laik – deutlich munterer – zurückkehrte, schaute Turljanski mit abwesendem Blick in den staubigen Spiegel.

»Hast du sie erreicht?«, erkundigte sich Laik mit einer bemerkenswert munteren Stimme. Offenbar hatte er sich nicht nur gewaschen und rasiert, sondern sich auch mittels einer zwar simplen, aber geschickt gewirkten Magie regeneriert.

»Symonow kommt. Aber Schwed steckt zwischen Otschakow und Kinburn. Bei einer Segelregatta.«

»Hilft nichts.« Laik zog den Bademantel aus und kleidete sich an. Er hegte fraglos die Absicht, das *Viktoria* aufzusuchen, denn am Ende war echter Kaffee nun mal schmackhafter als magisch produzierter. Auch ein Bier könnte er sich dort genehmigen. Die Anderen hielten es nämlich für barbarisch, Alkohol selbst zu materialisieren. »Dann müssen wir Schwed eben von der Jacht holen.«

»Ist es so dringend?«

»Wenn es nach mir ginge«, gestand Laik, »bräuchten wir nichts zu überstürzen. Aber Sebulon will die Sache nicht auf die lange Bank schieben. Und wenn du es mit Sebulon zu tun hast – na, das brauche ich dir nicht zu erklären.«

»Ja, bei ihm lässt du es besser nicht drauf ankommen«, bestätigte Arik nachdrücklich. »Aber nennst du ihn nicht eigentlich Artur?«

»Manchmal. Gehen wir ins *Viktoria*.«

Turljanski erhob sich schweigend.

Auf dem Weg ins Café kaufte Laik Zigaretten und die aktuelle Nummer der Zeitschrift *Futbol*, die er sofort studierte. Turljanski hatte die Ausgabe bereits am Vorabend gelesen, bevor sie ausgeliefert wurde, und beäugte Laik jetzt ironisch. Selbst im Gedränge der Fußgängerunterführung rempelte niemand Laik oder Arik an, im Gegenteil, alle wichen ihnen instinktiv aus. Sich Anderen in den Weg zu stellen – das ging über die Kräfte der Menschen.

Im *Viktoria* begrüßte Laik den Barkeeper Serhij per Handschlag und ließ sich auf seinem Stammplatz nieder. Die anwesenden jungen Frauen küsste er diesmal allerdings nicht. Unerschütterlich machte sich Serhij daran, Kaffee zu kochen.

»Guten Tag«, begrüßte Arik den Barkeeper in ernstem Ton, bevor er ebenfalls Platz nahm, Laik gegenüber.

Rund eine Minute schwiegen sie beide. »Es ist schön hier«, bemerkte Arik.

Natürlich war Turljanski nicht zum ersten Mal in diesem Café. Und selbstverständlich kannte er auch die zart rosafarbenen Wände, die Säulen, den Stuck und die Holzschnitzereien an den Türrahmen. Aber das *Viktoria* lud förmlich zur Kontemplation ein, und dies kam Ariks Natur entgegen.

Während Laik die Zeitschrift las und Kaffee trank, erschien der zerstrubbelte Jefim in Begleitung von zwei Tiermenschen. Beim Betreten des Cafés erklärte Jefim den beiden gerade etwas, wobei er eindringlich und wild gestikulierte. Sobald er im Café angekommen war, verstummte er jedoch, ließ den Blick zum Tisch seines Chefs huschen und nickte Arik zu.

»Jefim!«, rief Laik, ohne von seiner Zeitschrift aufzublicken.

»Ja, Chef?« Sofort tauchte Jefim am Tisch auf.

»Mach Iraklij ausfindig. Er soll hierherkommen, selbst wenn er beschäftigt ist. Du kannst meinen Wagen nehmen.«

»Verstanden, Chef. Und wenn er nicht kommt?«

»Dann pulverisiere ich dich.«

»Verstanden, Chef.«

Jefim drehte sich zu den Tiermenschen um und breitete entschuldigend die Arme aus, um ihnen zu signalisieren: Tut mir leid, Jungs, die Arbeit ruft. Die Tiermenschen waren offenbar nicht aus Kiew. Arik wechselte kurz ins *Zwielicht* und besah sich ihre Registrierungssiegel. Richtig, sie kamen von auswärts. Aus Poltawa. Aus unerfindlichen Gründen verkehrte Jefim auf der Durchreise häufig mit Anderen. Arik wollte schon aus dem *Zwielicht* in die normale Welt zurückwechseln, als er mit einem Mal die Anwesenheit von jemandem spürte und einen Blick auf ein ganzes Bündel von Wahrscheinlichkeitsfäden erhaschte. Genau wie jeder Magier konnte er in die Zukunft blicken und sie recht sicher prognostizieren. Jetzt erahnte Arik beispielsweise die Begegnung mit einer mächtigen, aber nicht feindlich gesonnenen Person und wusste, dass ihm ein Gespräch bevorstand, das weitreichende Folgen haben würde.

Diese Person war stärker als Arik.

Sebulon, dachte der Mann aus Odessa. Sonst kommt niemand infrage.

Erst ein einziges Mal hatten sie sich bisher getroffen, der gebürtige Odessaer Turljanski und der heutige Moskauer Sebulon. Natürlich war jemand mit einem solchen Namen viel stärker als Arik. Über das Alter des Chefs der Moskauer Tagwache konnte er nur spekulieren. Genau wie über Laiks Alter, das er nicht genau kannte, obwohl ihn mit dem Chef der Kiewer Dunklen ein recht enges Verhältnis verband. Achtzig Jahre war es jetzt her, dass sich die beiden kennengelernt hatten. Arik hatte damals nach der Initiierung und Ausbildung gerade erste Erfahrungen gesammelt. Ein Offizier der Weißen Garde, von den heftigen Stürmen des Klassenkampfs ins revolutionäre Odessa verschlagen, hatte Arik entdeckt und initiiert. Seinen Namen hatte Arik aber nie erfahren. Der Offizier war spurlos verschwunden, vielleicht hatte er Odessa oder die Krim mit dem letzten Emigrantenschiff verlassen, vielleicht war er aber auch bei einem zufälligen Zusammenstoß mit den Roten unter Kotow gestorben. Sie hatten kein Pardon gekannt. In jenen Zeiten kamen selbst Andere manchmal auf höchst dumme Weise ums Leben, wurden aus einem Hinterhalt erschossen oder im Schlaf erstochen. Selbst die – aus Sicht normaler Menschen – übernatürlichen Kräfte boten nämlich keinen hundertprozentigen Schutz.

Als Arik erfahren hatte, dass er nicht nur ein Mensch war, hatte er in Odessa rasch seinesgleichen gefunden und sich der Tagwache angeschlossen. In der Wache hoffte er zu lernen, wie man all das, was da wild und kaum kontrollierbar in ihm lebte und brodelte, richtig nutzen konnte. Mitte des 20. Jahrhunderts war Arik zu einem der stärksten Dunklen in Südosteuropa avanciert, und nur sein für Andere so jugendliches Alter hinderte ihn daran, zu einem Magier außerhalb jeder Kategorie aufzusteigen. Nach den Ereignissen im Jahr 1949, als die Elite der Dunklen in der Ukraine praktisch zerschlagen und dematerialisiert war, war Arik Turljanski einer der wenigen, auf den die überlebenden Helden bei ihrem unvermeidlichen Regenerationsversuch zurückgreifen konnten. Von den Mächtigen hatten Laik, Iraklij, das ewige Neutrum Shinji aus Charkow, das vielen unter dem Namen »Richter der Toten« bekannt war, und die erste ukrainische Hexe namens Solocha überlebt. Iraklij arbeitete nur zeitweise in der Wache, weshalb Laik kaum auf ihn zählen durfte. Auf Shinji zu setzen wäre lächerlich gewesen – Andere dieses Alters und dieser Stärke sehen normalerweise weiter als ihr Umfeld, wissen mehr als dieses und ziehen Passivität auf jeden Fall billigen und wenig produktiven Intrigen oder offenem Kampf vor. Und um auf eine Frau – noch dazu eine Hexe – zu vertrauen, hatte Laik zu viel Grips im Kopf. Folglich baute das Haupt der ukrainischen Dunklen auf die begabte Jugend, deren Nummer eins der Odessaer Turljanski war.

Sebulon, Moskau und Russland waren ihnen damals, im Jahre 49, zu spät zu Hilfe gekommen. Die flüchtige Begegnung in jenen Tagen war die einzige geblieben, danach hatte Arik Sebulon nie wiedergesehen.

Laik erhob sich, als Sebulon näher kam, und Arik spürte augenblicklich, dass sie gleich das Café verlassen würden. Die Chefs der beiden Tagwachen hatten offenkundig etwas Ernstes miteinander zu besprechen, was es an einem gut gesicherten Ort zu erledigen galt. Und obwohl das *Viktoria* als Club der Dunklen fungierte, kam es für ein solches Gespräch nicht infrage. Hier entspannte man sich, verbrachte seine Freizeit – aber hier arbeitete man nicht. Mit

Sicherheit würde sie ihr Weg in die Bankowa führen, zum Haus Nr. 10, jenem Haus mit den Chimären. Zum Sitz der Kiewer Tagwache. In Laiks Büro, das von seinem Besitzer so selten aufgesucht wurde.

Ohne ein Wort zu sagen, stand Arik auf. Der Neuankömmling sah ihn an und nickte kaum merklich zur Begrüßung.

Magier außerhalb jeder Kategorie können in der Regel auf Worte verzichten. Und selbst wenn Arik Turljanski dieser Klasse noch nicht zugezählt werden durfte, so war er doch durchaus in der Lage, bereits heute ohne Worte auszukommen.

Vor dem Café wartete eine gewaltige Limousine. Wie Platon Smereka es fertigbrachte, mit diesem Wagen erfolgreich durch das mit Autos vollgestopfte Kiew zu manövrieren, wusste nur der angejahrte Chauffeur selbst. Magie setzte er jedenfalls kaum ein, das registrierte Arik während der Fahrt.

Vor dem Haus mit den Chimären blieben Sebulon und Arik kurz stehen. Etwas Hypnotisierendes ging von dem asymmetrischen, mit etlichen Figuren verzierten Gebäude aus. Stundenlang hätte man es betrachten können, ohne des Anblicks überdrüssig zu werden. In der Fassade des Hauses verbarg sich ein unverhohlener Schmerz, tödliches Leid und bittere Verzweiflung. Vermutlich hatte der Architekt eine sehr schwere Zeit durchlebt, als er das Haus entworfen hatte.

»Sooft ich es mir auch ansehe, ich bin immer wieder fasziniert«, gestand Sebulon leise. »Kraft! Was für eine Kraft! Wer hat es gebaut, Laik? Woher rührt diese Kraft und dieses Leid?«

»Das Haus hat ein ukrainischer Architekt gebaut. Horodecki oder, wie ihr auf Russisch sagen würdet, Gorodezki.«

Bei der Erwähnung dieses Namens riss sich Sebulon jäh vom Anblick des Hauses los und drehte sich zu Laik herum. »Wie?«, hakte er alarmiert nach.

»Gorodezki, ukrainisch Horodecki«, wiederholte Laik, ohne genau zu verstehen, was den Moskauer Kollegen so aufbrachte. »Władisław Horodecki. Im Jahr 1903. Angeblich war seine Tochter kurz vorher im Dnjepr ertrunken. Das erklärt die Chimären und Wassergeister in der Ausführung. In Kiew und auch in der Umgebung gibt es viele Bauten von ihm. Das Museum der bildenden Künste und die Kirche in der Jaroslawska. Dort steht heute allerdings das *Haus des Schauspielers*. Und was er für Familiengrüfte entworfen hat! Für Graf Wirt in der Bajkowa, für den Ingenieur Ljalezkyj in der Wydubyzka. Prachtwerke! Die Kirche in der Wassylkiwska ist meiner Meinung auch von ihm.«

»Gorodezki«, murmelte Sebulon, der sich wieder gefangen zu haben schien. »Zufälle gibt's! War er ein Anderer?«

»Nein«, antwortete Laik. »Sonst wäre seine Tochter nicht ertrunken.«

»Lassen wir das«, sagte Sebulon, nachdem er noch ein paarmal den Kopf geschüttelt hatte. »So unglaublich es auch klingt.«

»Worum geht es denn?«, fragte Laik mit ungezügelter Neugier.

»Der Name ist mir nicht ganz unbekannt«, erklärte Sebulon seufzend. »Gut, gehen wir rein.«

Laik schwieg beredt, wagte es jedoch nicht nachzufragen. Insofern trat er einfach an die gewundene kleine Treppe heran.

Kaum hatte Arik die Schwelle zum Haus mit den Chimären übertreten, da verlor sich die übrige Welt. Noch vor ein paar Sekunden hatte er die Kraftströme klar gespürt, die unter dem Wolodymyr-Hügel heranflossen, die unzähligen Wahrscheinlichkeitslinien und die Auren der Menschen. All das war jetzt verschwunden. Schlagartig. Denn das Hauptquartier der Tagwache, die Zitadelle der Dunklen, schützten mächtige magische Schilde.

Die Wachhabenden, ein gänzlich unerfahrener Magier und ein nicht minder unerfahrener Tiermensch, sprangen auf und nahmen Haltung an, so wie Rekruten beim Überraschungsbesuch des Generalissimus. Der Tisch vor ihnen war bedeckt mit Spielkarten, Bierflaschen der Marke Obolon und einer halb aufgegessenen, gedörrten Brasse.

»Rührt euch«, brummte Laik. »Wer ist im Büro?«

»Russyk und Taras. Sie machen irgendwas mit den Internetverbindungen«, fiepte der Anfängermagier.

»Warum das denn? Gab's schon wieder einen Absturz?«

»Nein, sie überspielen neue Software auf den Server. Ich habe nicht genauer nachgefragt.«

»Verstehe«, knurrte Laik. »Ich bin nicht zu sprechen. Für niemanden.«

Der Magier nickte eifrig. Der Tiermensch stand bloß da und verfolgte die Szene mit stummer Begeisterung im Blick.

Sie mögen Laik, dachte Arik, der nur selten in die Kiewer Wache kam. Ich würde sogar sagen, sie vergöttern ihn.

Wie zur Bestätigung dieser Überlegungen drehte sich Laik auf der Treppe noch einmal um und murmelte mitleidig: »Nun setzt euch doch, ihr Hohlköpfe. Und trinkt euer Bier, daraus wird euch niemand einen Strick drehen.«

Die Wachhabenden nahmen sofort Platz, griffen aber erst zum Bier, als die drei Besucher bereits oben waren, im Arbeitszimmer von Laik.

Das Büro stand im diametralen Gegensatz zu Laiks Wohnung. Hier herrschten Sauberkeit und eine penible Ordnung. Ein massiver Mahagonischreibtisch mit zwei Konsolen, dazu mit Ordnern und CDs bestückte Sekretäre von gleicher Massivität. Ein solider Tresor in der Ecke. An den Wänden hingen Bilder, in den Ecken Amulette. Neben dem Schreibtisch stand ein altmodischer, brauner Globus. Ein Sofa und drei Sessel. Teppiche auf dem Fußboden und an einer Wand direkt über dem Sofa. Über den Wandteppichen prangten mehrere Klingen, allem Anschein nach waren es aber keine Schmuckstücke. Eine ansprechende Deckenlampe an einer überlangen Stange litt sehr unter ihrem zerschlitzten Schirm.

Natürlich gab es im Arbeitszimmer auch eine Bar. Mit Beleuchtung von unten und einer reichen Auswahl an Getränken. Wie hätte sich in dem Büro des Genussmenschen und Hedonisten Laik auch keine Bar befinden können.

Sebulon beäugte die beschädigte Deckenlampe mit

skeptischem Blick. »Hast du wieder mal das Schwert gezückt?«, fragte er spöttisch.

»Ja«, gab Laik offen zu. »In den Nächten vom 17. zum 23.«

»Warum hast du den Schirm danach nicht ausgetauscht?«

»Ich habe befohlen, die Lampe nicht anzurühren«, gestand Laik.

In seiner Stimme lag nicht mal ein Anflug von Reue.

»Du solltest die Stange kürzen und die ganze Pracht höher hängen«, empfahl ihm Sebulon grinsend. »Dann hättest du solche Probleme nicht.«

»Hmm«, stieß Laik grimmig aus. »Soll ich vielleicht auch nicht mehr auf den Tisch springen? Oder den Jean Marais mimen?«

»Wäre es nicht einfacher, einen Fechtsaal in der Nähe einzurichten?«, mischte sich Arik ein. »Wie vielen Lampen das bereits das Leben gerettet hätte. An drei erinnere ich mich mit Sicherheit.«

»Das zeigt, dass du von nichts eine Ahnung hast«, schnaubte Laik, allerdings nicht böse. »Wenn sich mein Erzfeind auf mich stürzt und nach meiner Seele trachtet, soll ich mich dann etwa vor ihm verbeugen und sagen: ›Wäre es Ihnen genehm, in den Fechtsaal hinüberzuwechseln, mein Guter?‹ Blödsinn! Nein, ich muss hier fechten. À la Jean Marais auf die Tische springen und à la Laik die Lampe aufschlitzen.«

»Du bist ein Schwätzer, Laik«, urteilte Sebulon, der es sich bereits in einem der Sessel bequem gemacht hatte. »Selbst dieser Junge dürfte begreifen, dass dein Erzfeind bestimmt nicht mit der Klinge in der Hand nach deiner Seele trachtet. Und mit Sicherheit nicht im Zweikampf.«

Inzwischen hatte sich Laik zur Bar begeben, weil die Sekretärin wie üblich nicht da war. Er mixte die Cocktails, schob einen aparten Serviertisch auf geschwungenen Beinen, die wie aufgerichtete Schlangen gearbeitet waren, zum Tisch und nahm im dritten Sessel Platz. Natürlich wusste Laik, was nach Sebulons Geschmack war und welchen Drink Arik Turljanski zu dieser Tageszeit bevorzugte. Dafür bedurfte es nicht einmal der Kenntnisse eines Anderen. Laik kannte die beiden einfach lange und gut genug, um sich ihre alkoholischen Vorlieben eingeprägt zu haben.

»Also«, setzte Sebulon an, nachdem er an dem Drink genippt hatte.

Arik spürte, wie der alte Magier rasch die magische Verteidigung im Arbeitszimmer sondierte. Sie war solide aufgebaut. Diesen Schutz, das gab Arik unumwunden zu, hätte er nicht einreißen können. Über Jahre hinweg war er aufgebaut worden und hatte sich verfestigt. Und er ging nicht nur auf Laiks Geschick und Können zurück. Hier ließ sich eine uralte und unfassbar mächtige Grundlage spüren. Dergleichen reißt niemand mir nichts, dir nichts ein, selbst ein Magier außerhalb jeder Kategorie nicht. Denn der Energieerhaltungssatz galt auch für Andere.

»Also …«

»Wie du siehst, Artur«, unterbrach Laik den Moskauer, »ist Arik bereits hier. Symonow, ein Magier aus Winnyzja, du kennst ihn nicht, ist im Anmarsch.

Darüber hinaus habe ich angeordnet, die Kiewer zu informieren. Heute Abend dürften alle versammelt sein. Jedenfalls bis auf einen, Schwed aus Nikolajew. Er ist ein passionierter Segler. Ganz klassisch, qualmt wie ein Schlot, die Brust voller Anker und den Arsch ständig auf dem Wasser. Im Augenblick kreuzt er irgendwo zwischen Otschakow und Kinburn. Sein Handy hat er ausgeschaltet. Ich habe versucht, ihn per Kraft zu erreichen, aber entweder streut der Strahl oder Schwed ist zu sehr durch seine Leinen und Segel abgelenkt. Kurz und gut, wir müssen ihn persönlich holen.«

»Geht es denn nicht auch ohne ihn?«, fragte Sebulon.

»Ich würde nur ungern auf ihn verzichten.« Laik lehnte sich im Sessel zurück. »Er ist kein sehr starker Magier. Aber er hat mehr als eine Auseinandersetzung hinter sich. Eine echte Kämpfernatur. Außerdem findest du kaum eine Stadt, in der sich Schwed nicht problemlos orientieren könnte. Das ist immer von Vorteil. Ich kenne Piter nicht – und ich möchte es auch gar nicht kennenlernen, wenn ich ehrlich sein soll. Ich mag diese Stadt nicht.«

»Niemand mag Petersburg«, brummte Sebulon. »Wir sollten euern Schwed so schnell wie möglich an Land ziehen. Morgen müsst ihr in Moskau sein.«

»Das schaffen wir«, winkte Laik sorglos ab. »Arik hat ein Tragflügelboot im Hafen liegen. Es ist schon jemand unterwegs, um Schwed zu holen. Willst du nicht auch mal eine kleine Tour machen, Artur?«

»Würde ich schon gern«, antwortete Sebulon. »Aber später. Wenn das hier alles vorbei ist.«

»Schwed wird bereits zum Flughafen gebracht«, warf Arik beiläufig ein. »Der Flug geht in zwanzig Minuten. Eine Stunde später landet er in Borispol.«

»Sollen wir einen Wagen schicken?«, fragte Laik. Doch schon im nächsten Augenblick runzelte er die Stirn und langte nach dem Handy, nur wenige Sekunden bevor es klingelte.

»Ja!«, bellte Laik. »Gut, Jefim. Jetzt fahr nach Borispol und hol Schwed ab, er kommt mit der Maschine aus Odessa in einer oder anderthalb Stunden. Ja, ich werde im *Viktoria* sein. Was?« Laik schnaubte amüsiert. »Gestattet.«

Daraufhin trennte er die Verbindung.

»Diese Hirnamputierten!«, klagte er. Offensichtlich waren seine Untergebenen gemeint. »›Dürfen wir, Schwed und ich, auf dem Weg hierher ein Bier trinken?‹ Als ob sie nicht trinken würden, wenn ich es ihnen verbiete! Oder als ob Schwed nicht schon das eine oder andere Gläschen mit seinen Kumpeln auf dem Schiff gekippt hätte! Und nach diesem Gläschen und der abgebrochenen Regatta gibt er sich im Flugzeug sowieso die Kante.«

»Eure Probleme möchte ich haben«, brachte Sebulon mit einem schweren Seufzer heraus. »Wie ruhig und friedlich ihr hier lebt. Wie sorglos. Das *Viktoria*, ein Bierchen – das reinste Idyll.«

»Das liegt an der Stadt selbst, Artur. Sie weiß, wie sie Ruhe und Ordnung aufrechterhält. Wir haben uns ihr nur angepasst.«

Sebulon nickte nachdenklich. »Gut, kommen wir also zur Sache. In Moskau erhaltet ihr alle eine temporäre Registrierung für Russland. Und ihr müsst euch mit den Vertretern der Inquisition treffen. Sowie mit den Lichten. Obendrein wird zu eurer Gruppe ein Beobachter von ihnen gehören.«

»Was für eine Freude!«, höhnte Laik. »Geht es denn nicht ohne?«

»Unter keinen Umständen. Außerdem glaube ich, die Inquisition wird in diesem Fall kein Auge zudrücken. Deshalb müsst ihr, du und deine Leute, mit Bedacht und absolut korrekt auftreten. Die Lichten werden ihre Nase garantiert überall reinstecken und jeden unserer Fehler penibel in den Dossiers vermerken. Und sie werden außerdem versuchen, euch heimlich Steine in den Weg zu legen. Insofern ist nach der ganzen offiziellen Chose in Moskau und vor der Abfahrt nach Piter …«

»Der Ab*fahrt*?«, wunderte sich Laik. »Warum fliegen wir nicht?«

»Darum nicht. Schließlich wird kaum jemand auf die Idee kommen, dass ihr den Zug und nicht den Flieger nehmt. Noch dazu den Tagzug.«

»Den Tagzug?«

»Genau, Laik. Weil wir die Tagwache sind. Und wir arbeiten ausschließlich am Tage. Das muss sein.«

»Was ist mit der Petersburger Tagwache? Können wir auf die zählen?«

»Gute Frage! Die Petersburger Tagwache ist extrem undurchschaubar. Und ihr Vorgehen erst recht.«

»Und diese Wilden …«, setzte Laik an, fiel sich dann aber selbst ins Wort. »Wart mal. Ich muss Arik ins Bild setzen. Wenigstens in groben Zügen. Ohne Details. Oder hast du was dagegen?«

»Es muss ja wohl sein«, schnaubte Sebulon. »Wenn es dir nicht zu viel wird, die Prozedur mit jedem Einzelnen zu wiederholen.«

»Nein, wird es nicht. Außerdem bekommt Symonow eine Version, die sich ein wenig von der für Arik und Schwed unterscheidet.«

Arik hatte das Gespräch mit stoischer Ruhe verfolgt. Er zeigte überhaupt selten äußere Anzeichen für seine Neugier oder sein Interesse. Und zu lesen, was in seinem Innern vorging, war in den letzten zehn Jahren selbst für Sebulon schwierig geworden.

»Pass auf, Arik, die Situation ist folgende: Die Wachen in Piter kannst du im Grunde vergessen. Die schichten eher Papiere um und schinden Prämien, als dass sie nicht initiierte Andere suchen und das vampirische Geschmeiß an die Kandare nehmen. Jetzt ist dort eine Sekte aufgetaucht. Und die richtet Chaos an. Artur hat gesagt, selbst ihn mache ihr Treiben nervös. Die Grundlage ist offenbar das Dunkel. Den Großen Vertrag achten sie nicht.«

»Die Wilden zermahlen die Lichten einfach«, mischte sich Sebulon ein. »Zugegeben, mit allen Raffinessen. Sie bringen regelmäßig Menschenopfer. Vor Kurzem hat jemand Geser höchst eindrucksvoll davon in Kenntnis gesetzt, mit Fotos, Videoaufnahmen und entsprechenden Kommentaren. Ich konnte ihn gerade noch von einer Strafexpedition abhalten. Geser und Semjon hatten schon die Ziele bestimmt.«

»Und wir sollen uns jetzt mit der Sache auseinandersetzen?«, fragte Arik. »Warum kümmern sich die Moskauer Wachen denn nicht darum?«

Laik stieß ein beredtes Schnauben aus. Das Verhältnis zwischen Moskau und Petersburg war überall das gleiche, mochte es sich nun um Geschäftsleute, Penner, Fußballer, die aussterbenden Intelligenzler, Politiker oder Medienmogule handeln. Oder eben um Andere. Und je größer die Möglichkeiten der jeweiligen Kontrahenten waren, desto härter und kompromissloser versuchten sie, sich gegenseitig zu übertrumpfen.

»Meiner Meinung nach können wir uns jede weitere Diskussion sparen, solange wir die Beweismaterialien noch nicht gesehen haben«, gab Arik zu bedenken. »Aus Prag ist doch bestimmt ein ganzer Laster eingetroffen?«

»Aus Prag gibt es nur einen einzigen Entscheid«, stellte Sebulon klar.

»Was ist mit den Materialien, die Geser bekommen hat?«, mischte sich Laik ein. »Wir müssen doch wissen, wen wir in Petersburg in Grund und Boden stampfen sollen.«

Schweigend fischte Sebulon einen dünnen, rosafarbenen Hefter mit wenigen Blatt Papier und eine Mini-CD aus der Luft.

»Hier ist das Video drauf«, erklärte er, indem er die Scheibe auf den Tisch warf, oben auf den Hefter. »Macht euch damit vertraut. Der Anschaulichkeit halber empfehle ich, den Film im *Zwielicht* anzusehen. Ich hoffe sehr, dass ihr euch nicht übergeben müsst. Auf alle Fälle solltet ihr aber Kotzbeutel bereithalten.«

ZWEI

Kaum hatte er das *Viktoria* betreten, breitete sich Stille aus. Angespannte Stille. Ungläubige Stille.

Der, der hereingekommen war, war ein Anderer. Ein Lichter. Er war in den inoffiziellen Club der Dunklen gekommen, einfach so durch die Tür hereinspaziert. Sein Schutz wirkte gekonnt und solide gewebt, die Hand des Meisters war zu spüren. Der Andere selbst war dagegen lediglich ein Magier und Wahrsager. Relativ stark, wenn auch der zweite Grad eine Hürde darstellte, die er nur selten überwand.

»Was bildet der sich denn ein!«, empörte sich Jefim und wollte sich schon erheben.

Genau in diesem Augenblick öffnete sich jedoch in der Mitte des Raums, dem Tresen direkt gegenüber, knisternd ein Portal, aus dem drei Andere traten, Laik, Arik Turljanski und Sebulon.

»Pfoten weg!«, stieß Laik leise eine Warnung aus. »Dieser Lichte steht unter meinem persönlichen Schutz. Und unter dem Schutz der Inquisition.«

»Ein Beobachter?«, fragte Arik.

Sebulon nickte schweigend und kaum merklich.

»Alexej Solodownik, Anderer, Lichter«, stellte sich der Beobachter in dem Ton vor, in dem Lichte gewöhnlich mit Dunklen verkehrten. »Gemäß …«

»Wir wissen, warum du hier bist«, fiel ihm Laik ins Wort. »Insofern kannst du dir deine Litanei sparen. Geh davon aus, dass deine Mission erfüllt ist, Lichter. Da uns deine Gesellschaft im Zug nur wenig Freude bereiten würde, verzichte also bitte darauf, mit uns zu fahren. In Moskau werden wir uns nicht lange aufhalten. Und in Piter … hier.« Laik hielt dem Lichten ein Handy hin. »Es hat nur vier Nummern gespeichert. Sobald du gelandet bist, ruf mich über eine von ihnen an. Oder ich werde dich damit anrufen, falls es nötig sein sollte.«

Alexej musterte das Handy, als habe er eine Grubenotter vor sich.

Der Chef der Dunklen grinste schief, bevor er irgendwoher – vielleicht aus einer Tasche, vielleicht auch einfach aus der Luft – ein schlichtes Amulett zog, das an einer Lederschnur baumelte. »Keine Angst!«, sagte er und hielt es dem Lichten hin.

Dieser schnappte gierig nach dem Amulett. »Tawiskaron, du hast keine Macht mehr über mich«, murmelte er rasch.

Erst danach traute er sich, das Handy an sich zu nehmen.

»Ich werde übermorgen früh in Petersburg eintreffen«, teilte er in einer seltsamen Mischung aus Widerwillen und Feierlichkeit in der Stimme mit.

»Hervorragend«, entgegnete Laik. »Wir setzen uns dann sofort telefonisch mit dir in Verbindung. Und jetzt, verehrter Kollege, bitte ich dich, den Raum zu verlassen. Wir haben eine Zusammenkunft. Darüber hinaus erträgt das *Viktoria* keine lichte Seele.«

Ohne ein weiteres Wort zu sagen, drehte sich Alexej um und verließ das Café. Allein mit seinem Rücken brachte er alles zum Ausdruck, was er von den Anwesenden hielt: Verachtung, Ekel …

… aber auch Erleichterung.

»Was für ein …«, setzte Jefim an, doch Laik unterbrach ihn in scharfem Ton: »Halt den Mund! Ich habe doch gesagt, dieser Lichte steht unter meinem Schutz. Bis zum Ende der Operation. Konflikte mit der Inquisition können wir nicht brauchen. Habe ich mich klar genug ausgedrückt?«

Die Antwort erfolgte in Form allgemeinen Schweigens – als Zeichen der Zustimmung.

»Chef, ich habe Schwed mitgebracht. Da drüben, da sitzt er«, erklärte Jefim nach einer angemessenen Pause.

»Ich würde eher sagen, da liegt er«, kommentierte Laik bissig.

»Was sollte ich denn tun?« Jefim breitete entschuldigend die Hände aus. »Er musste von seinem Kutter runtergetragen werden. Der Herr hat sich nämlich ein Nickerchen gegönnt. Ins Flugzeug wurde er auch in der Horizontalen verfrachtet.«

Arik Turljanski verwunderte das kaum, denn Schwed konnte sich in jeden Zustand hineinsaufen. Andererseits, während einer Regatta? Überhaupt an Bord seiner Jacht. Da hätte sich Schwed dergleichen nie erlaubt.

Der Andere aus Nikolajew bereitete sämtlichen Spekulationen jedoch umgehend ein Ende. Er hob den Kopf von der Tischplatte, stand ohne die geringste Mühe auf, betrachtete den Saal mit kristallklarem Blick und trat – nicht einmal ansatzweise schwankend – an Laik, Arik und Sebulon heran. »Hallo, Laik, ich bin deinem Ruf gefolgt, hallo, Arik, guten Tag, Kollege«, begrüßte er die drei nacheinander und in aller Seelenruhe.

Anschließend vollführte er auf dem Absatz eine Drehung um 360 Grad, um allen Anwesenden, den Barkeeper Serhij und die Kellnerinnen eingeschlossen, zuzuwinken: »Hallo!«

»Hmm« Laik kniff zweifelnd die Augen zusammen. »Du willst mir also weismachen, du seist nüchtern, ja?«

Sosehr sich Laik auch bemühte – er konnte keinen Hinweis auf eine magisch vorgenommene Ernüchterung entdecken. Schwed hatte mindestens zwölf Stunden keinen Tropfen Alkohol angerührt, und sollte er davor etwas konsumiert haben, dann in Maßen.

»Völlig richtig, ich bin stocknüchtern. Ich habe bloß geschlafen, nachdem ich die ganze Nacht am Ruder gestanden habe. Wollte eigentlich bis Mittag durchratzen, denn ich war völlig am Ende, aber da musstet ihr ja aufkreuzen.«

Auf dem Tresen erschien wie von selbst ein Seidel mit dunklem Obolon und eine muschelförmige Porzellanschale mit Fleischsoljanka. Der Barkeeper Serhij und der Koch Sascha kannten Schwed und seinen Geschmack. Deshalb taten sie nie Petersilie in die Soljanka, während sie die Oliven gesondert auf einem kleinen Teller reichten und Laik servierten.

Die vier zogen sich zum hintersten Tisch zurück. Dort warteten bereits zwei weitere seltene Gäste des *Viktoria*: ein hochgewachsener, braunhaariger Brillenträger mit Kinnbart und ein Mann mit schwarzem Schnauzer, dessen Äußeres an einen Kaukasier erinnerte. Eine Brille rückte ihn jedoch ein gutes Stück weit weg von dem Durchschnittsmann aus dem Bergland.

»Artur?«, fragte der Schnauzbärtige verwundert, sobald er Sebulon bemerkte. »Sei gegrüßt!«

Den kaukasischen Akzent konnte er dann aber doch nicht verleugnen.

»Guten Tag, Iraklij.«

Es folgten einige Minuten, in denen sich alle kreuz und quer die Hände gaben und begrüßten.

»Artur, das ist wie gesagt Schwed und das ist Symonow aus Winnyzja. Es fehlen noch Jefim und Rubljow, ansonsten ist die Mannschaft komplett.«

»Wir brechen zwar in einer halben Stunde auf«, Sebulon blickte demonstrativ auf seine Rolex, »aber eine Soljanka hätte ich auch gern noch.«

Die Kellnerin Tanja flitzte, von Laik höchstpersönlich angetrieben, in die Küche.

Den Tisch, an dem die Dunklen saßen, schützte selbstverständlich eine solide magische Haube, damit nichts in fremde Ohren drang. Laik entging nicht, wie Sebulon diese Haube flüchtig überprüfte und zu dem Schluss kam, sie müsse nicht verstärkt werden.

»Wozu brauchst du Jefim?«, wollte der Moskauer Gast von Laik wissen.

»Als Magier ist er sicher nicht sonderlich stark«, gab Laik zu, »aber er ist das reinste Organisationsgenie. Das hat er bereits mehrfach unter Beweis gestellt.«

»Verstehe.« Sebulon gab sich mit der Antwort zufrieden.

In diesem Moment wurde ihr Bier gebracht, dem Moskauer obendrein noch eine Soljanka.

»Auf den Flug«, schlug Laik als Toast vor.

»Und den Erfolg«, ergänzte Sebulon.

Alle tranken auf ex.

»Und jetzt«, befahl – richtig, er sagte es nicht, er *befahl* es – Sebulon, »ab nach Borispol. Laik, sei so gut und ruf die Hexen von gestern Abend an.«

Während der Fahrt zum Flughafen instruierte Laik seine Leute, die alle im Rolls-Royce Platz gefunden hatten. Iraklij wusste offenbar bereits, in welcher Richtung und mit welchem Ziel die ukrainische »Nationalmannschaft« aufbrach. Jefim begeisterte sich aufgrund seiner Jugend für jede Operation, wie bedeutsam oder belanglos diese auch erscheinen mochte. Dymka Rubljow, der Kampfmagier und Tiermensch, blieb so gelassen wie immer. Ein Auftrag mehr oder weniger, das hieß für ihn noch rein gar nichts. Symonow war froh, aus Winnyzja wegzukommen, wo er unter der Fuchtel seiner Chefin, einer Hexe, stand. Und Schwed und Turljanski hatten Laik in den letzten Jahren bei jeder Mission begleitet. Insofern nahmen alle Anwesenden die Neuigkeiten ruhig und sachlich auf. Arik Turljanski schoss noch der Gedanke durch den Kopf, ob es nicht sinnvoll wäre, zu einer solchen Operation eine erfahrene Hexe hinzuzuziehen, worauf Laik die Braue hochzog und damit stillschweigend fragte: »Glaubst du Dummkopf etwa, wir würden uns ohne Hexe in diese Sache stürzen? Es wird eine Hexe teilnehmen. Aber mit ihr gemeinsam zu reisen – das muss ja wohl nicht sein! Deshalb habe ich Laryssa befohlen, uns in Moskau zu treffen.«

Mit dieser Lösung zeigten sich alle mehr als einverstanden, schließlich wollte niemand mit einer erfahrenen Hexe reisen. Eine junge Hexe brachte einen ja schon um den Verstand, aber eine Andere, die lange dabei war? Nein, danke!

Auf dem Weg hielten sie sich strikt an die Dienstvorschriften, was so viel bedeutete wie: Sie verzichteten auf jede überflüssige Anwendung von Magie. Wozu auch Magie einsetzen, wenn es auf normalem Wege genauso gut laufen könnte? Tickets gab es immer, Platon Smereka kutschierte sie, jeder hatte nur wenig Gepäck. Am schlimmsten buckelte sich noch Schwed ab, mit der Ledertasche für seinen Laptop, von dem er sich nicht mal während einer Regatta trennte. Im Duty-free-Shop kauften sie je nach persönlicher Vorliebe Alkoholika, damit sie während des einstündigen Flugs nach Moskau nicht auf dem Trockenen saßen. Zeitungen wurden in der Boeing 737 der Transaero-Fluggesellschaft verteilt. Wie viele solcher Dienstreisen absolviert ein Wächter in seinem Leben wohl? In Sowjetzeiten, bevor die einstige Union der Sozialistischen Sowjetrepubliken mit einem Knall in die Bananenmächte der GUS zerfallen war, hatten sie sich hauptsächlich innerhalb der Ukraine bewegt. Nach Russland und erst recht an andere Orte hatte es sie höchst selten verschlagen.

Laik ein paarmal, ebenso Iraklij, als er noch aktiv in der Tagwache gearbeitet hatte, nicht wie heute, da er nur hin und wieder aushalf. Auch Arik Turljanski war schon damals gelegentlich mit einer Mission im Ausland gewesen. Der Rest der Mannschaft konnte sich dagegen nicht mit Einsätzen in anderen Gefilden brüsten. Das galt vor allem für Jefim, der selbst im heimatlichen Kiew noch keinen einzigen anständigen Kampf ausgefochten hatte.

Moskau empfing sie mit Lärm und Gewusel. Obwohl Kiew im Grunde keine kleine Stadt war, konnte man sie nicht mit dem brodelnden Moskau vergleichen. Wie hatte einst ein alter Bekannter von Laik und Artur alias Sebulon gesagt: »Russland ist groß – aber Moskau ist noch größer!« Trotz des offenkundigen Fehlers im Protokoll steckte in diesem Ausspruch eine heilige Wahrheit.

Ein finsteres Subjekt, das im *Zwielicht* frappant an eine mannsgroße Echse erinnerte, holte die Kiewer Mannschaft ab und stürzte sich, kaum hatte es in der Aura das Dunkel erkannt, mitten in der Flughafenhalle auf sie.

»Guten Tag, Kollegen! Ich bin Schagron, Anderer, Dunkler, Mitarbeiter der Tagwache Moskaus. Der Chef hat angeordnet, euch abzuholen und zu eurer Unterkunft zu bringen. Zwei Autos warten auf euch.«

Laik nickte wohlwollend: »Dann bring uns mal hin.«

Auf dem Parkplatz standen ein schieferschwarzer BMW und ein milchkaffeebrauner Mitsubishi für sie bereit.

»Müsstet ihr nicht acht sein?«, fragte Schagron leicht verwirrt.

»Ein Mitglied der Mannschaft hat es vorgezogen, unabhängig von uns zu reisen«, teilte ihm Laik weltmännisch mit.

Der im Flugzeug getrunkene Wermut hatte seine Stimmung günstig beeinflusst.

Schagron und auch der zweite Fahrer gaben sich mit der Erklärung zufrieden.

»Zunächst müsst ihr euch registrieren lassen«, informierte sie Schagron. »Deshalb fahren wir kurz an einem Hotel im Zentrum vorbei.«

Sie verteilten sich auf die beiden Wagen.

Als sie den Flughafen Wnukowo verließen, drehte sich Laik zu Iraklij und Arik im Fond um. »Habt ihr die Beobachter bemerkt?«, fragte er sie mit offenkundiger Neugier.

Iraklij grinste sich in den Schnauzbart. Arik nickte gedankenverloren.

»Sie sind wachsam«, brummte Schagron, der lässig das Steuer führte. Er war ein hervorragender Fahrer. »Diese Petersburger Wilden machen allen das Leben zur Hölle, sogar uns. Wo du hinspuckst, gerätst du an Lichte. Ich wäre selbst gern nach Piter gefahren, aber der Chef hat jede Eigeninitiative untersagt.«

»Halb so wild«, sagte Laik. »Wir schaffen das schon. Wäre ja nicht das erste Mal.«

»Und? Wie sieht's bei euch in Kiew aus?«, fragte der Moskauer.

»Was sollte da schon los sein? Kiew steht wie eh und je. Die Stadt bewahrt das Gleichgewicht.«

»Eine schöne Stadt«, bemerkte Schagron. »Ich kenne sie. Deckelt euch euer Chef sehr?«

»Nein«, antwortete Laik, dessen Miene nichts verriet. »Er ist ein umgänglicher Typ, unser Chef. Mit dem kann man auskommen!«

»Das ist das Wichtigste«, bestätigte Schagron.

Arik schnaubte leise im Fond. Wäre Laik ein Lichter, er hätte jetzt garantiert klargestellt, dass er dieser Chef ist, sinnierte er. Damit der Moskauer die Klappe hält und ihm um den Bart geht. Keine Frage, ein Lichter hätte so gehandelt!

Sich mit weiterem belanglosem Geplauder die Zeit vertreibend, erreichten sie das Stadtzentrum. Das abendliche Moskau war völlig verstopft. In quasi jeder großen Straße gab es einen meterlangen Stau. Schagron sorgte jedoch völlig automatisch für freie Fahrt, wobei er Laik nebenher noch berichtete, dass im Restaurant *Pjatyj Okean* wie gehabt prächtige Loups de mer angeboten würden, bei denen es sich aber eigentlich um stinknormale gekochte Krebse handle. Und dass die jugoslawischen Weine im *Belgrad* so einmalig wie immer seien. Der milchkaffeebraune Mitsubishi folgte direkt in ihrem Windschatten.

Die Registrierung nahmen sie in einem der großen und modernen Hotels vor, dessen Fassade mit Werbeplakaten für alles Mögliche gespickt war, sogar für das ukrainische Bier Obolon. Die Lichten verhielten sich korrekt und angespannt, also ganz so wie immer. Als ob sie befürchteten, die Dunklen würden nur auf eine günstige Gelegenheit warten, ihnen in die Suppe zu spucken und das Leben schwer zu machen. Zu komisch. Von den Kiewern war Jefim vielleicht der Einzige, der innerlich nicht aus vollem Herzen über sie lachte, und zwar schlicht deshalb, weil er die Lichten noch nicht gut genug kannte. Äußerlich bewahrten die Dunklen jedoch alle unerschütterliche Ruhe.

Da Laik flüchtig die zurückgebliebenen Spuren einer bekannten Aura wahrgenommen hatte, wusste er, dass Larysska – für die Jüngeren unter ihnen Laryssa Narymanowna – bereits eingetroffen war und sich ebenfalls hier hatte registrieren lassen. Eine gute Hexe dachte eben mehrere Züge voraus und war imstande, die bequemste Möglichkeit für die Registrierung selbst dann problemlos zu ermitteln, wenn Laik samt seiner Mannschaft noch nicht den blassesten Schimmer hatte, wo das geschehen sollte. Allerdings hatte sich Laik auch gar nicht die Mühe gemacht, das herauszubekommen, sondern sich voll und ganz auf seine einheimische Begleitung verlassen. Insofern dürfte Laryssa vermutlich Schagron manipuliert haben, und zwar derart virtuos, dass dieser nicht das Geringste bemerkt hatte.

Die Prozedur war reine Routine und langweilig. Sie mussten ihre Personalien angeben, das Ziel ihres Besuchs nennen, ihre Haut bekam das russische Transitsiegel eingebrannt, das ihnen das Recht auf einen unbegrenzten Aufenthalt in St. Petersburg garantierte. Sie hatten dem Lichten höflich zuzulächeln und durften schließlich zu den Autos zurückgehen.

»Und?«, fragte Schagron, nachdem er sich hinters Steuer gesetzt hatte und losgefahren war. »Soll ich euch noch in ein Restaurant bringen? Oder wollt ihr gleich ins Bett?«

»Wo übernachten wir eigentlich?«, erkundigte sich Laik.

»An einem Ort, der wirklich nicht zu verachten ist.« Schagron fuhr bereits über die Mochowaja. »Eine neue Wohnanlage an der Moskwa. Sie heißt Assol. Nur was für die Elite. Mit Security-Leuten, verschiedenen Dienstleistungen, einem Einkaufszentrum, einer Post, eben allem, was das Herz begehrt.«

Arik Turljanski lächelte in sich hinein. Klar, eine Post, die brauchten sie heute Nacht unbedingt noch.

Eingehend blickte Laik auf seine geliebte Taschenuhr. »Weißt du was? Gib uns einfach die Adresse und sag uns die Parolen. Dann sehen wir uns noch ein wenig die Stadt an. Zu Fuß.«

Schagron bremste unverzüglich, kramte im Handschuhfach und förderte eine Visitenkarte zutage. »Noch besser ist, wenn ich euch meine Handynummer gebe. Ruft mich an, wenn ihr nach Hause wollt, dann komme ich und bringe euch hin. Einverstanden?«

»Ja.«

»Habt ihr russische?«

»Russische was? Papiere?«, fragte Laik begriffsstutzig.

»Rubel.«

»Ach ja. Die treiben wir schon irgendwie auf, keine Sorge. Danke, Dunkler. Wir rufen dich dann an.«

Schagron nickte bloß. Er verkniff sich sogar das übliche »Keine Ursache«. Wozu auch? Seine Gesprächspartner waren ebenfalls Dunkle, sie konnten gut und gern auf solche Höflichkeitsfloskeln verzichten.

Bis zum Einbruch der Nacht streiften die ukrainischen Legionäre durch die Stadt. Natürlich nicht ziellos. Sie kehrten in verschiedene der unzähligen Cafés ein, die es im Zentrum Moskaus gab, um Kaffee und Stärkeres zu trinken, aßen in einem gediegenen kleinen Restaurant namens *Esterházy* in der Maroseika, besuchten die Hexe, die Laik kannte, in der Maly-Wlasjewski-Gasse, zogen über den – in der Tat – heruntergekommenen Arbat und hörten den Sängern und Tänzern aus Lateinamerika zu, die in Ponchos und Strohhüten gegenüber dem *Sojus* auftraten. Die Latinos sangen und tanzten hervorragend und spielten nicht weniger virtuos auf ihren Instrumenten. Laik konnte sich nicht zurückhalten und stimmte in einer fremden Sprache in ihr *Koli Pankarita* ein, wofür er verdienten Beifall seitens des Publikums erntete und womit er die Musiker in Erstaunen versetzte. Schwed wollte unbedingt wissen, welche Sprache das gewesen war. Spanisch ja wohl nicht. Wie sich herausstellte, handelte es sich um eine indianische Sprache. Als die Ukrainer dann Schagron anriefen, waren sie in bester Stimmung und gingen selbstverständlich von einer Fortsetzung dieser Feier aus, sobald sie ihr Nachtasyl erreicht hätten.

Sie nahmen in den bereits vertrauten Wagen, dem BMW und dem Mitsubishi, Platz und fuhren durchs nächtliche Moskau. Da sich die Staus zu dieser Stunde bereits aufgelöst hatten, jagte Schagron mit atemberaubendem Tempo dahin, und auch der zweite Fahrer, ein Mann namens Deniska, stand ihm in nichts nach und blieb keineswegs zurück.

»Fahren wir nach Strogino?«, wollte Laik wissen, als sie an der Schtschukinskaja vorbeifuhren.

»Nö. Das Assol kommt schon vor der Brücke. Es liegt direkt am Ufer.«

»Ich erinnere mich gar nicht an diesen Komplex.« Laik runzelte die Stirn. »Rechts oder links?«

»Rechts«, antwortete Schagron, während er bereits abbog.

»Da gab's doch früher Tennisplätze, oder?«

»Und jetzt eben das Assol. Wie ich schon gesagt habe, die Anlage ist völlig neu, die ist erst vor Kurzem hochgezogen worden. Da sind noch nicht mal alle Wohnungen fertig, einige haben noch blanke Betonwände.«

»Mal wieder typisch!« Laik schüttelte den Kopf. »Dass ihr Moskauer nie die Zeit abwarten könnt.«

»Können wir schon – wenn wir wollen«, widersprach Schagron. »Und wie.«

Sie stellten die Wagen auf dem Besucherparkplatz ab, vor der Einfahrt zur Tiefgarage. Daneben ragte die beleuchtete Kuppel einer Waschanlage auf. Über einen gepflasterten Weg gelangten sie zu dem verglasten Eingang, wo die Security-Leute vor ihren Bildschirmen saßen. Schagron wechselte mit den Wachleuten ein paar Worte, worauf alle ungehindert eintreten durften. In der Eingangshalle stand in jeder Ecke ein Kübel mit einer Pflanze, es gab ausladende Sofas, die Fläche vor den Fahrstühlen erinnerte mit ihren Maßen auffallend an ein Basketballfeld. Der Lift fügte sich ins Bild, mit seinen Spiegeln, dem

Plastik, Chrom und der Klimaanlage. Hier sollten jung-dynamische, schlanke Männer in teuren Anzügen und mit modischen Krawatten ein- und ausgehen, dachte Arik Turljanski, nicht bloß dieser bunt zusammengewürfelte und recht schlicht gekleidete Haufen von Laik. Arik war allerdings auch nicht entgangen, wie der aufmerksam-verächtliche Blick des einen Wachmanns an den kalten, aristokratischen und arroganten Augen Laiks zerschellt war. Der Security-Typ hatte die Klasse sofort gespürt. Das blaue Blut. Und den Gästen damit unverzüglich das Recht eingeräumt, sich zu kleiden, wie es ihnen beliebte.

Im neunten Stock hielt der Fahrstuhl sanft an, die Türen glitten beflissen auseinander. Auch hier erinnerten die Ausmaße des Treppenabsatzes an ein Basketballfeld. Schagron hielt auf die luxuriöseste Tür zu und brauchte eine geschlagene Minute, um sie aufzuschließen.

»Vielleicht wäre es einfacher, die Wohnung durchs *Zwielicht* zu betreten?«, schlug Jefim ungeduldig vor, verstummte jedoch prompt, als er Laiks unergründlichen Blick auffing.

»Sollen doch die Lichten durchs *Zwielicht* gehen«, brummte Schagron, ohne sich umzudrehen. »Wir sind ehrliche Andere. Na bitte! Wenn ihr eintreten wollt.«

Er riss die gepanzerte Doppeltür sperrangelweit auf und bat sie mit einer gastfreundlichen Geste herein.

Das »bescheidene Heim« orientierte sich am gepflegten Geschmack eines Neureichen. Alles war teuer, strotzte jedoch nicht vor Gold. Stilvoll, funktional und beschwingt.

»Nicht schlecht«, bemerkte Laik ohne rechten Enthusiasmus, als er sich umschaute. »Wer von euch hat sich hier denn ausgetobt?«

»Das ist eine Dienstwohnung«, erklärte Schagron seufzend. »Für VIPs. Für Menschen, logischerweise, nicht für Andere. Dunkle bringen wir normalerweise im Hotel neben der Tagwache unter, aber diesmal …«

»Versteh schon«, unterbrach Laik ihn seelenruhig, »wir bekommen Besuch von einem Lichten.«

»Genau«, bestätigte Schagron erleichtert. »Der Chef ist nicht in Moskau, Gesers Leutchen spielen verrückt, alle sind verdammt nervös. Deshalb mussten wir euch hier unterbringen.«

»Wir werden's schon überleben«, beruhigte ihn Laik. »Danke für alles.«

»Wenn ihr Hunger habt, im Kühlschrank findet ihr was zu futtern, Getränke sind in der Bar. Hier an der Wand hängt ein Plan der Wohnung – damit ihr euch nicht verirrt.«

»Das werden wir schon nicht.«

»Schlaft euch aus. Die Schlüssel lege ich hierhin, aufs Regal. Morgen ruft an, wir bringen euch überall hin. Deniska, gehen wir!«

»Macht's gut, Kollegen«, verabschiedete sich Deniska.

Während sich die übrigen Ukrainer in der Wohnung orientierten, blieben im weiträumigen Flur nur Laik, mit einer Zigarette im Mund, und Arik Turljanski zurück.

Die schallisolierte Tür schottete sie von der Außenwelt ab.

»Und, Arik, was meinst du? Dann lass uns mal die nächste Bar aufsuchen!«, kommandierte Laik, nachdem er sich nach einem Aschenbecher umgesehen hatte. Er fand einen in Form eines schmalen silbernen Behältnisses mit einem Gitter oben und einem Spalt an der Seite.

Turljanski studierte bereits eifrig den Wohnungsplan.

»Ich fass es nicht!«, erklang aus den Tiefen der Wohnung die entzückte Stimme Symonows. »Laik!!! Hier gibt's ein Klavier!!!«

Im ersten Zimmer, in das sie kamen, sprang mit nahezu unhörbarem Summen eine Klimaanlage an, die aber sofort wieder ausging. Im nächsten Zimmer, einer Mischung aus Studio und Kaffeehaus – allerdings nur mit einem Tisch –, schaltete sich gedämpftes Licht ein. Die Bar entdeckte Arik in ebendiesem Zimmer, worauf er sofort mit kritischem Blick das Sortiment inspizierte. In einer Ecke stand tatsächlich das angekündigte Klavier, ein weißer Konzertflügel der Firma Bechstein, daneben ruhte auf einem besonderen Träger ein modernes japanisches Keyboard mit Rhythmusmaschine und eingebautem Orchester. In einer anderen Ecke stand der Kasten eines Saxophons, vermutlich ebenfalls nicht leer.

Laik nahm einen Zug von der Zigarette und setzte sich an den Flügel. Jefim schob einen Serviertisch heran, der hinter dem Tresen geparkt gewesen war. Symonow durchforstete auf der Suche nach Gläsern konzentriert die Hängeschränke in der Küche. Iraklij experimentierte mit dem riesigen Fernseher herum, wobei er dankenswerterweise den Ton ausgeblendet hatte. Laik mochte es nicht, wenn er beim Musizieren gestört wurde. Dymka Rubljow hatte Tee zubereitet, in der größten Kanne des Services, und damit den Sessel okkupiert, ein wuchtiges und massives Möbel ganz im Stil der Wohnung. Schwed stellte sich dem Kampf mit den extravaganten Schlössern der Balkontür.

Fünf Minuten verflossen so im allgemeinen Treiben, dann war der Tisch erfolgreich gedeckt, der Fernseher lief lautlos im Hintergrund mit der üblichen, belanglosen Reklame. Laik rauchte und spielte, bediente sich hin und wieder der synkopischen Bässe, dabei mit der freien Hand nach dem Glas greifend, das er ungeniert auf dem Flügel abgestellt hatte. Seine Mannschaft hatte sich auf die Sessel und herangeschafften Hocker verteilt, Schwed hatte sogar auf dem Fußboden Platz genommen, auf einem plüschigen Teppich.

Mit einem Mal brach Laik seine Etüde mitten im Ton ab und drehte sich auf dem Hocker herum, um seine Leute anzusehen. »Was ist, Andere? Hat jemand eine Idee? Wie wollen wir diesen blutrünstigen Petersburgern den Kopf zurechtrücken?«

»Dafür müssen wir sie erst mal finden«, brummte Dymka, der mit dem Nagel des Zeigefingers über das Muster seiner großen Teetasse fuhr. Das Dekor erinnerte an ein orientalisches Ornament auf einem Gebetsteppich.

»Das dürfte nun wirklich nicht das Problem sein«, bemerkte Iraklij träge. »Schließlich hinterlassen sie jede Menge Spuren, das geht aus den Unterlagen hervor. Im *Zwielicht* gibt das die reinste Lichtorgel.

Nein, wir sollten uns besser um unsere Taktik Gedanken machen. Sollen wir sie uns einzeln schnappen oder alle auf einen Schlag einkassieren und dann – eine Bartholomäus-Nacht entfesseln?«

»Einzeln, das würde uns zu viel Zeit kosten«, gab Laik zu bedenken. »Die Inquisition hat keineswegs die Absicht, sich das länger mitanzusehen. Und auch die Lichten sind nicht gerade gut auf die Schwarzen zu sprechen. Aber im Grunde steckt hinter dem Auftrag viel mehr. Meiner Ansicht nach will Artur von uns, dass wir das Gleichgewicht im gesamten Raum Russlands, der Ukraine und Weißrusslands retten. Wenn wir scheitern, streichen die Lichten einen Haufen Privilegien ein und dürfen hochgradige Interventionen vornehmen. Was das hieße, wisst ihr. Die Moskauer erholen sich gerade erst wieder, nach dieser Geschichte mit der Zauberin und diesem Kind, und jetzt das. Insofern müssen wir, ob es uns passt oder nicht, rasch handeln. Und entschlossen. Wir zertreten sie wie Wanzen – und basta.«

»Wie soll ich das verstehen, wir zertreten sie?«, hakte Symonow nach, der seine Brille, die gerade den Nasenrücken hinunterrutschte, wieder hochschob.

»Im wortwörtlichen Sinne. Wir schnappen sie uns und dematerialisieren sie.«

»Will die Inquisition die Schwarzen etwa nicht vors Tribunal bringen?«, fragte Jefim mit aufrichtiger Verblüffung.

»Die Inquisition klagt lediglich diejenigen an, die dem Großen Vertrag verpflichtet sind und diesen verletzen. Diejenigen jedoch, die den Vertrag von vornherein ablehnen, liquidiert die Inquisition. Beziehungsweise lässt sie sie liquidieren. Durch uns.«

Wie üblich machte Laik nicht viele Worte und zeigte sich in seinen Formulierungen erbarmungslos präzise.

»Dann sollten wir sofort dahin, wo sie ihre Schwarzen Messen feiern«, schlug Iraklij vor. »Dort warten wir auf die nächste und vernichten sie. Danach durchkämmen wir Piter und Umgebung nach Überlebenden. Aufgrund ihrer Aura dürften wir sie schnell finden, denn diese Klientel versteht es nicht, sich zu tarnen. Sicherheitshalber bleiben wir noch etwas vor Ort – und dann verabschieden wir uns. Ende der Affäre.«

»Die Schwarzen feiern ihre Messen in Rasliw«, setzte Laik gerade zu einer Erklärung an, doch Symonow unterbrach ihn: »Doch wohl nicht an der Gedenkstätte, wo Lenin in der Illegalität gelebt hat?«

»Nein«, antwortete Laik ungerührt. »Aber ganz in ihrer Nähe. Und sie feiern ihre berüchtigten Messen an einem toten Punkt. Magie wirkt da kaum. Den Ort hat jemand mit Verstand ausgesucht.«

»Was hast du eigentlich gemeint, als du sagtest, wir würden Besuch von einem Lichten bekommen?«, wollte Arik wissen.

»Genau das, was ich gesagt habe. Einer wird mit Sicherheit aufkreuzen. Und zwar einer von der Spitze. Er wird uns belehren und an unsere Vernunft appellieren. Gleichzeitig wird er versuchen herauszukriegen, ob wir irgendwelche sinistren Pläne aushecken.«

»Als ob wir die in unsere Pläne einweihen würden«, schnaubte Rubljow.

»Die Lichten halten sich nun mal gern für außerordentlich durchtrieben, vorsichtig und vorausblickend«, erwiderte Laik mit schiefem Grinsen. »Den Glauben wollen wir ihnen doch nicht nehmen. Außerdem könnte uns sonst die Inquisition vor den Karren fahren. Schließlich steht unsere Mission unter dreifacher Schirmherrschaft, was ja auch nicht alle Tage vorkommt. Deshalb setzt bitte ein kluges Gesicht auf, schweigt und überlasst das Reden mir und Iraklij. Verstanden? Zusätzliche Schilde werden wir nicht aufstellen. Und damit das klar ist, wir machen uns nicht über die Lichten lustig! Selbst wenn ein schwacher Lichter aufkreuzt. Denn das Wichtigste ist im Augenblick, jeden Konflikt zu vermeiden.«

»Schon verstanden«, knurrte Symonow. »Hältst du uns für Kinder, denen du alles erklären musst?«

»Ja«, erwiderte Laik kalt. »Und obendrein für Kinder, die nicht sonderlich folgsam sind. Gut, Arik. Na, was hast du da angeschleppt? Dann schenk uns mal ein.«

Sofort wurden alle munter. Geschirr klirrte, Gabeln pickten die vorbereiteten Knabbereien auf. Schwed knackte im zweiten Anlauf endlich die raffinierten Schlösser, und die Sommernacht strömte zum Fenster herein, wärmer als die klimagekühlte Luft in der Wohnung, geschwängert mit den Gerüchen der Großstadt und voll von den Geräuschen dieses Hauses am Fluss. Obwohl das Wasser kaum vernehmlich gegen das Ufer plätscherte, drang das Geräusch bis hoch in den neunten Stock. Noch weiter oben bellte ein Hund auf einem Balkon. In der Nachbarschaft bearbeitete jemand eine Bassgitarre. Laik und Schwed spitzten bei den vertrauten Tönen sofort die Ohren.

Irgendwann verstummte die Gitarre, aber kurz darauf erklang der charakteristische Beat einer Rhythmusautomatik und ein Sample ließ sich vernehmen. Die Gitarre fiel ein, übertönte die abgezirkelten Akkorde. Schließlich fing jemand an zu singen, es war ein absolut unbekanntes Lied. Eindeutig Punk, mit einer wilden Melodie, betont billigem Klang und gezielt schlechtem Rhythmus, dabei jedoch ziemlich komisch:

Gegen die Mauer geknallt –
Das Hirn verschmiert,
Knochen auf Asphalt –
Wer verliert, verliert.
Die Leiche: kaltes Grauen,
Die Hände auf Bremse und Gas,
Auf der Scheibe die Augen,
Die Füße überm Steuerrad,

O Horror einer verdrehten Hölle!

Im Hintergrund feuerte jemand den Sänger begeistert mit Zurufen an, die überhaupt nicht zum Text passten und deren Wortlaut nicht immer zu verstehen war.

Er fuhr schon ewig
Kreuz und quer durchs Land
Bis ihm Wagenrad
Und Leben flöten gingen.
Ans Kreuz schlugen ihn

Die Ärzte: auf dem OP-Tisch.
Wollten ihn, das Monster,
Wieder flicken.

O Horror einer verdrehten Hölle!

»Die können das!«, kommentierte Jefim. »Echter Punk! Wow!«

Schon spannen die unsichtbaren Musiker die Geschichte des zombiehaften Fahrers weiter:

Hinters Steuer geklemmt
Gab er Gas
Der Android
Wie ein Lebender
Jagte er davon
Schnell wie ein Pfeil
Bis das Tempo
Seine Bremse killte.

O Horror einer verdrehten Hölle!

Mehr Gas, mehr Tempo
Schneller und schneller
Bis der Kolben bricht –
Rette sich, wer kann!
Wie schrecklich er war
Der Bremsweg.
Baum um Baum
stoppte ihn.

Baum um Baum stoppte ihn!

Dieses »Baum um Baum stoppte ihn!« schrien sie mit einem solchen Drive, einer solchen Hingabe heraus, dass man entweder einstimmen oder weit weglaufen wollte.

Nun steuerte der Song auf das fröhliche, sich wiederholende Finish zu, dessen Text sogar noch »tiefsinniger« wurde:

Mit dem Traktor über Minen!
Mit dem Traktor zum Bierholen!
Mit dem Traktor zum Wodkaholen!
Mit dem Traktor über die Fratzen!
Mit dem Traktor über die Weiber!
Mit dem Traktor über die Leichen!
Mit dem Traktor über den Himmel!
Mit dem Traktor durch den Wald!
Mit dem Traktor durch die Pfützen!
Mit dem Traktor über die Saiten!
Mit dem Traktor über die Monster!
Lernt lieber im Institut!

Das »Institut« gab ihnen den Rest.

»Aah, ja«, brachte Laik bedeutungsschwer heraus. »Die ziehen da offenbar gerade eine Session durch. Okay, lasst uns noch ein Gläschen trinken, dann schnappst du dir, Jefim, was zu essen und ein paar Flaschen Wodka und bringst diese Pracht den beiden Sangesbarden. Wir laden uns bei ihnen ein.«

»Sollen wir den Flügel auch mitnehmen?«, stichelte Symonow.

»Wir nehmen das Saxophon mit, das ist leichter.« Laik ließ sich nicht aus der Ruhe bringen.

»Ein Keyboard hat unser Nachbar selbst, das hör ich doch.«

Kurz darauf waren sie zum Aufbruch bereit. Die Musik kam von ihrer Etage, anscheinend aus der Wohnung gegenüber. Arik schaffte es sogar, hinter ihnen abzuschließen. Laik stand mit dem Saxophonkasten in der einen Hand, der Wodkaflasche in der anderen vor der Tür und wartete, bis der Song in die Coda überging und auslief. Erst dann versenkte er den Klingelknopf in der Wand, natürlich nicht mit der Hand, schließlich hatte er keine mehr frei. Aber selbst ein schwacher Magier braucht für einen solch simplen Trick die Hände nicht.

Der Hausherr – ein eher kleiner, untersetzter Bartträger um die dreißig, der etwas an einen Tataren erinnerte – öffnete ziemlich schnell. Der Mann trug ein Basecap, verwaschene Jeans, ein rotes Coca-Cola-T-Shirt und war barfuß. Er hatte ein intelligentes und gewitztes Gesicht. Bei näherer Betrachtung stellte sich heraus, dass auf dem T-Shirt im typischen Coca-Cola-Schriftzug keineswegs der Name des populären Softgetränks stand, sondern die durch und durch russische Wortfügung »Bräute bumsen«.

»Hallo«, begrüßte ihn Laik. »Ich höre jetzt schon den zweiten Tag zu, wie du spielst. Da hab ich mir gedacht, geh ich doch mal rüber.«

»Hey. Und wieso kommst du dann erst heute? Du hättest lieber gleich aufkreuzen sollen.«

»Ich hatte keinen Wodka«, log Laik inspiriert.

»Komm rein.«

»Ich bin aber nicht allein, sondern hab ein paar Freunde im Schlepptau.«

Jetzt zeigte sich auch der Rest, Jefim und Schwed mit den Tüten voran, dann Rubljow mit der Teekanne.

Der Hausherr winkte nur gottergeben ab und trat etwas zurück.

Er war ein normaler Mensch. Ohne die geringsten Anlagen zum Anderen.

Die Wohnung des Musikers schien nicht ganz so protzig wie ihre. Wesentlich kleiner und noch nicht fertig renoviert. Möbel fehlten ganz. Mitten in dem etwa fünfzehn mal fünfzehn Meter großen Zimmer standen zwei imposante Boxen, ein Verstärker, ein Mikroständer mit Mikro und ein einfacher, ziemlich alter Stuhl. An einer Wand reihten sich nebeneinander drei Kühlschränke der Marke Bosch. Der übrige Raum wartete noch darauf, eingerichtet und veredelt zu werden.

»Ganz nett hier«, nuschelte Jefim, während er sich umsah, »aber wo sollen wir unser Zeug abladen?«

»Auf der Box«, schlug der Hausherr, ganz die Ruhe selbst, vor. »Leg aber was drunter.«

Jefim machte sich ans Werk.

Schwed zeigte sich in erster Linie von der Gitarre fasziniert, die am Verstärker lehnte. Das war nicht die Bassgitarre – die lag quer überm Stuhl –, sondern eine sechssaitige E-Gitarre. Neben ihr stand der Verzerrer auf dem Boden, war aber momentan ausgeschaltet.

»Damit üben mein Freund und ich tagsüber«, erklärte der Hausherr. »Eigentlich spiele ich Bassgitarre.«

»Darf ich mal?«, erkundigte sich Schwed höflich, indem er auf die Gitarre wies.

»Nur zu! Warte, ich schließ sie an.«

Laik hatte sein Saxophon inzwischen völlig vergessen und sich ganz dem Studium des Keyboards gewidmet.

»Macht ihr alle Musik, oder was?«, fragte der Hausherr, der seine Besucher neugierig taxierte.

Laik wirkte von ihnen noch am ehesten wie ein Musiker, hauptsächlich wegen der langen Haare.

»Nur einige von uns«, antwortete er für alle. »Im Grunde nur Schwed und ich. Ich bin übrigens Laik.«

»Und ich bin Lass.«

»Und das hier sind Schwed, Ihor, Iraklij, Dymka, Jefim und Arik«, stellte Laik nacheinander seine Leute vor und deutete dabei nacheinander mit dem Finger auf sie.

Über den Namen des Hausherrn machte sich niemand Gedanken. Wenn er Lass hieß, hieß er eben Lass. Es gab seltsamere Spitznamen.

Schwed befingerte unterdessen die Gitarre und schlug ein paar Akkorde an. Irgendwann trat er mit der Fußspitze auf das Pedal des gelben Overdrives und legte ein paar fetzige Riffs hin. Es klang gut.

»Was ist?« Laik sah Schwed fragend an. »Wollen wir *Porubeshnaja* versuchen?«

»Okay«, willigte dieser ein.

Nachdem Laik rasch den Stil und das Timbre eingegeben hatte, trieb er den Rhythmus voran und hämmerte auf die Tasten ein. Fast augenblicklich fiel Schwed ein, kurz darauf auch Lass, nachdem er die Melodie und das Muster erfasst hatte. Es war eine ziemlich wilde Session.

Nun wusste Arik, dass sich der Abend gut anließ.

Da waren sie also, in dieser riesigen, halb fertiggestellten Moskauer Wohnung, tranken Wodka, aßen, was der Kühlschrank in der Dienstwohnung der Tagwache hergegeben hatte, sangen, und Laik improvisierte wahlweise auf Keyboard und Saxophon. Zwischen zwei Songs und zwei Improvisationen unterhielten sie sich. Über alles Mögliche. Lass klagte über die Nachbarschaft, zu der kaum normale Leute gehörten. Vor Kurzem war endlich mal ein netter Typ im siebten Stock eingezogen, der hatte ihn auch schon besucht, war dann aber gleich wieder zu einer elend langen Geschäftsreise aufgebrochen. Als Lass hörte, dass seine heutigen Besucher ebenfalls auf Geschäftsreise waren, seufzte er tief und schlug vor, das wenigstens für diese Nacht zu vergessen.

Das taten sie dann auch.

Als die Getränke und Snacks längst verzehrt waren, als Iraklij heftig gähnte und Symonow schon neben den Boxen auf dem Boden schlief, als Laik andeutete, es würde allmählich Zeit für sie, da legte Schwed plötzlich die Gitarre beiseite, trat ans Keyboard und hantierte eine Weile mit den Rhythmen herum. Irgendwann gab er etwas in den Sequenzer ein. Daraufhin schnappte er sich wieder die Gitarre und stimmte eine unbekannte, traurige Melodie an. Dazu sang er:

Eine Welt in Schutt und Asche.
Alles lockt, alles zerreißt dich
Todesangst und Terrordurst –
Beide hoffen auf Sieg.

Ein Tier, das im Dunkeln schreit.
Herrische Augen, die man nicht sieht.
Werde so! Nimm, was dir gehört!
Nimm es oder stirb …

Unwillkürlich verstummten die Zuhörer. Das Lied ging weiter:

Pass auf, die Jagd beginnt!
Die Blutspur verrät dich.
Hau ab! Du warst einer von uns,
Aber der Engel rettete dich nicht.

Saft, der kocht und Blasen schlägt.
Trink das Gift, vergiss den Tod
Ein Schluck – und du bist jenseits der Grenze
Ein Schluck wie eine Parole …

Hexentanz und Eulenschrei,
Ein Feiertag ohne Frohsinn.
Die Uhr schlägt, ein irrer Ruf ertönt.
Hunger und Schmerz …

Pass auf, die Jagd beginnt.
Die Blutspur verrät dich.

Die Gitarre weinte leise im Takt der Worte. Mit einem Mal verdichtete sich die Musik, wurde übervoll und schwer:

Fieber am Tag, Feier bei Nacht,
Der Dämon, der Vampir in dir erwacht.

Geächtet, suchst du
Dein nächstes Opfer in Schnee oder Glut.

Melancholisch und bedrückend spielte eine Flöte auf, ihr folgte die Gitarre. Dann wurde es wieder still und schwer:

Einst warst du einer von uns,
Aber der Engel rettete dich nicht.

Es endete in absolutem Schweigen. Von diesem Song ging ein solch tauber und urtümlicher Schmerz aus, dass die Begleiter Schweds, hätten sie diesen nicht als Magier gekannt, ihn prompt für einen Vampir hätten halten können.

»Ist das von dir?«, fragte Arik, als die Musik verhallt war.

»Das ist von Arija«, mischte sich der betrunkene Jefim ein. »Aus dem Album *Chimera.*«

»Stark«, begeisterte sich Laik. »Man könnte ja fast glauben, der Songwriter sei ein Vampir. Von wem stammt denn der Text?«

»Entweder Alexander Schaganow oder Margarita Puschkina.« Komischerweise konnte Jefim auf diese Frage keine präzise Antwort geben.

Wer auch immer den Text geschrieben hat, dachte Laik, es würde mich nicht wundern, wenn er ein Anderer ist. Oder eine Andere. Und im Übrigen ein Dunkler.

Der Chef der Kiewer Tagwache schielte vorsichtig zu Lass hinüber. Es empfahl sich nicht, solche Gespräche in Anwesenheit eines Nicht-Anderen zu führen.

»Die haben es vermutlich nicht gerade leicht, die Vampire«, meinte Lass seufzend. »Sie sind einsam. Und wieder werden sie gejagt. Wenn sie erwischt werden, kriegen sie 'nen Pflock in die Brust – und fertig.«

»Was weißt du denn von Vampiren?«, tastete sich Laik vor, während er gleichzeitig im *Zwielicht* Jefim zurückpfiff, der mitunter nicht recht aufpasste, was er sagte.

»Was kann man von denen schon wissen?«, gab Lass achselzuckend zurück. »Sollten sie existieren, haben sie es jedenfalls nicht gerade leicht, davon bin ich überzeugt.«

»Warum das?«

»Weil die Menge es auf jeden abgesehen hat, der sich von ihr unterscheidet. Vor allem, wenn er nachts Blut trinkt. Du trinkst es, also bist du ein Feind. Klare Sache.«

»Und was, wenn ein Vampir plötzlich dein Blut trinken will? Nicht das Blut deines Nachbarn, nicht das Blut irgendeines Onkel Petja, der in der Straße der Dekabristen wohnt, sondern konkret deins? Was dann?«

»Was soll dann schon sein?« Lass hob die Schultern. »Dann wäre das eben Schicksal. Und gegen das Schicksal kommst du nicht an.«

»Würdest du dich etwa nicht wehren?«

Wieder zuckte Lass die Achseln. »Was sollte das nützen? Natürlich würde ich mich wehren, aber es würde nichts ändern. Wenn ein Vampir dich zum Opfer gewählt hat, ist das Spiel für dich aus. Irgendwo habe ich mal gelesen, das Opfer eines Vampirs würde glücklich sterben. Wahrscheinlich wäre das auch nur gerecht.«

»Gut«, mischte sich Iraklij ein, trank aus und stellte sein Glas auf die Box. Fraglos wollte er das heikle Thema beenden. »Es ist schon spät. Wir sollten jetzt besser gehen.«

Als Arik zur Wohnungstür ging, meinte er, an der dunklen Balkontür einen flüchtigen Schatten vorbeihuschen zu sehen. Er achtete jedoch nicht weiter darauf.

Sie weckten Symonow und verabschiedeten sich nacheinander per Handschlag von Lass. Sie versprachen, auf dem Rückweg, wenn sie von ihrer Geschäftsreise zurück wären, wieder vorbeizukommen. Ja überhaupt würden sie ihn von nun an jedes Mal besuchen, wenn sie in Moskau waren.

In der Wohnung der Dunklen sagte Laik plötzlich in Richtung des halb offenen Fensters: »Komm rein.«

Iraklij und Laik waren offenbar die beiden Einzigen, die sich nicht über den Gast wunderten. Die Übrigen – von Symonow vielleicht einmal abgesehen, der sofort aufs Sofa fiel, wieder einschlief und gar nichts mehr mitbekam – hatten diesen Besucher nicht gespürt.

Von draußen stieg ein nackter Mann um die zwanzig über das breite Fensterbrett ins Zimmer. Es war ein Anderer. Und zweifellos ein Vampir.

»Tut mir leid, dass ich euch belauscht habe«, sagte er, ohne allzu große Reue an den Tag zu legen. »Aber ihr singt verdammt gut.«

»Und ganz aus dem Leben gegriffen, oder nicht?«, stichelte Laik.

»Völlig richtig. Wenn ich mich vorstellen darf: Konstantin Sauschkin, Anderer, Dunkler. Wie ihr sicherlich schon ahnt, bin ich ein Vampir. Euer Lied hat mir wirklich gefallen. Ich bin am Haus vorbeigeflogen, habe es gehört, und da hat es mich gepackt. Ich habe mich auf den Balkon gesetzt und zugehört. Tut mir leid, falls ich euch den Abend verdorben haben sollte.«

»Quatsch, überhaupt nichts hast du uns verdorben, Anderer und Dunkler«, widersprach ihm Laik kalt. »Wie du dir unschwer vorstellen kannst, musst du dir schon etwas mehr einfallen lassen, um *uns* den Abend zu verderben. Wir würden aber gern wissen, ob du wirklich nur zufällig vorbeigeflogen bist oder …«

»Zufällig. Ich … jage hier. Also nicht genau hier, aber in der Nähe.« Da der Vampir ein paar forschende Blicke auffing, fügte er rasch hinzu: »Ja, ich habe eine Lizenz. Hier.«

Die Lizenz war echt.

»Hmm«, sagte Laik, als er sie las. »Du bist also dieses Moskauer Wunderkind? Mit zwanzig Jahren bereits ein Hoher Vampir?«

»Ja.«

»Ist doch nicht möglich!« Laik schüttelte den Kopf. »Dich zu treffen – damit hätte ich nun wirklich nicht gerechnet. Und du hast noch nichts getrunken?«

»Nein.«

»Und dann sitzt du einfach hier rum? Hungrig und böse, unterhältst dich mit uns, statt dir ein Opfer zu suchen und dich endlich mal satt zu trinken – auch wenn das nicht lange vorhält?«

»Ich mag ja ein Untoter sein«, Kostja blickte finster drein, »aber ich habe eine Seele. Ihr versteht dieses Lied nicht, obwohl ihr Dunkle seid. Aber bei mir kehrt es jedes Mal das Innere nach außen. Auf meinem MP3-Player ist nur dieser eine Song, vierundzwanzigmal hintereinander, mehr passte nicht drauf. Und trotzdem hängt er mir nicht zum Hals raus.«

In seinen Worten lag so viel Schmerz und Sehnsucht, dass niemand etwas darauf erwiderte. Erst nach einer endlosen Minute wagte Laik, etwas zu sagen. »Und wer ist heute … der Glückliche?«, wechselte er das Thema.

Mit einem Mal schaute er unwillkürlich in die Richtung, in der die Wohnung von Lass lag. »Doch wohl nicht …«

»Nein, nicht euer Nachbar«, brummte der Vampir, der auf den Boden links von sich blickte. »In Strogina treibt sich so ein Monster rum. Der vergewaltigt junge Frauen. Zwölf Opfer in zwei Monaten. Wenn ich den Arsch heute erwische …«

Es wäre wirklich schade gewesen, wenn das blinde Schicksal dem Vampir eine Jagdlizenz für den musikalischen Nachbarn zugespielt hätte, eine in höchstem Maße extravagante Persönlichkeit und auf seine Art durchaus sympathisch.

»Also dann, Waidmannsheil, Anderer«, wünschte Laik mit einer gewissen Erleichterung.

Konstantin drehte sich dem Fenster zu und kniete sich aufs Fensterbrett. »Fühlt euch nicht länger an die Einladung gebunden«, rief er ihnen über die Schulter zu.

»Ja, ja«, erwiderte Laik. »Wir werden deinen überraschenden Besuch schon … überleben.«

In der nächsten Sekunde flatterte eine riesige Fledermaus zum Fenster hinaus und verschmolz mit dem nächtlichen Moskauer Himmel.

»Hmm«, brummte Schwed beredt. »Das Leben ist schon kompliziert. Selbst für einen Untoten.«

»In gewisser Weise sind wir doch alle Untote, mein Freund, schließlich lebt kein Mensch so lange wie wir. Nur dass das Leben, das wir führen, eben keines ist. Da kannst du jeden alten Anderen fragen. Mit der Zeit kommst du auch noch dahinter.«

Laik aschte direkt aufs Parkett. »Und jetzt wird geschlafen«, befahl er.

DREI

Obwohl sie sich gestern Nacht zu reichlich vorgerückter Stunde von Lass verabschiedet und ordentlich was getrunken hatten, wirkte die ganze Mannschaft am nächsten Morgen erstaunlich munter. Sogar Symonow, der ohne Anwendung von Magie normalerweise unter einem fürchterlichen Kater litt. Jefim übernahm freiwillig die Funktion des Bierverwalters und -kuriers. Angesichts der Ausmaße der Dienstwohnung war dies ein löblicher Gedanke. Wer wollte, konnte sich einige Zeit in den beiden zyklopischen Wannen verlustieren oder sich unter eine der beiden Duschen stellen. Dann gab es ein leichtes Frühstück aus den Resten, die sich noch im Kühlschrank befanden, und eine Zigarette vor dem Anruf bei Schagron, bei dem besetzt war, und danach noch eine.

Mit einem Mal tauchte Laik jedoch überraschend ins *Zwielicht* ein, bis in dessen tiefste Tiefen, wohin ihm selbst Iraklij nicht ohne Weiteres zu folgen vermochte. Der Chef der Kiewer blieb nur kurze Zeit fort, kehrte aber fast sofort wieder zurück, um dann mit dem Gesicht zur Wand loszupoltern: »Nun kommt schon rein.«

Prompt bildete sich in der Wand ein Portal. Ein lichtes Portal. Aus dem blendenden Gleißen traten zwei Personen ins Zimmer, der Beobachter Alexej Solodownik sowie ein Mann unbestimmten Alters, in dem auf Anhieb ein Magier der Extraklasse zu erkennen war.

»Ah!« In Laiks Stimme schlich sich ein leicht abfälliger Ton. »Der Hellichte Geser! Welcome! Welcome!«

»Spar dir diese Spielchen, Tawiskaron«, brummte dieser.

»Soll ich das wirklich tun?«, fragte Laik scheinheilig. »Es hat dir doch immer geschmeichelt, nicht nur schlicht als Geser, sondern als Helllichter Geser angesprochen zu werden.«

»Zumindest halte ich mit meinem Namen nicht hinterm Berg«, knurrte Geser Laik an.

»Warum du dich bloß so am Namen festbeißt!«, schnaubte Laik. »Man könnte ja fast glauben, du hättest dein ganzes Leben lang nur diesen einen getragen. Und falls ich nicht an Altersschwachsinn leide, spricht dich doch sogar die hiesige Jugend stets mit Boris Ignatjitsch an.«

Diesmal verkniff sich Geser jede Erwiderung.

»Gut, lassen wir das Thema.« Laik zündete sich eine Zigarette an und schickte einige Rauchringe zur Decke. »Welchem Umstand verdanken wir den Besuch so hoher Gäste?«

»Warum wollt ihr mit dem Zug nach Piter?«, fragte Geser auf einmal. »Noch dazu mit dem Tagzug?«

»Wie bitte?« Laik neigte den Kopf zur Seite und verengte die Augen zu Schlitzen. »Bist du vielleicht vor Kurzem in Odessa gewesen? Dass du neuerdings eine Frage mit einer Gegenfrage beantwortest?«

»Tawiskaron«, sagte Geser geduldig und in leicht arrogantem Tonfall. »Vergeude bitte nicht meine Zeit! Und die deine auch nicht, schließlich bist du diesmal nicht wie sonst zu Besuch hier, sondern musst eine Mission erfüllen, die unter dreifacher Schirmherrschaft steht. Also hör auf, um den heißen Brei herumzureden, und beantworte meine Frage.«

»Im Flugzeug kann man sich nicht hinlegen«, erklärte Laik.

»Im Tagzug auch nicht.«

»Wir mussten nehmen, was wir kriegen konnten. Außerdem sind wir in Piter vom Moskauer Bahnhof aus schneller am Newski, als wenn wir vom Flughafen Pulkowo kämen.«

»Du willst mir also nicht antworten. Na schön, du musst ja wissen, was du tust. Bedenke aber eins, morgen – ja, morgen schon – schickt mir dieser junge Mann hier den ersten Bericht. Sollte sich herausstellen, dass ihr wie üblich nur Unfug treibt und durch die Kneipen zieht, statt so schnell wie möglich euer übergeschnapptes Geschmeiß zu bändigen, dann werde nicht *ich* mich mit dir unterhalten – sondern der Vertreter der Inquisition. Und wie dir nur allzu gut bekannt ist, schlägt *der* härtere Töne an.«

»Willst du mir etwa Angst einjagen, Hellllichter Geser?« Laik fuchtelte streitsüchtig mit den Händen in der Luft herum. »Das passt nicht zu dir. Und was unsere Arbeit angeht, die werden wir schon schaffen. Vor allem, wenn uns nicht irgendwelche hohen Tiere mit ihren Besuchen davon abhalten! Und wenn uns nicht irgendein Milchbubi am Rockzipfel hängt.«

Bei diesen Worten blinzelte Laik vielsagend in Richtung des jungen Beobachters, über dessen Rücken daraufhin ein eisiger Schauder gerieselt sein dürfte.

»Nun hör aber mal auf.« Geser nickte mehrmals. »Mach dich lieber an die Arbeit. Und achte bitte darauf, dass deine Milchbubis nicht allzu viel Porzellan zerschlagen und sich lieber anständig aufführen.«

»Auf meine Milchbubis brauche ich nicht aufzupassen«, hielt Laik in aller Gemütsruhe dagegen. »Die sind nämlich hervorragend dressiert. Abgesehen davon nehme ich keine Dreikäsehochs mit auf solche ... Ausflüge. Von ihm vielleicht abgesehen.« Laik drehte langsam den Kopf und zeigte auf Jefim. »Aber das ist auch einer der Besten.«

Geser setzte ein schiefes, skeptisches Grinsen auf, verkniff sich aber jeden Widerspruch. Dann öffnete er ein Portal und entfernte sich hoheitsvoll – in Begleitung des jungen Beobachters, versteht sich. Als Arik versuchte, sich einen Eindruck von der umverteilten Energie zu verschaffen, geriet er dabei so rasch ins Schleudern, dass er aufgab. Der Helllichte Geser, der Chef der Moskauer Nachtwache und somit ihr Erzfeind, war offenbar noch stärker als Laik – wer hätte das für möglich gehalten?

»Jefim«, rief Laik. »Hast du gehört, was der Helllichte Geser gesagt hat? Lass dein Bier stehen und ruf Schagron an! Wir fahren zum Bahnhof.«

»Zum Leningrader?«, hakte Jefim nach.

»Zu welchem denn sonst?!«

»Es fahren schließlich nicht nur vom Leningrader Bahnhof Züge nach Piter«, teilte der umfassend informierte Jefim mit, »sondern auch vom Kursker oder vom …«

»Ruf an!«, brüllte Laik, jedoch ohne Bosheit in der Stimme. Selbst wenn er Jefim noch so sehr anschrie, das Wissen dieses forschen Jungen wusste er zu schätzen.

Diesmal war nicht besetzt. Zwanzig Minuten später trafen Schagron und Deniska ein.

Laiks Großmut überstieg an diesem Tag jede nur denkbare Grenze. Nicht einmal die übrigen Fahrgäste schmiss er aus dem Schlafwagen, nein, er zwang lediglich die Eisenbahner, einen weiteren Waggon anzuhängen – und zwar nicht am Kopf oder am Ende, sondern in der Mitte, neben dem Speisewagen. »Natürlich, sicher, gar kein Problem«, und der Waggon wurde eingefügt. Selbstverständlich standen die übrigen Plätze in ihm nicht zur Verfügung, nicht einmal gegen eine kleine Bestechung, worauf jemand aus Laiks Mannschaft geflissentlich achtete. Eine Viertelstunde vor der Abfahrt erschien mit klappernden Absätzen, modischer Frisur und verspiegelter Sonnenbrille funkelnd Laryssa Narymanowna in Begleitung eines grauhaarigen Gentleman von eindeutig europäischem Aussehen, der zwischen ihr und einem überdimensionalen Rosenbouquet förmlich zermalmt wurde.

Laik und Symonow rauchten voller Nostalgie eine letzte Zigarette auf dem Bahnsteig, obwohl sie auch problemlos im Abteil hätten rauchen können. Aber so wollten sie es nun einmal. Schließlich hatte es etwas, vor dem Waggon zu stehen, die hierhin und dorthin wuselnden Fahrgäste und Gepäckträger zu beobachten, in die Situation einzutauchen, die Atmosphäre der bevorstehenden Fahrt in sich aufzunehmen. Selbst Schwed, der nie in seinem Leben geraucht hatte, ließ sein geliebtes Notebook auf dem Tisch zurück und stieg noch einmal aus. Jefim besorgte Bier. Iraklij, Arik und Dymka Rubljow blieben dagegen im Waggon.

Sobald sich Laryssa Narymanowna näherte, gab sie den Arm des Gentleman frei, worüber dieser sich sehr zu freuen schien, denn er umfasste das Bouquet sofort mit beiden Armen.

»Muss ich dir meine Fahrkarte vorzeigen?«, erkundigte sich die Hexe amüsiert.

»Guten Tag, Laryssa Narymanowna!«, säuselte Symonow, einen Kratzfuß machend.

»Hallo, Larysska«, brummte Laik. »Ich habe schon gedacht, du seist bereits abgeflogen.«

»Wieso das? Hier lockt die Moskauer Nacht, tagsüber sind die Züge leer. Was soll ich da von Flughafen zu Flughafen hetzen? Hallo, Symonow!«

Die Hexe drehte sich ihrem Begleiter zu und redete in ratterndem Italienisch auf ihn ein. Der Mann nickte nur demütig.

»Das siebte Abteil gehört mir«, stellte sie klar, wieder ins Russische wechselnd. »Sollte sich da schon jemand breitgemacht haben, schmeiß ich ihn raus.«

»Dein Abteil ist frei«, knurrte Laik. »Geh nur rein. Dem Gepäckträger sagen wir schon, wohin, keine Sorge.«

Laryssa Narymanowna verschwand samt ihrem Gentleman im Waggon; beim Einsteigen segelten einige purpurrote Blütenblätter zu Boden.

Ein paar Minuten später trabte der bereits erwähnte Gepäckträger heran. Auf seinem Wägelchen thronte einsam und ein wenig verwaist der kleine Lederkoffer der Hexe.

»Ins siebte Abteil«, informierte ihn Laik, während Symonow in seiner Tasche nach einem Geldschein mittleren Werts kramte, den er dem Gepäckträger mit großspuriger Geste entgegenstreckte, als der kurz darauf wieder aus dem Waggon sprang. Der Mann dankte umständlich, klemmte sich hinter seinen Karren und zog in unverändertem Trab ab, zurück zur Bahnhofshalle.

Bald darauf tauchte auch Jefim wieder auf. Vier Gestalten von höchst subversivem Äußeren trugen ihm die Tüten mit dem Bier und sonstigem Reiseproviant. Selbst neben diesen vierschrötigen Trägern nahm sich der zartgliedrige Jefim nicht verloren aus. Andere kennen den wahren Wert ihrer Person und teilen deshalb die Ängste der Menschen nicht.

Unterdessen bat die Zugbegleiterin alle in den Waggon, da es losgehen sollte.

Und dann fuhren sie los. Im ersten Moment ließ sich nicht sagen, ob der Zug am Bahnsteig entlangzuckelte oder der Bahnsteig am Zug. Doch schon bald bewies ihnen das leichte Ruckeln des Waggons, dass der Bahnsteig zurückblieb. Überhaupt waren Bahnsteige ja gänzlich unverrückbar, genau wie Moskau. Oder Kiew. Und nur die Züge, diese ewigen Wanderer, suchen und fliehen die Städte, kennen weder Ruhe noch Stillstand, rattern von Reparatur zu Reparatur und irgendwann zur Einschmelze oder auf den Schrottplatz.

Das normale Gedränge nach der Abfahrt fehlte in dem halb leeren Waggon der Anderen völlig.

Im Nachtzug wurden die Betten vorab vorbereitet, in einem Tagzug war das nicht nötig. Hier lagerte die Bettwäsche für den Notfall in eingeschweißten Plastikbeuteln in Regalen. Nach den Fahrkarten fragte in diesem Waggon und bei diesen Reisenden sowieso niemand. Keiner wollte Tee trinken, und falls jemandem doch der Sinn danach stand, gab es noch Arik Turljanski, einen wahren Teeprofessor und -gourmet, und Dyma Rubljow, der ebenfalls etwas von der Tradition des Aufgusses verstand. Kurz und gut, die eine Zugbegleiterin ergriff sofort die Flucht, die andere zog sich leise ins Dienstabteil zurück und steckte die Nase nicht mehr vor die Tür, was alle mit größter Genugtuung zur Kenntnis nahmen. Der Kavalier von Laryssa Narymanowna war dezent in die Horizontale gebracht worden, damit er aus dem Weg war. Das fünfte, in der Mitte gelegene Abteil wurde zum »Club« auserkoren. Hier traf man sich auf ein Bier – und wartete auf einen Gast.

Und ein Gast würde sicher aufkreuzen, schließlich hatte Laik das beiläufig erwähnt.

Nach Ansicht von Arik Turljanski sah Laik die nächste Zukunft nämlich sehr klar voraus, beinahe auf die Sekunde genau. Allmählich ahnte er sogar, dass Magier vom Range eines Laik, eines Artur alias Sebulon oder des besagten Helllichten Geser diese Zukunft häufig genug überhaupt erst gestalteten.

Und sowohl der unerklärliche Wunsch Laiks, den Tagzug zu nehmen, wie auch die regelmäßigen Besuche der Lichten, ihre musikalische Unterkunft im Assol, der hereingeschneite Vampir und selbst der Begleiter der Hexe Laryssa Narymanowna – all das waren Teilchen in einem gigantischen Mosaik der Zukunft, das Laik zusammen mit den übrigen Hohen in aller Gemütsruhe und mit erlesenem Geschmack schuf, wobei jeder Einzelne von ihnen eifersüchtig darauf achtete, dass das von ihm gestaltete Bild in nicht minder strahlenden Farben leuchtete als das seines Nachbarn. Der Nachwuchs, wie Jefim, und die Mittelklasse, wie Schwed, Symonow oder sogar Arik, waren im Grunde ebenfalls Teile dieses Mosaiks. Bestenfalls noch Waffenträger, in buntes Glas gepresst. Sich diese Tatsache einzugestehen, stimmte Arik ein wenig traurig, aber er wusste auch, dass damit der erste Schritt auf dem Weg von der Glasscherbe in fremden Händen hin zur Anfertigung eines eigenen Mosaiks getan war. Und er ahnte, wie schlecht er sich die Länge und den Dornenreichtum dieses Weges bisher vorzustellen vermocht hatte.

Ob auch Schwed, dieses bescheidene Gemüt, schon einmal über ähnliche Fragen nachgedacht hatte? Oder der ungehobelte Symonow? Oder Dymka Rubljow? Ja, mit Sicherheit hatten sie das. Sobald sie der Kampf zwischen Dunkel und Licht, der so alt war wie die Welt, einmal nicht in Anspruch nahm. Arik wusste, dass viele Andere gestorben waren, sowohl infolge dieses Kampfes als auch durch Schelmenstücke des Lebens und Unglücksfälle. Die Altersgrenze von zwei- oder dreihundert Jahren überschritten nur wenige von Hundert. Ein Alter von tausend Jahren erreichten nur wenige von Tausend. Über alles Weitere auch nur nachzudenken, scheute er sich. Wie alt wohl der Helllichte Geser oder Artur alias Sebulon sein mochten? Jahrhunderte dürften da gewiss nicht ausreichen!

Iraklij und Laryssa Narymanowna hatten die zweihundert vermutlich schon hinter sich gelassen, die tausend aber noch nicht erreicht. Aber wie viel älter als zweihundert Jahre waren sie? Und wie viel unter tausend? Wenn man das nur ungefähr wüsste! Selbst Arik war ja nach den Maßstäben der Menschen bereits ein alter Mann, der aufs erste Jahrhundert zusteuerte. Aber wenn er mit Altersgenossen sprach oder mit Menschen, die zehn oder zwanzig Jahre jünger waren als er, fühlte er sich wie ein Teenager. Ahnungslos, naiv und unerfahren. Weisheit stellt sich ein, wenn du anerkennst, dass das Ende naht. Aber wenn vor dir noch Jahrhunderte liegen, dann bleibst du … gut, vielleicht kein Teenie, aber doch im Prinzip jung. Im Geist *und* im Körper, versteht sich. Arik selbst hatte den Eindruck, sich im Alter von etwa vierzig Jahren konserviert zu haben. Danach hatte es keine besonderen Veränderungen mehr gegeben, vom wachsenden magischen Können abgesehen. Aber die Fähigkeit, stärkere Zauber zu wirken und mit beeindruckenderen Kraftströmen zu hantieren, hatte aus unerfindlichen Gründen nicht zu einem Anwachsen der Alltagsweisheit geführt. Umso mehr erstaunte ihn die Leichtigkeit, mit der eine Koryphäe wie Laik aus seinen Wolkenhöhen auf eine Stufe mit Arik sprang und ohne Probleme von Gleich zu Gleich mit ihm kommunizierte. Ob auch er, Arik, irgendwann über ein solches Können verfügen würde? Oder Schwed, Symonow, Rubljow und Jefim? Dann würde der Altersunterschied zwischen Arik und Jefim derart irrelevant geworden sein, dass ihn alle vergessen haben würden. Jetzt aber, ja, da war Arik in der Tat älter. Faktisch fünfmal so alt, moralisch doppelt. Schwed und Rubljow passten ganz gut zu seinem konservierten Alter. Symonow hatte Ariks Alter vor fünfzehn Jahren erreicht und es seinem Verhalten nach recht gut konserviert.

Was für Gedanken ... schwere Gedanken ... Reisegedanken ...

Der Zug lärmte ein wenig mit den Rädern in der Spur, als er Moskau verließ.

Schwed hatte sich irgendwann von seinem Laptop losgerissen, war ins Clubabteil gekommen, hatte sich dort mit einer Flasche dunklem Bier, Marke Afanassija, bewaffnet und sich neben Arik hingelümmelt, der in einer Ecke saß. Laik fläzte sich ebenfalls auf diese Bank, ihnen gegenüber stritten Symonow, Iraklij und Jefim über die Vorteile ukrainischen Biers gegenüber russischem. Nur Rubljow fehlte, der im Abteil am Ende des Waggons hockte und in einem Buch von Jenö Rejtö las, das er gerade erst am Bahnhof gekauft hatte. Arik hatte keine Lust, sich über Bier zu streiten, da er der gerechten Meinung anhing: Gegen ein Guinness kommt nichts an. Laik schwieg nachdenklich, offenbar in Erwartung des angekündigten Besuchers.

»Dieses Moskau ist einfach riesig«, brachte Schwed schließlich heraus, wobei er gedankenverloren zum

Fenster hinausschaute. »Und irgendwie auch – richtig quirlig.«

»Kiew ist aber auch nicht gerade klein«, wechselte Jefim bereitwillig das Thema.

»Stimmt. Aber da gibt es dieses ewige Gewusel nicht«, sagte Schwed und trank einen Schluck. »Vielleicht ist deshalb das Bier in Kiew besser?«

Arik hatte für sich schon öfter die flüchtigen Empfindungen, die Städte hervorriefen, durchgekaut. Also steuerte er zu diesem Thema bei: »Moskau ist gleichgültig gegenüber den Menschen. Gegenüber den Anderen natürlich auch. Aber was ist das auch für eine Stadt? Nehmt dagegen Kiew oder Odessa. Von mir aus auch Nikolajew. Wohin man da auch schaut, überall sieht man Beete, Parks, Bänke und Rasen. Überall ist Wasser. Aber in Moskau? Hyperbreite Straßen, Glasbeton, ein Meer von Autos ... Ich vergesse die Flüsse? Pah! Dass die sich trauen, diese Kloake überhaupt noch Fluss zu nennen!«

»Die Moskwa war einmal ein herrlicher kleiner Fluss, in dem es mehr als genug Fische gab und wo du die Krebse mit bloßen Händen fangen konntest«, warf Iraklij ein. »So wie er jetzt ist, haben ihn erst die Menschen gemacht. Und da wundert ihr euch, dass die Stadt Menschen nicht gerade schätzt?«

In diesem Augenblick tauchte auch Laik aus seinen Gedanken wieder auf. »Das darfst du nicht verwechseln! Du darfst Fluss und Stadt nicht gleichsetzen. Die Stadt ist ein Werk der Menschen, sie gehört auch zu den Menschen, und zwar in der Weise, an die sie, die Stadt, sich gewöhnt hat, während sie gewachsen ist. Moskau ist gleichgültig, das stimmt. Es zermalmt sowohl die Menschen wie auch die Anderen, die nicht in der Lage sind, die Stadt zu verstehen. Sicher, man kann sich in ihr einleben, man kann sie auf eine Art sogar lieben. Aber man darf Moskau nicht vertrauen.«

»Und Kiew?«, wollte Jefim daraufhin wissen.

»Kiew kann man schon vertrauen. Kiew liebt die Menschen nämlich. Genau wie die Menschen Kiew lieben. Es ist warm, mächtig und warm.«

»Du hörst dich fast an, als sei eine Stadt ein lebendiges Wesen«, bemerkte Symonow zwischen zwei Schlucken.

»Aber genau das ist auch der Fall«, entgegnete Laik gelassen. »Nimm beispielsweise dein Winnyzja. Im Grunde ist es kein schlechtes Städtchen und ganz gemütlich. Aber die nahegelegene energetische Zone – du weißt genau, was ich meine – neigt es dem Dunkel zu.«

»Sie meinen die Gegend mit dem Führerhauptquartier *Werwolf*?«, wollte Arik wissen.

»Ja. Glaubst du etwa, die Deutschen hätten diese Stelle nur zufällig ausgesucht?«

»Nein, das glaube ich nicht.«

»Und du tust gut daran«, lobte ihn Laik. »Eigentlich müssten die Dunklen da doch voll auf ihre Kosten kommen, nicht wahr? Aber wie sieht es tatsächlich aus? Findet ihr wirklich, du und deine Landsleute, dass es euch kaum besser gehen könnte?«

»Hmm«, brummte Symonow. »Darüber habe ich noch nie nachgedacht. Ich lebe da einfach.«

»Du fühlst dich da nicht besonders wohl«, mischte sich Schwed ein. »Ich bin dreimal in Winnyzja gewesen, und dreimal hat mich dort etwas bedrückt. Eine Ahnung von nahendem Unheil oder etwas in der Art.«

Symonow sah Schwed erstaunt an.

»Und weißt du, woher das kommt?«, fragte Laik mit zusammengekniffenen Augen.

»Woher?«

»Weil es in Winnyzja zu viel Dunkel gibt.«

»Kann es wirklich zu viel Dunkel geben?«, fragte Jefim verblüfft.

»Ja. Außerdem kann es auch zu wenig Licht geben. Ja, ja, das kannst du mir ruhig glauben. Wodka schmeckt widerlicher als Wein, obwohl er mehr Alkohol enthält. Den Anderen – und den Menschen übrigens auch – entspricht aber das Gleichgewicht. Genau deshalb lieben wir Kiew alle so, weil es erstaunlich ausbalanciert ist. Dort kommt das Dunkel dem Licht nicht in die Quere, und das Licht drängt das Dunkel nicht allzu stark zurück. In Winnyzja ist dieses Gleichgewicht zugunsten des Dunkels gestört, deshalb empfindet es ein Besucher auch als abweisend.«

»Und in Moskau?«, wollte Arik wissen.

»Moskau ist flatterhaft. Und viel zu groß. Das Gleichgewicht variiert bereits von Stadtteil zu Stadtteil, obendrein verändert es sich noch ständig wegen der großen Zahl von Anderen und ihren vielfältigen Aktivitäten. Das instabile Gleichgewicht wiederum zwingt die Anderen, oft zu intervenieren, was das Gesamtbild weiter verzerrt. Versteht ihr das? Moskau ist ein Kessel, in dem es vor Kraft kocht und brodelt. Letztlich haben wir es mit einem sich selbst erhaltenden System zu tun. Die Stadt stachelt die Anderen an, die Anderen stacheln die Stadt an.«

Draußen zogen schon seit einer geraumen Weile die kleinen Städtchen, Dörfer und Bahnsteige aus dem Moskauer Umland vorbei.

»Und was ist mit Piter?«, fragte Schwed, der seine leere Bierflasche unterm Tisch verschwinden ließ und sich eine neue vom Tisch angelte.

Laik zog die Brauen zusammen und brachte zunächst keinen einzigen Ton heraus. Entweder dachte er über das nach, was er sagen wollte, oder er spürte seinen Eindrücken nach.

»Piter ... Piter, meine Freunde, das ist das Grauen an sich. Im Vergleich zu Piter ist Winnyzja eine Oase.«

»Was erwartest du denn auch?«, schnaubte Symonow. »Schließlich ist Piter auf Knochen erbaut!«

»Es liegt nicht nur an diesen Knochen«, widersprach Laik kopfschüttelnd. »Die Ingermanländischen Sümpfe sind an und für sich schon ein relativ düsterer Ort. Ideal, um Opfer darzubringen. Wenn ihr wüsstet, wie viele Leben dort vergeudet wurden, wie viel Energie dort verschwendet wurde. Nein, Piter hasst einfach alle, daran gibt's nichts zu rütteln. Es ist eine Zombiestadt, eine Vampirstadt, es verschlingt alle, ohne Ausnahme, Dunkle, Lichte, Andere, Nicht-Andere. Und wie ein echter Vampir betört dich Piter, bevor es dich aussaugt. Die Petersburger verlieren ihre Seele mit einem Lächeln auf den Lippen und in tiefer Liebe für ihre Stadt, die ihnen Tag für Tag die Seele aussaugt. Es ist kein Zufall, dass es dort nur wenige Andere und überhaupt keine alten und starken Anderen gibt. Habt ihr schon einmal diese Straßen in Piter gesehen, in denen überhaupt keine Bäume stehen? Die Höfe, in denen kein Gras wächst, sondern alles nur voller Asphalt ist? Oder die toten Steinbrunnen, die einen das Fürchten lehren? Wisst ihr, wie Piter vor hundertundfünfzig Jahren in bestimmten Kreisen genannt wurde? Schwarzes Palmyra. Nicht Nördliches Palmyra, nein, Schwarzes. Sollte sich irgendwann einmal jemand das wahre Antlitz dieser verfluchten Stadt ansehen, so wird er das nachher mit Sicherheit bereuen.«

»Wie aufschlussreich«, kommentierte ein Mann, der, wie sich jetzt herausstellte, schon einige Zeit vor der Abteiltür im Gang gestanden und ihrem Gespräch gelauscht hatte. »Und wie lehrreich.«

Gerade als Jefim ins *Zwielicht* abtauchen wollte, um den Unbekannten zu sondieren, hielt Laik ihn mit einer Geste zurück.

Selbstverständlich handelte es sich bei dem Unbekannten nicht um einen Menschen. Wer außer einem Anderen hätte schließlich in diesen Waggon kommen und sich hier aufhalten können? Ein normaler Mensch wäre wie ein Schlafwandler schnurstracks durch den Wagen gestapft und hätte dessen Existenz auf der Stelle vergessen.

»Komm rein, Chena!«, forderte Laik ihn auf. »Warum stehst du da rum?«

»Ich wollte ein bisschen zuhören«, antwortete Chena lakonisch, trat ein und setzte sich neben Jefim, der seinerseits etwas an den Tisch herangerückt war.

Chena war ein Tiermensch. Ein typischer unterer Dunkler. Allerdings nur auf den ersten Blick. Arik spürte noch etwas in ihm. Etwas Verborgenes, Tiefes, Mächtiges und Unerklärliches.

»Hallo, Dunkler Bruder!«, begrüßte ihn Symonow. »Willst du ein Bier?«

Chena lächelte, wenn auch kaum wahrnehmbar. So mochte vielleicht ein Fels lächeln – für jemanden, der imstande war, dieses Lächeln zu bemerken.

»Chena sagt nie nein zu einem Bier.«

Daraufhin händigte ihm Symonow sofort eine geöffnete Flasche aus und schob ihm allerlei Kleinigkeiten hin. »Hier ist Tintenfisch und Pistazien. Also, greif zu.«

»Chena greift immer zu.«

Aus den Augenwinkeln heraus registrierte Arik, wie Laik die Szene mit unsagbarem Vergnügen beobachtete. Überhaupt erinnerte er momentan ganz an einen Theaterbesucher in einer Loge, mitten in einem Stück, das er gut kannte.

»Wohin geht die Reise denn?«, hielt Symonow das Gespräch am Laufen.

»Dorthin, wohin auch eure Reise geht«, erwiderte Chena ruhig, sehr ruhig, während er nach einem Stück Tintenfisch angelte.

»Hmm«, Jefim kniff – ganz wie der Chef – die Augen zusammen, »dann bist du also ...«

»Genau, ich bin der Beobachter«, fiel ihm Chena ins Wort.

»Der Beobachter?«, fragte Jefim erstaunt. »Weshalb brauchen die Dunklen einen dunklen Beobachter?«

Auf diese Frage zuckte Chena nur unbestimmt die Achseln, auch das kaum sichtbar. Fast konnte man meinen, er gehe bewusst spärlich mit seinen Gesten um.

»Na, mir soll's egal sein.« Jefim trank sich etwas Mut an, um dann mit einer Direktheit zu fragen, die der Jugend eigen war: »In was verwandelst du dich, Kollege?«

Chena kaute den gelblichen Tintenfisch herunter, nahm einen Schluck aus der Bierflasche und wandte sich erst danach wieder Jefim zu: »In einen Smilodon.«

»Aha. Und was ist das?«, fragte Jefim ahnungslos.

»Eine Katze. Eine große.«

»Unser Kollege – der, der gerade im Nachbarabteil ein Buch liest – der verwandelt sich in einen Bären. Allerdings ist er kein reiner Tiermensch, sondern auch noch ein Magier.« Jefim erging sich aus unerfindlichen Gründen in Erklärungen.

Chena nahm es ungerührt zur Kenntnis.

»Moment mal«, mischte sich Symonow plötzlich ein und schob mit der vertrauten Geste die Brille die Nase hinauf. »Wenn ich mich nicht irre, ist der Smilodon doch eine Gattung des Säbelzahntigers.«

»Du irrst dich nicht«, antwortete Chena nach kurzem Schweigen.

»Aber die sind ausgestorben! Zusammen mit den Mammuts!«

»Alle sterben irgendwann aus«, bemerkte Chena philosophisch. »Die Bären werden auch irgendwann aussterben. Und die Wölfe.«

Im Abteil machte sich ungläubiges Schweigen breit. Arik schielte zu Laik hinüber, der aber immer noch an einen Theaterbesucher während seines geliebten und bereits auswendig gelernten Stücks erinnerte.

»Stopp! Stopp!« Symonow schien die Lösung zu haben. »Du willst also sagen, dass der Smilodon, als du geboren wurdest, noch nicht ausgestorben war?«

Arik fröstelte es, und er zuckte unwillkürlich zusammen. Schwed hätte sich beinahe an seinem Bier verschluckt. Jefim klimperte verwirrt mit den Wimpern. Laik strahlte und amüsierte sich. Iraklij lächelte, ein wenig arrogant, aber auch etwas traurig.

Chena schluckte ein weiteres Stück Tintenfisch hinunter und ging in unverändertem Tonfall auf Symonows Gedanken ein. »Müssen denn diejenigen, die sich in eine Echse verwandeln, auch zu den Zeiten der Dinosaurier geboren worden sein?«

Den meisten im Abteil wurde daraufhin etwas behaglicher zumute. Zu früh allerdings, wie sich herausstellen sollte. Denn Chena fügte mit absoluter Unschuldsmiene hinzu: »In meinem Fall hast du allerdings recht. Früher bin ich auch wilden Smilodons begegnet. Etwa an dem Ort, wo heute Orenburg liegt.«

Die Kälte breitete sich mit neuer Kraft aus. Arik fielen seine Überlegungen von vorhin ein, zum Alter der Anderen. Nun saß ein lebendes Beispiel dafür vor ihm, das Relikt aus einer untergegangenen Zeit. Denn eins stand für Arik zweifelsfrei fest: Chena log nicht.

»Beim Dunkel auch! Wie alt bist du denn?«, fragte Symonow mit zitternder Stimme.

»Ich weiß es nicht.« Offenbar beschäftigte sich Chena nicht allzu sehr mit dem eigenen Alter. »Als ich geboren wurde, waren die Menschen zwar bereits auf die Idee gekommen, die durchlebten Jahreszeiten zu zählen, allerdings gingen ihnen die Zahlen bald aus. Lange Zeit umschrieb ich mein Alter einfach mit *viele Jahre*. An das eine oder andere Smilodon oder Mammut erinnere ich mich aber noch hervorragend. Doch lassen wir dieses dumme Geschwätz. Also, Kollegen, ich habe meine Pflicht erfüllt, indem ich mich euch zu erkennen gegeben habe. Ich habe die Ehre, Chena, Beobachter der Inquisition. Vielen Dank für das Bier und den Tintenfisch. Laik, Iraklij, ich wünsche euch viel Glück.«

»Vielen Dank, Hoher«, antwortete Laik mit großem Ernst und erhob sich. Den Gesichtsausdruck des zufriedenen Theaterbesuchers hatte er nun doch eingebüßt. Iraklij stand ebenfalls auf, obwohl ihn Laik und der Tisch dabei störten.

Chena nickte würdevoll, erhob sich und verschwand – einen Schritt vor der Abteiltür.

Laik und Iraklij nahmen erst nach einer langen Minute wieder Platz.

»Hol mich doch …«, krächzte Symonow. »Laik, stimmt das, was er gesagt hat?«

»Sicher«, antwortete Laik ernst. »Ich würde sogar noch einen Schritt weitergehen und behaupten, Chena ist der älteste Andere, den ich kenne. Es gibt zwar noch ältere, aber von denen habe ich nur gehört. Chena ist der Einzige, der sich bisher noch nicht ins Privatleben zurückgezogen hat.«

»Hat Prag *ihn* geschickt?«, fragte Schwed fassungslos. »Die Lichten schicken einen schwachen Magier – und die Inquisition ein solches Schlachtross?!«

»Ein Smilodon«, schnaubte Laik. »Aber du hast recht. Gut, in der Inquisition gibt es sowieso keine schwachen Magier. Ich glaube, der zweite oder dritte Grad markiert bei denen die unterste Grenze. Von den Vampiren gehören ihr nur die Hohen an. Und Tiermenschen? Ich meine, Chena ist der einzige. Und ausgerechnet ihn haben sie für uns als Beobachter abgestellt.«

Laik versank in Gedanken.

»Dann gibt es also auch Hohe Tiermenschen?«, fragte der neugierige Jefim.

Laik antwortete jedoch nicht. Er dachte nach. Stattdessen ließ sich Iraklij zu einer Antwort herab: »Es gibt keine Hohen Tiermenschen. Es gibt sehr alte Tiermenschen. Werd so alt wie sie, dann hast du auch genug gelernt.«

Plötzlich stand Laryssa Narymanowna in der Tür, in einem bestickten, dunkelkirschroten Kimono und mit Pantoffeln von der gleichen Farbe. Die Haare hatte sie zu einem Zopf zusammengebunden, einem ausgesprochen dicken. Fast wie bei einer ausgewachsenen Viper.«

»Jefim!«, stieß sie im Kommandoton aus. »Du musst Giovanni heilen! Diese Italiener vertragen einfach keinen Alkohol!«

Gehorsam stürzte Jefim hinaus. In diesem Augenblick tauchte auch Rubljow auf. Er machte ein etwas ratloses Gesicht. Vermutlich hatte sich Chena auch ihm vorgestellt.

»Da wären wir ja alle zusammen«, stellte die Hexe fest. »Laik, du hast dir lange genug das Hirn zermartert, jetzt schalte dich in unser Gespräch ein.«

Laik nickte und setzte sich bequemer hin, wobei er gleichzeitig für Laryssa Narymanowna zur Seite rückte. Rubljow ließ sich neben Symonow auf die Sitzbank fallen, auf Jefims alten Platz.

»Wollen Sie ein Bier, Laryssa Narymanowna?«, fragte Symonow, durchaus in einem leicht devoten Ton.

»Spar dir dein Süßholzgeraspel, Symonow. Wenn ich eins will, nehme ich mir schon eins.«

Als habe er eine Kröte verschluckt, erwiderte Symonow darauf nichts.

»Wenn Chena der Beobachter der Inquisition ist, dann muss die Angelegenheit weitaus schlimmer sein, als es zunächst den Anschein hatte. Oder nicht?«, kam Laryssa ohne Umschweife zur Sache, wobei sie Laik unverwandt ansah.

Der ließ sich Zeit mit der Antwort, machte jedoch deutlich, dass sie schon noch erfolgen werde.

»Nicht unbedingt«, fasste er seine jüngsten Gedanken in Worte. »Es ist doch so, Chena war früher ein Dunkler. In seinem Leben hat er schon mehr Abtrünnige und Sektierer gesehen, als wir uns vorstellen können. Vielleicht will Prag uns auf diese Weise zu verstehen geben: Keine Sorge, Jungs, ihr habt Rückendeckung. Natürlich könnte es aber auch genauso gut das Gegenteil bedeuten. Vielleicht will uns Prag damit ja von vornherein klarmachen, dass es nicht an den Erfolg unserer Sache glaubt – wenn wir allein auf unsere Kräfte vertrauen.«

»Wart mal. Chena fungiert doch als Beobachter, da wird er kaum selbst intervenieren.«

»Das braucht er auch gar nicht. Mit ihm hält uns die Inquisition schlicht und ergreifend vor Augen, welche Klasse die Teilnehmer einer solchen Operation haben müssen. Wenn schon der Beobachter ein solches Schwergewicht ist – wie müssen dann erst die eigentlichen Akteure aussehen? Die Antwort darauf könnt ihr euch selbst geben.«

»Mach nicht alles komplizierter, als es ist, Laik.« Iraklij runzelte verärgert die Stirn. »Man könnte ja glauben, du, Laryssa oder ich, wir seien nicht ausreichend qualifiziert.«

»*Wir* sind ausreichend qualifiziert«, erwiderte Laik mit schiefem Grinsen. »Aber vielleicht möchte Prag auf höchst delikate Weise die Frage aufwerfen, ob das auch für den Rest der Mannschaft gilt?«

»Man muss der Jugend doch was beibringen, oder?« Iraklij rieb sich mit charakteristischer Geste über den Bart. »Mir hast du ja irgendwann auch mal alles beigebracht. Und überhaupt, was geht Prag eigentlich an, wie wir uns *vor* der Operation verhalten? Die Aufgabe der Inquisition besteht einzig und allein darin, über diejenigen zu richten, die sich während der Operation etwas haben zuschulden kommen lassen.«

»Es ist auch ihre Aufgabe zu verhindern, dass sich überhaupt jemand etwas zuschulden kommen lässt. Erinner dich nur mal daran, wie tadellos sie reagiert hat, als diese verrückten Finnen die Kralle des Fafnir nach Moskau geschmuggelt haben.«

»Aber wir planen doch kein Verbrechen.«

»Doch«, konterte Laik gleichmütig. »Wir haben die Absicht, ein paar Andere im *Zwielicht* krepieren zu lassen. Vergiss das nicht. Vergiss das niemals.«

Eine Zeit lang verdauten die Legionäre des Dunkels das Gesagte.

»Ich habe eine Frage!«, meldete sich Schwed wie in der Schule zu Wort. »Warum ist der Beobachter der Lichten dann so schwach? Das verstehe ich nicht.«

»Geser soll schwach sein?«, gab Laik mit unverhohlener Ironie zurück. »Nun hör aber auf.«

»Geser?« Schwed zeigte sich verwirrt. »Der hieß doch Alexej … Solo-dingsbums.«

»Enttäusch mich nicht, Schwed! Alexej ist nur vorgeschoben. Der wahre Beobachter ist der Helllichte Geser höchstpersönlich. Aber es wäre unter seiner Würde, offiziell als Beobachter in Erscheinung zu treten. Sebulon, ich oder Chena – wir spucken auf diese hierarchischen Feinheiten, aber für Geser käme es nicht infrage, als Beobachter herzuhalten. So besorgt, wie die Lichten immerzu um ihr Image sind, haben sie natürlich Schiss, dass ihnen ein Zacken aus der Krone bricht. Außerdem dürft ihr nicht vergessen, dass Geser Moskauer ist. Und wie bereits mehrfach erwähnt, wenn sich die Moskauer in die Petersburger Angelegenheiten einmischen …«

»Okay, ich hab's verstanden«, sagte Schwed.

»Dann weih uns doch mal in den Plan ein«, bat Laryssa Narymanowna, voll auf die Sache konzentriert.

»Der Plan ist ganz einfach. Wir mieten uns im Hotel *Sowjetskaja* ein, an der Fontanka. Genau gegenüber gibt es ein kleines Haus und ich müsste mich schon sehr täuschen, wenn die Schwarzen dort nicht regelmäßig auftauchen würden. Dann nehmen wir mit ihnen Kontakt auf. Wir bringen sie dazu, uns zu einer ihrer Schwarzen Messen einzuladen, wobei wir diesen Chaosverehrern suggerieren, dass sie die größte Schwarze Messe feiern müssen, die man sich nur vorstellen kann. Natürlich um so viele Schwarze wie möglich auf einen Schlag zu rekrutieren. Alles Weitere entscheiden wir vor Ort.«

»Stehen wir mit der Petersburger Wache denn in Kontakt?«

»Formal ja. Aber wir arbeiten autonom. Gibt es sonst noch Fragen?«

Die Mannschaft wechselte untereinander Blicke.

»Offenbar erst mal nicht«, antwortete Symonow stellvertretend für alle.

»Dann macht mir doch mal bitte, falls das nicht zu viel verlangt ist, ein Bier auf.«

VIER

Piter empfing sie mit bedecktem Himmel, unangenehmem Sprühregen und einem vollgerotzten Bahnsteig. Laryssa Narymanowna schnappte sich kurzerhand den nächstbesten Gepäckträger; auf dessen Karren auch die anderen Legionäre ihr überschaubares Gepäck abluden. Nur Schwed behielt seine Tasche geschultert, denn seinen Laptop vertraute er niemandem an. Sie gingen über den Bahnsteig und an der Bahnhofshalle vorbei. Der Boden war mit Müll übersät, mit Kippen, Bonbonpapier und Zeitungsschnipseln. Am Ausgang zum Ligowski Prospekt wärmte sich an einem Lüftungsschacht eine ganze Horde Obdachloser. Daneben füllten sich zwei blausüchtige Typen mit billigem aserbaidschanischem Portwein ab, etwas abseits an einem verrotteten Zaun kotzte gerade eine abgehalfterte Dame in einem altmodischen Regenmantel und einem nicht minder altmodischen Hut.

Arik schaute sich angewidert um. Als Laik seinen Blick auffing, grinste er bloß und breitete die Arme aus: »Was hast du erwartet? Wir sind in der Hauptstadt der Kultur!«

Der Regen wollte einfach nicht nachlassen. Natürlich holte niemand die ukrainische Truppe ab, hiesige Tagwache hatte offenbar Besseres zu tun. Zum Beispiel Papiere von einem Tisch auf den nächsten zu stapeln.

Jefim hielt geschickt drei Privattaxis an. Der Gepäckträger lud ihre Sachen ein, bekam sein Geld und zog sich in den Schmutz des Bahnhofs zurück – der Unterschied zu den Straßen hielt sich, nebenbei bemerkt, in Grenzen.

Noch aus dem Auto rief Laik den Beobachter der Lichten an. »Hallo! Herr Beobachter? Sparen Sie sich sämtliche Begrüßungsworte, sie sind ohnehin nicht aufrichtig gemeint. Ich habe Ihnen mitzuteilen, dass wir eingetroffen sind und uns an die Arbeit machen. Ja. Übrigens rate ich Ihnen, sich von uns fernzuhalten. Also dann, ciao, ciao, wie die italienischen Vampire sagen.«

Nachdem Laik das Handy in der Tasche versenkt hatte, zündete er sich eine Zigarette an.

»Meinst du, er hält sich an das, was du gesagt hast, und spioniert uns nicht aus?«, wollte Iraklij, der hinten saß, wissen.

»Nein, das glaube ich nicht«, antwortete Laik gelassen. »Gerade weil ich es verlangt habe, wird er mir nicht gehorchen. Du kennst diese Lichten ja.«

Der Chef der Kiewer drehte sich um und schaute zum Fenster hinaus.

Piter machte einen düsteren und bedrückenden Eindruck, und zwar auf sie alle – abgesehen vielleicht von dem immer noch ausgeknockten Giovanni.

Im Hotel *Sowjetskaja* bekamen sie rasch und ohne Einsatz von Magie Zimmer, allein dank einem absolut unmagischen, aber entsprechend dicken Packen

Geldscheine. Abgesehen davon finden sich in solchen Hotels immer freie Zimmer. Sie wählten die Luxussuiten, die am teuersten waren und in einem abgeschiedenen Flügel lagen. Bis auf Laryssa kehrten danach alle über die langen Korridore zurück ins Hauptgebäude. Symonow wollte gern in die Bar *Bavaria*, an der sie vorbeikamen, einen Abstecher machen, aber Laik hielt ihn zurück.

Regen plätscherte gegen die Fenster.

In der zweiten Bar, gegenüber der Hotelrezeption, hielten sie sich zu Ariks Überraschung nur kurz auf, lediglich für zwei Cocktails. Nach dem zweiten Drink stand Laik energisch auf, drückte die Zigarette im Aschenbecher aus und erklärte: »Abmarsch ins Bett! Ich brauche euch morgen frisch und munter. Wer es wagen sollte, den Abend auszudehnen, der bekommt es mit mir zu tun. Haben wir uns verstanden?«

»Hundertpro!« Jefim stand in einer Parodie des amerikanischen Saluts stramm.

»Hervorragend«, bemerkte Laik und entließ seine Mannschaft mit herrschaftlicher Geste. Er selbst steuerte auf den Ausgang des Hotels zu.

Am nächsten Morgen begrüßte ein frischer und munterer Laik seinen frischen und munteren Trupp im obersten, also siebzehnten Stockwerk, in dem es keine Zimmer mehr gab, sondern nur eine riesige Halle mit Glaswänden und einen kleinen Kinosaal. Letzterer war abgeschlossen. Selbstverständlich hätte es den Anderen keine Mühe bereitet, in ihn einzudringen, aber momentan galt ihr Interesse ausschließlich den Fenstern.

Aus dieser Höhe machte Piter einen noch bedrückenderen Eindruck. Vor allem bei diesem Matschwetter, an dem sich seit dem vergangenen Abend nichts geändert hatte, und wenn man die Stadt durchs *Zwielicht* betrachtete. Unter ihnen erstreckte sie sich dann wie ein gigantisches Geschwür auf dem Körper der Erde, schwarz und grau, eingehüllt in diesigen Nebel, böse und missgünstig. Irgendwo da unten trieben – ohne dass die Menschen etwas davon geahnt hätten – die Schwarzen ihr Unwesen, jene Anderen, die im *Zwielicht* schon bald für immer aufgelöst werden würden.

Keiner aus Laiks Truppe klammerte sich diesbezüglich an haltlose Illusionen, nicht einmal Jefim. Von Umerziehung konnte keine Rede sein. Die Inquisition hatte Andere bereits für sehr viel harmlosere Sünden dematerialisiert. Und bei Menschenopfern hörte die Sache mit Sicherheit erst recht auf.

»Wo ist dieses Haus, von dem du gesprochen hast?«, wollte Arik von Laik wissen.

Dieser stand reglos vor der Glaswand. »Siehst du es denn nicht?« Nun bewegte sich Laik auch wieder. Er zuckte die Achseln. »Dann rate halt.«

»Also«, murmelte Arik, während er mit dem Blick die Fontanka entlangfuhr. »Vielleicht das da, das teilweise rötlich, teilweise grau ist?«

»Selbstverständlich«, schnaubte Laik. »Welches denn sonst?«

Das Haus krönte darüber hinaus eine Rest-Aura aus trüb-blutroten Tönen. Die Nachbargebäude sahen etwas besser aus, aber dieses …

»Es dürfte wohl nicht schaden, wenn wir dort mal vorbeigehen«, bemerkte Laik. »Und zwar gleich jetzt. Arik, schnapp dir Schwed und Dymka, und dann los.«

»Da müssen wir über die Brücke mit den Sphingen, oder?«, hakte Schwed nach. Die Sphingen waren ihm bereits im Auto aufgefallen.

»Dumme Frage. Die Brücke heißt übrigens Ägyptische Brücke.«

»Gut.« Arik stimmte sich per Blickkontakt mit Schwed und Rubljow ab, und alle drei schlenderten zum Fahrstuhl. Die Übrigen sahen weiter von der siebzehnten Etage auf Piter herab.

Sobald die drei Späher das Hotel verlassen hatten, wandten sie sich nach rechts, gingen den Lermontow-Prospekt entlang, überquerten die Ägyptische Brücke und mussten dann noch etwa fünfzig Meter die Uferstraße hinunter, um zu ihrem Ziel zu kommen.

Wenn das Haus nicht eine derart düstere und dreckige Fassade gehabt hätte, wäre es vermutlich sogar schön gewesen mit seinen Erkern, den Giebeltürmchen und den hohen Fenstern, die das Gebäude unverwechselbar machten.

»Klimow-Gasse 9.« Schwed entzifferte das vor Dreck starrende Schild, das einst weiß gewesen sein mochte. »Und gleichzeitig Fontanka 159. Was soll das? Hat dieses Haus etwa zwei Adressen?«

»Offenbar«, sagte Dymka Rubljow. legte den Kopf in den Nacken und schaute zu den oberen Stockwerken hoch. Feine Regentropfen fielen ihm ins Gesicht.

»Die sind hier mit Sicherheit komplett durchgeknallt«, konstatierte Schwed.

Links vom Haus hatte früher noch ein Gebäude gestanden, das bewiesen die fensterlosen Mauern des darauffolgenden Hauses eindeutig. Heute rahmten diese beiden Brandmauern eine kleine, mit welkem Gras bewachsene und von Hunden reichlich zugeschissene Fläche ein, der einstige Innenhof lag nun offen da. Zur Hofseite hin zeigten sich die Mauern des Hauses übrigens heller, ohne Rot- und Grautöne, dafür aber schmutzig-zitronengelb mit Schlieren. Einsam und absolut deplatziert ragte an einem der schmutzigen Fenster eine Satellitenantenne hervor.

»Ich glaube, wir müssen hier rein«, vermutete Arik und zeigte auf den mittleren Eingang.

Sie betraten das Haus. Der Treppenaufgang wirkte, als sei eine Horde von Barbaren, bewaffnet mit Hacken, Eddings und Spraydosen, an die hundertmal rauf- und runtergetrampelt. In jedem Stockwerk gab es zwei Wohnungen. Die beiden Wohnungen im Parterre trugen die Nummern 2 und 15.

»Was soll das nun schon wieder?!«, fragte Dymka lachend. »Welche Nummern werden dann wohl die Wohnungen im ersten Stock haben?«

»Ich glaube«, setzte Schwed tiefsinnig an, »12 und 53.«

Abermals brach Dymka in Gelächter aus. Sobald er jedoch das nächste Stockwerk erreicht hatte, blieb ihm das Lachen im Halse stecken. Der Mieter der Wohnung rechts hatte sich zwar eine Metalltür zugelegt, auf ein Schild mit der Wohnungsnummer jedoch verzichtet. Dafür prangte links an der uralten Holztür im oberen Teil stolz die 53.

»Oh!« Das brachte Dymka aus dem Konzept. »Tatsächlich 53! Was heißt das? Du hast dir die Wahrscheinlichkeitslinien angesehen, oder?«

»Nein«, erwiderte Schwed ungerührt. »Aber das Schild am Hauseingang.«

»Das ist kein profaner Hauseingang, das ist ein Portal«, fiel ihm Arik ins Wort. »Schließlich sind wir hier in Piter! Oder ist dir entgangen, wie elegant und hochherrschaftlich hier alles aussieht?«

»Vor allem die Spinnweben und die Graffiti«, warf Rubljow ein.

In der Tat zierten etliche der einschlägigen russischen *three letter words* die Wände, wobei das Schriftbild für jeden Geschmack etwas bot: Druckbuchstaben, Schreibschrift, gotische Schrift und sogar im japanischen Stil gehaltene Hieroglyphen.

»Weiter oben gibt es die Wohnungen 3 und 16«, teilte Schwed ihm mit. »Aber da müssen wir, glaube ich, nicht hin.«

»Hol mich doch …!« Rubljow schüttelte den Kopf. »Aber welche Logik steckt dahinter? Wohnungen, die nacheinander mit 15, 2, 12 und 53 nummeriert sind?«

»Wieso Logik?«, konterte Arik. »Wir sind schließlich in Piter. Suche eine Logik nie da, wo sie nicht ist und nicht sein kann und wo derart vollgeschmierte Aufgänge *Portal* genannt werden.«

»Haben wir jetzt nicht lange genug rumgequatscht?«, mischte sich Schwed ein. »Wir sind hier richtig und müssen in die Wohnung 53. Gerade ist da niemand. Sollten wir uns da nicht mal umsehen?«

Genau in diesem Augenblick berührte alle drei etwas – und zwar durch das *Zwielicht* hindurch, durch seine tiefsten Schichten hindurch, und verlangte: Geht endlich rein! Seht euch um!

»Hmm«, brummte Arik. »Sieht so aus, als treibt der Chef uns an. In dem Fall wollen wir lieber einen Zahn zulegen!«

Wie üblich stauchte er seinen Schatten zu einem Fleck zusammen, trat in ihn hinein und fand sich in der Welt der Anderen wieder, wo eine Tür, die in der normalen Welt verschlossen war, kein Hindernis mehr darstellte.

Obwohl die Wohnung unbewohnt war, spürte er, dass hier relativ häufig jemand herkam. Allerdings erinnerte sie insgesamt eher an ein heruntergewirtschaftetes Büro, in dem sämtliche Möbel und Gegenstände konfisziert worden waren, oder vielleicht auch an ein Lager, das zurzeit leer stand. Die meisten Möbel fanden sich noch in der Küche. Dort gab es einen alten, zerkratzten Tisch und zwei kipplige Hocker, die vor Ewigkeiten ihre natürliche Farbe eingebüßt hatten. Aus dem Wasserhahn lief ein dünner Strom Wasser in das verrostete Becken.

Das Zimmer daneben, das kleinste von allen, war praktisch leer, sah man einmal von einer Matratze samt Decke und Kopfkissen ab, die an der Wand lagen. Matratze, Kopfkissen und Decke wirkten überraschend sauber und ordentlich, als hätten sie gerade erst den Weg aus einem Geschäft hierher gefunden. Gleich daneben stapelte sich eingeschweißtes Bettzeug, wie es in Zügen benutzt wird. Kurz und gut, man konnte hier getrost übernachten, ohne zu riskieren, sich Läuse oder die Krätze einzufangen. Im Zimmer gab es außerdem eine Deckenlampe, die derart verstaubt war, dass der Lampenschirm seine Transparenz verloren hatte. Die zerschlissene Tapete rollte sich von den Wänden. An den Ecken wurde sie offenbar regelmäßig nachgeklebt, wenn auch nicht mit der gebotenen Sorgfalt, sondern höchst nachlässig, gerade so, dass sie nicht herunterhing.

Im Nachbarzimmer, das doppelt so groß war, thronte in der Mitte der Karton eines Fernsehers, der offenkundig die Rolle eines Tisches übernahm, denn auf ihm türmten sich Berge dreckigen Geschirrs, vor allem Pappbecher und vorsintflutliche Porzellantässchen, samt und sonders ohne Henkel. Um diesen »Tisch« herum drängten sich Stühle von höchst unterschiedlichem Aussehen, ein abgenutzter Plastikstuhl, der vermutlich aus dem nächstgelegenen Straßencafé stammte, zwei Bierkästen der Marke Baltika, ein Holzklotz mit einem Kissen, das mit zwei Nägeln befestigt war, zwei nebeneinandergestellte Bücherstapel, ein uralter Rekord-12-Fernseher und sogar ein ausgedientes Klo, über das verschämt ein Brett gelegt worden war. Auf dieses Brett waren mit verschmierter Tinte zwei Adressen geschrieben worden, was darauf schließen ließ, dass es früher einmal als Deckel einer Versandkiste gedient hatte.

Eine der Zimmerwände war durchgehend mit ein und demselben Plakat beklebt: Die drei bekannten Recken des Malers Wasnezow, mit dem Aufdruck »Wächter der Leber« und der Adresse einer Klinik in – warum auch immer – Charkow. Auf dem Fensterbrett stapelten sich improvisierte Aschenbecher, in den Ecken lagen leere Bierflaschen.

Statt einer Lampe hing nur eine Glühbirne an einer gezwirbelten Schnur von der Decke herab. Vor der Wand stand ein Doppel-MC-Radio-Player aus China, dessen Antenne bis auf den letzten Millimeter herausgezogen war. Hier musste also jemand Radio hören. Und Bier trinken. Und rauchen.

Das dritte Zimmer war abgeschlossen.

Im *Zwielicht*.

Kurz nachdem Turljanski, Schwed und Rubljow aufgebrochen waren, um das verdächtige Haus zu inspizieren, flüsterte Laik zunächst mit Laryssa Narymanowna, schickte dann Jefim irgendwohin und schlug Iraklij und Symonow vor, ihn auf einen Spaziergang über den Newski zu begleiten. Unten erwischten sie ohne große Probleme ein Taxi, eine Viertelstunde später erreichten sie die Sadowaja Ecke Newski, direkt am Kaufhaus Gostiny Dwor und nicht weit entfernt vom Kino Metropol.

Symonow, der den Chef eigentlich schon im Auto hatte ausquetschen wollen, hielt es schließlich nicht mehr aus und wirkte für alle drei einen Anti-Lausch-Zauber, der sie gleichzeitig gegen den lästigen Regen schützte. »Warum glaubst du, dass die Schwarzen in diesem Haus sind, Laik?«, platzte er heraus.

»Das glaube ich nicht, das weiß ich.«

Laik blieb stehen, um sich Zigaretten zu kaufen.

»Und woher?«, ließ Symonow nicht locker.

»Aus derselben Quelle, aus der ich auch weiß, warum die Banane krumm ist«, knurrte Laik, um dann hinzuzufügen: »Das ist eine operative Information. Aus Prag.«

»Ja dann!« Symonows Gesicht leuchtete auf. »Und ich habe schon befürchtet ... In dem Fall werden wir sie natürlich schnell finden.«

»Wir hätten sie auch sonst schnell gefunden«, antwortete Laik ruhig und gelassen, während er sich eine Zigarette anzündete. »Sieh dir zum Beispiel mal den da an, auf der anderen Straßenseite.«

Symonow schaute gehorsam zu den Fußgängern hinüber, doch sein Blick glitt verständnislos über die Menge hinweg – bis er auf die Idee kam, durchs *Zwielicht* zu spähen.

Über den Gehsteig schritt ein Dämon. Ein typischer Dämon, wie ihn sich ein junger Mann, der zu viele billige Horrorfilme gesehen hat, vorstellen würde. Ein rothäutiges, gehörntes Monster mit Krallen und Stacheln. Die Aura leuchtete in dunklem Blutrot, darin ließen sich deutlich umgedrehte Pentagramme erkennen, was ausgesprochen geschmacklos wirkte wie ein Thermofenster in einer alten Kirche.

»Ist das ein Schwarzer?«, flüsterte Symonow, den Blick wieder auf Laik gerichtet.

Inzwischen waren Laik und Iraklij ebenfalls ins *Zwielicht* gewechselt. Laryssa Narymanowna, den Beobachter der Inquisition namens Chena und den Beobachter der Lichten, Alexej Solodownik, machte er in der Nähe aus. Wie schade, dass er den Helllichten Geser nirgendwo entdecken konnte. Trotzdem hatte er insgesamt den Eindruck, die Anderen seien zu einem Treffen auf den Newski bestellt worden und strömten jetzt von allen Seiten zusammen.

Das blaue Moos wogte an den Fassaden der Gebäude. Unendlich langsam krochen die Schatten der Autos über das Straßenpflaster. Alle Geräusche klangen dumpf und tief. Das *Zwielicht* lebte, wie es schon vor Jahrtausenden gelebt hatte und wie es immer leben würde. Denn was scherte das *Zwielicht* die Intrigen seiner Bewohner, die doch größtenteils ohnehin nur körperlose Schatten waren? Ja, war es nicht selbst im Grunde nur der Schatten der wahren Welt?

Der Schwarze ging seines Weges, ohne sich einmal umzudrehen oder sie zu bemerken.

»Hast du ihn gesehen?«, fragte Laik Iraklij. »Er ist nur halb ins *Zwielicht* eingetaucht. Deshalb ist es für ihn schwer, uns wahrzunehmen.«

»Ja, ich habe ihn gesehen.« Iraklij blickte verdrossen zu dem Beobachter der Lichten hinüber. »Aber dieser Idiot sollte lieber aus dem Dunstkreis des Schwarzen verschwinden.«

Kurz bevor er diesen Wunsch geäußert hatte, war Laryssa Narymanowna verschwunden, indem sie in die zweite Schicht des *Zwielichts* vorgedrungen war. Nur ein paar Sekunden später verschwand auch dieser übereifrige Dummkopf Solodownik – vermutlich nicht ganz ohne das Dazutun der Hexe.

Chena verhielt sich da entschieden klüger. Er blieb einfach an der Ecke stehen, mit einer Dose Bier in der Hand, und sah dem Schwarzen hinterher.

»Geh rüber, Iraklij«, befahl Laik. »Und häng dich unauffällig an ihn dran. Symonow, du folgst ihm auf dieser Straßenseite. Glotz aber nicht allzu offen rüber. Wenn was ist, greife ich ein. Das war's, alle Mann raus aus dem *Zwielicht*!«

Sie kehrten in die gewöhnliche Welt zurück, in der kaum Zeit vergangen war.

Weniger als eine halbe Minute.

Symonow besah sich den Schwarzen, der in der normalen Welt wie ein Durchschnittsstudent aussah, Jeans, ein T-Shirt mit dem Aufdruck irgendeiner Metal-Band, ein mit Schädeln bedrucktes Bandana, Turnschuhe, Regenschirm, ein Rucksack über der Schulter. Am Reißverschluss des Rucksacks baumelte an einer kurzen Kette ein Metallschädel. Wenn Symonow ein Mensch gewesen wäre, hätte er diesen Schädel von der gegenüberliegenden Seite des Newski aus vermutlich nicht entdeckt. Aber Symonow war ein Legionär aus Winnyzja – ein Anderer. Und in Erfüllung seiner Mission in dieser bösen Stadt des Nordens bewegte er sich nun auf dem Prospekt nach links, in Richtung Gostiny Dwor, parallel zu dem Schwarzen.

Iraklij und Laik überquerten zu gleicher Zeit die Straße. Iraklij heftete sich dem Schwarzen in einem Abstand von rund zwanzig Metern an die Fersen, Laik sprang aus vollem Lauf in einen Oberleitungsbus. Sofern Laryssa Narymanowna das *Zwielicht* überhaupt verlassen hatte, zeigte sie sich nicht. Genauso wenig wie der Lichte. Chena blieb weiterhin an der Kreuzung stehen.

Dem Schwarzen waren seine Verfolger immer noch nicht aufgefallen. In Gedanken versunken lief er den Prospekt hinunter, bis er zum *Haus des Buches* kam, in das er sogleich hineinschlüpfte. Iraklij ließ sich nicht abschütteln, sondern machte in der Menge ohne Mühe genau den richtigen Rücken aus. Auch

Symonow wechselte nun die Straßenseite. Laik sprang in der ihm eigenen Manier während der Fahrt aus dem O-Bus und drang direkt durch die Fassade in die Buchhandlung ein.

Ach ja, schoss es dem Chef der Kiewer Tagwache durch den Kopf, es ist lange her, dass ich den Pinkerton gegeben habe. In letzter Zeit habe ich zu oft im *Viktoria* gesessen, Bier getrunken und geraucht.

Wie er zu seiner Genugtuung bemerkte, hatte er seine Fertigkeiten nicht eingebüßt, ja, die schlichte Arbeit in den Straßen bereitete ihm sogar ein gewisses Vergnügen, und Jagdeifer regte sich in ihm. Trotz seiner Jahre gehörte er längst nicht zum alten Eisen.

Der Petersburger steuerte sein Ziel direkt an, wusste also offenbar genau, wohin er musste. Er führte das ukrainische Dreigespann in die Fantasy-Abteilung. Erst hier verlangsamte er sein Tempo, streifte gemächlich durch die Regale, nahm ab und zu ein Buch heraus und blätterte einige Zeit darin. Iraklij blockierte die eine Seite, indem er so tat, als lese er den neuesten Kornejew, Symonow bezog an der gegenüberliegenden Seite Stellung und vertiefte sich in die Sonderangebote. Laik näherte sich ganz gemütlich dem Schwarzen, stellte sich neben ihn und zog den neuesten Roman von Jaroslaw Sarow, *Die neuen Karten des Paradieses*, erschienen bei Nowaja Kosmogonija, aus dem Regal.

Eine Weile blätterten die beiden in ihren Büchern. Laik, der auf eine Stelle gestoßen war, die ihm wirklich gefiel, schnalzte anerkennend mit der Zunge, nickte und stieß halblaut ein »Exzellent!« aus.

Unwillkürlich warf der Schwarze einen Blick auf den Einband. Als er sah, dass Laik einen Sarow in Händen hielt, verzog er verächtlich das Gesicht, als habe er auf dem Teller mitten auf der Garnitur einen dicken Regenwurm entdeckt.

»Kennen Sie den Autor?«, sprach Laik den Schwarzen freundlich an. »Er schreibt hervorragend!«

»Für Moskauer vielleicht! So ein Schwachsinn!«, ließ sich dieser von oben herab vernehmen.

Laik lächelte zufrieden. Damit konnte er das Gespräch in Gang halten!

»Aber, aber!« Tadelnd schüttelte er den Kopf. »In bestimmten Kreisen gibt's für solche Worte was auf die Nase. Aber ich gebe zu, die Texte Sarows sind wirklich nicht für jedermann geeignet.«

Der Schwarze stellte das Buch, das er in Händen gehalten hatte, langsam ins Regal zurück und drehte sich ebenso langsam zu Laik um.

»Was auf die Nase?«, fragte er zuckersüß und setzte ein unschönes Lächeln auf. Ein raubtierhaft böses Lächeln.

Quasi im selben Moment trat er ins *Zwielicht* ein. Auf eine unprofessionelle Art, also nur halb, wie es ein normaler Anderer lediglich in Ausnahmefällen tut. Bei dem Schwarzen war das aber offenbar die Regel.

Selbstverständlich hatte sich Laik längst abgeschirmt, damit er wie ein normaler Mensch wirkte. Den Schwarzen in seiner Dämonengestalt sah er jetzt mit ebendem Ausdruck an, den dieser wahrzunehmen wünschte, nämlich voller Entsetzen und Panik, obwohl er sich eigentlich kaum das Lachen verkneifen konnte, dermaßen idiotisch und dämlich wirkte das Vorgehen dieses Sarow-Verächters.

Hätte an Laiks Stelle allerdings tatsächlich ein normaler Mensch oder auch nur ein schwacher Anderer gestanden, wäre ihm das nicht allzu gut bekommen. Der Schwarze wollte seinem Opfer nämlich die Lebensenergie aussaugen, fast wie ein Vampir. Nur dass ihn nicht das Blut interessierte, sondern die reine Bioenergetik. Dabei, das bemerkte Laik sofort, brauchte der Schwarze gar keine Nahrung, denn er war absolut satt. Und längst nicht alle Anderen verstanden es, sich einen Energievorrat anzulegen. Der vor ihm garantiert nicht. Der wollte sie einfach wieder ausspucken, worunter vermutlich etliche der herumstehenden Menschen gelitten hätten, die sich dummerweise gerade in der Fantasy-Abteilung aufhielten.

Verstohlen beobachteten Symonow und Iraklij die Szene, jeder von seiner Seite aus, jeder bereit, sofort zu intervenieren.

Jetzt reicht's, mein Junge, dachte Laik. Du hast dich lange genug aufgespielt.

Daraufhin wirkte Laik einen simplen Zauber, der in den Kreisen der Anderen als Gormenghast-Ring bekannt war. Er erlaubte einem starken Magier, aus den tieferen Schichten des *Zwielichts* Energie zu schöpfen, sie als seine eigene auszugeben und alles, was bei einer Konfrontation wieder ausgespuckt wurde, in die tieferen Schichten des *Zwielichts* zurückzuleiten.

Bereits die erste Schicht des *Zwielichts* überforderte den Schwarzen aus Piter, von der Existenz der tieferen ahnte er offenbar nicht einmal etwas. Insofern war es kein Wunder, dass er nicht begriff, was gerade vor sich ging. Er fing einfach an, die Energie zu schöpfen, die er für die Lebenskraft Laiks hielt.

Was dann geschah, überraschte jedoch alle Beteiligten. Noch ehe der Schwarze Laiks Energie – beziehungsweise das, was er dafür hielt – trinken und wieder ausspucken konnte, tauchte hinter einem Regal ein Lichter auf, fast als hätte er sich dort versteckt gehalten.

»Die Nachtwache von St. Petersburg! Alle raus aus dem *Zwielicht*!«

Die Stimme klang hoch und abgerissen, wie bei einem Pubertierenden.

Laik mimte daraufhin prompt einen nicht initiierten Anderen, der zufällig ins *Zwielicht* vordringt, entgegen dem Befehl des Lichten. In dieser Welt des grauen Dämmerlichts und der grollenden Geräusche fing der Chef der Kiewer nun einen Blick des Dämons aus Piter auf. Dieser wirkte völlig konfus, zum einen, weil der Lichte auftauchte, zum anderen, weil sich sein jüngstes Opfer überraschend als Artgenosse herausgestellt hatte.

Symonow wollte sich schon einmischen, aber in diesem Augenblick knüllte sich die Figur des Lichten wie ein Löschblatt zusammen und verschwand auf allzu bekannte Weise in die nächsttiefere Schicht, ein Abgang, der fraglos die Handschrift Laryssa Narymanownas erkennen ließ.

Darauf hatte Laik anscheinend nur gewartet, denn er stolperte sofort aus dem *Zwielicht* heraus, verschwitzt und mit zerzaustem Haar. Den Schwarzen zog er hinter sich her.

»Weg hier!«, brüllte Laik und zerrte den Schwarzen am Rucksack mit sich fort.

Dieser ließ seinem Herdeninstinkt freien Lauf, wie jeder Dummkopf es getan hätte.

Am Eingang wären sie beinahe von den Security-Leuten aufgehalten worden, aber die aufmerksamen Schranken schrillten nicht los. Außerdem taten Iraklij und Symonow ein Übriges, um dem Chef Deckung zu geben. Laryssa Narymanowna war immer noch nicht aufgetaucht.

Den Newski verließen sie sofort, sprinteten zunächst eine Seitenstraße hinunter, wobei sie wundersamerweise keinen der sich ängstlich gegen die Häuser pressenden Fußgänger umrannten, und verschwanden dann im erstbesten Tordurchgang.

Erst dort, in diesem dreckigen und feuchten Petersburger Hinterhof, gestattete sich Laik, durchzuatmen.

»Teufel auch! Was war das? Was hat das zu bedeuten?«, fuhr er den Schwarzen absolut überzeugend an, wobei er ihm einen furchtsamen Blick zuwarf.

Der schwieg beredt, um nach einer Weile triumphierend zu verkünden: »Offenbar bist du einer von uns. Einer der Auserwählten.«

»Einer von wem?« Laik zog fragend die Braue hoch, während er innerlich feixte.

»Ich kann jetzt nichts dazu sagen.« Der Petersburger legte Laik gönnerhaft die Hand auf die Schulter. »Zu gegebener Zeit wirst du aber alles erfahren. Komm heute Abend um zehn in die Fontanka, zur

Ägyptischen Brücke. Dort wartet jemand auf dich. Du brauchst keine Angst zu haben – denn bald wird man vor dir Angst haben.«

»Ist das gegenüber vom Hotel, oder was? Gegenüber von diesem Riesenklotz?«

»Ja, genau, gegenüber vom *Sowjetskaja*, auf der anderen Seite der Fontanka.«

»Und was ist da?«

»Das wirst du dann schon sehen. Gut, ich muss jetzt los. Komm aber bestimmt.«

Der Schwarze hüllte sich hastig in seinen Schatten und verschwand durch eine Mauer. Er tauchte wirklich komisch ins *Zwielicht* ein. Irgendwie ungeschickt und hölzern.

Eine Zeit lang starrte Laik noch mit stumpfem Blick den rohen Putz an, genau an der Stelle, wo der Petersburger verschwunden war, dann seufzte er und zündete sich eine Zigarette an, wobei er die Flamme mit der Hand gegen den ewigen Sprühregen abschirmte.

Iraklij und Symonow trauten sich erst fünf Minuten später aus dem *Zwielicht* heraus.

Laik rauchte eine Lucky Strike und hing seinen Gedanken nach.

»Und? Was ist?«, wollte Symonow ungeduldig wissen.

Laik setzte ihn keinesfalls sofort ins Bild. Erst nahm er noch ein paar Züge. »Alles bestens«, sagte er schließlich. »Schnappen wir uns ein Taxi.«

»Laryssa Narymanowna wartet schon in einem Lancia auf uns.«

»Was stehen wir dann noch hier rum?«, blaffte Laik. »Gehen wir!«

In dem Tordurchgang stank es unerträglich nach Pisse, was Laik vorhin, im Eifer der Verfolgung, gar nicht aufgefallen war. Erst jetzt, da sich die Wogen ein wenig geglättet hatten, roch er es.

Im Lancia saß nicht nur die Hexe, hinter dem Steuer, sondern auch ein verschwitztes und zerzaustes Individuum auf der Rückbank, jener Wächter der Lichten, der eben in der Buchhandlung seinen großen Auftritt gehabt hatte. Symonow und Iraklij stiegen wie ein Gangsterpärchen aus einem Actionfilm von beiden Seiten in den Wagen ein und nahmen den Lichten in ihre Mitte. Obwohl Laik der Boss war, fuhr er, wenn er nicht gerade bei Platon Smereka im Rolls-Royce saß, gern vorn.

»Da hast du ein schönes Auto ausgesucht, Laryska«, schnaubte Laik. »Die Straßen in dieser Stadt sind ein einziger Albtraum, überall gibt es Schlaglöcher und Gräben. Da kannst du nur Schritttempo fahren.«

»Bleib cool, Chef«, antwortete die Hexe unbeschwert. »Der Karre hab ich 'nen Zauber aufgedrückt.«

Laik stieß ein bedeutungsvolles Schnauben aus. »Du erstaunst mich, Laryssa Narymanowna. Da wirkst du wie eine ehrbare Frau, die über die Jahre weise geworden ist, selbst wenn ich kein einziges weißes Haar zu entdecken vermag. Woher aber dann diese teenagerhafte Ausdrucksweise?«

»Mein Alter ist mir ganz egal«, antwortete die Hexe fröhlich. »Ich bin jung. Wenn ich will, bin ich sogar jünger als dieser Grünschnabel hier. Und du nimmst ja wohl nicht an, ich würde mich mit Bachterjow und Giovanni in diesem Ton unterhalten, oder?«

»Für Bachterjow und Giovanni ziehst du dich schließlich auch anders an.«

Momentan trug die Hexe glänzende Stretchhosen, die ihre Figur deutlich zeigten, ein zartes Nichts von Bluse und eine knappe, purpurrote Lederjacke. Die Turnschuhe machten den Eindruck ein wenig zunichte, aber als echter Profi zog Laryssa Narymanowna bei einem Einsatz dieses Schuhwerk den High Heels vor. Ist eine Verfolgung jedoch erst mal vorüber, so lösen sich die Turnschuhe in Luft auf, hat eine echte Hexe doch in jeder Situation eine ganze Garderobe und einen umfangreichen Schuhschrank zur Hand. Laryssa Narymanowna bevorzugte allerdings auch beim Autofahren Turnschuhe.

»Ich wähle meine Kleidung aber nicht für Bachterjow oder Giovanni, sondern so, wie sie mir gefällt«, erklärte Laryssa Narymanowna gewichtig. »Und das weißt du ganz genau.«

Die Hexe fuhr hundsmiserabel, und mehr als ein Fahrer verfluchte die wahnsinnige Dame in dem teuren Wagen. Aber kann ein Mensch überhaupt eine erfahrene Hexe verfluchen, vor allem, wenn diese bester Laune ist?

Natürlich nicht.

Der Lichte starrte verschlafen ins Nichts. Symonow schielte immer mal wieder zu ihm hin. Als das Gespräch zwischen Laryssa und Laik nach und nach versiegte, hüstelte Symonow zaghaft. »Was wollen wir mit diesem Früchtchen machen, Chef?«, fragte er.

Laik schnippte seine Kippe zum Fenster raus. »Wir verhören ihn erst und übergeben ihn dann dem Helllichten Geser«, antwortete er sorglos. »Quasi als ersten Rechenschaftsbericht. Wir werden uns beschweren, dass dieser Lichte Magier fünften Grades eine Operation der unter dreifacher Schirmherrschaft stehenden Sondereinheit vereitelt hat, blablabla und so weiter und so fort.«

»Hat er das denn?« Symonow schien alarmiert.

Laik schnaubte nur spöttisch und brachte so weniger ein »Wo denkst du hin!« als vielmehr ein »Du bist ein Idiot, Symonow!« zum Ausdruck.

Der Lancia schoss wie eine Feuerkugel über die Ägyptische Brücke und bog dann rechts ab zum Hotel, tauchte unter der hektisch hochgerissenen Schranke hindurch und zwang einen autobusgroßen Jeep zu einer Vollbremsung. Eine kahl rasierte Schlägervisage mit Sonnenbrille steckte den Kopf zum Fenster raus, doch sobald der Typ einen Blick auf die aus dem Lancia schießende Laryssa Narymanowna warf, bedurfte es keiner Worte mehr. Jeep samt Besitzer entfernten sich, schluckten die Beleidigung hinunter, während sich die Scheibenwischer eifrig bewegten.

Die Besprechung sollte in Iraklijs Zimmer stattfinden. Laik, Laryssa Narymanowna und Iraklij selbst wirkten etwa eine Stunde lang magische Schilde und stülpten dem Zimmer eine semipermeable Haube auf. »Semi«, weil jeder halbwegs starke Magier das Zimmer zwar betreten, sie von draußen aber niemand belauschen konnte. Es war eine meisterliche Arbeit, Laik hatte gleich zwei alte Amulette aus seinem durchaus nicht unerschöpflichen Arsenal dafür geopfert. Warum verschwendet er so alte Amulette für eine normale Besprechung?, fragte sich Arik irritiert. Allerdings wusste er auch, dass Laik sich bei allem etwas dachte. Selbst wenn man manchmal den Eindruck hatte, er werfe im Suff das Geld zum Fenster raus, durfte man sicher sein, er warf es nicht raus – er investierte mit Bedacht.

Trotzdem …

Während sie darauf warteten, zu Iraklij hineingebeten zu werden, tauchte ein mit sich selbst überaus zufriedener Jefim auf. Fraglos hatte er die vom Chef übertragene Aufgabe erfolgreich erledigt. Jefim schien mit jeder Sekunde zu reifen. Diesmal verzichtete er nicht nur darauf, mit den eigenen Erfolgen anzugeben, nein, er quetschte die höheren Kollegen auch nicht aus, wie ihr Besuch in dem ominösen Haus verlaufen war.

Danach tauchte noch ein unbekannter, finster dreinblickender Hexer auf, der sich als Chef der Petersburger Tagwache vorstellte. In Moskau hätte man einem Anderen so geringen Grades vermutlich nicht einmal die Leitung einer Abteilung anvertraut. In Kiew gab es überhaupt keine Abteilungen. Aber in Piter hatte sich niemand Besseres gefunden. Im Notfall hätte Schwed einen solchen Gegner mit einer angedeuteten Bewegung seines kleinen Fingers erledigt. Und Arik hätte es ganz ohne jede Bewegung geschafft.

Jetzt aber Schluss!, rief sich Arik zur Ordnung. Das ist immerhin ein Dunkler! Warum sollten wir, Schwed oder ich, uns mit ihm anlegen? Dieses Schwarze Palmyra macht uns noch alle verrückt! Was für eine verdammte Stadt! Laik hat schon recht, diese Stadt frisst alle, ohne jeden Unterschied, ganz allmählich, mit einem Lächeln und einer höflichen Verbeugung. Wahrscheinlich konnten die Schwarzen nur hier entstehen. In einer Stadt, wo es nicht nur zum Alltag gehört, seinesgleichen zu vernichten, sondern auch eine wahre Heldentat darstellt.

Schwed hing schon wieder über seinem Notebook. Irgendwann steckte Dymka Rubljow den Kopf zur Tür herein und verkündete, nun sei es so weit.

In Iraklijs Zimmer hatten sich neben den drei Hohen aus Kiew bereits der Beobachter Alexej Solodownik und zwei Petersburger Lichte eingefunden, Letztere anscheinend fünfter bis sechster Grad beziehungsweise dritter bis vierter. Die beiden saßen etwas abseits am Schreibtisch und so aufrecht, als seien sie an die Stuhllehnen gefesselt. Laik lümmelte sich auf das riesige Bett. Laryssa Narymanowna saß auf dessen Rand, mehr als einen Meter von Laik entfernt. Iraklij belegte den Sessel mit Beschlag. Rubljow steuerte von der Tür aus direkt den zweiten Sessel an, sodass für Symonow, Schwed, Jefim, Arik und den hiesigen Dunklen nur verschiedene Stühle übrig blieben.

Laik blickte theatralisch auf die Uhr. »Ach ja«, brachte er mit leichtem Bedauern hervor. »Der Helllichte Geser scheint, da er bisher nicht aufgekreuzt ist, wohl auch nicht mehr zu kommen.«

Solodownik starrte Laik angewidert an. »Weshalb sollte er überhaupt kommen?«, brummte er schließlich. »Der Beobachter bin immerhin ich.«

»Der Beobachter?« Laik richtete sich ruckartig auf und nahm eine sitzende Stellung ein. »Du bist ein

Saboteur, kein Beobachter! Was hattest du am Newski verloren?«

»Ich habe nur meine Arbeit gemacht«, krächzte Solodownik und senkte den Blick.

»Die Arbeit machen wir«, stellte Laik giftig klar. »Und du hast uns dabei mit allen Mitteln gestört, die dir zur Verfügung standen. Verdammt noch mal, was hast du dir eigentlich dabei gedacht, dich in der Nähe des Opfers rumzutreiben, das von uns observiert wird?«

»Auf den seid ihr doch rein zufällig gestoßen«, konterte der Beobachter. Allerdings nicht sonderlich überzeugend.

»Ob Zufall oder nicht, unseren Auftrag ändert das nicht«, erklärte Laik in einem Ton, der keinen Widerspruch duldete. »Und nachdem uns der Schwarze ins Netz gegangen war, hättest du dich unverzüglich zurückziehen müssen. Stattdessen hast du dich in einer Ecke aufgebaut, wie ein Scheinwerfer im Kohlelager. Laryssa Narymanowna hat Wichtigeres zu tun, als allerlei Kleinvieh aus dem Einsatzgebiet zu jagen!«

»Ich nehme meine Verpflichtungen sehr ernst«, versuchte sich der Lichte zu rechtfertigen.

Typisch, dachte Arik. Die Lichten können gar nicht anders, sie suchen immer nach Rechtfertigungen. Schuld ist Gott weiß wer, nur nicht sie. Die Umstände, ein Zufall, das Fatum, das Schicksal. Aber auf keinen Fall die Lichten! Die Lichten haben stets reine und tadellose Absichten!

Das Komischste war dabei, dass sie ihre Absichten wirklich für rein hielten. Auf ihre Weise natürlich.

»Deine Verpflichtungen, mein Guter«, fuhr Laik fort, den unglückseligen Beobachter abzukanzeln, »bestehen darin, in einer modrigen Höhle zu hocken und Geser weitschweifige Berichte zu schicken. Mich interessiert nicht einmal, was genau du ihm schreibst. Die Wahrheit wird sich in diesen Dingern ohnehin kaum finden lassen. Nein, ich bin ausschließlich daran interessiert, dass der Beobachter der Nachtwache unsere operative Arbeit nicht hintertreibt. Sag das Geser. Hast du das verstanden? Und jetzt zu euch beiden.« Laik wendete sich den beiden Petersburger Lichten zu. »Wenn ich mich nicht täusche, bist du der Chef der Nachtwache von St. Petersburg, oder?«

Der Stärkere der beiden nickte schweigend.

»Hervorragend. Also musst du die gleichen Anweisungen erhalten haben wie Geser.«

Laik schnitt eine Grimasse, die ihm besonders treffend erschien. Eine Mischung aus Verachtung, Ekel und Mitleid.

»Natürlich auf deinen Rang zugeschnitten, denn neben Geser hast du ungefähr so viel Bedeutung wie ein Molekül. Und trotzdem. Du bist verpflichtet zu wissen, dass auf dem dir anvertrauten Gebiet – nebenbei bemerkt, einem widerwärtigen Territorium – eine Spezialeinheit von Anderen, die unter dreifacher Schirmherrschaft steht, eine Operation durchführt. Und du bist verpflichtet, diese Informationen an deine Untergebenen weiterzuleiten. Ihnen klarzumachen, sollten die Mitglieder der Sondereinheit in eine Konfrontation verwickelt werden, darf sich von der Nachtwache unter keinen Umständen – ich wiederhole: unter keinen Umständen – jemand einmischen, sondern im Gegenteil. Alle haben den Ort des Geschehens schnellstmöglich zu verlassen. Bei Manitu, ich glaube, ich muss nicht erklären, warum! Also, wusstest du etwas über unsere Mission oder nicht?«

»Ja«, flüsterte der Lichte.

»Hast du deine Untergebenen entsprechend in Kenntnis gesetzt?«

»Ja.«

»Wie erklärst du dann diesen Zwischenfall?«, ätzte Laik.

»Kirill, Kirill Baturin, mein Mitarbeiter, hat die Buchhandlung zufällig betreten, er war in diesem Augenblick gar nicht im …«

Natürlich, kommentierte Arik innerlich mit einer gewissen Bosheit. Es war ja Tag, nicht Nacht, wie sollte er da arbeiten?

»Aufhören, sofort!«, stoppte Laik diesen neuerlichen Fluss von Rechtfertigungen. »Schluss mit dem leeren Gequatsche! Mit Geser und der Inquisition werde ich mich persönlich in Verbindung setzen. Und ihr schreibt euch gefälligst hinter die Ohren: Wenn ich während dieser Operation noch einmal einen Lichten sehe, wird das als direkter Versuch gewertet, unsere Operation zu vereiteln. Dann wird Prag informiert. Noch in derselben Minute. Habe ich mich klar und deutlich ausgedrückt?«

»Ja«, antworteten Solodownik und der Chef der Petersburger Nachtwache gehorsam im Chor. Der übereifrige Wächter namens Kirill hatte bisher sowieso noch kein Wort herausgebracht.

»Und jetzt verpisst euch!« Laik fuchtelte wild mit den Händen, vertrieb die drei Lichten und hob gleichzeitig den magischen Schutz der Zimmertür auf.

Und nachher heißt es wieder, dachte Arik, der Magier der Extraklasse Olexander Scheremetjew, bekannt als Tawiskaron, habe sich über die schwachen Lichten Magier lustig gemacht. Das entspricht natürlich der Wahrheit – oder der halben Wahrheit, um präzise zu sein, wie das immer der Fall ist bei den Lichten.

»Und jetzt zu dir«, wandte sich Laik an den einzigen Dunklen Petersburger, den Hexer und Laiks Pendant in den Wachen. Dieser zog automatisch den Kopf zwischen die Schultern. »Dass ich bisher nicht einen einzigen Petersburger Dunklen getroffen habe, hat mir eigentlich gefallen, obwohl dir das wahrscheinlich kaum als Verdienst zuzuschreiben ist. Also streng dich an, mich auch in Zukunft nicht zu enttäuschen. Befiehl deinen Leuten, sich mucksmäuschenstill zu verhalten, während wir arbeiten. Welche Informationen habt ihr über die Schwarzen?«

»Kaum welche«, antwortete der Hexer, nachdem er einmal geschluckt hatte. »Der Befehl, Informationen über die Schwarzen zu sammeln, kam, als die meisten Wächter im Urlaub waren.«

»Eure Wächter kann man sowieso in der Pfeife rauchen«, stichelte Laik. »Gut, weiter.«

»Wir sind bislang zweimal auf Schwarze gestoßen, aber beide Male konnten sie spurlos verschwinden. Wir haben es nicht geschafft, auch nur eines ihrer Nester zu finden. Und ihre Messen feiern sie immer an unterschiedlichen Orten.«

»Ist ihre Zahl bekannt? Wenigstens annähernd?«

»Nein.«

»Sind Zusammenstöße mit normalen Dunklen registriert?«

»Nein.«

»Verstehe«, sagte Laik. »Ihr habt rein gar nichts über sie in der Hand – aber was hätte ich von euch auch schon erwarten sollen? Gut, ich habe keine Fragen mehr. Leb wohl.«

»Auf Wiedersehen.« Der Hexer sprang sofort auf.

»Du hast mich nicht verstanden«, sagte Laik kalt lächelnd. »Ich habe gesagt, leb wohl. Denn ich hoffe inständig, dich nie wieder zu sehen. Weder im Laufe dieser Operation noch sonst irgendwann.«

Der Hexer nickte und verließ eiligst das Zimmer.

Die folgenden Minuten verbrachten sie mit der Erneuerung des Türschutzes. Danach versank Laik wie gewöhnlich eine Weile in seinen Gedanken, wobei er sich wieder auf dem Bett ausstreckte. Laryssa Narymanowna rauchte und lächelte geheimnisvoll.

»Iraklij«, wandte sich Laik an den Bewohner des Zimmers. »Sei so gut und erkläre deinen Kollegen, was vorgefallen ist. Auch denjenigen, die dabei gewesen sind.«

Letzteres zielte natürlich auf Symonow.

Iraklij setzte mit unverwechselbarem Akzent, wortgewaltig und kunstvoll, als brächte er einen der blumigen kaukasischen Toasts aus, zu seinem Bericht an: »Wie jedermann weiß, musst du dich, wenn du in Piter jemanden treffen willst, zum Newski begeben! Natürlich tust du gut daran, vorab einige Wahrscheinlichkeitslinien zu überprüfen. Genau so haben wir es denn auch gehalten. Der wahrscheinlichste Ort für eine Begegnung mit dem ersten Schwarzen schien uns – und nicht nur uns – die Ecke Sadowaja und Newski zu sein. Ich bin dem Schwarzen auf seiner Seite gefolgt, Ihor auf der gegenüberliegenden, Laik hat die Situation insgesamt im Auge behalten, und Laryssa Narymanowna hat sämtliche Idioten aus dem Weg geräumt. Gedankt sei ihr, der weisen Frau.«

»Das war da, als sie den Beobachter der Lichten aus dem Weg des Schwarzen geräumt und ihn in die Tiefen des *Zwielichts* gezerrt hat«, präzisierte Symonow hochzufrieden. Offenbar schwante ihm nicht einmal, dass bestimmte Erklärungen für ihn gedacht waren.

»Sehr richtig.« Iraklij bohrte Symonow den Zeigefinger in die Brust und fuhr fort: »Der Schwarze brachte uns ins *Haus des Buches* und hat einen Raum betreten, in dem sich rein zufällig einer der hiesigen Wächter der Nacht aufhielt, genauer gesagt jener Kirill Baturin, der eben gerade, hier in diesem Raum, geschwiegen hat, wie ein Hering im Salat. Es wäre eine Sünde gewesen, uns eine derart günstige Chance, uns die Lichten vom Hals zu schaffen, entgehen zu lassen. So packten wir die Gelegenheit denn auch beim Schopfe, und zwar mit der den erfahrenen Mitarbeitern der Kiewer Tagwache eigenen Professionalität und Bravour.«

Iraklij grinste zufrieden und glättete sich den dichten Schnauzer.

»Laik hat den Schwarzen provoziert, seine Kraft anzuwenden. Der Lichte hat sich natürlich eingemischt. All dies ist in der erforderlichen Weise festgehalten und anschließend den Adepten des Lichts übermittelt worden, nicht den Petersburger Lichten natürlich, sondern denen in Moskau. Und der Inquisition in Prag selbstverständlich. Die verehrte Laryssa Narymanowna hat den Abzug vom Ort des Geschehens gesichert. Zukünftig können wir also ohne einen abgestellten Beobachter des Lichts arbeiten, in der Nähe wird sich einzig der Beobachter der Inquisition aufhalten, der allerdings kein Hindernis darstellt, sondern ganz im Gegenteil die Unterstützung der Anderen aus ganz Europa symbolisiert und als Garant der Leidenschaftslosigkeit sowie der Weisheit der Inquisition insgesamt fungiert. Ich habe gesprochen!«

Daraufhin spendete Iraklij sich selbst Beifall, seine Kollegen fielen begeistert ein.

»Härrlich!«, lobte Laik ihn in dem Versuch, den kaukasischen Akzent zu imitieren. »Was fürr eine Rräde du gehalten hast, Kärrl!« Dann fuhr er ohne Akzent fort: »Ihr solltet euch sowieso mal eines merken, man muss lustig bei der Arbeit sein, feurig und spitz! Das Leben ist doch im Grunde ein Theater, meine Freunde, ein einziges, endloses Theater.«

»Eine Tragödie oder eine Komödie?«, fragte Schwed mit lebhaftem Interesse, das selbstverständlich ebenfalls gespielt war.

»Kommt drauf an. Gut. Arik, berichte uns jetzt, was es in dem Haus gibt!«

Ohne eine Miene zu verziehen, legte Turljanski los: »Das ist eine Höhle der Schwarzen. Von einem Zimmer abgesehen, die reinste Hippiewohnung.«

Arik verstummte und sprach auch nach einer Weile nicht weiter.

»Und?«, trieb Laik ihn an. »Was ist denn da? In diesem Zimmer? Raus mit der Sprache!«

»In dem Zimmer gibt es einen Altar. Und jede Menge Kultkram: Pentagramme, Kerzen in den Ecken, das ganze Drum und Dran. Meiner Ansicht nach handelt es sich bei dem Zimmer um den geliebten und gepflegten Götzentempel eines Anderen, der sich für einen Satanisten oder den Gründer einer Höllensekte hält. Und eins kann ich mit Sicherheit sagen, auf diesem Altar wurden Menschen ermordet. Nicht nur einmal! Vor allem junge Mädchen. Männer dagegen wurden ... äh ... vergewaltigt. An Händen und Füßen gefesselt und vergewaltigt. Und zwar in absolut widerwärtiger Weise. Offenbar auch aus rituellen Gründen. Die Rest-Aura dort sprengt dir den Schädel.«

»Das heißt ...«

»Genau, diese Schwarze regiert eine Frau. Sie muss dreißig sein, vielleicht etwas älter, höchstens fünfunddreißig. Eine Brünette. Mehr kann ich bislang noch nicht sagen.«

»Dorthin hat man mich für heute Abend eingeladen«, grinste Laik. »Offenbar, damit ich initiiert werde. Jetzt ist mir natürlich auch diese Wahrscheinlichkeitslinie klar, die auf obszönes Verhalten deutet.«

»Man hat dich dahin eingeladen?«, hakte Laryssa Narymanowna nach.

»Hmm. Ich soll heute Abend um zehn zur Ägyptischen Brücke kommen.«

»In deiner Haut müsste ich stecken«, brachte die Hexe versonnen heraus. »Wie sieht es aus, Arik, wollen wir da nicht ein wenig Gruppensex veranstalten?«

Turljanski lächelte höflich. Symonow erschauderte automatisch, was vermutlich auf die nicht geringen Erfahrungen zurückging, die er mit seiner Chefin in der Tagwache von Winnyzja gemacht hatte, einer ebenfalls mit allen Wassern gewaschenen Hexe.

»Dafür wird auf dem Altar nicht ausreichend Platz sein«, mischte sich Schwed ein, wenn auch etwas spät. »Mir würde er jedenfalls nicht reichen, wenn es da schon zwei treiben.«

»Schluss mit dem Herumgealber!«, fuhr Laik seine Untergebenen an. »Unsere Besprechung ist nämlich noch nicht zu Ende. Jefim, du bist dran.«

»Ich habe Kontakt aufgenommen«, erklärte Jefim strahlend. »Man hat mich zu einer lokalen Schwarzen Messe eingeladen. Bei der werden allerdings keine Opfer dargebracht. Ich nehme an, alles läuft auf ein vulgäres Besäufnis mit etwas Randale und Chaos hinaus.«

»Wann?«

»Heute Nacht.«

»Schaffst du bis dahin alles?«, fragte Laik.

Jefim schaute auf die Uhr. »Ich habe doch noch zehn Stunden Zeit.«

»Na, dann«, erwiderte Laik. »Wo findet diese Messe statt?«

»Wir treffen uns in einem Internetcafé am Newski, in der Nähe vom Moskauer Bahnhof. Um elf.«

»Hmm«, grunzte Schwed. »In dieser erbärmlichen Stadt zieht es doch alle nach Moskau. Das kann doch kein Zufall sein. Bestimmt nicht!«

Eine derart offensichtliche Wahrheit zu kommentieren, wäre niemandem in den Sinn gekommen.

FÜNF

Um halb zehn versammelten sich abermals alle in Iraklijs Zimmer. Nur Laryssa Narymanowna fehlte aus irgendeinem Grund. Laik – eventuell auch Iraklij – mochten diesen Grund kennen, die Übrigen zu informieren hielten sie jedoch nicht für nötig.

Laik, der als Letzter gekommen war, spannte niemanden auf die Folter. Er marschierte zum Aschenbecher, drückte seine Zigarette aus, stemmte die Hände in die Hüften und musterte seine Garde: »Dann wollen wir mal loslegen«, verkündete er, »Arik, du wirst an meiner Stelle zu dem Treffen an der Brücke gehen.«

Turljanski zog fragend die Augenbraue hoch.

»Keine Angst, unsere heutige Verabredung wird davon überzeugt sein, in der Buchhandlung erst auf *dich* losgegangen und dann mit *dir* abgehauen zu sein. Laryssa Narymanowna bekommt ihren Lachs und ihren Kaviar schließlich nicht umsonst. Gib dich zu erkennen, aber nicht ganz. Du kommst auf den Altar, aber da musst du durch, das ist für die Operation notwendig. Außerdem hast du selbst solche Abenteuer immer gutgeheißen. Sonst improvisiere. Halt Augen und Ohren offen. Merk dir alles. Versuch, hinter die Kulissen zu blicken. Auf deinem

Bericht bauen wir dann unsere weitere Strategie auf. Wie spät ist es?«

»21.35 Uhr«, antwortete Jefim.

»Dann geh runter, Arik, trink in der Bar einen Whisky, und mach dich dann auf zur Brücke. Ich leite dir jetzt den Abdruck des Schwarzen zu.«

Arik schloss die Augen und entspannte sich. Laik konnte bei der Übertragung auf dergleichen verzichten.

»Viel Erfolg.«

Mit einem Nicken erhob sich Turljanski und entfernte sich ohne jede Hast.

In der Bar wählte er einen Jim Beam, Black Label.

»Schwed!«, fuhr der Chef der Kiewer mit der Instruktion seiner Untergebenen fort. »Du begleitest Jefim. Und du auch, Dyma. Tischt ihnen folgende Geschichte auf: Schwed und Jefim gehören zusammen, ihr seid Freunde etceterapépé. Dyma, du trittst allein auf. Du bist mir für die Sicherheit verantwortlich, wir müssen gegen jede Überraschung gefeit sein. Wenn es nötig ist, greif ruhig hart durch, sieh aber zu, möglichst wenig Spuren zu hinterlassen. Vor allem im *Zwielicht* nicht. Du hast die gleiche Aufgabe wie Arik: Augen und Ohren offenhalten, dir alles merken und hinter die Kulissen blicken. Geht jetzt gleich in dieses Café, surft ein bisschen oder spielt eine Weile *Quake*. Verhaltet euch einfach so natürlich wie möglich, also nicht so, als würdet ihr mitten in einer Operation stecken. Vergesst dabei aber keine Sekunde, dass ihr eigentlich doch einen Auftrag habt. Einmal in der Stunde habt ihr eine Ernüchterung vorzunehmen. Noch Fragen?«

»Wer übernimmt den Befehl?«, fragte Jefim.

»Niemand. Schließlich geht ihr auf eine Party.«

»Alles klar.«

Schwed hatte sowieso keine Fragen.

»Und ich?«, wollte Symonow wissen.

»Du kommst wieder mit uns mit«, antwortete Laik.

Symonow nickte. Seinen Chef zu begleiten, das gefiel ihm. Aber wem hätte das auch nicht gefallen?

Höchstens Jefim vielleicht, der gern die unterschiedlichsten Orte besuchte, an denen sich junge Leute vergnügten. Zu ihm passte das Internet-Café bestens. Jefims Begleiter, Schwed und Dymka Rubljow, hätten es allerdings vorgezogen, zu Hause zu bleiben, den strategischen Vorrat auszutrinken und mit dem eigenen, ihnen bis aufs letzte Schräubchen der Festplatte bekannten Rechner ins Netz zu gehen. Zugegeben, Schwed ging oft von unterwegs ins Internet, allerdings immer von seinem eigenen Computer aus, seinem geliebten Laptop der Firma DELL. Insofern war Jefim von den Dreien in der besten Stimmung. Vermutlich spielte dabei auch seine relative Jugend und Unerfahrenheit eine Rolle. Schließlich bedeuten die ersten Schritte auf professionellem Terrain und die damit verbundene Aufregung jedem viel.

Rubljow stieg ein paar Blocks vor dem Wosstanije-Platz aus dem Taxi, Schwed und Jefim genau vor dem Tordurchgang zum Café. Während Jefim bezahlte, schlenderte Schwed etwas vom Auto weg und sah sich um. Der Newski sah an diesem Abend genauso aus wie an jedem anderen. Viele Menschen, die Autoschlangen, eine Dreckschicht auf den regennassen

Häusern, ein tiefer, schwerer Himmel. Dazu noch der nie endende Sprühregen. Selbst die Reklame wirkte trübe und freudlos.

Mit schnaubendem Motor fuhr das Taxi davon. Jefim ging zu seinem Partner und steckte dabei das Portemonnaie weg.

»Wollen wir vielleicht erst noch was essen?«, fragte Schwed und schnupperte gierig in der Luft herum.

»Okay«, willigte Jefim ein, schließlich hatten sie noch genügend Zeit, es war ja noch nicht einmal zehn Uhr, und seine neuen »Bekannten« hatten das Treffen erst für elf anberaumt. »Und wo?«

»Im *Gambrinus*, da gibt's tschechisches Bier«, antwortete Schwed sofort. »Das ist hier ganz in der Nähe.«

Selbst in dieser unwirtlichen Stadt, in der es fast keine Anderen gab, orientierte sich der Weltenbummler Schwed fast wie ein Einheimischer.

Viertel vor elf kehrten sie satt und jeweils mit einem Liter Pils intus zu dem Internet-Café zurück.

Jefim rollte vor dem Eingang nervös mit den Schultern.

»Bist du aufgeregt?«, fragte Schwed voller Anteilnahme.

»Ja«, gab Jefim zu. »Wenn du so willst, ist das hier mein Debüt.«

»Du gewöhnst dich schon daran.« Schwed machte eine sorglose Bewegung mit der Hand. »Wenn du nicht pennst und dich nicht allzu bescheuert anstellst, kommst du schließlich aus jeder Situation heraus.«

»Hmm«, brummte Jefim.

»Na, dann los.«

Damit betraten Jefim und Schwed das Café. Da es gut besucht war, hätten sie auf einen freien Rechner warten müssen, aber offenbar sollte es den Kiewern heute nicht vergönnt sein, im Internet zu surfen oder *Quake* zu spielen, denn ein langhaariger Kerl, Typ Student und Metal-Fan, winkte Jefim gleich zu. Umringt von ähnlich aufgemachten Gestalten, die durchweg Schwarz trugen, kippte der neue Bekannte des jüngsten Mitglieds der Kiewer Spezialtruppe ein Bier der Marke Stepan Rasin herunter.

»Hey!«, begrüßte ihn der Typ. »Leute, das ist Jefim aus Kiew. Ihr werdet es nicht glauben, aber er ist einer von *uns*.«

»Und der da?«, wollte einer aus dem Gefolge wissen, indem er nicht gerade freundlich mit dem Kinn in Richtung Schwed nickte.

Sein Blick war funkelnd und stechend wie eine Nadel.

»Das ist ein Kumpel von mir«, erklärte Jefim unerschütterlich. »Er ist in Ordnung!«

»Der Typ ist doch schon reif für die Rente«, brummte einer der argwöhnischen Petersburger.

Schweds Alter – jenes, das man ihm ansah – entsprach in der Tat nicht unbedingt dem Durchschnittsalter der hier versammelten Gesellschaft. Die Petersburger waren allesamt zwischen fünfzehn und siebzehn Jahren alt, höchstens. Schwed wirkte wie um die dreißig. Zum Glück sollte Rubljow mit seiner imposanten Größe und der deutlichen Glatze erst in zehn Minuten auftauchen und das Ganze aus einem gewissen Abstand heraus beobachten.

»Was ist, Opa, willst du ein Bier?«, fragte einer der jungen Typen. In diesem Augenblick spürte Schwed, wie ihn jemand ungeschickt und grob überprüfte, um herauszubekommen, ob er ein Anderer war.

Schwed hatte sich zwar verschlossen, aber nicht ganz. Er wollte kein Misstrauen wecken, indem er sich vollständig zu erkennen gab. Katzen würden einen Löwen schließlich kaum in ihrer Mitte akzeptieren. Genauso dumm wäre es allerdings, sich vollständig zu verschließen. Doch selbst wenn sich Schwed nur ansatzweise zu erkennen gab, blieb er doch noch stärker als jeder der hier Anwesenden.

Vielleicht sollte ich mich als totaler Schwächling ausgeben?, überlegte Schwed leicht nervös. Sonst kriegen sie noch Schiss, hauen ab – und dann finde sie mal einer wieder.

»Ein Bier nehm ich gern«, erklärte Schwed, während er einen Stuhl unter einem besoffenen Brillenträger wegzog, der am Nachbartisch saß, und einem der Schwarzen auf die Schulter klopfte: »Rück mal!«

Ihm wurde Platz gemacht. Genau wie Jefim, der darauf verzichtete, jemandem am Nachbartisch den Stuhl unterm Hintern wegzuziehen, sondern auf der Suche nach einem freien Sitzmöbel den ganzen Raum durchquerte und bis zum unbequemsten Tisch marschierte, der direkt neben dem Tresen stand.

»Du bist aus Kiew?«, wollte der Typ mit dem Nadelblick wissen.

Schwed hörte jedoch gar nicht hin, sondern hangelte nach einer Plastikflasche Stepan Rasin. Aufmerksam studierte er das Etikett und roch angewidert am Flaschenhals.

»Was für eine Plörre trinkt ihr bloß!«, presste er heraus. »Gibt es hier kein anständiges Bier?«

»Doch«, antwortete jemand. »Heineken. Für'n Hunderter pro Flasche.«

»Dann besorg uns mal ein paar Heineken.« Schwed kramte in seiner Tasche und knallte zwei blaue Tausender auf den Tisch. »Opa schmeißt 'ne Runde.«

Die nächsten zwei Sekunden herrschte Schweigen, ein angespanntes und erwartungsvolles Schweigen. Dann strich derjenige, den Schwed aufgefordert hatte und bei dem es sich mit Sicherheit um den Anführer der Clique handelte, die Segel. Er schnappte sich die Scheine und drückte sie seinem Nachbarn in die Hand. Dieser zog unverzüglich zur Bar ab.

Er kam mit einer ungeöffneten Schachtel Zigaretten zurück. »Ich hab auch gleich noch was zu rauchen gekauft, Opa. Geht doch klar, oder? Das Bier kommt gleich.«

»Ich bin Schwed«, sagte Schwed. In recht scharfem Ton zwar, aber nicht aggressiv.

Anschließend streckte er die Hand zur Begrüßung aus, natürlich dem Leithammel der Herde entgegen.

»Toba«, stellte sich dieser vor.

Der Rest trug ähnliche Namen: Chatan, Lodik, Lentjai, Rust, Becha und Kosjak.

Das Heineken, das dank des Barkeepers nicht lange auf sich warten ließ, schien die jungen Leute mit der Anwesenheit des Opas auszusöhnen.

»Kannst du auch Kraft einsetzen?«, wollte Toba wissen, der den höheren Status Schweds fehlerfrei festgestellt hatte. Jefim dagegen hatte er fürs Erste vergessen.

»Ja.«

»Und auch in den Nebel gehen?«

»Ins *Zwielicht*«, korrigierte ihn Schwed automatisch. »Ja, klar.«

»Ihr nennt das *Zwielicht*?«

»Ja.«

»Gibt es viele von Euch? In Kiew?«

»Wie meinst du das?«, täuschte Schwed Unverständnis vor.

»Na … die Auserwählten … gibt es viele von ihnen?«

»Jefim und mich«, antwortete Schwed achselzuckend. »Es gibt noch 'n Mädchen, aber die ist in Kiew geblieben.«

»Mensch, da seid ihr echt beschissen dran«, konstatierte Toba voller Anteilnahme. »Ihr hattet Glück, dass ihr uns getroffen habt, echt.«

»Da war Jefim allein, als er euch getroffen hat«, stellte Schwed klar.

»Egal. So oder so hattet ihr Glück. Und was macht ihr überhaupt?«

»In Kiew?«

»Ähm.«

»Wir leben.« Schwed zuckte erneut die Achseln. »Was sollten wir denn sonst tun?«

»Eh, ihr seid doch schließlich keine normalen Menschen.« Toba bereitete sich vor, seine Gedanken auszubreiten. »Ihr steht doch über denen. Da müsst ihr auch einen besonderen Weg gehen, der nicht mit dem Weg der normalen Leute zu vergleichen ist.«

»Ich weiß nicht«, antwortete Schwed leichthin. »Da drüber hab ich noch nie nachgedacht. Ich lebe einfach, das ist alles. Mir gefällt, dass ich keinen Boss habe, für den ich mich abrackern muss. Und dass ich niemanden fürchten muss, das gefällt mir auch. Weder Bullen noch irgendwelche Halbstarken. Reicht das etwa nicht?«

»Nein«, schnaubte Toba. »Das kannst du doch alles vergessen. Leute wie wir müssen immer ein besonderes Ziel haben.«

»Dann lass mal hören.« Schwed nippte an seinem Bier. »Vielleicht komme ich ja auch noch dahinter.«

»Zum Beispiel die Kraft vermehren. Hab ich nicht recht, Leute?«

Die anderen johlten wild, als wollten sie damit zum Ausdruck bringen: Ist doch klar wie Sonnenschein, wer würde daran zweifeln.

»Und wofür das?«, wollte Schwed wissen – und zwar völlig aufrichtig.

»Wie, wofür?«, wunderte sich Toba. »Um absolut top zu sein!«

»In Kiew ist sowieso niemand so gut wie Jefim und ich.« Schwed schnaubte. »Wieso sollten wir da noch besser werden?«

Eine solche Erklärung hätte vermutlich bei Laik und Laryssa Narymanowna ein homerisches Gelächter ausgelöst. Aber die Rolle verlangte das nun mal.

Nun betrat auch Rubljow, eine Zigarette paffend, das Café. Er machte einen völlig entrückten Eindruck. Keiner der Schwarzen achtete auf ihn, der Tiermensch steuerte ruhig und gelassen auf die Bar zu, bestellte ein Otwjortka, ein Wodka-Alkopop, und erkundigte sich, wann ein Computer frei würde. Der Barkeeper antwortete ihm, das könne man nicht wissen – also gedulde dich, lieber Mann, vielleicht ergibt sich was.

Rubljow blieb an der Theke stehen. Schwed konnte ihn kaum sehen, da ihm ein mit Regenjacken behängter Kleiderständer die Sicht versperrte. Ja, er spürte ihn nicht einmal, denn der Tiermensch hatte sich maskiert.

»In Kiew, da seid ihr vielleicht die Besten«, sagte Toba in arrogantem Ton. »Aber hier … Obwohl *dich*, dich würde ich schon in meinen Trupp aufnehmen, Opa. Du hast ein gutes Ausgangsniveau.«

»Klar, auf deinen Trupp hab ich nur gewartet«, antwortete er grinsend. »Nee, nee, ich bin ein freier Kopf. Jefim, ja, der ist für solche Sachen zu haben. Ich nicht.«

»Aber das ist doch langweilig«, mischte sich Rust, der Typ mit dem Nadelblick, nun ein. »Eine solche Begabung zu haben und sie nicht zu nutzen?«

»Was heißt hier, sie nicht zu nutzen?«, konterte Schwed. »Ich erleichtere die Diebe auf dem Markt um ihren Zaster. Das sichert mir nette Einkünfte, gleichzeitig haue ich keine ehrlichen Leute übers Ohr.«

»Wenn du dich auf große Geschäfte verlegen würdest, könntest du aber wesentlich nettere Beute machen«, schnaubte Toba.

»Wozu?« Schwed stellte sich stur.

Die Frage brachte den Schwarzen in eine Sackgasse. »Was heißt wozu?«

»Wozu brauche ich mehr Geld, wenn mir das von den Ganoven reicht? Mehr als reicht! Einmal im Monat ziehe ich über den Markt und mache so viel Beute – das passt gar nicht in deine Taschen.«

»Und was tust du in der übrigen Zeit?«

»Ich lese«, gab Schwed zu. »Außerdem segle ich gern, aber nur im Sommer.«

»Was für ein langweiliges Leben, Opa. Was ist, Leute, trinken wir noch ein Bier und ziehen dann los? Zeigen wir dem Alten mal, was Leben auf der Überholspur ist!«

Sobald dem Bier der Garaus gemacht worden war, brach die Truppe der Schwarzen auf.

»Na komm!« Toba zog Jefim am Arm hoch. »Wirst schon sehen, hier in Piter kannst du dein Kiew glatt vergessen.«

Schwed stand ohne jede Hilfe auf. Aus den Augenwinkeln heraus beobachtete er, wie Rubljow rasch seine Zigarette ausdrückte, den Platz am Tresen aber noch nicht aufgab und sich auch nicht umdrehte.

Sie traten in den nächtlichen Sprühregen hinaus.

»Wohin gehen wir?«, wollte Jefim zaghaft wissen. Er mimte – genau im richtigen Maße – den Angsthasen.

»An den Ort, den ich dir schon angekündigt habe. Unterwegs amüsieren wir uns aber noch ein bisschen.«

Wie sich zeigen sollte, hatten die Schwarzen einen seltsamen Begriff von Amüsement.

In der Nähe eines exklusiven und teuren Juweliers tauchte die gesamte Truppe der Petersburger Schwarzen halb ins *Zwielicht* ein. Normale Menschen sahen sie jetzt zwar immer noch, allerdings unklar, wie im Nebel oder eben wie im realen Zwielicht. Natürlich gab es für die Schwarzen jetzt keine Hindernisse mehr.

Die beiden kräftigen Security-Leute am Eingang bekamen jeweils eins in die Eier, als Zugabe gab's einen schlecht gewirkten Schmerzzauber. Im Grunde hätte der Tritt gereicht, der selbst den stärksten Mann mindestens fünf Minuten ausgeknockt hätte. Schwed schüttelte missbilligend den Kopf, folgte den Schwarzen aber dennoch ins Geschäft, wobei er über einen der unglückseligen Wachposten klettern musste.

Toba war bereits mit einem Sprung über die Vitrine gesetzt und riss der Verkäuferin gerade die Bluse auf. Ehrlich gesagt änderte das wenig. Die Bluse war praktisch durchsichtig und verbarg rein gar nichts. Rust und Lodik machten sich ohne große Worte über die Kasse her, Lentjai trat mit dem Absatz die Glasvitrine ein. Eine Alarmanlage heulte mit widerwärtigem Ton los, sowohl draußen auf der Straße als auch drinnen im Laden. Becha und Chatan bezogen am Eingang Posten, fraglos in der Absicht, ungebetene Gäste oder herbeieilende Hilfe in Form der Miliz mit einem Zauber außer Gefecht zu setzen. Kosjak wich Toba nicht von der Seite. In seinen Händen materialisierte sich unversehens eine schwarze Plastiktüte.

Psychos, wie sie im Buche stehen!, dachte Schwed, der das alles völlig perplex verfolgte.

Toba kippte den Kasseninhalt in Kosjaks schwarze Tüte und begab sich triumphierend in die Mitte des Ladens, wo Schwed und der ungläubige Jefim warteten.

»Wollt ihr die Puppe?«, fragte Toba unverbindlich, indem er in Richtung Verkäuferin nickte, die vergeblich versuchte, ihre Blöße zu verbergen. »Gleich hier?«

»Die ist nicht nach meinem Geschmack«, brummte Schwed. »Hauen wir lieber ab. Gleich kreuzt hier der halbe Newski auf.«

»Ja und?« Toba reckte den Kopf trotzig in die Höhe. »Mir kann niemand was anhaben. Weder Gaffer noch Bullen.«

Trotzdem hegte der Anführer der hiesigen Hirnamputierten nicht die Absicht, länger am Tatort zu verweilen. Er nickte seinem Gefolge zu und wandte sich zum Ausgang. Einer der Objektschützer, der verschwitzt war und völlig mitgenommen aussah, versuchte sich gerade hochzurappeln. Sein Kollege zog die Pistole aus dem Halfter.

Beides hätten sie besser nicht getan.

Auch die herbeigeeilte Miliz vermochte nichts gegen die Schwarzen auszurichten. Selbst schwache Andere sind in der Lage, spielend durch eine Kette normaler Menschen hindurchzuschreiten. Und genau das taten sie.

Im *Zwielicht* registrierte Schwed die Anwesenheit Dymka Rubljows, der aus der Menge heraus den Abzug beobachtete.

Unzählige kleine Glassplitter markierten deutlich die Stelle, an der die Schwarzen den Newski überquerten. Immer mehr Autofahrer knallten mit gläsernem Blick mitten in die Karambolage hinein, wobei offenbar keiner von ihnen begriff, was eigentlich vor sich ging. Rust hielt einen Mini-Linienbus an, einen Sobol, die übrigen Schwarzen zogen rasch alle Insassen und den Fahrer heraus, damit sich Becha hinters Steuer klemmen konnte.

»Der Wagen ist vorgefahren! Wenn die Herrschaften bitte einsteigen wollen!« Toba lud Schwed und Jefim mit theatralischer Geste zum Einsteigen ein.

Die anderen hatten das bereits getan. Schwed und Jefim nahmen ebenfalls Platz, und der Minibus fuhr unter Missachtung sämtlicher Verkehrsregeln zur Anitschkow-Brücke. Die Fahrer der ihnen entgegenkommenden Autos wendeten verzweifelt oder quetschten sich an den Straßenrand.

Schwed befand sich in einem Zustand, den man mit einigem gutem Willen als Verwirrung bezeichnen durfte. Er wollte diese grässliche Farce beenden, dieses absolut sinnlose Treiben auf der Hauptstraße Petersburgs, er wollte diese vom Affen gebissene Jugend an die Kandare nehmen. Gleichzeitig war er sich aber nicht sicher, ob die Zeit dafür schon gekommen war oder ob er noch ein wenig abwarten sollte.

Die Tatsache, dass Becha kurz darauf aufhörte, den Kamikaze-Piloten zu mimen und den Sobol mehr oder weniger wie ein normaler Mensch fuhr, bewog Schwed, sich noch etwas in Geduld zu üben.

Arik erschien gegen Morgen wieder im Hotel, als es bereits dämmerte und sich das Dunkel der Nacht verzog. Laik und Iraklij hatten auf ihn gewartet. In Gesellschaft einer großen Thermoskanne mit Kakao schlugen sie die Zeit mit Schachspiel tot. Von dem Kakao war noch circa ein Drittel der ursprünglichen Menge übrig.

Kaum erreichte der Mann aus Odessa ihr Stockwerk, drückte Laik den Rücken durch und spähte zur Tür. Auch Iraklij riss den Blick vom Schachbrett und schaltete die Tischlampe an. Im Hotelzimmer hatte bisher kein Licht gebrannt.

»Kommt er?«

»Ja«, bestätigte Laik.

»Ich habe es auch gespürt. Da ist doch etwas …«

»Richtig«, bestätigte Laik, noch bevor sein Kollege geendet hatte. »Etwas ist wirklich nicht so, wie es sein soll.«

Als Arik das Zimmer betrat, wirkte er noch nachdenklicher als sonst. Laik nahm schweigend eine saubere Tasse vom Tablett, schenkte ihm Kakao ein und stellte die Tasse an den freien Platz am Tisch. Arik setzte sich und trank einen Schluck.

»Was ist? Musstest du auf den Altar?« Laik versuchte, seine Frage in fröhlichem Ton zu stellen, dahinter ließ sich jedoch eine leichte Besorgnis spüren.

»Ja«, antwortete Arik. »Danach kam, was kommen musste. Nur haben sie mich nicht gefesselt wie die Übrigen.«

»Und?«

»Es hat mir gefallen.«

Auf Ariks Gesicht spiegelten sich aus unerfindlichen Gründen Verzweiflung und Schmerz wider.

Laik sah ihn lange und eindringlich an. Dann seufzte er. »Sag jetzt bitte nicht, du hättest dich in sie verliebt«, murmelte er.

»Es ist noch schlimmer«, knurrte Arik. »Ich kenne sie. Und ich habe nicht die geringste Lust, sie umzubringen.«

»Was?« Mit dieser Wendung der Ereignisse hatte nicht einmal der Chef der Sondergruppe gerechnet.

»Dann erzähl. Alles. Wie es sich gehört. Mit allen Details, die du für nötig hältst.«

Arik verzog gequält die schmalen, im Augenblick blutleer wirkenden Lippen. Sein Blick irrte ziellos durch den Raum, unfähig, sich an einem Gegenstand oder einem Element der Inneneinrichtung festzuhaken.

»Sie hat in Odessa Urlaub gemacht. Ein paar Jahre hintereinander.« Arik dachte kurz nach, erinnerte sich an etwas und fuhr in unverändertem Ton fort: »Fünf Jahre hintereinander. Die letzten fünf Jahre. Wir haben uns an der Tjoschtschin-Brücke kennengelernt. Nicht ein Mal – nicht ein einziges Mal! – hat sie Piter erwähnt. Von ihr ging etwas aus, das an Ferne denken ließ. Aber nicht an so etwas! Nicht an eine Schwarze! Ich habe nur gewusst, dass sie aus Russland stammt. Von Odessa aus ist sie damals in die Türkei geflogen. Ein Jahr später hat sie mich angerufen und gesagt, sie würde wieder in die Stadt kommen. Im Jahr darauf war es dasselbe. Und danach wieder. Ich habe gedacht, ich würde nach dieser Operation nach Odessa zurückkehren und sie dann dort treffen.« Arik verstummte.

»Warum hast du ihre Aura am Altar nicht wiedererkannt? Bei deinem ersten Besuch, tagsüber?«

Mit einem schiefen Grinsen nippte Arik am Kakao. »Ich könnte vielleicht erzählen, warum. Aber ich kann es nicht erklären.«

»Dann erzähle.«

»In Odessa sieht sie immer aus wie eine Zauberin, etwa dritter Grad. Ich glaube, in Hochform dürfte sie sich zum zweiten aufschwingen, aber wirklich nur dann. An ihr ist also nichts Besonderes.« Arik verstummte erneut.

»Und hier?«, bohrte Laik nach.

»Hier … hier ist sie eine Schwarze außerhalb jeder Kategorie. Tut mir leid, Laik, aber ich glaube, sie ist sogar stärker als du. Sie ist eine Große. Beziehungsweise auf dem Weg dahin.«

Diese Einschätzung irritierte Laik, und er hielt es nicht für nötig, seine Verwunderung zu verbergen. Wozu auch? Und wenn ihn etwas verwunderte, machte Laik große Augen und zog die Brauen hoch.

»Arik«, sagte er besorgt, »bist du dir da ganz sicher? Du bringst da nichts durcheinander?«

»Hier ist der Abdruck ihrer Aura«, bemerkte Turljanski mit einer lässigen Handbewegung. »Ich habe ihn extra für dich aufgenommen.«

Ein paar Sekunden später seufzte Laik schwer. »Du irrst dich leider wirklich nicht«, stellte er traurig fest. »Sie ist eine Große.«

Der Chef der Dunklen fuhr sich mit beiden Händen durch das lange Haar, saß eine Weile zusammengesunken da, richtete sich dann aber auf und breitete die Arme aus. »Aber wie? Und warum? Ohne eine einzige Spur! Ohne den geringsten Hinweis! Aus Prag kam nicht eine einzige Andeutung, die in diese Richtung deutete, zum Teufel auch! Eine Zauberin *dieses* Niveaus kann die Inquisition doch nicht übersehen haben! Das ist absurd, Arik!«

»Das ist mir genauso klar wie dir«, brummte Turljanski. »Gibt es noch Whisky?«

Iraklij, der bisher mit unkaukasischer Ruhe geschwiegen hatte, stand auf und ging zur Bar. Gluckernd goss er ein paar Fingerbreit ein, schielte dann zu Arik hinüber, dessen Augen eindeutig Zweifel widerspiegelten, und verdoppelte die Dosis.

»Danke.«

»Auf dein Wohl.«

Arik stürzte das Glas auf ex hinunter, als sei es Mineralwasser.

»Also gut.« Laik hatte sich inzwischen wieder gefasst. »Was kannst du von den übrigen Schwarzen berichten?«

»Drei sind sehr stark, aber irgendwie auch ungeschickt. Wenn ihr, du, Iraklij und Laryssa Narymanowna, nicht hier wäret, würde ich mir wahrscheinlich Gedanken machen. Aber so müssten wir mit diesen dreien eigentlich fertig werden. Vor allem wenn uns noch Schwed und Rubljow helfen. Fünf weitere könnten unter Umständen gefährlich werden. Der Rest taugt im Grunde nichts.«

»Wer sind diese drei und diese fünf? Ist einer von denen ein Wahrsager?«

»Nein. Alles sind Frauen. Junge und dumme Frauen. Ich hatte den Eindruck, sie seien zur Kraft gekommen wie die Jungfrau zum Kind. Und sie wüssten nicht so recht, was sie mit ihr anfangen sollen. Ich hatte Schwierigkeiten, sie zu identifizieren. Etwas zwischen einer Hexe und einer Zauberkundigen, aber auch zwischen einer Hexe und einer Zauberin, wobei nicht wie sonst eine der Komponenten dominiert. Es waren insgesamt auch nur neun Frauen, wenn man ihre Herrin mitzählt. Der Rest, der nichts taugte – das waren Jungen und Männer im Alter zwischen dreizehn und zweiundzwanzig. Und noch was,

Laik. Ich weiß nicht, ob ich damit richtig liege, aber ich glaube …«

»Was?«

»… dass hinter den Mädchen eine fremde Kraft steht. Eine Kraft, die nicht aus dem *Zwielicht* kommt, sondern sich aus einer anderen Quelle speist. Selbst bei Tamara.«

»Ein Unglück kommt selten allein«, brummte Laik. »Gut, Arik, ruh dich jetzt aus. Und mach dir keine Sorgen. Die Großen dematerialisiert niemand so leicht. Selbst dann nicht, wenn sich die Inquisition der Sache annimmt.«

»Darum mache ich mir auch gar keine Sorgen, Chef.« Arik sah Laik in die Augen. »Sorgen bereitet mir etwas ganz anderes.«

»Ich ahne schon, was.« Laiks Gesicht, eben noch hart und nachdenklich, wurde plötzlich verständnisvoll und mitfühlend. Wenn auch nur ansatzweise, kaum merklich. Möglicherweise fühlte er tatsächlich mit seinem jungen und im Vergleich mit ihm unerfahrenen Kollegen mit – obwohl die Lichten natürlich jede Möglichkeit, die Dunklen könnten Mitleid empfinden, kategorisch bestreiten würden.

»Genau«, sagte Turljanski. »Ich stehe zum ersten Mal an einer Wegscheide. Die Pflicht verlangt das eine, mein Herz das Gegenteil. Und das bedeutet, dass ich schwach bin.«

»Wer weiß?« Laik grinste verschlagen. »Wer weiß, ob das eine Schwäche ist … oder doch eine Stärke. Gut. Geh schlafen.«

Arik nickte und stand auf.

»Und nimm dir den Whisky mit«, riet Iraklij.

»Ich habe selbst welchen.«

Am Schachbrett blieb Arik kurz stehen, studierte einige Sekunden lang die Stellungen und deutete mit dem Zeigefinger auf einen der beiden Könige. »Weiß ist in sechs Zügen matt.«

»Wirklich?«, wunderte sich Iraklij.

»Er hat recht«, bestätigte Laik. »Entweder in sechs oder in neun.«

Als Turljanski nach der Türklinke griff, rief ihm Laik hinterher: »Übrigens, Arik, selbst wenn wir nicht im Hotel sein sollten, sobald du aufwachst, rührst du dich nicht von der Stelle. In Ordnung, ja? Bleib auf deinem Zimmer und sieh fern.«

»Ist das ein Befehl oder ein Rat?«, hakte Arik finster nach.

»Ein Befehl.«

»Jawoll, Herr Graf.«

»Genug! Laut Dienstvorschrift …«

Turljanski verließ das Zimmer.

»Ich muss sofort mit Sebulon sprechen«, sagte Laik nach einigen Minuten, in denen beide schweigend vorm Schachbrett gesessen hatten. Iraklij versuchte das angekündigte Matt nachzuvollziehen, Laik überließ sich seinen Gedanken. »Halte hier die Stellung. Und Larysska soll herkommen, wir werden sie brauchen.«

»Gut, Laik«, antwortete Iraklij. Scheremetjew war jedoch bereits in den Tiefen des *Zwielichts* verschwunden, noch ehe er die Worte seines Kollegen gehört hatte.

Der Chef der Kiewer Dunklen blieb gut eine halbe Stunde fort. Als er zurückkehrte, tagte es vollends, der Morgen schickte ein graues, ausgeblichenes Licht in jeden Winkel des riesigen Zimmers. Die Lampe auf dem Tisch brannte noch immer, und die kegelförmige gelbe Oase nahm sich in diesem Grau nahezu feierlich und tröstlich aus. Im Zimmer waren nun außer Iraklij auch Laryssa Narymanowna, ein völlig übernächtigter Schwed, unter dessen einem Auge ein riesiger blauer Fleck prangte, ein etwas muntererer Dymka Rubljow ohne blauen Fleck sowie eine Person weiblichen Geschlechts mit zerzaustem Haar, die stark an die Sängerin der Gruppe *Tatu* erinnerte. Bei Letzterer hätte auch das Alter gepasst; einen Ausweis dürfte diese Person allerdings kaum bei sich tragen.

»Aha.« Laik musterte die Anwesenden mit unverfälschtem Interesse. »Ein herzliches Willkommen dieser ehrenvollen Runde. Schwed, wer hat das gemacht?«

»Die da.« Schwed nickte grimmig zu der Frau hinüber.

»Oho!«

Laik wirkte mit einer beiläufigen Geste einen leichten Trancezauber. Die Augen der Frau nahmen daraufhin einen gläsernen und stumpfsinnigen Ausdruck an, sie sackte in den Sessel und erstarrte.

»Ich warte auf einen Bericht«, brachte Laik unaufgeregt, ja sogar leicht gelangweilt heraus, während er die Hände vor der Brust verschränkte.

Schwed blickte ärgerlich zu der in ihrer Trance gefangenen Frau hinüber und setzte dann genauso ungehalten an: »Wir haben uns in dem Internet-Café mit den Schwarzen getroffen, genau so wie abgemacht. Aber da sind wir nicht lange geblieben, auf ein paar Biere bloß, bis die Petersburger dann aufbrachen. Unterwegs haben sie einem Juwelier am Newski einen Besuch abgestattet.«

»Dann waren das also unsere Schwarzen, die sich da wie die letzten Rowdys aufgeführt haben?«

»Ja. Wirklich, Chef, ist mir nicht leicht gefallen, ruhig zuzusehen, aber ich habe mich zusammengerissen, genau wie Jefim, das kann Dymka bestätigen. Anschließend sind wir zu der da nach Hause gefahren.« Schwed schaute abermals zu der Frau hinüber. »Dort ging der Spaß weiter, weil unsere neuen ...« Hier schlich sich ein giftiger Ton in Schweds Stimme. »... Freunde unterwegs für eine halbe Kompanie Alk und Fressalien besorgt haben. Irgendwann wollten die *Herrschaften* natürlich zu neuen Heldentaten aufbrechen. Da bin ich einfach ausgerastet, Chef. Ich hab sie alle kaltgemacht. Ausnahmslos alle. Von der da abgesehen. Denn die Dame wollte ich unbedingt hierher bringen, damit wir sie ausquetschen können. Toller Gedanke! Wenn Dymka nicht gewesen wäre ...«

»Du willst also behaupten, dieses Kind habe dich, einen Magier zweiten Grades, der etliche Jahre Erfahrung in der operativen Arbeit hat, vermöbelt?«

»*Beinahe* vermöbelt«, korrigierte Schwed ihn mürrisch.

»Chef«, rief Rubljow vom Sessel aus, »sie ist stärker, als sie aussieht. Viel stärker. Diese Ratte hat mir die ganze rechte Seite verbrannt.«

»Ach ja?«, schnalzte Laik mit der Zunge, vielleicht ungläubig, vielleicht auch spöttisch.

»Sie war die Anführerin dieser Schwachsinnigen«, erklärte Schwed. »Die haben alle nach ihrer Pfeife getanzt. Die reinste Piratenbraut.«

»Mit der beschäftigen wir uns später.« Laik trat näher ans Fenster heran und setzte sich rittlings auf den freien Stuhl. Er sah Schwed, dem überhaupt nicht wohl in seiner Haut war, mit bleiernem Blick an. »So leid es mir tut, mein Freund, aber ich muss darauf zurückkommen. Die Schwarzen sind also alle tot?«

Schwed senkte den Blick, wenn auch nicht beleidigt – dazu war sein Schuldgefühl viel zu groß.

»Mausetot«, antwortete an seiner Stelle Rubljow. »Ich habe es extra noch mal überprüft. Schwed hat sie im *Zwielicht* erledigt. Und bis sie sich dann eingemischt hat«, er nickte in Richtung ihres Gastes, »konnte er ungehindert fuhrwerken.«

»Vorletzte Frage: Welche Technik hat sie angewendet?«

»Pyrokinese und Mentalschock, den Vampirruf, eine fast vollständige Reihe des Neurokontakts und Kampfzauber aus der somakinetischen Kiste. Dazu noch etwas, das ich nicht kenne«, zählte Schwed unfroh auf.

»Ihr Grad? Wenigstens annähernd.«

»Über dem ersten.«

»Hat sie Amulette oder Artefakte eingesetzt?«

»Nein. Bloß nackte Kraft und Technik.«

»Wir haben es wohl mit einer Zauberin zu tun. Dann also die letzte Frage: Wo ist Jefim?«

»Der holt Bier. Er hat gesagt, seine Hände zittern und dagegen würde nur ein von ihm höchstpersönlich besorgtes Obolon Oxamitowa helfen. Wir haben ihn nicht zurückgehalten, Chef.« Schwed berührte sein blaues Auge und verzog schmerzgequält das Gesicht. »Wenn ich ehrlich sein soll, Chef, mir würde ein Obolon auch nicht schaden.«

Laik schaute kurz zu Iraklij und Laryssa Narymanowna hinüber. Die Hexe hatte offenbar eine Nachricht von nicht geringem Gewicht.

»Was ist?« Laik legte den Kopf schief, was seine dicke Mähne zur Seite fallen ließ wie bei einem Rockstar während des Konzerts. »Kriegen wir Besuch vom Revisor?«

»Er ist leider schon da«, korrigierte ihn die Hexe ungerührt. »Von Kissel ist in der Stadt.«

»Himmel und Arsch!«, fluchte Laik. »Was hat der denn hier zu suchen?«

»Ich habe keine Ahnung. Ich glaube, er will mit Geser reden, aber meine Hand kann ich dafür nicht ins Feuer legen, das weißt du.«

»Hat er den Inquisitor schon getroffen?«

»Chena? Nicht dass ich wüsste.«

»Mist.« Die Neuigkeit erfreute Laik weiß Gott nicht. Das Auftauchen des Chefs der Kiewer Nachtwache hier in St. Petersburg ließ bei ihm alle Alarmglocken schrillen. Gerade jetzt. Die Lichten mussten etwas ausgeheckt haben, woraus sie noch nicht mal ein Geheimnis machten. Denn wenn er wollte, konnte ein Magier vom Niveau eines Alexander von Kissel unbemerkt bleiben – selbst wenn er auf derselben Etage gewohnt hätte wie Laik. Genauso wie natürlich auch Olexander Scheremetjew, der Chef der Kiewer Tagwache, unbemerkt hätte bleiben können. Nur dass Scheremetjew dazu kein Recht hatte, schließlich hatte ihn eine offizielle Mission nach Piter gebracht. Genau das machte ihn und seine Mannschaft aber extrem verletzlich für allerlei kurzfristig gesponnene Intrigen und Angriffe aus dem Hinterhalt. »Er kommt so ungelegen, derart ungelegen …«

Sind uns die Lichten diesmal etwa einen Schritt voraus?, fragte sich Laik besorgt.

Angesichts des Gesprächs eben mit Artur alias Sebulon und ebenso angesichts der Entscheidung, die sie da getroffen hatten, schien das Verhalten der Lichten einer Warnung gleichzukommen. Das war mehr als schlecht, denn Sebulon und Laik wollten sie ja alle gegeneinander ausspielen, die Schwarzen, die Lichten und die Inquisition. Dafür war es jedoch nötig, seinen Gegnern nicht nur einen, sondern drei Schritte voraus zu sein. Damit sich dann alles wie von selbst fügte, Schach und Schachmatt.

Ohne überflüssige Intrigen und Auseinandersetzungen.

Die Überlegungen des Chefs der Dunklen unterbrach Jefim, der mit einem Dunklen hereinkam. Einem dunklen Bier.

»Guten Morgen, Boss!«, begrüßte ihn Jefim.

»Achtung!«, kommandierte Laik. »Schwed, Rubljow und Jefim – ihr schnappt euch euer Bier und verschwindet auf eure Zimmer. Wenn Symonow auftaucht, soll er sich zu euch gesellen. In dieses Zimmer steckt niemand seine Nase. Im Notfall – im absoluten Notfall! – dürft ihr mich anrufen. Noch Fragen?«

»Können wir schlafen?«, fragte Schwed grummelig.

»Das *müsst* ihr sogar. Heute Abend müsst ihr nämlich in Form sein. Raus jetzt!«

Die Jugend stürmte hinaus. Es blieben nur Laik, Iraklij, Laryssa Narymanowna und die immer noch in Trance befindliche Frau zurück. Nach dem Abzug der jungen Legionäre befreite der Chef der Dunklen als Erstes die Gefangene aus ihrer Trance, allerdings ohne die Sahwa-Fesseln zu lösen. Damit kam die Frau zwar wieder zur Besinnung, erlangte auch die Fähigkeit zum Zuhören, zum Sehen und Sprechen zurück, vermochte sich aber nach wie vor nicht zu rühren.

»Guten Tag, mein Kind«, wandte sich Laik voller Zärtlichkeit an sie. »Wie heißt du?«

Die Frau sah ihn raubtierhaft und auf wenig teenagerhafte Weise an. Eine Frau von vierzig Jahren, der das Leben hart zugesetzt und einige erbarmungslose Lektionen erteilt hatte, mochte so dreinblicken. Außerdem ließ sich auf Anhieb spüren, ohne die Fesseln wäre die Frau wie eine rasende Tigerin auf ihn losgegangen. Und selbst wenn sie sich blutig geschlagen hätte – sie hätte den Schmerz doch nicht gespürt.

»Wer bist du denn überhaupt, wenn ich mal fragen darf?«, zischte sie leise.

Auch ihre Stimme war nicht die einer jungen Frau, sondern klang tief und voll.

»Im Augenblick bin ich derjenige, der dich daran hindert, auch nur den kleinen Finger zu bewegen. Das ist meiner Ansicht nach ein durchaus gewichtiges Argument für mein Recht, dir Fragen zu stellen.«

»Tamara wird euch alle zu Staub zermalmen! Fangt schon mal an zu beten, ihr miesen Schweine! Ihr werdet ihr die Schuhsohlen ablecken, falls jemand von euch den Altar überleben sollte!«

»Weißt du, einer meiner Leute war heute Nacht auf diesem Altar und erfreut sich durchaus bester Gesundheit. Es hat ihm sogar gefallen. Er schlummert gerade selig in seinem Zimmer und bereitet sich auf den zweiten Gang vor.«

»Du lügst!«

»Ich?« Laik wunderte sich ehrlich. »Ich?«, fragte er noch einmal, wobei er sich theatralisch mit dem Zeigefinger auf die Brust tippte. »Der Herr erbarme sich deiner! Warum sollte ich lügen?«

Die Frau antwortete nicht.

»Warum hat man mit Kindern nur immer solche Probleme?«, seufzte Laik und wandte sich an seine Leute.

Scheremetjew sah mit einem Mal völlig ratlos aus.

»Weißt du was, meine Kleine«, mischte sich Laryssa Narymanowna mit Furcht einflößender Ruhe ein, »du solltest diese Scherze lieber lassen. Schließlich redet nicht irgendeiner von deinem Kroppzeug mit dir. Mit dir spricht die Elite, falls du das noch nicht begriffen haben solltest. Und zwar nicht die Elite unserer Erzfeinde, sondern die Elite deiner entfernten Verwandten, wenn du so willst. Wir alle«, die Hexe sah die anwesenden Männer an, »sind genauso wie du und deine Tamara. Nur weitaus älter und sehr viel erfahrener. Ihr richtet aus Dummheit und Unwissenheit Gott weiß was an. Wenn ihr nicht damit aufhört, werdet ihr zerquetscht, im *Zwielicht* aufgelöst, dematerialisiert. Tut ihr dagegen, was wir sagen, werdet ihr leben – und zwar wesentlich besser als bisher.«

»Was faselst du denn da, Alte?«, fragte die Frau abfällig. »Was für Feinde? Was für Verwandte?«

Die Hexe erhob sich, ging zu der Frau hin, hockte sich vor sie und sah ihr unverwandt in die Augen. Wenn man so will: die Schlange und das Kaninchen.

»Glaubst du etwa, ihr wäret die Einzigen, die so sind? Ihr wäret einmalig? Und niemand außer euch könnte die Menschen wie eine Herde Ochsen lenken? Niemand außer euch könnte durch Mauern gehen und in die graue Welt vordringen? Glaubst du etwa, die Magie würde nur euch gehören, einer Handvoll Wirrköpfe? Ihr seid Wilde, kleine und dumme Wilde, die im hintersten Winkel des Stadtparks aufgewacht sind. Ihr wisst nicht, dass neben den Bäumen, Büschen und den Pfützen noch eine riesige Welt existiert, die aus Plätzen, Straßen und Häusern besteht. Wir dagegen leben seit Jahrhunderten in dieser Welt. Wir leben in ihr, achten ihre Gesetze und sterben sogar im Namen dieser Gesetze. Wir sind nicht gekommen, um euch zu töten oder zu versklaven. Wir wollen euch lediglich an die Gesetze erinnern. Euch zur Ordnung rufen, zur Vernunft bringen, euch unterweisen. Verstehst du das?«

»Nein«, knurrte die Frau.

»Dein Pech«, erwiderte die Hexe seufzend und erhob sich. »Lass sie frei, Laik.«

Sofort löste er die Sahwa-Fesseln. Danach verging keine Sekunde, bis die befreite Gefangene angriff – alle drei Dunklen auf einmal, und zwar nicht irgendwie, sondern mit der Geißel des Schaab, wobei die Stärke jedes einzelnen Strahls vollauf gereicht hätte, um ein Loch in die Wand zu brennen.

Selbstverständlich richtete diese Attacke keinerlei Schaden an. Zumindest nicht bei einem der drei Kiewer. Auch die Mauern blieben intakt, schließlich hatte man in Iraklijs Zimmer nicht umsonst einen soliden magischen Schutz aufgebaut.

»Was für ein Sturkopf«, meinte Laik, der missbilligend den Kopf schüttelte.

Unterdessen hatte die Frau erneut ihre Bewegungsfähigkeit eingebüßt, sich in eine Statue verwandelt, und war mit seitlich ausgestreckten Händen erstarrt, mitten in der Bewegung.

»Hör mir jetzt mal zu«, sagte Laik freundlich. »Wir wollen dir wirklich keinen Schaden zufügen. Dir nicht und deinen Freunden auch nicht.«

»Dieses Arschgesicht hat alle meine Leute kaltgemacht!«, schrie die Frau wütend. »Du lügst!«

»Hmm!« Laik dachte nach. »Das ist wirklich nicht gut gelaufen. Aber glaub mir, wenn mein Mann nicht richtig gehandelt hat, wird er bestraft. Ausgesprochen hart. Und als Beweis dafür, dass wir dir nichts Böses wollen, weißt du, was wir da machen? Wir lassen dich laufen. Allerdings musst du uns zwei Sachen versprechen. Erstens, du verzichtest auf weitere Dummheiten und den Einsatz von Kampfmagie, zumindest hier im Hotel. Und zweitens, erzähl Tamara von uns. Berichte ihr alles, was du gehört hast, selbst wenn du nicht ein Wort davon glaubst. Abgemacht?«

»Scher dich doch zum Teufel! Überhaupt nichts werde ich versprechen!«

»Zum Teufel kommen wir früher oder später ohnehin alle.« Laik deutete ein kaum wahrnehmbares Lächeln an. »Schließlich sind wir Dunkle. Okay, hau von mir aus ab, ohne jedes Versprechen. Na los!«

Daraufhin verteilte Laik blitzschnell die Kraft um. Die Gefangene erhielt ihre Freiheit zurück. Unter ihr öffnete sich ein winziges Portal, sie stürzte in die Tiefe, diesmal wie ein Teenager aufkreischend, und landete im Gras. Mitten auf der Wiese vor dem Hotel. Laik erhob sich und schaute aus dem Fenster, als hege er an der erfolgreichen Öffnung des Portals Zweifel. Vielleicht befürchtete er auch, die Frau habe sich aufgrund des Überraschungseffekts etwas gebrochen oder verrenkt.

»Willst du ihnen wirklich beweisen, dass wir keine Feinde sind?«, fragte Laryssa Narymanowna leicht zweifelnd.

»Unter anderm auch das.«

Die junge Petersburgerin rappelte sich gerade hoch und blickte sich zweifelnd im Gras um. Dann trippelte sie unsicher auf der Stelle, bevor sie in leichtem Trab zur Ägyptischen Brücke abzog. Die Landung musste ohne Brüche vonstatten gegangen sein. Laik sah ihr mit zusammengekniffenen Augen nach, bis die helle Jacke der Frau hinter den Bäumen verschwunden war.

»Soll sie ruhig gehen«, entschied er selbstsicher. »So ist es besser.«

»Das hoffe ich, Chef«, brachte Laryssa Narymanowna heraus, während sie den Rock über ihren Schenkeln glatt strich. »Gut, ich nehme an, du weißt, was du tust. Übrigens diese Tamara – ist das wirklich eine Große?«

»Offenbar«, bestätigte Laik. »Jetzt gilt es natürlich.«

»Hat Artur etwa vor ...?«

»Was dachtest du denn!«, schnaubte Laik. »Es wäre doch dumm, sich eine solche Chance entgehen zu lassen.«

Iraklij schnalzte mit der Zunge und schüttelte den Kopf, als wolle er seine Zweifel zum Ausdruck bringen.

»Was ist?«, fragte Laik alarmiert.

»Das ist eine schwierige Aufgabe«, sagte Iraklij. »Immerhin hat die Inquisition den offiziellen Befehl erteilt, die Schwarzen zu vernichten. Außerdem wuseln hier noch Geser und von Kissel rum.«

»Die Inquisition hat den Befehl erteilt, St. Petersburg von der Dunklen Sekte zu säubern, die aus unteren Anderen besteht. Wenn wir im Zuge dessen eine Große Zauberin entdecken und sie auf den Großen Vertrag einschwören – was sollte daran verboten sein? Was sollte verboten sein, wenn wir nebenbei ein Dutzend starker Zauberinnen, zauberkundiger Frauen oder Hexen an den Vertrag binden? Hauptsache, das Chaos in Piter hört auf. Hauptsache, diese Schwarzen Messen und Menschenopfer hören auf.«

»Die Lichten werden sich dem mit allen Kräften widersetzen.«

»Sie versuchen immer, uns Steine in den Weg zu legen«, brachte Laik überlegen heraus und breitete die Arme aus. »Das verlangt die Tradition unseres Konflikts.«

»Hör mal, Laik«, sagte Laryssa Narymanowna. »Wären die Lichten theoretisch in der Lage, eine Große Zauberin oder eine ihrer Damen zu remoralisieren und sie dem Licht zuzuneigen? Könnte das vielleicht ihr Ziel sein?«

»Das glaube ich nicht«, verneinte Laik. »Die Anderen aus Petersburg haben sich dem Dunkel verschrieben, als sie zu Schwarzen geworden sind. Trotzdem haben Artur und ich natürlich über diese Möglichkeit gesprochen.«

»Möge das Dunkel siegen«, seufzte Iraklij. »Willst du nicht frühstücken gehen, Laik? Ich habe inzwischen einen Bärenhunger.«

»Ich auch«, erwiderte Laik. »Und weil du unsere Partie verloren hast, wirst du zahlen. Was ist, Laryska, kommst du mit?«

»Ich bin mit Giovanni verabredet. Ich gehe ihn jetzt mal wecken.«

»Was du bloß an diesem Italo findest«, stichelte Laik. »Willst du ihn vielleicht demnächst auch noch von einem Vampir beißen lassen?«

»Das wäre ja noch schöner!«, schnaubte die Hexe. »Mit einer Leiche ins Bett gehen? Vielen Dank, aber ich habe noch nicht endgültig genug von den natürlichen Körpern.«

»Ich meine mich daran zu erinnern, dass ihr über den Biss eines Tiermenschen bereits gesprochen habt«, warf Iraklij lachend ein.

»Ihr seid gefühllose Klötze«, konterte Laryssa Narymanowna lakonisch. »Eher würde ich auf das *Fuaran* hoffen. Macht's gut. Wenn was ist, holt mich.«

»Au revoir!« Laik winkte ihr nach und deutete einen Knicks an.

Oder hätte nicht vielmehr Laryssa ihm, dem Boss der ukrainischen Dunklen, diese Reverenz erweisen müssen?

SECHS

Schwed wachte um drei Uhr nachmittags auf. Seine Stimmung hatte sich gebessert, wenn auch nicht wesentlich. Am meisten ärgerte er sich nicht einmal darüber, dass er einer Halbstarken ein blaues Auge verdankte, sondern darüber, dass ihm die Sicherungen durchgeknallt waren. Er hatte die Kontrolle über sich verloren, war ins *Zwielicht* abgetaucht und hatte dieses Petersburger Geschmeiß blindwütig zertreten. Ein absolut widerwärtiges Geschmeiß, keine Frage. Aber bedeutete das eine Rechtfertigung für einen Dunklen zweiten Grades? Als er den Augenblick seines Ausbruchs gedanklich noch einmal durchlebte, gesellte sich zu seinem Ärger auch noch die Frustration, sich beschämend schlecht an die Situation zu erinnern. Er wusste zwar noch, wie sich die Wut in seinem Innern gesammelt hatte, wie der Ärger hochgekocht war und wie dann unversehens etwas in ihm explodiert war. Danach aber kamen Schwärze, ein Abgrund und dann erst wieder diese kleine, zerzauste Bestie ein paar Meter vor ihm und der über ihrem Kopf aufragende Wirbel der Kraft, der gleich über ihm zusammenzubrechen drohte. Und die Angst, eine ekelhafte, klebrige Angst, gespeist aus dem Wissen, diesem Wirbel nicht entkommen zu können. Selbst wenn er das doch geschafft hätte – gegen diese Bestie hätte er allein nichts ausrichten können. Insofern musste er Dymka dankbar sein, der ihm zu Hilfe gekommen war und ihn zuverlässig und geschickt abgeschirmt hatte.

Während er im Bad ein paar Zauber gegen den blauen Fleck wirkte und ihn damit fast entfernte, dachte Schwed darüber nach, ob er sich rasieren sollte. Eigentlich war er zu faul dazu. Er zog sich Trainingshosen an und ging zu Jefim rüber, wo es noch Bier gab.

In Jefims Zimmer saßen Symonow und Dymka Rubljow. Und Jefim selbst natürlich auch. Unterm Tisch hatte sich bereits eine stattliche Zahl leerer Obolon-Flaschen angesammelt, wobei Rubljow nicht einmal Bier trank, sondern Tee. Jefim erzählte begeistert eine Geschichte, bei der er selbst immer wieder in Gelächter ausbrach.

Schwed setzte sich dazu, öffnete sich ein Bier und hörte mit halbem Ohr zu, um sich von seinen eigenen, trübseligen Gedanken abzulenken.

Nachdem er die erste Flasche geleert und die zweite angefangen hatte, hörte Schwed schon aufmerksamer zu. Jefim berichtete gerade enthusiastisch von seiner Zeitungslektüre: »Ich habe gestern die aktuelle Ausgabe des *Westnik* gelesen. Diese Amerikaner müssen völlig verrückt geworden sein! Ruft ein Typ bei der Polizei an und erklärt, sein Nachbar verstecke in seinem Haus eine Kuh und lasse sie nachts auf seinem Grundstück weiden. Die Polizei rückt an, entdeckt den Kuhmist, ist natürlich völlig ratlos und knüpft sich den Nachbarn vor. Der begreift überhaupt nichts. Was für eine Kuh? Sind Sie verrückt geworden, Officer, wo sollte ich denn Ihrer Ansicht nach eine Kuh halten? Im Schlafzimmer? Oder im Bad? Ach, in der Garage? Na, dann wollen wir doch gleich mal nachsehen! In der Garage steht natürlich keine Kuh, nur das Auto. Und auch Spuren einer Kuh finden sich keine. Nicht die geringsten. Die Polizisten spucken aus und ziehen wieder ab, eine Kuh ist schließlich keine Maus, dass man sie in einem Haus nicht findet. Und nicht einmal riecht.

Zwei Wochen später ruft der Kerl wieder bei der Polizei an, aus demselben Grund, aber diesmal behauptet er, die Kuh mit der Videokamera aufgenommen zu haben. Die Polizisten glauben ihm also noch mal und sehen sich den Film an – und tatsächlich, da ist eine Kuh! Eine rotbraune, mit Hörnern und allem Drum und Dran. Ein Euter, das bis zum Boden hängt. Sie überprüfen die Aufzeichnung, aber nein, das ist keine Fälschung oder Montage. Also gibt es die Kuh wirklich. Sie gehen rüber, um den Nachbarn zu vernehmen. Der zuckt bloß mit den Achseln. Ihr könnt mich aufspießen, verbrennen, aber ich habe keine Ahnung, was das für eine Kuh sein soll und wo sie herkommt. Die Polizisten würden sich heute noch wundern, wenn sie nicht Glück gehabt hätten und es ganz in der Nähe einen Wächter gegeben hätte. Natürlich wusste der Bescheid und kümmerte sich weiter um die Sache. Es verhielt sich nämlich wie folgt: Die Tochter des Nachbarn war eine Andere, eine Tierfrau, die sich in eine Kuh verwandelte. Nachts stürmte sie aus dem Haus rüber zu den Nachbarn und weidete dort! Könnt ihr euch das vorstellen? Sie graste dort! Nachts! Auf dem Grundstück des Nachbarn! Und hat dort ihre Fladen hinterlassen! Ich habe bestimmt anderthalb Stunden lang gegrölt! Aber das ist noch nicht mal das Ende vom Lied. Das Tollste kommt erst noch! Als der Wächter fragte, warum die Frau sich verwandle, noch dazu so oft, und weshalb sie dann rüber zum Nachbargrundstück trotte, da hat diese amerikanische Idiotin gesagt, sie trotte da rüber, weil das Gras des Nachbarn leckerer sei, und sie verwandle sich, weil es ihr gefalle, wenn sie so einen Riesenbusen habe!!!«

Symonow verschluckte sich und rutschte vom Sofa. Er konnte schon nicht mehr lachen, sondern krächzte nur noch. Rubljow lachte laut und dröhnend, und nur Schwed setzte lediglich ein schiefes Grinsen auf.

»Spart euch das Gegröle!«, erklang es von der Tür.

Bis auf Symonow, der blitzschnell aufs Sofa kroch und sich fahrig die Brille hochschob, drehten sich alle herum.

In der Tür stand der Chef, mit der Schulter an den Rahmen gelehnt. Er hielt einen Plastikbecher in der Hand, vermutlich mit einem gekühlten Drink. Aus dem Becher ragte ein gestreifter Knickstrohhalm auf.

»Ich kannte mal eine Tierfrau«, berichtete Laik, »die hat sich auch in eine Kuh verwandelt. Sie hat nur einen Orgasmus erlebt, wenn man sie gemolken hat. Was meint ihr, wie häufig sie ihre *Zwielicht*-Gestalt annahm?«

»Vermutlich ziemlich oft«, brachte Jefim scheu heraus.

»Richtig.« Laik zog die Brauen hoch und spitzte die Lippen über dem Strohhalm zusammen.

»Kommen Sie doch rein, Chef«, lud ihn Jefim etwas zu spät ein und räumte seinen Sessel.

Laik löste sich vom Türrahmen und trat richtig ein. Die Tür fiel von selbst hinter ihm zu. Zumindest hätte es für einen Uneingeweihten so ausgesehen. Bamm! Und zu war sie.

Andere lieben solche Tricks nun mal, vor allem kurz nach ihrer Initiierung. Die Kühlschranktür schließen, wenn man in beiden Händen etwas trägt. Ohne aufzustehen ein Buch aus dem Regal nehmen. Vom Bett aus nach dem Telefon greifen, das einen am Morgen mit hartnäckigem Trillern weckt. Später erledigt man solche Kleinigkeiten völlig automatisch, ohne dass das Hirn daran beteiligt wäre, schlicht mit Reflexen. Insofern hatte Laik vermutlich überhaupt nicht an die Tür gedacht, sondern sie einfach beim Eintreten geschlossen. Und auch seine Leute wunderten sich nicht darüber.

»Was macht deine Seite?«, erkundigte sich Laik mit teilnahmsvollem Blick bei Rubljow.

»Die ist in Ordnung«, erwiderte er achselzuckend. »Ich habe in transformiertem Zustand geschlafen, das hat geholfen. Es juckt noch, ansonsten bin ich aber wieder voll einsatzbereit.«

»Und du?«

»Ebenfalls«, antwortete Schwed knapp. Es kam etwas mürrischer heraus als nötig.

»Wenigstens hast du den blauen Fleck beseitigt. Hättest du das nicht auch gleich machen können?«

»Da habe ich keine …«

»Schon gut. Immerhin bleibt das Lazarett leer, alle ziehen wieder in den Kampf«, fasste Laik zusammen und stellte den Becher auf dem Tisch ab. Der Strohhalm schwankte leicht und erstarrte dann. »Apropos Kampf. Warum hast du überhaupt losgeschlagen, Schwed? Habe ich nicht den Befehl erteilt, die Leute nur kennenzulernen und sich ein Bild von ihnen zu machen?«

»Ich weiß es selbst nicht, Chef«, murmelte Schwed, der unwillkürlich den Blick abwandte. »Es ist einfach über mich gekommen. Wirklich, ich sage die Wahrheit. Mir hat zwar nicht gefallen, was da passierte, aber ich habe mich beherrscht. Doch plötzlich sind meine Sicherungen durchgebrannt! Ich war irgendwie einfach nicht mehr ich. Als ich dann wieder klar war, stand diese Göre vor mir. Und die hatte einen Wirbel vorbereitet, dass mir angst und bange wurde. Ich hätte es nicht geschafft, mich anständig zu decken. Zum Glück hat Dymka das für mich übernommen. Und Jefim hat mir auch so gut es ging geholfen.«

»Was war mit dem Rest der Schwarzen?«

»Die waren da schon alle tot.« Schwed breitete schuldbewusst die Arme aus. »Ich erinnere mich nicht mal mehr, wie ich sie fertiggemacht habe. Als wir das Mädchen einkreisten, habe ich sie auf alle Fälle sondiert. Aber im *Zwielicht* gab es nur ein Echo und sattes Moos.«

»Wie viele waren es? Die du dematerialisiert hast, meine ich.«

»Sieben. Alles Jungs. Siebter Grad. Einer vielleicht sechster. Die reinsten Widerlinge.«

Laik dachte kurz nach. »Du erinnerst dich also nicht daran«, sagte er nach einer Minute. »Seltsam.«

»Glaubst du, sie haben ihn magisch beeinflusst?« Symonow wagte sich mit einer Hypothese vor.

Laik fuhr sich mit der Hand übers Gesicht und schaute Schwed an. »Was meinst du damit?«, fragte er. »Hast du etwas gespürt?«

»Was genau?«, fragte Schwed noch grummeliger.

»Etwas Ungewöhnliches.«

Schwed versuchte angestrengt, sich zu erinnern. Etwas Ungewöhnliches ... Wie ist das, wenn etwas Ungewöhnliches passiert? Womit lässt es sich vergleichen? Bei keinem einzigen Kampf war Schwed bisher von einem stärkeren Magier manipuliert worden. Insofern hatte er nichts, womit er den gestrigen Abend vergleichen konnte.

»Ich weiß es nicht. Ich war einfach ausgeschaltet, Chef. Etwa eine halbe Minute lang. Länger nicht, glaube ich jedenfalls.«

»Was würdest du sagen?«, wandte sich Laik an Rubljow.

»Ich habe nichts bemerkt«, antwortete dieser ernst. »Es war augenscheinlich alles ruhig, ich habe es mir aus der zweiten Schicht angesehen. Bis Schwed dann mir nichts, dir nichts angefangen hat, einen Schwarzen nach dem nächsten zu erledigen.«

»Wie genau?«

»Die übliche Tour, mit der Schleife und mit Diffusion. Die Schwarzen haben natürlich versucht, sich zu wehren, aber was hätten sie mit ihrem siebten Grad schon dagegen ausrichten können? Bei der Frau hatte ich übrigens zunächst den Eindruck, sie könne höchstens fünfter oder vierter Grad sein. Und plötzlich, mit einem Sprung, agiert sie wie eine mit dem ersten Grad. Zumindest, als ich sie in der zweiten Schicht angegriffen habe, da hat sie es geschafft, sich wegzudrehen und wäre mir beinahe in die dritte Schicht entschlüpft.«

»Bist du in der Lage, in die dritte Schicht vorzudringen?«, fragte Laik mit hochgezogenen Brauen.

»Nein.« Rubljow seufzte bedauernd. »Ich habe es mal probiert, aber es hat nicht geklappt. Deshalb habe ich auch versucht, die Frau auszuschalten, und genau deshalb habe ich mich auch mit dem Talar getarnt. Ich hatte Angst, sie würde abhauen und ich könnte sie nicht mehr schnappen. Schwed kam mir gerade rechtzeitig zu Hilfe, er hat sie von hinten geschubst, da war sie abgelenkt, und dann habe ich sie gefesselt.«

»Und dir ist nichts aufgefallen?«, hakte Laik nach.

»Was Schwed angeht, nein. Ich habe mich nur gefragt, warum er plötzlich ausflippt. Aber nicht mal das hat mich wirklich überrascht. Um die Wahrheit zu sagen, es hätte nicht viel gefehlt, und ich hätte diese Schwarzen selbst fertiggemacht.« Rubljow schlug sich mit der Handkante gegen den Hals. »Wenn die hier alle so sind, müssen wir sie wie die Wanzen zertreten. Sonst heißt es am Ende noch, alle Dunklen seien wie die.«

»Wir wollen nichts überstürzen, Freunde«, unterbrach ihn Laik kopfschüttelnd. »Bis auf Weiteres werden wir keinen Einzigen von ihnen zertreten. Zumindest so lange nicht, bis wir wissen, wie sie es anstellen, sich von einem Niveau zu einem anderen hochzukatapultieren.«

»Katapultieren sie sich denn wirklich hoch?«, fragte Symonow ungläubig. »Tarnen sie sich nicht einfach mit einem niedrigeren Niveau?«

Schwed, Rubljow und Jefim spitzten die Ohren. Sie alle interessierte die Frage. Jeder starke Magier kann sich als schwacher Magier ausgeben, wird damit aber nur diejenigen täuschen, die mindestens einen Grad unter ihm rangieren. Bei ebenbürtigen oder höheren Anderen wirken diese Tricks nicht. Insofern war es völlig logisch anzunehmen, die junge Petersburger Schwarze hätte, sofern sie wirklich stärker als Rubljow oder Schwed war, eine Zauberin vierten oder fünften Grades mimen können. Als die Situation es verlangte, hatte sie dann die Maske fallen lassen. Im Prinzip ließe sich damit sogar erklären, warum Schwed und Rubljow sie am Ende doch überwältigt hatten. Zwei Andere zweiten Grades vermochten bei einer bestimmten Kräfteverteilung mit einer einzelnen Anderen ersten Grades fertig zu werden. Was ihnen ja auch schließlich gelungen war, da ihnen auch noch Jefims geringe Kraft zur Verfügung gestanden hatte, die sie auch noch in die Waagschale des magischen Widerstands geworfen hatten.

Die Worte Laiks deuteten jedoch auf eine weitere Wahrheit hin.

»Sie katapultieren sich in die Höhe«, wiederholte Laik in ernstem Ton. »Zumindest das Mädchen, das von euch gefangen genommen wurde, hat in meiner Gegenwart gewaltig an Kraft zugelegt, wenn auch nicht in dem Maße, dass sie zu einer Gefahr für mich hätte werden können. Allerdings habe ich einen solch unerklärlichen Kraftzuwachs zum ersten Mal beobachtet.«

Wenn ein derart alter Anderer wie Laik etwas zum ersten Mal sah, fegte das alle Zweifel beiseite. Sie waren mit etwas Außergewöhnlichem konfrontiert worden.

Schwed, Rubljow, Symonow und Jefim klimperten schweigend mit den Wimpern, Laik griff so langsam wie ein Reptil im Frühling nach seinem Becher, der auf dem Tisch stand.

»So sieht's aus«, fasste der Chef der Dunklen zusammen und nuckelte an dem Strohhalm.

Da niemand sich traute, das Schweigen zu brechen, widmete sich Laik die nächsten beiden Minuten konzentriert seinem Cocktail. Nachdem er ihn ausgetrunken hatte, erklärte er im Allerweltston: »Ihor! Schnapp dir Jefim und durchkämmt beide die Stadt. Euer Auftrag: Beobachtet die Schwarzen, falls ihr welche trefft. Lasst es unter gar keinen Umständen zu einer Schlägerei kommen! Wenn ihr hier vor Mitternacht wieder aufkreuzt, bekommt ihr was zu hören. Und sollte ich erfahren, dass ihr statt auf die Pirsch zu gehen in einer Bar versackt seid …«

»Und wenn wir die Schwarzen in einer Bar entdecken? Wie sollen wir sie dann beobachten?«, hakte Symonow störrisch nach.

»In dem Fall erlaube ich euch, in die Bar einzukehren«, sagte Laik. »Sonst aber gilt, Mobilität ist alles. Jefim soll sich ein wenig die Hörner abstoßen, also überlass ihm das Kommando. Du berichtest mir, wie er sich gemacht hat, schließlich wird es Zeit für ihn, sich zu qualifizieren.«

Jefim strahlte. Ohne Qualifikation würde er in der Wache nie Karriere machen. Vor allem nicht in einer so verschlafenen und friedlichen Wache wie der Kiewer. Ohne Posten jedoch, ohne die permanente Notwendigkeit, die von oben gestellten Aufgaben zu lösen – die immer schwieriger würden –, war es für einen Anderen praktisch unmöglich, weiter zu wachsen, sein Können mit immer größerer Kraft zu lenken und Zauber höherer Ordnung zu wirken. Aber das Recht auf Qualifizierung musste man sich erst einmal verdienen, indem man eine Zeit lang auf den unteren Stufen der Wache blieb und als Laufbursche arbeitete.

»Ist die Aufgabe klar? Ihr gebt euch natürlich nicht zu erkennen. Ihr behaltet nur die Jungen im Auge, um die Mädchen kümmert ihr euch besser nicht, denn den Vorsichtigen schützt das Dunkel.«

»Also«, zeigte sich Symonow bedächtig, »sie ist mehr oder weniger klar.«

»Symonow«, fuhr ihn Laik scharf und kalt an, »lass diese Spielchen. Entweder ist eine Aufgabe klar, oder sie ist es nicht, aber mehr oder weniger – das gibt es nicht. Dein Winnyzja hat einen schlechten Einfluss auf dich. Du hast jede Disziplin vergessen. Dagegen muss ich mal was unternehmen.«

»Die Aufgabe ist klar, Chef!«, krächzte Symonow und sprang sogar auf, um seinen Eifer unter Beweis zu stellen. »Jefim! Wir gehen.«

»Stopp, stopp!« Laik hielt ihn auf. »Das hier ist Jefims Zimmer. Willst du ihn etwa rausjagen, während alle anderen bleiben? Fünf Minuten Pinkelpause. Dyma, du kannst hierbleiben und deine Wunden lecken. Arik, Schwed, ihr kommt mit mir.«

Der Chef der Dunklen erhob sich und ging rasch zur Zimmertür. Arik und Schwed folgten ihm, jeder mit der Vorahnung, sich gleich einen gewaltigen Rüffel einzufangen.

Damit hatten sie den Nagel fast auf den Kopf getroffen. Aber wie immer knüpfte ihr erfahrener Chef an den Rüffel weiter reichende Absichten. Welche genau, das begriffen die beiden nicht auf Anhieb.

Diesmal ging Laik nicht in Iraklijs Zimmer, das gewissermaßen als ihr Hauptquartier diente, sondern in sein eigenes. Das Interieur beider Zimmer unterschied sich kaum, nur dass bei Iraklij eigentlich fast immer eine angebrochene Flasche Chwantschkara-Rotwein auf dem Tisch stand, während die Alkoholika bei Laik variierten. Heute thronte dort ein Wermut der Marke Utrennjaja rosa.

»Setzt euch«, forderte Laik die beiden auf. »Uns steht ein langes Gespräch bevor. Und leider kein allzu erfreuliches.«

Laik selbst machte es sich, wie zu erwarten, auf dem ausladenden, zweieinhalb mal zwei Meter messenden Bett bequem.

»Ist was passiert?«, wollte Schwed finster wissen, nachdem er sich in einen Sessel gesetzt hatte. Arik saß mit kerzengeradem Rücken auf dem zweiten Sessel, also gegenüber am Tisch.

»Während du geschlafen hast, nicht.«

Danach schwieg Laik eine ganze Minute lang und schaute konzentriert auf einen Punkt, der zwischen dem Bett und dem Fenster lag. Keiner der beiden störte ihn in seinen Überlegungen.

»Schwed«, stieß Scheremetjew schließlich aus.

»Ja, Chef?«, erwiderte der Mann aus Nikolajew finster.

»Du hast verflixt noch mal alle unsere ursprünglichen Pläne zunichte gemacht. Bist du dir dessen wenigstens bewusst?«

»Ja.« Schwed sah finsterer aus als eine Gewitterwolke. »Ich werde mich nicht rechtfertigen, Chef. Ich weiß nicht, wie das passieren konnte. Es war, als sei ich plötzlich eine Marionette, an deren Fäden jemand zieht. Absichtlich hätte ich so etwas Dämliches nie getan, auch wenn es mir bereits beim Juwelier in den Fingern gejuckt hat.«

»Unsere ursprünglichen Pläne sahen vor, die Schwarzen Messen zu beobachten und alle Anwesenden zu vernichten. Das war ohnehin naiv und praktisch nicht realisierbar«, ließ sich Arik überraschend vernehmen.

Er wirkte ruhig und von seinen Worten absolut überzeugt.

»Meinst du?«, fragte Laik zurück. »Dann erklär das mal.«

»Es ist schwierig, alle Schwarzen an einem Ort zusammenzubringen, weil sie viel zu unterschiedlich und zersplittert sind. Zu Tamara gehört nur eine kleine Gruppe. Zu unserer Gefangenen von heute früh gehört eine andere Gruppe, die noch kleiner ist. Ich glaube, es gibt hier Dutzende solcher Gruppen und jede von ihnen trägt auf eigene Weise zum Chaos bei, das scheint mir inzwischen völlig klar. Aber wie hätten wir auch vernünftige Pläne entwickeln sollen, wenn wir noch nicht mal die Situation vor Ort kannten?«

»Und wann bist du zu dieser Einschätzung gekommen?«

»Gleich zu Anfang«, antwortete Arik und zuckte kaum merklich die Achseln.

»Warum hast du dann geschwiegen?«

»Weil sich die Hohen immer bei allem was denken, das ist doch klar. Das Schauspiel ›Die Legionäre entwickeln einen Plan zur Vernichtung der Schwarzen‹ war nötig, und deshalb habt ihr, du und Iraklij, auch genau dieses Theater aufgeführt. Vermutlich für die Aufpasser der Lichten.«

»Nicht nur für die.« Laik verzog die Lippen zu einem asymmetrischen Grinsen. »Auch noch für Jefim und Symonow. Aus ebendiesem Grund habe ich die beiden jetzt auch weggeschickt. Was nun kommt, betrifft eure Ausbildung, und um die werde ich mich von heute an persönlich kümmern.«

»Aber warum werden Jefim und Symonow ausgeschlossen?«, wollte Arik wissen.

»Für Jefim ist es noch zu früh«, erklärte Laik knapp.

»Und Symonow?«

»Für Symonow ist es schon zu spät«, urteilte Scheremetjew erbarmungslos und so tödlich präzise wie stets. »Symonow hat seinen Zenit erreicht. Sowohl als Magier wie auch als sapiens. Ihr aber noch nicht. Es liegt in meinem Interesse, euch auszubilden. Vor allem dich, Arik. Diese ganze Exkursion nach Petersburg hat nämlich auch ein langfristiges

Ziel. Dich und in gewisser Weise auch Schwed Erfahrungen sammeln zu lassen. Deshalb übernehme ich hier nur die Aufgaben, die keiner von euch erledigen kann.«

»Danke, Chef.«

»Danken kannst du mir, wenn du ein Magier außerhalb jeder Kategorie bist.« Laik machte eine so großherrliche Geste wie ein antiker Kaiser in einem miserablen Film. »Schwed! Entspann dich jetzt! Und bleib ruhig, selbst wenn es wehtut! Pass auf, Arik, tu genau das, was ich tue.«

Genau in diesem Augenblick explodierte in Schweds Kopf eine Bombe, und er verlor das Bewusstsein. Es war genau wie in der Nacht, kurz bevor er die Schwarzen niedergemetzelt und dieses Wunderkind von einem Mädchen ihn angegriffen hatte. Schwed schrie auf und löste sich in der Endlosigkeit auf, seinen Schrei hörte jedoch niemand, weil das *Zwielicht* und sein Bewohner, das blaue Moos, jedes Geräusch restlos aufsaugten.

Genauso wie sie auch den Schmerz aufsaugten.

Als Schwed in dem Sessel wieder zu sich kam, lümmelte sich Laik wie zuvor auf dem Bett, während Arik im Sessel gegenüber saß und noch nachdenklicher aussah als zu Beginn ihres Gesprächs. Wie viel Zeit seit dem Augenblick, da er in Ohnmacht gefallen war, vergangen war, vermochte Schwed nicht mal ansatzweise zu sagen.

»Bist du wieder da?« Laik stemmte sich auf den Ellbogen hoch.

Schwed drehte den Kopf hin und her, als wolle er die Benommenheit abschütteln, und setzte sich aufrecht hin, denn bis eben hatte er im Sessel halb gelegen. »Puh … ja, anscheinend bin ich wieder da.«

Laik sah besorgt aus, als habe er etwas sehr, sehr Unangenehmes in Erfahrung gebracht. Arik wahrte eine absolut undurchdringliche Miene, gleichfalls ein sicheres Zeichen für schlechte Nachrichten.

»Was ist?«, fragte Schwed nervös.

»Wir sitzen in der Tinte, mein Freund«, brummte Laik. »Dich hat tatsächlich jemand von außen gelenkt.«

»Während des Kampfs?«

»Ja.«

Schwed erbleichte. Es ist eine Sache, zu vermuten, jemand habe dich manipuliert, habe dein Verhalten gesteuert. Etwas ganz anderes ist es aber, dies mit Sicherheit zu wissen. Zu wissen, dass du eine Marionette gewesen bist, dass irgendwo Fäden nach oben führen und dort jemand steht, dem es nicht die geringste Mühe bereitet, an einem dieser Fäden zu ziehen. Mit einem Mal gehörst du nicht mehr dir selbst, du lächelst jemandem zu, dem du eigentlich ins Gesicht spucken möchtest, den du ohne zu zögern zusammenschlagen möchtest. Oder du fängst eine Schlägerei an, wenn es besser wäre, sich in Geduld zu üben und abzuwarten, gleichgültig, was als Nächstes passiert.

»Und wer? Die Schwarzen?«

»Das weiß ich nicht«, antwortete Laik. »Das verstehe ich auch nicht. Eine Handschrift, die nicht einmal ich entziffern kann, eine Methode, von der ich bisher nur gehört habe. Sie wurde vor sehr, sehr langer Zeit angewendet, in Ägypten, in Hamunaptra. Und später nur noch einmal, in Venedig.«

»Und was bedeutet das?« Schwed konnte sich auf die Worte seines Chefs einfach keinen Reim machen.

»Dich hat kein Magier manipuliert«, dechiffrierte Scheremetjew ruhig das bisher Gesagte. »Ich würde sogar sagen, dich hat nicht einmal ein konkreter Anderer manipuliert. Für mich sieht es so aus, als habe dich das *Zwielicht* selbst manipuliert.«

Schwed runzelte die Stirn, denn auch diese Worte machten ihm das Ganze nicht verständlicher. »Wie das?«

Laik richtete den Blick zur Decke und breitete die Arme zur Seite aus, um zum Ausdruck zu bringen: Genau das weiß ich nicht.

»Pass auf, Arik! Und du auch, Schwed. Gehen wir doch alles noch mal ganz von vorn durch. Erstens, Artur alias Sebulon will in Piter nicht persönlich in Erscheinung treten. Er ist zwar ein sehr starker Anderer, liebt es aber auch, wenn andere für ihn die Kastanien aus dem Feuer holen. Deshalb bin ich nach Piter gefahren, wobei ich von vornherein davon ausging, dass längst nicht alles so einfach sein würde wie versprochen. Und damit habe ich mich nicht getäuscht, das steht fest.

Zweitens, diese dreifache Schirmherrschaft ist natürlich hübsch und feierlich, bedeutet in der Praxis aber nur eins: Weder die Lichten noch die Inquisition sind sich darüber im Klaren, was hier vor sich geht. Wann kommt es denn zu einer dreifachen Schirmherrschaft? Doch nur dann, wenn die beteiligten Seiten Angst haben, mutterseelenallein in die Höhle des Löwen zu kriechen, wenn gleichzeitig aber das

Risiko besteht, etwas Wichtiges zu verpassen. Das erklärt auch die Beobachter, die die ganze Zeit um uns herumspringen.

Drittens, die Hohen Anderen interessieren sich erst jetzt für Piter, fünfunddreißig Jahre lang hat sich niemand um diese Stadt gekümmert. Also muss in der letzten Zeit etwas passiert sein, aus dem sie möglicherweise einen Vorteil schlagen können, das aber auch nicht ganz ungefährlich ist.

Alles, was wir vor unserer Abfahrt wussten, waren diese drei Dinge. Und ein kleiner Hinweis noch: die Schwarzen. Wie haben wir uns daraufhin verhalten?

Genau so, wie es klugen und weitsichtigen Wächtern ziemt. Wir haben keinen einzigen Schritt unternommen, mit dem jemand gerechnet hat, dafür aber jede Menge Schritte, die aus Sicht unserer zahllosen Beobachter sinnlos waren. Obendrein sahen diese Schritte auf den ersten Blick recht dumm aus. Was hat uns das aber gebracht? Vor allem Informationen. Hmm, Arik, versuch doch mal, das Wichtigste von dem zu benennen, was wir jetzt wissen. Kurz und knapp.«

Arik dachte nicht lange nach: »Meiner Ansicht nach ist die wichtigste Schlussfolgerung diese: Hinter den Schwarzen steht eine Kraft, deren Natur weder uns noch den Lichten oder der Inquisition bekannt ist. Das Ziel jeder Seite muss daher sein, hinter die Natur dieser Kraft zu kommen und diese Information vor der Konkurrenz geheim zu halten. Und im Idealfall machen wir uns diese Kraft zunutze. Richtig?«

»Bravo, Arik«, applaudierte Laik. »Dass du mit deinen Kenntnissen so schnell zu diesen Schlussfolgerungen gekommen bist! Ich setze nicht umsonst große Hoffnungen in dich.«

Schwed beäugte seinen Freund und Nachbarn aus dem Süden etwas neidisch. Arik war immer stärker gewesen als er. Nicht nur aufgrund seines Alters, sondern auch aufgrund seines Verstands. Vermutlich war es deshalb gerade einer der stärksten Magier der Ukraine, der Turljanski applaudierte, während mit Schwed nur diese mysteriöse Petersburger Kraft ihre Experimente anstellte.

»Schwed, hast du nichts bezüglich der Dame hinzuzufügen, mit der ihr, du und Rubljow, euch angelegt habt?«, fuhr Laik mit der Examinierung seiner Untergebenen fort.

Schwed dachte nach. »Sie ist viel zu stark für ihr Alter«, wagte er schließlich als Hypothese zu äußern. »Wenn sie keine starke Illusion gewirkt hat und sich nicht bloß als minderjährig ausgegeben hat, was ja auch möglich wäre, weil sie stärker ist als Arik oder Iraklij. Zumindest habe ich diesen Eindruck.«

»Sie sah wirklich stärker aus als du, Arik. Und sogar stärker als Iraklij, aber sie hat sich keiner Illusion bedient«, bestätigte Laik. »Doch das meine ich gar nicht. Wer ist sie? Das will ich wissen.«

»Eine dunkle Zauberin«, antwortete Schwed achselzuckend. »Jedenfalls meiner Meinung nach. Nur eben eine Wilde. Und ein wenig seltsam, als ob auch noch etwas von einer Hexe in ihr stecke.«

Bei diesen Worten schoss Turljanskis Blick zu seinem Freund aus Nikolajew hinüber.

»Könnte durchaus sein«, bestätigte Laik. »Arik hat die Frauen der Schwarzen nämlich auch als eine Mischung aus Zauberinnen und Hexen beschrieben. Und jetzt will ich euch sagen, was ich darüber denke. Und nicht nur ich. Sebulon, Geser, von Kissel und Chena dürften derselben Ansicht sein, da bin ich mir sicher.

Es gibt mindestens eine Möglichkeit, um aus einer schwachen Zauberin schlagartig eine Hexe von beeindruckender Kraft zu machen. Zumindest vorübergehend. Dabei büßt die frischgebackene Hexe die Kenntnisse einer Zauberin nicht ein, sondern behält sie und vervielfacht sie noch, wobei sie qualitativ auf ein neues Niveau gelangt.

Ich denke dabei an ein Mentorenartefakt. Das ist ein Artefakt von unsagbarer Kraft und unglaublichem Alter. Sein Erschaffer muss in dieses Artefakt einen Teil seiner selbst legen, einen Teil seines Wissens und seiner Seele, dann muss er Jahrhunderte warten, bis das Artefakt genügend Kraft angesammelt hat. In der Regel rutscht der Erschaffer nach der erfolgreichen Initiation eines solchen Artefakts einen oder zwei Grad nach unten. Wenn sich jemand von euch mit der Geschichte des Spiegels in Moskau auseinandergesetzt hat, weiß er, dass dort auch ein solches Artefakt im Spiel war, allerdings kein sonderlich starkes. Ich meine die Kralle des Fafnir, also des *Zwielicht*-Drachens, die über mehrere Generationen von einer Sekte aufgeladen worden ist.«

»Aber«, brachte Arik verständnislos heraus. »Hier geht es doch um mehr als nur um eine junge Frau.«

»Vielleicht geht es ja auch um mehr als nur ein Artefakt. Während der Folmar-Wirren hat die Gruppe um Ulfenor Griddig etwa drei Dutzend solcher Artefakte erstellt, die sie für bessere Zeiten beiseitegelegt hat. Nach gut vierhundert Jahren wurde die Gruppe von einer Einheit Lichter Magier unter der Führung Beer Gelber Kaftans zerschmettert. Die wenigen, die sich retten konnten, sind bis nach Indien geflohen. Das Grab Ulfenors wurde nie gefunden. Es ist nur ein Fall, wenn auch ein spektakulärer. In den alten Zeiten, noch vor dem Großen Vertrag, standen solche Geschichten auf der Tagesordnung. Ob jetzt vielleicht eines der aufgesparten Artefakte in den Ingermanländischen Sümpfen aufgetaucht ist, diesem Ort, der für seine Energie so berühmt ist? Das würde immerhin die unerwartete Aktivität der Schwarzen in Petersburg erklären. Und es würde erklären, warum diese Gören plötzlich über den ersten Grad hinauswachsen.«

»Aber warum nur Frauen?«, wollte Arik wissen.

»Das steht ja noch gar nicht fest. Wir, genauer gesagt, *ihr* seid bisher nur mit Frauen konfrontiert gewesen. Vielleicht ist aber auch einer von den Jungen mit einem der Artefakte ausgestattet. Allerdings ist das Hexenmoment in Frauen sehr viel stärker ausgeprägt, weshalb sie die in den Artefakten gespeicherte Energie auch viel besser steuern und wesentlich geschickter einsetzen.«

»Aber dieses Mädchen hat keine Artefakte gehabt«, brachte Schwed müde hervor. »Das war eine ganz normale Arbeit mit dem *Zwielicht*, nur recht grob.«

Laik schloss für einige Sekunden die Augen und schüttelte sanft den Kopf. »Schwed«, sagte er nachdenklich, »ein Mentorenartefakt ist besonders alt und stark. Das ist kein Kraftspeicher wie ein gewöhnliches Amulett. Sie funktionieren auf tausendfache Weise, viele von ihnen sind heute schlicht in Vergessenheit geraten, weil sich ihre Erschaffer in Schatten verwandelt haben, in den tiefsten Schichten des *Zwielichts*. Und auch, weil die Arbeitstagebücher oder die alten Inkunabeln mit den Geheimnissen – selbst wenn sie bis heute überdauert haben – nur noch Auserwählten zugänglich sind. Insgesamt ist das Wissen, über das die heutigen Anderen verfügen, nur die Spitze des Eisberges, der solide unter der Oberfläche verborgen ist.«

Für ein alltägliches Gespräch drückte sich der Chef der Dunklen zwar anschaulich, aber auch ein wenig umständlich aus. Doch auch das konnte man lernen, vor allem, wenn man dieser Aufgabe lange Jahre widmete. Laik hatten diese Jahre zur Verfügung gestanden – und er hatte sich immer weiter vervollkommnet.

»Und was sollen wir jetzt tun?«, fragte Arik, ohne dass ihm seine Neugier anzumerken gewesen wäre.

»Handeln«, antwortete Laik grinsend. »Und am besten noch die Lichten und die Inquisition austricksen.«

»Können wir das denn schaffen?«

»Das will ich hoffen. Aber hundertprozentig sicher bin ich mir nicht. Gehen wir zunächst davon aus, dass die Schwarzen einige alte Mentorenartefakte haben. Möglicherweise irren wir uns damit, aber im Augenblick möchte ich alternative Ansätze außer Acht lassen, denn die würden uns nicht weiterbringen.«

Laik zog träge die Taschenuhr aus seiner Weste, öffnete den Deckel, betrachtete die Zeiger und steckte sie ebenso träge wieder weg.

»Iraklij kommt gleich zurück. Ich glaube, er wird uns etwas Interessantes zu berichten haben.«

Iraklij kehrte in der Tat etwa zehn Minuten später zurück. Aber er schaffte es nicht mehr, ihnen etwas zu berichten. Auf einmal materialisierte sich nämlich ein grauer Schatten mitten im Zimmer, und aus dem *Zwielicht* trat Laryssa Narymanowna heraus, die Symonow und Jefim über der Schulter trug. Beide waren bewusstlos und halb transparent, ein sicheres Zeichen für einen unvollendeten Dematerialisierungsprozess. Iraklij erstarrte mit offenem Mund und einem Glas Tomatensaft in der Hand.

»Wer war das?«, krächzte Laik, der ohne Umschweife zur Sache kam.

»Die Schwarzen. Symonow hat es schlimmer erwischt, kümmere dich zuerst um ihn.«

Das, was jetzt im Hotelzimmer vor sich ging, entsprach einer Intervention zweiten Grades. Die Prozedur nannte sich »Rückholung der Unseren aus jener Welt«, nicht mehr und nicht weniger. In der ukrainischen Mannschaft verfügte nur Laik über die nötige Kraft, um sie ohne Gefahr für sich selbst durchzuführen. Wenn ein Anderer mit Kraft arbeitet, nimmt er sie nicht nur auf, sondern gibt sie auch ab. Und je hochgradiger die Intervention ist, desto mehr Kraft muss er abgeben. Laryssa Narymanowna hatte getan, was sie tun konnte. Sie hatte zwei Amulette bis auf die letzte Reserve verbraucht. Unmittelbar mit dem *Zwielicht* zu arbeiten, das vermochten nur Zauberinnen, Hexen und Zauberkundige waren dazu nicht imstande.

Iraklij und Arik leisteten Hilfe. Schwed gab sich alle Mühe, nicht zu stören. Laryssa Narymanowna sank völlig ausgelaugt in den Sessel und schien in sich zusammenzuschrumpfen.

»Die Lichten sind im Anmarsch«, warnte Arik ungerührt, während er Laik weiterhin unterstützte.

»Ich höre es«, erwiderte dieser. »Mit Symonow bin ich fertig, jetzt kommt Jefim dran.«

Er beugte sich über das jüngste Mitglied seiner Mannschaft. »Aha!« Laiks Stimmung hellte sich ein wenig auf. »Hier ist nicht viel nötig. Iraklij, Arik, ich brauche euch nicht mehr, das schaff ich allein.«

In der nächsten Minute klopfte es höflich an der Tür. Laik beendete seine Prozedur und ließ sich aufs Bett fallen. »Einer muss den Schutz aufheben«, bat er.

Solide magische Schilde versperrten Iraklijs Zimmer, ihr Hauptquartier. In seinem eigenen Zimmer hatte Laik sämtliche Spuren magischer Absicherung unmittelbar nach dem Gespräch mit Arik und Schwed mit der gebotenen Sorgfalt entfernt.

Es kamen drei herein. Ein finsterer Mann im Umhang der Inquisition, von Kissel und der Beobachter Solodownik. Schwed und Arik bemerkten mit einiger Verwunderung, dass Laik die Gesichtszüge unfreiwillig entglitten. Iraklij sprang auf, zunächst sah es fast so aus, als wolle er strammstehen, dann überlegte er es sich aber offenbar doch anders. Sogar Laryssa Narymanowna richtete sich unwillkürlich im Sessel auf.

»Grandemeister«, murmelte Laik und verbeugte sich ehrfurchtsvoll.

»Rührt euch«, antwortete der Inquisitor ohne jeden Akzent auf Russisch. »Ich bitte vielmals um Entschuldigung, aber ich werde nicht lange stören. Hast du etwas entdeckt, das mich interessieren könnte?«

»Nein, Grandemeister.« Wie ein kleiner Junge schüttelte Laik den Kopf. »Bisher noch nicht. Haben Sie etwa geglaubt, dass ...«

»Ich habe es jedenfalls nicht ausgeschlossen.« Im Ton des Inquisitors schwang leichte Verärgerung mit. »Dann sucht. Du weißt, was du zu tun hast, wenn ihr etwas findet. Und du weißt es auch.« Das galt von Kissel. »Und Geser weiß es. Und wenn er hier auftaucht, wird er etwas finden.«

Der Inquisitor fuchtelte ärgerlich mit der Hand und verschwand ohne jede Vorankündigung ins *Zwielicht*. Eine Zeitlang herrschte Stille im Zimmer. Dann hüstelte Iraklij und setzte sich. Laik, der immer noch stand, schielte neugierig zu den beiden Lichten hinüber.

»Meiner Meinung nach sollte, da nicht einmal der Inquisitor Forderungen an uns hat, wegen ... äh, äh ... der nötig gewordenen Intervention dritten Grades ...«

»Zweiten Grades, Kollege«, korrigierte ihn von Kissel zwar giftig, aber nicht triumphierend. »Doch Sie haben recht, Kollege. Wenn es die Inquisition nicht für nötig erachtet hat, darauf einzugehen, dann werden es auch die Adepten des Lichts nicht tun.«

Laik sah missmutig zu Alexej Solodownik hinüber und setzte sich schließlich auf den Bettrand. Den Lichten bot er keinen Platz an.

»Laryssa Narymanowna«, wandte er sich an die Hexe, »ist der offizielle Beobachter der Nachtwache wieder am Rand der Geschehnisse aufgetaucht? Hat er erneut gestört?«

»Nein«, antwortete Laryssa Narymanowna. »Diesmal nicht.«

»Wenigstens etwas«, knurrte Laik. »Womit können wir dann noch dienen?«

»Wir sind nur wegen eines einzigen Ziels hier«, brachte von Kissel in salbungsvollem Ton heraus. »Um uns davon zu überzeugen, dass bei der offiziellen Gruppe unter dreifacher Schirmherrschaft alles in Ordnung ist.«

»Als ob ihr nicht ganz genau seht, dass bei uns überhaupt nichts in Ordnung ist«, fertigte ihn Laik ab, der die beiden auf dem Bettvorleger liegenden Körper, die allmählich ihre Transparenz verloren, finster betrachtete.

»Und dann möchten wir noch an etwas erinnern, bevor Sie das vergessen«, fügte der Lichte hinzu, ohne sich um die beiden bewusstlosen Körper zu kümmern. »Wenn dieses … nun, Sie verstehen, was ich meine, Kollege! Also, wenn es gefunden wird, dann scheuen Sie sich nicht, sich an den Beobachter Solodownik zu wenden, der in ständigem Kontakt mit der Inquisition steht.«

»Als Allererstes!« Laik scharrte mit den Hausschuhen über den Teppich. »Noch in dem Augenblick, da wir das Ding finden!«

»Vielen Dank!« Von Kissel neigte den Kopf. »Jetzt wollen wir Sie nicht länger aufhalten!« Dann wechselte er in einen schärferen Ton: »Gehen wir, Ljoscha.«

Schwed kam der Aufbruch der Lichten etwas überstürzter vor, als die Situation es nötig erscheinen ließ.

»Den Schild!«, erinnerte Laik.

Iraklij wirkte den Schutz neu.

»Er hat sich kaum geändert«, bemerkte Laryssa Narymanowna seufzend im Sessel. »Dabei habe ich ihn seit sechsundneunzig Jahren nicht gesehen!«

»Wen?«, wollte Schwed wissen. »Von Kissel?«

»Den Inquisitor, du Dummkopf!«

»Verstehe.«

»Ach ja, Arik.« Laik blickte den Mann aus Odessa fest an. »Du weißt ja nicht, wer das war. Einer der stärksten Hohen Magier aus dem mittelalterlichen Europa, Ludwig Hieronymus Maria Küchbauer, zu verschiedenen Zeiten auch als Dunckel, Oliver Rosendorfer und Karmadon bekannt. Eulenkopf. Er hat sich der Inquisition angeschlossen, als die Sarazenen noch durch das Heilige Land zogen. Deshalb kennen ihn junge Andere auch nicht. In den letzten Jahren«, Laik lächelte schief, »hat Eulenkopf in Prag die Depots für Artefakte von besonderer Mächtigkeit verwaltet. Du ahnst, warum er sich jetzt hier in Piter befindet?«

»Ahäm«, Turljanski hüstelte leicht, bevor er antwortete. »Soweit ich es verstehe, deutet seine Anwesenheit auf zwei Fakten hin. Die Lichten haben die Mentorenartefakte mit Sicherheit noch nicht in ihre Hände gebracht. Wir allerdings genauso wenig.«

»Völlig richtig! Eulenkopf rafft alles an sich und hält dann die Hand drauf. Und ich rate allen Anwesenden, diese Hände zu fürchten. Das meine ich völlig ernst. Mehr noch solltet ihr allerdings seine wahrhaft unmenschliche Intelligenz fürchten. Ich weiß wirklich nicht, was hinter der Sache steckt, aber der Verlust im Berner Büro der Inquisition könnte durchaus auf sein Konto gehen und auf das seiner Berater. Sie könnten für den Spiegel verantwortlich gewesen sein, damit in Moskau das Gleichgewicht wieder hergestellt und alle Artefakte schließlich aus dem unabhängigen Bern zu Eulenkopf nach Prag gebracht haben. Wahrlich, es wäre dem Zug eines Grandemeisters angemessen!«

»Warum heißt er eigentlich nicht Großmeister?«, wollte Schwed wissen.

»Weil Eulenkopf im heutigen Westfalen zum Meister geworden ist, den Titel Grande hat er in Andalusien erhalten. Irgendwie haben sich dann alle an diese Form gewöhnt. Was wollt ihr noch wissen?«

Schwed seufzte gepresst. »Am meisten interessiert mich, was mit Symonow passiert ist.«

»Den hat ebenfalls jemand manipuliert«, erklärte Laryssa Narymanowna gleichmütig. »Er hat die Augen verdreht und wollte die Schwarzen im *Zwielicht* vernichten. Nur dass er es diesmal nicht mit einer unerfahrenen Göre zu tun bekam, sondern mit zwei gut ausgestatteten Hexen. Auch sie wirkten jung, aber ich konnte Symonow und auch Jefim nur mit größter Mühe befreien und mit den beiden abhauen.«

Laryssa Narymanowna seufzte schwer und griff nach ihren Zigaretten. »Das gefällt mir alles nicht, Chef!«, wandte sie sich in angewidertem Ton an Laik. »Die unteren Chargen haben sich jetzt genug abgerackert. Es ist an der Zeit, dass du eingreifst. Du siehst ja, dass ich selbst es kaum noch schaffe. Wir richten nichts gegen sie aus, wenn du nicht intervenierst. Und auf deinen Herrn Bruder und den Helllichten Geser dürfen wir nicht hoffen, die werden uns nicht helfen. Die warten ab, bis sich die Schwarzen einen nach dem anderen von uns vorgeknöpft haben, dann werden sie vielleicht eingreifen. Vor allem, wenn auch die Inquisition interveniert.«

»Seinen Herrn Bruder?«, hakte Schwed erstaunt nach.

Laik bedachte ihn mit einem wässrigen Blick. »Richtig. Aber das kannst du nicht wissen. Von Kissel war einmal mein Bruder. Aber das ist inzwischen sehr, sehr lange her. Du hast recht, Larysska, wir sollten die Sache endlich ernsthaft angehen. Denn auf Hilfe dürfen wir wirklich nicht hoffen.«

»Dann erwartet sie eben nicht«, sagte jemand aus der Ecke hinter der Gardine, leise und schmeichlerisch.

Kurz zuvor hatte sich Laik raubtierhaft wie eine Katze aufgerichtet. Also hatte er etwas gespürt. Schwed hatte dagegen nichts bemerkt, die beiden Schichten des *Zwielichts*, die ihm zugänglich waren, waren ruhig und ungetrübt geblieben, als ob niemand durch sie hindurchgegangen wäre. Im Augenblick beschäftigte Schwed vor allem eine Frage: Hatte Arik etwas bemerkt?

»Ach nein!«, wunderte sich Iraklij. »Was macht die berüchtigte Hand Moskaus hier in Piter?«

Artur alias Sebulon schob den Tisch mit dem Fernseher sorglos zur Seite und trat aus der Ecke heraus. Ihm folgte ihr Moskauer Bekannter Schagron, dann dieser musikbegeisterte Vampir, dessen Name Schwed vergessen hatte, sowie ein unbekannter Anderer, der nicht sehr groß und ziemlich unscheinbar wirkte.

»Trommel deine Leutchen zusammen, Tawiskaron«, sagte der Chef der Moskauer Dunklen ein wenig mürrisch. »Du kennst doch den ganzen Sermon: Die Heimat ist in Gefahr, Moskau braucht Hilfe, keinen Fußbreit den Feinden. Wir werden die Sache jetzt in die Hand nehmen – auch wenn das hier Piter ist.«

Unterdessen schöpfte Sebulon rasch – so rasch, dass Schwed es kaum registrierte – Kraft und hauchte sie Symonow und Jefim ein. Prompt schlugen daraufhin beide die Augen auf.

Laik beobachtete den Moskauer Kollegen mit unverhohlener Neugier.

»Hm, das ist bereits eine Intervention ersten Grades«, bemerkte er munter.

»Macht nichts. Ich habe Sondervollmachten.«

Dann drehte er sich zur Tür.

Schwed nahm an, die ganze Mannschaft werde nun geschlossen abziehen, stattdessen aber klopfte jemand an.

Das ist Rubljow. Schwed erkannte den Besucher. Wenigstens etwas bringe ich auch noch zustande in dieser Gesellschaft aus lauter Assen.

»Komm rein, Dyma«, forderte ihn Laik mit lauter Stimme auf.

Der Tiermensch trat ein. Sein Gesicht zeigte einen besorgten Ausdruck. »Was ist hier los?«, fragte er alarmiert.

»Ein Tiermensch?« Artur alias Sebulon schien den Ankömmling förmlich zu beschnuppern. »Und zugleich ein Magier. Das ist gut, das wird uns helfen. Lara!«

»Ja, Artur!« So schnell, wie die Hexe reagierte, durfte man wohl kühn vermuten, dass in früheren Zeiten schon allerlei zwischen ihnen vorgefallen war, zwischen dieser ukrainischen Hexe und dem obersten Moskauer Magier.

»Hast du noch Amulette auf Vorrat? Von meinen, will ich damit sagen.«

»Nur noch eins«, gestand die Hexe schuldbewusst.

»Dann nimm das.« Sebulon hielt Laryssa Narymanowna eine kleine geschnitzte Schatulle hin, die er mit leichter Hand aus der Luft geholt hatte. »Ich soll dich übrigens von Arina grüßen.«

»Sie ist erwacht?« Die Hexe zog die Brauen hoch. »Wann?«

»Vor Kurzem«, antwortete Sebulon einsilbig.

»Und Luschka, Luisa, meine ich? Hat Arina ihr verziehen?«

Sebulons Blick änderte sich kaum. Kaum. »Luisa lebt schon seit fünfzig Jahren nicht mehr. Ich habe geglaubt, du wüsstest das.«

»Nein, das habe ich nicht gewusst«, flüsterte Laryssa Narymanowna.

Mit einem Mal schien ihr Gesicht beinahe menschlich, ohne diesen charakteristischen Ausdruck, der so typisch für Andere ist, die ihr erstes Jahrhundert schon vor sehr langer Zeit überschritten haben.

»Laik, können deine Leute heute Abend auf sich selbst aufpassen?«, wandte sich Sebulon an Scheremetjew.

»Wollen wir sie denn nicht mitnehmen?«

»Den da schon.« Sebulon hatte Turljanski vorher nicht einmal sondiert. Dafür prüfte er Schwed ausgesprochen penibel: »Den im Prinzip auch. Über den habe ich mich ja schon geäußert.« Er nickte kurz in Rubljows Richtung. »Aber die beiden sollen hierbleiben.«

Sebulon sah auf die Uhr. »Es wäre gut, wenn wir heute Nacht alles erledigen würden«, erklärte er seufzend. »Solange Geser noch in Moskau ist.«

»Er ist nach Moskau zurückgekehrt?«

»Ja. Ich glaube, er will bis morgen früh bleiben. Die Petersburger Lichten werden sich vermutlich noch lange an die heutige Nacht erinnern. Und die Schwarzen mit Sicherheit auch.«

Schwed, Arik und auch Rubljow, der das Wesentliche verschlafen hatte, hatten durchaus mit einer Planänderung gerechnet. Mächtige Artefakte, Hohe Inquisitoren, die in der Vergangenheit Hohe Magier gewesen waren, der wie aus dem Nichts aufgetauchte Sebulon zu ihrer Unterstützung … Da erwartet man selbstverständlich etwas Besonderes. Was dann kam, überstieg aber ihre kühnsten Erwartungen.

Gleich ein paar Dutzend Andere, aus ganz Europa und sogar von außerhalb. Der Lermontow-Prospekt wurde auf der Höhe des Hotels von pechschwarzen Autos versperrt, über denen eine mosaikartige Aura leuchtete. Aus dem *Zwielicht* betrachtet, loderte der Himmel.

Laik, Iraklij, Arik und Schwed teilten sich mit Schagron ein Auto. Laryssa Narymanowna stieg mit

Sebulon und der Moskauer Elite in einen Wagen, Dymka Rubljow mit einem Tiermenschen aus Rumänien, den er kannte.

Arik blickte unwillkürlich zu dem Haus auf der anderen Seite der Fontanka hinüber. Es wirkte dunkel und verlassen.

»Da ist niemand«, bemerkte Laik, ohne sich umzudrehen.

Arik rang sich lediglich ein unbestimmtes »Hmm« ab. Er fürchtete, eine negative Vorahnung in Bezug auf Tamara in sich zu spüren. Da dies nicht der Fall war, beruhigte er sich ein wenig.

»Übrigens«, wandte sich Schagron an Laik, »ich habe damals, als ich Sie durch Moskau kutschierte, ein wenig Unsinn geredet. Ich wusste wirklich nicht, dass Sie der Chef der Kiewer Tagwache sind.«

»Halb so wild«, winkte Laik großherzig ab. »Du hast dich ja nicht despektierlich über mich geäußert.«

Der Konvoi aus schwarzen Mercedes-Limousinen, Saabs, BMWs, Lexus, Fords, Opels, ein paar Minibussen und -vans – Letztere waren ebenfalls nachtschwarz – und sonstigen vierrädrigen Monstern der Dunklen sah inzwischen reichlich furchterregend aus und setzte sich nun in Bewegung. Der nervige Regen pladderte gegen die Scheiben, die Silhouetten der Stadt muteten seltsam verzerrt an. Hinter der Ägyptischen Brücke bog der Konvoi nach rechts ab und fuhr lange schnurgerade am kahlen Ufer der Fontanka entlang, ohne auf Ampeln und Kreuzungen zu achten. Dass der Weg frei war, darum hatte sich jemand gekümmert. Irgendwann erstreckte sich vor ihnen plötzlich eine Fläche, die nicht bebaut und offenbar noch nicht einmal vollständig gepflastert war. Gras, Büsche und Wege, dazwischen teilweise einfache Trampelpfade im Gras.

»Das Marsfeld?«, fragte Schwed, der zum Fenster hinausschaute.

»Ja«, bestätigte Schagron. »Also sind wir da.«

Da auf den kleinen Platz gar nicht alle Autos passten, parkten einige auf den Gehsteigen und sogar auf einer winzigen Brücke in der Nähe. Die Anderen hatten vorab dafür gesorgt, dass sich an dem Ort, an dem sie den Schauplatz des Kampfes der heutigen Nacht vermuteten, und in dessen Umgebung keine normalen Menschen aufhielten. Dieser Teil Piters schien ausgestorben.

Das *Zwielicht* geriet in Aufruhr und brodelte, als spüre es die Kraft der versammelten Dunklen. In der Mitte des Marsfelds ließen sich die der ukrainischen Mannschaft bereits bekannten Auren der Schwarzen erahnen. Wie es den Top-Dunklen gelungen war, alle Schwarzen zusammenzutreiben, darüber ließ sich nur spekulieren. Vielleicht hatten sich die Schwarzen aber auch aus freien Stücken versammelt, da sie das drohende Unheil gewittert hatten.

Diesmal würde der Zusammenstoß auf einem qualitativ höheren Niveau stattfinden. Denn wenn es bisher so ausgesehen hatte, als bräuchte man bloß einige Andere aufzubieten, um die paar Wilden an die Kandare zu nehmen, stellten sich die Dinge heute aus einer neuen Perspektive dar. Selbst die Wilden wirkten nun nicht ganz so wild und verfügten über weitaus mehr Kraft als erwartet. Musste man sich da noch darüber wundern, dass Größen wie Sebulon in dieses Spiel eingriffen?

Schwed jedenfalls wunderte sich nicht.

Und auch Arik Turljanski wunderte sich nicht, denn ihm schwirrten andere Dinge im Kopf herum.

Vor allem Tamara. Zum ersten Mal war der Mann aus Odessa innerlich hin- und hergerissen. Wie sollte er diejenige verteidigen, die eine völlig unverständliche Macht über ihn gewonnen hatte? Und Arik hätte sie ohne zu zögern verteidigt – hätte er gewusst, wie. Andererseits war er nicht bereit, sich gegen seine eigenen Leute zu stellen. Denn eins wusste er genau: Das würde nichts nützen. Gut, er war nicht gerade der Schwächste unter den Anderen, die hier auf dem Marsfeld versammelt waren, aber selbst wenn er der Zweitstärkste gewesen wäre, hätte es keinen Sinn gehabt.

Die Schwarzen hatten sich in der Mitte des Marsfelds versammelt, direkt beim Ewigen Feuer, in der eigenwilligen quadratischen Festung, die aus Granitblöcken bestand, die die Gräber einfassten und deren mannshohe Mauern nicht geschlossen, sondern von vier Durchgängen durchbrochen waren. Die Dunklen liefen in einer dichten Kette um diese Festung herum und bildeten schon bald einen mehr oder weniger geschlossenen Ring um sie.

Arik, Schwed, Dymka Rubljow, Iraklij, Laryssa Narymanowna, Laik, Sebulon, der Vampir Kostja und Schagron bildeten alle einen Teil dieses Ringes. Sie standen nicht nebeneinander, sondern neben Anderen, die ihnen völlig unbekannt waren. Aber welchen Unterschied machte das, wenn alle dem Dunkel dienten und ein gemeinsames Ziel verfolgten, nämlich die Abtrünnigen zu vernichten?

Schließlich entbindet die Unkenntnis des Großen Vertrags niemanden von seiner Zahlungspflicht.

Die Geschichte der Wachen kennt viele Operationen, die der heutigen ähneln. Wenn über verrückte Wilde oder fanatische Sektierer die organisierte Kraft einer Wache hereinbricht, spielt es keine Rolle mehr, um welche Wache es sich handelt. Mit der Zeit kommt nämlich jeder Andere dahinter, dass in der ewigen Auseinandersetzung zwischen Licht und Dunkel nur eines zählt, nämlich das Gleichgewicht. Und deshalb sollte man in einer scheinbar ausweglosen Situation immer das tun, was dem Gleichgewicht dient.

Denn damit macht man nie etwas falsch.

Im *Zwielicht* flackerte über der Festung bläulicher Höhenrauch auf. In dieser grauen, fast farblosen Welt wirkte er seltsam. Der Höhenrauch an sich war dabei eigentlich eine Art beleuchteter Abdruck von etwas Grauem; die bläuliche Einfärbung entsprang der Phantasie.

»Vorrücken!«, ertönte ein Kommando.

Die Stimme kannten sie nicht, aber Schwed und Arik registrierten beide, dass sie nicht Sebulon gehörte.

In der ersten Schicht des *Zwielichts* sahen die Anderen bereits nicht mehr wie normale Menschen aus, doch niemand hätte es sich einfallen lassen, *Zwielicht*-Gestalt anzunehmen. Schließlich waren sie hier nicht hergekommen, um jemanden zu erschrecken, sondern um zu bestrafen. Genauer, um Andere zu bestrafen, die man eben nicht mit der äußeren Erscheinung beeindrucken konnte. Und so wie die Schwarzen durch Piter spazierten und nach ihren Orgien die grellsten Spuren hinterließen, dürfte für sie auch die aus Sicht eines Menschen widerwärtigste *Zwielicht*-Gestalt eines Dunklen nur wie die Arbeit eines Maskenbildners in einem mittelmäßigen Horrorfilm aussehen.

»Weiter vorrücken!«

Der Ring zog sich gehorsam zusammen.

In dem Augenblick, da der bläuliche Höhenrauch erzitterte und leicht einsackte, schossen die Schwarzen durch die Löcher in den Mauern heraus, eine chaotische Menge, die sich nur mit Mühe durch das klebrige *Zwielicht* bohrte. Sie wirkten schwach und ungeschickt, selbst in die erste, am leichtesten zugängliche *Zwielicht*-Schicht drangen sie nicht vollständig ein, sondern blieben noch partiell in der realen Welt stecken.

Derjenige, der den Angriff leitete, hatte die Kraft des ganzen Rings in sich aufgenommen. Mehrere Dutzend kräftiger Männer rissen gemeinsam einen unter normalen Umständen nicht bewegbaren Klotz von der Erde, indem sie die Tonnen seines Gewichts gleichmäßig zwischen sich aufteilten – genauso schickten die Anderen ihre magische Kraft in einen Einzigen hinein, vertrauten dem Stärksten und Erfahrensten das Kommando an. Schwed, Arik, Rubljow und Laik – sie alle gingen in einem fremden Willen auf, in einer fremden Wahrnehmung. Ihre Augen wurden zu fremden Augen, ihre Kraft zu einer fremden Kraft.

Sie wurde zur Kraft des Dunkels selbst.

Der Ring der Dunklen wogte in einer kräftigen, annähernd schwarzen Welle. Diese Welle rollte langsam auf die Schwarzen zu, die ihnen entgegenrückten, und erstickte ihren verzweifelten, von vornherein dem Untergang geweihten Angriff.

Die Attacke führten ausschließlich die Jungen aus, die schwachen Schwarzen, die über einen lächerlichen siebten Grad nicht hinauskamen. Die dunkle Welle fegte sie hinweg wie ein Tsunami die klapprigen Fischerkähne am Ufer.

Aber die Welle tötete sie nicht. Sie nahm lediglich jedem Schwarzen über Jahre hinweg die magische Kraft, machte aus ihnen allen wieder gewöhnliche Menschen, die altern, zu gegebener Zeit sterben und sich schmerzlich nach ihren wenigen magischen Jahren zurücksehnen würden.

»Vorrücken!«

Der Ring ließ die Jungen durch und spuckte sie hinter sich, jenseits der Festung der Schwarzen, wieder aus. Die Jungen rannten blindlings davon, getrieben von ihrer Angst, die sie auffraß und alles in ihnen gefror, die sie zwang, schneller zu rennen als Sprintweltmeister und weiter und höher zu springen als Champions in Sprungwettbewerben.

Die zweite dunkle Welle wogte heran. Die Mauern hielten sie nicht zurück. Die Welle glitt so leicht durch sie hindurch, wie sie in die Löcher eindrang. Alles deutete darauf hin, dass die verbleibenden Verteidiger – genauer gesagt Verteidigerinnen – schon im nächsten Augenblick das gleiche Schicksal ereilen würde wie die über das Marsfeld davonstiebenden Jungen.

Genau in diesem Augenblick hob jedoch eine der Frauen, die in der Mitte der kleinen Gruppe stand, die Arme zum mondlosen Himmel und stieß einen unverständlichen Schrei aus, woraufhin der bläuliche Höhenrauch erzitterte, als sei er lebendig, und die anrollende, brausende und imposante Welle niederwalzte.

Schwed fiel um. Arik konnte sich zwar auf den Beinen halten, erstickte aber beinahe an entsetzlichen Schmerzen.

Der Gegenschlag schlug im ganzen Ring der Dunklen erhebliche Breschen. Und obwohl sich die Gestürzten mehrheitlich wieder erhoben und einreihten, gab es auch einige, die am Boden liegen blieben.

Arik starrte Tamara unverwandt an. Sie war es, die da in der Mitte der Festung stand, die Arme nach oben gereckt. Zwischen ihren Händen pulsierten funkelnde Kraftströme, die direkt vom Himmel gespeist schienen. Zu ihren Füßen loderte die gespenstische Flamme des Ewigen Feuers, das an diejenigen erinnerte, die einst an diesem Ort gestorben waren, in einer grausamen Schlacht der Menschen.

Die Kraft derjenigen, die den eigenen Tod um des Lebens anderer willen auf sich nehmen, ist erschreckend.

Die Ströme zwischen Tamaras Händen leuchteten immer heller. Die Zungen des gespenstischen Feuers tanzten immer höher und wilder.

Der Ring der Dunklen verlor seinen Zusammenhalt, bröckelte und zerfiel. Jetzt kämpfte wieder jeder für sich allein.

Schwed hielt verzweifelt nach Laik Ausschau, der seinerseits Sebulon fragend ansah, der wiederum in die über die Mauern hinauszüngelnde Flamme blickte.

Tamara neigte die Arme leicht zur Seite, woraufhin sich die Kraftströme, über die sie gebot, fast vervierfachten. Sie schrie einen weiteren Zauberspruch in den Himmel hinauf. Die Ströme explodierten gleich einer Supernova, eine neue Welle gebärend.

Die Anführer der Dunklen legten die Hände derweil ebenfalls nicht in den Schoß. Wie Arik und Schwed mit leichter Beunruhigung registrierten, schien das *Zwielicht* an einigen Stellen sein Innerstes nach außen zu kehren und aus dem Nichts heraus kugelförmige Durchbrüche zu bilden, die offenbar in die unteren Schichten des *Zwielichts* führten. In diese Durchbrüche schossen trichterförmige Wirbel, die sich unverzüglich zu gigantischen Fächern entfalteten, die ihrerseits die bläuliche, todbringende Welle der Verteidigerinnen aufsaugten und sie zwangen, kraftlos zurückzuplätschern und ihre Farbe zu verlieren.

Insofern erreichte die von Tamara ausgeschickte Welle den angeschlagenen Ring der Dunklen nicht, sondern versandete, verebbte und versickerte. Die schwarzen Wirbel hatten jedoch nicht die Absicht, wieder zu schrumpfen, im Gegenteil, sie wuchsen und tanzten über den Mauern. Wie Arik jetzt sah, wurden sie nur von wenigen Anderen gelenkt, darunter waren auch Sebulon und Laik. Zwei weitere standen in der Nähe, die Übrigen entdeckte er jedoch nicht. Sie befanden sich auf der gegenüberliegenden Seite des Rings, hinter den magischen Flammen der Schwarzen. Sekündlich entstanden neue Wirbel. Und mit ihnen neue Durchgänge, diesmal nach unten, hin zum Dunkel selbst.

Die Frauen auf dem Marsfeld formierten sich plötzlich neu und bildeten Zweiergruppen, die in bizarren Posen erstarrten. In ihrer Aufstellung ließ sich eine vage Ordnung erahnen, eine eigenwillige höhere Harmonie. Auch Tamara veränderte ihre Pose ein wenig. Jetzt waren ihre Arme nicht zum Himmel hochgerissen, sondern wiesen zum Feuer.

Der Höhenrauch über den Schwarzen begann zu kreisen und erinnerte bald an einen Sahneberg auf einem Tortenstück. Mit einem Mal schoss aus der Öffnung in der quadratischen Platte, aus der normalerweise das Ewige Feuer aufzüngelte, eine blendende Lichtsäule, die sich löste und sich dann in den tiefen, leidenschaftslos grauen Himmel bohrte.

Selbst das *Zwielicht* schien zu zittern. Die schwarzen Wirbel prallten an den Mauern ab und wurden rund zwei Meter zurückgeschleudert.

»Beim Dunkel!«, zischte Laik. Sein Gesicht erinnerte jetzt an einen Totenschädel, die langen Haare flatterten trotz des fehlenden Windes und zuckten im Takt des Anstroms magischer Kraft. »Woher stammt ihre ungeheure Kraft?«

Die Dunklen reagierten unverzüglich. Zumindest zwei der Anführer nahmen ihre vollständige *Zwielicht*-Gestalt an. Sebulon war nun ein riesiger gehörnter Dämon von fast acht Metern Größe, der über den Mauern der Festung aufragte, die ihm noch nicht einmal bis zu den knotigen Knien reichte. Etwas weiter entfernt stand ein kräftiger, geschuppter Drache, der eine rauchende Flamme ausstieß. Er wirkte kräftiger und massiver, als bei seinen Maßen eigentlich zu erwarten war. Sobald er seine dunkle Energie ausstieß, ertaubte man. Es schien einem der Schädel förmlich zu explodieren. In einem lang gestreckten gelben Haus mit Säulen gegenüber dem Marsfeld barsten mit dumpfem Klirren die Scheiben in den Fenstern. Weitere Häuser in der Nähe traf offenbar das gleiche Schicksal, sie waren jedoch durch das mit Kraft aufgeladene *Zwielicht* nur schlecht zu erkennen.

Den Frauen, die in der Nähe von Sebulon und dem Drachen standen, erging es nicht allzu gut, ein Paar fiel rücklings auf die Platten, ein zweites auf die Knie.

Der Dämon schritt durch die Mauer und rammte die Krallen etwa einen Meter neben den zu Boden gegangenen Frauen in die Platte. Der Drache schlug mit den Flügeln, um gleich in die Luft zu steigen.

Tamara wich hilflos zurück. Ein weiteres Paar der Schwarzen konnte sich nicht mehr halten und brach zusammen.

Was geschieht jetzt?!, dachte Schwed, während er sich die schmerzenden Schläfen rieb.

Der Schmerz verwunderte ihn nicht, schließlich war permanent Kraft aus ihm herausgepumpt worden.

»Stopp!«, schrie Arik plötzlich, um sich sofort aus der Formation zu lösen, in einen der Durchgänge zu stoßen und sich nach vorn zu quetschen. »Tamara, bleib stehen! Was machst du denn?!«

Die Anführerin der Schwarzen drehte sich um, ohne die angefangenen Passes beendet zu haben, die sie erneut mit beiden Armen ausführte.

»Ah!«, stieß sie böse aus. »Du bist also auch hier?«

»Hör auf!« Arik lief gerade an Sebulons Bein vorbei, der die längliche Visage nach unten neigte, um das überraschend aufgetauchte Hindernis zu beäugen. »Wir gehören doch alle dem Dunkel an! Was soll da dieser Wahnsinn?«

»Ihr seid gekommen, um uns umzubringen!«, schrie Tamara.

»Nein! Wir sind gekommen, um euch zur Vernunft zu bringen! Wir sind gekommen, um mit euch zu reden!«

»Hör auf ihn, Mädchen«, mischte sich Sebulon mit vibrierendem Bass ein. »Wenn wir niemanden umbringen müssen, soll uns das nur recht sein.«

Über ihre Köpfe flog knisternd der Drache hinweg, es wirkte unwirklich, dass ein solcher Körper in der Lage sein sollte zu fliegen, noch dazu in der zähen Welt des *Zwielichts*, in der jede Bewegung Mühe bereitete.

»Ihr lügt!«

»Nein!«

»Dann beweist, dass ihr nicht lügt!«

Ohne nachzudenken, stürzte Arik nach vorn, hin zu diesen tödlich schönen Frauen um Tamara herum, hin zu diesen auf hexenhafte, vampirische Weise schönen Frauen, diesen in ihrer morbiden *Zwielicht*-Gestalt schönen Frauen. Kraftströme sollten ihn aufhalten, ebenso einige unbekannte Schlagzauber, eine unerhört mächtige Spirale Armers hätte sich beinahe um ihn gewunden. Doch unverdrossen zwängte sich Arik durch die vereinzelten Schwarzen fast bis zu Tamara vor. Er blieb ihr gegenüber stehen und blickte ihr in die Augen.

»Ich bin in deiner Macht«, brachte Arik mit fester Stimme heraus.

Dann senkte er die Arme.

Er befand sich wirklich in Tamaras Macht, schutzlos sowohl vor den Schwarzen als auch vor den eigenen Leuten. Jeder Schlag hätte ihn jetzt weggefegt, zerbrochen und zerhackt.

I-ich bi-in in dei-einer Macht … acht … acht …, hallte das dumpfe Echo nach, bevor sich seine Worte auflösten und im *Zwielicht* verklangen.

Zwei Frauen neben Arik blickten Tamara ergeben an und lauerten auf das geringste Zeichen von ihr. Über ihnen formte sich eine kleine, bläuliche Kugel.

»Er hat den Verstand verloren«, knurrte Schwed, der den Hals mit aller Gewalt reckte.

»Nein«, sagte Laik überraschend sachlich und ein wenig finster. »Er liebt sie einfach.«

Tamara gab kein Zeichen. Sie schickte ihren Blick noch einmal zu dem gewaltigen Dämon hinüber. »Sprich«, befahl sie knapp.

Die Lichtsäule, die sich in den Himmel bohrte, erlosch langsam. Sebulon schrumpfte in zwei, drei Sekunden auf sein Normalmaß zurück und nahm sein eigentliches Aussehen mehr oder weniger wieder an.

Arik sah Tamara noch immer an, die lebendige und herrliche Tamara, und lächelte dumm.

Dumm und glücklich.

SIEBEN

Noch am selben Abend brach Laiks Mannschaft, sobald sich alles ein wenig beruhigt hatte, nach Kiew auf. Laryssa Narymanowna und der völlig um den Verstand gebrachte Giovanni, der eigentlich zwei Wochen in Petersburg hätte bleiben sollen, flogen selbstverständlich gesondert. Iraklij nahm ebenfalls einen Flieger. Denn obwohl er ein starker Magier war, der zweitstärkste Dunkle in der Ukraine, durfte er nicht bleiben.

Die Sitzung der Inquisition war nämlich nur den Stärksten vorbehalten.

Arik Turljanski dagegen blieb in Piter zurück, denn er war trotz seines geringen Grades zu dieser Zusammenkunft eingeladen worden, worüber sich jedoch niemand wunderte.

In Iraklijs Zimmer zog – nachdem sich die Zimmermädchen gewaltig ins Zeug gelegt hatten – Sebulon ein, und zwar auf eigenen Wunsch. Laik zitierte er mit einer hochoriginellen Methode zu sich. Er schlug ein paarmal mit der Faust gegen die Wand, was funktionierte, da die Zimmer nebeneinander lagen und Andere sich über ein schlechtes Gehör nicht beschweren konnten.

Es war erst kurz nach Mitternacht. Mit den Schwarzen beschäftigte sich momentan die Inquisition, die förmlich in St. Petersburg eingefallen war. Die Dunklen hatten sie, da diese voreingenommen waren, weggeschickt. Die Lichten übrigens ebenso. Nach dem recht aufreibenden Kampf auf dem Marsfeld hatte Laik genüsslich ein paar Stunden geschlafen. Er würde auch jetzt noch schlafen, wenn sein Moskauer Kollege nicht gerade an die Wand gehämmert hätte.

Scheremetjew betrat ohne anzuklopfen Sebulons Zimmer, schließlich war er ja herbeizitiert worden.

»Hallo, Artur«, brummte Laik.

»Haben wir uns heute nicht schon gesehen?«, foppte ihn dieser.

Und natürlich wusste Sebulon, was Laik darauf erwidern würde: Ich habe geschlafen, deshalb ist heute für mich schon morgen.

Genau das waren denn auch Laiks Worte.

»Aber *ich* habe nicht geschlafen.« Mit dem Fuß zog Sebulon einen Stuhl heran, stützte seine in glänzenden Stiefeletten steckenden Füße an dessen Rand ab und drehte den Kopf hin und her, als sehe er sich um. »Wer hat den Schutz gewirkt? Du?«

»Ja.«

»Wann wirst du endlich lernen, alle Löcher zu stopfen?«

»Gibt es denn Löcher?«, fragte Laik ungläubig zurück.

»In der sechsten Schicht ist in der Luft ein energetisches Ungleichgewicht festzustellen. Hier und hier.« Sebulon zeigte mit der Zigarette auf die fraglichen Stellen am Fenster und unter der Garderobe. »Jeder Grünschnabel, der den weißen Blick beherrscht …«

»Dann versuch's doch mal«, feixte Laik.

Sebulon kniff misstrauisch die Augen zusammen. »Hmm«, brummte er kurz darauf. »In der Tat. Wie hast du das gemacht?«

»Das möchtest du gern wissen, was«, lachte Laik. »Also, es war eine plötzliche Erleuchtung. Der weiße Blick funktioniert nicht nur in der Luft. Sondern eben auch auf der Erde. Sicher, nur in der invertierten Form und in der Gleitphase. Die Wünschelrutengänger machen sich das zunutze.«

»Tatsächlich?«, brachte Sebulon erstaunt heraus. »Das habe ich nicht gewusst!«

»Du lässt deinen Hexen eben allzu freie Hand! Da darfst du dich nicht wundern, wenn du niemanden mehr hast, der mit der Erde arbeiten kann. Dafür müssen sich die Hexen nämlich theoretisch gut vorbereiten, das ist nackte Archaik plus ein paar Zaubersprüchlein. Was meinst du denn, warum sie Artefakte bis heute abfällig Wunderdinger nennen?«

»Weißt du zufälligerweise auch, wer das *Kassagar Garsarra* geschrieben hat? Na? Eine Hexe! Und wessen Hexe?«, parierte Sebulon prompt.

Laik seufzte tief.

»Gut, lassen wir das.« Sebulon fuchtelte mit der Hand, worauf Asche zu Boden segelte. »Frag, was du wissen willst.«

»Erzähl mir besser alles.« Laik ließ sich genüsslich in den Sessel fallen, zog eine Zigarette hervor, tastete seine Weste ab, fand aber kein Feuerzeug. Seufzend zündete er sich die Zigarette an dem Feuer an, das direkt auf seiner Handfläche entstanden war.

»In Ordnung«, willigte Sebulon überraschend ein.

Laik war daran gewöhnt, dem Moskauer Kollegen jedes Wort aus der Nase zu ziehen. Heute legte Sebulon jedoch bereitwillig los: »Kaum hatte ich euch nach Moskau geschickt, sind mir zwei Kittel aus Prag auf die Pelle gerückt. Sie haben behauptet, der Auftrag habe sich geändert, da die Informationen über die Schwarzen etwas veraltet gewesen seien. Außerdem haben sie angenommen, ich hätte nicht dich geschickt, sondern ein paar junge Burschen, und damit nahm das Chaos seinen Lauf.«

»Warum hast du mir das nicht gleich erzählt?«, wollte Laik mit mürrischem Gesichtsausdruck wissen.

»Das haben sie mir verboten. Sie haben beschlossen, deine Gruppe *as it is* zu lassen und zu sehen, was passiert. Als sich die Situation dann deutlicher abzeichnete, gleichzeitig aber auch kritisch wurde … Okay, das kann ich mir sparen.«

»Also alles wie gehabt«, knurrte Laik. »Wie oft hast du mich eigentlich schon in die Schusslinie geschickt? Blind? Ohne jede Information?«

»Oft.« Sebulon reckte das Kinn vor. »Aber du bist einer von denen, die mit allem fertig werden. Der Rest, der Rest interessiert nicht.«

»*Dich* interessiert der Rest vielleicht nicht. Aber was, wenn er *mich* interessiert?«

»Wenn die Leute in einer heiklen Situation scheitern, taugen sie sowieso nichts. Dann ist an deiner Seite kein Platz für sie. Apropos, euer türkisch-hybrides Zwitterwesen – was ist das eigentlich für einer?

Ich muss doch Bescheid wissen, da er jetzt in die nächste Liga aufsteigt.«

»Auf ihn lasse ich nichts kommen! Und er wächst. Ich habe diese Operation übrigens hauptsächlich zu seiner Qualifizierung geplant. Und für einen zweiten, den ich mir heranziehen will. Schwed, unsern Segler.«

»Beim Rest machst du dir also keine Hoffnung mehr? Von dem Tiermenschen mal abgesehen.«

»Der ist gerade erst aus dem Ei geschlüpft, wenn du so willst. Kennst du diese Geschichte? ›Ach, mein Gott!‹, sagte das Küken, nachdem es nach Leibniz in der besten aller Welten aus dem Ei geschlüpft war. ›Teufel auch!‹, sagte das gleiche Küken, als es mit Schopenhauer gesprochen hatte und wieder in die Schale zurückkroch. Der Rest hält es eher mit Schopenhauer.«

Sebulon grinste. »Du bist gnadenlos, Laik, einfach gnadenlos.«

»Was soll ich denn machen?«

»Du hast recht, es ist die einzige Möglichkeit. Deinen Mann aus Odessa hat das gesamte Kollegium heute übrigens ganz schön in die Mangel genommen. Nacheinander und alle zusammen. Liebt er diese Hexe wirklich?«

»Hast du das denn nicht gesehen? Da auf dem Marsfeld?«

»Was heißt das schon?« Sebulon verzog das Gesicht. »Vielleicht wollte er sich nur anbiedern. Das Risiko an sich bedeutet ja noch rein gar nichts.«

»Du willst mir ja wohl nicht weismachen, dir wäre der emotionale Hintergrund entgangen. Das kauf ich dir nicht ab.«

»Schon gut. Die Inquisition will über seinen Auftritt jedenfalls großzügig hinwegsehen. Abgesehen davon ist ihm ja auch wirklich kein Verstoß gegen den Großen Vertrag vorzuwerfen. Bei dem Mädchen handelt es sich potenziell um eine Große. Wenn es nach Geser ginge, sollten wir natürlich am ursprünglichen Plan festhalten, also alle dematerialisieren. Aber Eulenkopf und Chena haben ihn schon zurückgepfiffen. Ich glaube, auch die anderen Mädchen werden nicht vernichtet werden. Meiner Ansicht nach wäre es ohnehin wesentlich vernünftiger, sie zu untersuchen.«

»Was ist mit den Mentoren?«

»Es gibt keine Mentoren! Nicht die geringste Spur. Die Inquisitoren haben alle ihre Versammlungsorte durchkämmt, sie waren sogar in Rasliw. Der Altar in dem kleinen Haus an der Fontanka wurde auseinandergenommen und jedes noch so kleine Detail durchleuchtet. Nichts. In den Brenner auf dem Marsfeld wären sie beinahe reingekrochen, aber auch das ist nur ein stinknormaler Gasbrenner, von Magie keine Spur. Sie haben einem Mädchen versuchshalber ein Hexenamulett gegeben, damit hätte es während der Versammlung beinahe die Mauer niedergebrannt. Auch dies ist nur ein weiterer Beweis, dass es nicht über die geringste Erfahrung verfügt, wie man Amulette benutzt. Das Gleiche gilt mehr oder weniger für sie alle. Bei ihrer Anführerin sieht's ein bisschen besser aus, die bringt mit Intuition einiges zustande, aber …«

Sebulon spreizte die Finger auseinander, um zu illustrieren, welche Lücke sich zwischen Tamaras

Kenntnissen und der Kraft auftat, über die sie vor Kurzem noch so spielerisch geboten hatte.

»Hmm. Aber wenn ihre Kraft nicht aus Amuletten stammt und auch nicht aus dem *Zwielicht* – woher kommt sie dann?«, fragte Laik ungläubig entweder die Balkontür oder die Gardine. Zumindest blickte er in diese Richtung.

»Eulenkopf ist grün vor Wut. Wahrscheinlich hat er gehofft, seine Schatzkammer auffüllen zu können. Und dann diese Pleite!« Sebulon krächzte seltsam, was fraglos ein gemeines Lachen bedeuten sollte, und schaute auf die Uhr. »Wir müssen bald los.«

»Wo tagen wir?«, fragte Laik und gähnte.

»Hier, im siebzehnten Stock. Im *Riga*-Flügel des Hotels.«

»Ach nein!«, wunderte sich Laik. »Ich trinke da morgens im Restaurant gern meinen Kaffee. Einen Ausblick hat man dort! Selbst wenn es Piter ist, der Ausblick ist einfach phänomenal.«

»Eulenkopf gefällt er auch. Apropos Kaffee. Wollen wir uns einen spendieren? Schließlich müssen wir sowieso in den Flügel.«

»Ich hab nichts dagegen.«

Die beiden Magier erhoben sich langsam aus ihren Sesseln und verließen das Hotelzimmer, wobei sie die Tür gar nicht erst öffneten, denn sie waren zu faul, den Schlüssel zu suchen.

Zur festgesetzten Stunde begaben sich Laik und Sebulon in die auf zwei Seiten ganz aus Glas bestehende Halle im siebzehnten Stockwerk. Hier war vermutlich vor Kurzem ein Büfett aufgebaut gewesen. An den Wänden standen Tische mit Tischtüchern, in den Kinositzen lag reichlich Papier: Namensschilder, Flyer, Newsletter und Programme, dazu kam noch ein dunkelblauer Pulli mit einem Aufdruck in Herzhöhe:

Russkaja fantastika
http://www.rusf.ru
Wir werden fünf!

Rudimentäre Spuren von Magie deuteten darauf hin, dass die Tische vom Hotelpersonal nicht abgeräumt worden waren, sondern dass sich einige Andere damit hatten beschäftigen müssen, vermutlich ein paar Inquisitoren. Wobei sie selbstverständlich keinen Finger gekrümmt hatten.

Arik und Tamara nahmen jeweils an der Stirnseite eines Tisches Platz, an der normalerweise die Zeugen saßen. Ein gutes Zeichen. Aber Laik hegte an einem für die Dunklen günstigen Ausgang dieser Sitzung ohnehin keinen Zweifel.

Laik und Sebulon hatten sich noch nicht gesetzt, als der Fahrstuhl rumpelnd hielt. Er spuckte den Helllichten Geser, von Kissel und den bierernsten Beobachter Solodownik aus. Sein übertriebener Ernst war mehr als verständlich. Ein kleines Licht wie er musste nur selten – genauer gesagt, nie – einem Tribunal beiwohnen, noch dazu, wenn sonst nur Hohe Magier teilnahmen.

Laik kannte fünf Hohe, zählte man den längst aus den Wachen ausgeschiedenen Eulenkopf hinzu. Aber ein Hoher bleibt ein Hoher, selbst wenn er Inquisitor wird. Gestern auf dem Marsfeld waren noch vier weitere Hohe dabei gewesen, die jetzt jedoch fehlten. Selbst der Chef der Tagwache aus Minsk, ein Anderer mit semmelblondem Bart, der bei dem Kampf den Großen Drachen abgegeben hatte – seinerzeit hatte er etliche Schafe und anderes Vieh aus den Herden der livländischen Bischöfe Meinhard, Berthold und Albert aus Riga verschlungen –, war, obwohl er Tribunalen sonst durchaus beiwohnte, bereits abgereist, genau wie die Übrigen, die nur gekommen waren, um ihren Job zu erledigen. Nun, da sich die Situation stabilisiert hatte, mussten die Petersburger selbst für Ordnung sorgen. Was sollten sie sich da also mit einer langweiligen Sitzung abquälen, die einer Frage galt, die für ihre Region absolut keinen Belang hatte?

Von den Inquisitoren kannte Laik den Vampir Vítězslav aus Prag, der den Ostsektor leitete, und einen erst kürzlich ausgebildeten Magier namens Maxim, der vor ein paar Jahren in Moskau sein Unwesen getrieben hatte und dort als Wilder bekannt geworden war. Und er war in der Tat ein Wilder, ein nicht registrierter Anderer. Mit einem Holzdolch hatte er niedere Dunkle abgestochen. Was nicht alles passiert, wenn Realität und *Zwielicht* aufeinandertreffen. Den Beobachter Chena kannte Laik selbstverständlich auch. Wie ein unerschütterlicher chinesischer Gott saß der uralte Tiermensch neben Eulenkopf an einem Tisch und lächelte geheimnisvoll.

Kurz darauf erschien ein Hexer, so bleich wie eine Spirochäte, der Chef der Petersburger Tagwache. Ihm folgte fast unmittelbar auf dem Fuße ein schwacher

Magier, der Chef der Nachtwache. Beide wurden von Inquisitoren niederen Rangs begleitet – oder sollte man besser sagen, eskortiert? Sie hatten sich kaum gesetzt, als Vítězslav einen Blick mit Eulenkopf wechselte und sich erhob. »Fangen wir an!«, befahl er.

Daraufhin erhoben sich alle.

Die nächsten beiden Minuten vergingen mit der rituellen Verlesung des Großen Vertrags:

Wir sind die Anderen,
Wir dienen unterschiedlichen Kräften,
Doch im Zwielicht *besteht kein Unterschied*
Zwischen dem Fehlen des Dunkels
Und dem Fehlen des Lichts.
Unser Kampf vermag die Welt zu vernichten.

Und so weiter und so fort.

Gut, das musste sein, schließlich war der Große Vertrag ebendeshalb ein Vertrag, damit er geachtet und seine Bestimmungen umgesetzt wurden. Solodownik traten vor Eifer jedoch fast die Augen aus den Höhlen. Aber wenn man an einer solchen Sitzung nicht zum zehnten und auch nicht zum zwanzigsten, sondern zum zigtausendsten Mal teilnimmt, dann gewöhnt man sich unwillkürlich daran, dann schleicht sich die Feierlichkeit sukzessive und spurlos davon.

Kaum war die Zeile: »Die Zeit wird für uns entscheiden« vorgelesen, nahmen die Anwesenden, größtenteils erleichtert, wieder Platz.

Laik hatte erwartet, es würde wie üblich einer der Inquisitoren die Rolle des Vorsitzenden Richters übernehmen und die Fälle vortragen, mit denen sie sich heute zu beschäftigen hätten. Doch dann fing Eulenkopf zu sprechen an. Selbstverständlich erhob er sich nicht. Im Stehen mussten nur die Zeugen bei ihrer Vernehmung sprechen. Und die Angeklagten. Die seltenen Gäste solcher Sitzungen standen normalerweise auch auf. Aber die alte Garde brachte ihr Anliegen im Sitzen vor.

»Angesichts des außergewöhnlichen Falls und seiner exorbitanten Bedeutung für die Anderen insgesamt erachtet es das Tribunal für unabdingbar, einen unabhängigen Richter zu bestellen«, krächzte Eulenkopf emotionslos. »Die alten Magier kennen ihn natürlich. Bitte!«

Vítězslav öffnete eilfertig ein längst vorbereitetes Portal, und aus der zusammengeballten, rötlichen Finsternis trat ein nicht sehr hochgewachsener Anderer mit einem faltigen, geradezu von Seeluft verwitterten Gesicht in die Halle. Er trug altmodische Hosen, ein kurzärmliges Hemd sowie einen Altherrenhut und erinnerte frappant an einen Rentner aus der Breschnew-Zeit. Fehlte bloß noch ein Einkaufsnetz voller Kefir.

Laik entglitten unwillkürlich die Gesichtszüge. Die heutige Sitzung würde mit Sicherheit alle Rekorde sprengen, was die Zahl der versammelten Hohen betraf!

»Ich stelle Ihnen den Großen Shinji vor, den Richter der Toten, und bitte ihn höflichst, der heutigen Zusammenkunft vorzusitzen. Ich betone, der Zusammenkunft, nicht der Gerichtsverhandlung. Helllichter Geser, verkneifen Sie sich Ihren Protest, er ist a priori abgelehnt.«

Shinji, der ewig Neutrale aus Charkow, nickte allen Anwesenden zu, drehte sich dann zu Chena um und verbeugte sich ehrerbietig. Selbstredend erhob sich Chena daraufhin und verneigte sich ebenfalls. Damit war dem Protokoll Genüge getan.

»Vítězslav, wenn du bitte fortfahren würdest«, sagte Eulenkopf, um anschließend mit weit aufgerissenen Augen zu erstarren. Diese Pose, die er reglos und ohne zu blinzeln beibehielt, hatte ihm auch seinen Beinamen eingetragen.

»Danke.« Der Vampir schielte kurz auf die Aufzeichnungen, die er vor sich liegen hatte. »Gegenstand unserer heutigen Zusammenkunft ist die Klage der Nachtwache der Stadt Moskau, Russland, gegen die Tagwache der Stadt St. Petersburg, Russland«, eröffnete der Vampir. »Gegenstand der Klage ist die Tätigkeit einer nicht registrierten Sekte nicht registrierter Dunkler in der Stadt St. Petersburg und im Leningrader Gebiet, ferner die sträfliche Fahrlässigkeit der Tagwache der Stadt St. Petersburg, die diese Sekte nicht rechtzeitig entdeckt und es unterlassen hat, die nötigen Schritte zur Beendigung der Tätigkeit dieser Sekte einzuleiten. Die Ergebnisse dieser Tätigkeit sind Todesfälle unter Lichten, zahlreiche Todesfälle unter den Menschen, die Darbringung von Menschenopfern und die Durchführung verschiedener magischer Rituale, die sich nicht mit den Bestimmungen des Großen Vertrags in Einklang bringen lassen. Die Gesetze sehen in diesem Fall eine Vernehmung der Zeugen vor. Doch da wir heute nicht zu Gericht sitzen, sondern uns lediglich zum Informationsaustausch zusammengefunden haben, und angesichts der Tatsache, dass nach Eingang der Klage von der Inquisition eine eigene Untersuchung eingeleitet wurde, deren Ergebnisse das Verständnis der Situation von Grund auf ändern, schlage ich vor, zunächst den Bericht eines der Mitglieder des Untersuchungsausschusses zu hören und dann den Kläger zu bitten, seine Forderungen erneut zu formulieren. Einverstanden, Helllichter Geser?«

»Keine Einwände«, brummte dieser.

Aus seiner Stimme ließ sich eine leichte Verunsicherung heraushören, was offenbar an der neuen Situation lag.

»Maxim, wenn ich bitten darf!«

Das Wort ergriff der ehemalige Moskauer Wilde.

»Zum Zeitpunkt des Klageeingangs existierte in St. Petersburg in der Tat eine in Ansätzen zentralisierte Organisation nicht ordnungsgemäß initiierter Anderer. Die Initiierung erfolgte ohne die übliche Aufsicht von ordnungsgemäß initiierten Anderen, ihr Auslöser konnte nicht abschließend geklärt werden, der Mechanismus zur Transformation des menschlichen Wesens in einen Anderen funktioniert auf recht unkonventionelle Weise. Man könnte es so beschreiben, als sei die eingeleitete Transformation auf halbem Wege stecken geblieben. Streng genommen handelt es sich bei den fraglichen Sektenmitgliedern also nicht um Andere, sondern lediglich um potenzielle Andere, die sich im Prozess einer eingefrorenen oder unwahrscheinlich verlangsamten Initiation befinden. Dies hat zur Folge, dass keiner von ihnen höhere Magie einzusetzen oder vollständig ins *Zwielicht* einzutauchen vermag. Insofern stellen diese Halb-Anderen nur für schwache Andere, die in St. Petersburg freilich nicht nur in der Majorität, sondern in der überwältigenden Mehrheit sind, sowie auch für Menschen eine Gefahr dar.

Zu Beginn der Untersuchungen hat sich diese Situation aber radikal geändert. Mehr als zwei Dutzend der fraglichen Sektenmitglieder, alles Frauen und Mädchen zwischen dreizehn und vierunddreißig Jahren, sind nämlich doch initiiert worden. Diese Initiierung scheint auf höchst unorthodoxe Weise vorgenommen und auch zum Abschluss gebracht worden zu sein, denn der Gebrauch magischer Energie durch die Sektenmitglieder unterscheidet sich fundamental vom traditionellen Gebrauch. Die Energiequelle selbst ist uns zudem nach wie vor unbekannt. Ursprünglich sind wir von der Hypothese ausgegangen, die Sekte müsste vergrabene Artefakte von ungeheurer Kraft entdeckt haben, möglicherweise sogar Mentorenartefakte, mit deren Hilfe der jeweilige Besitzer für die Dauer der Anwendung seinen Status um ein oder zwei Grad steigern kann. Diese Hypothese stellte sich als haltlos heraus. Weder wurden in St. Petersburg oder dem Leningrader Gebiet entsprechende Artefakte entdeckt, noch zeigen die Sektenmitglieder, bei denen die Initiation vollzogen wurde, auch nur rudimentäre magische Kenntnisse oder elementare Fertigkeiten beim Gebrauch der Standardartefakte. Daraufhin wurden zwei weitere Arbeitshypothesen entwickelt, mit deren Hilfe alternative Formen der Energieakkumulation erklärt werden sollten. Beide Versionen führten jedoch in eine Sackgasse. Die Quelle, aus der die Sektenmitglieder ihre Energie schöpfen, bleibt weiterhin unklar. Sie selbst können uns aufgrund ihrer fehlenden theoretischen Ausbildung auch nicht den geringsten Hinweis geben.

Doch obwohl der Untersuchungsausschuss bezüglich der Quelle der magischen Energie keinen Schritt vorangekommen ist, lassen sich gewisse Schlussfolgerungen über ihren Charakter und ihre Natur ziehen. Sie unterscheidet sich von der freien Energie des *Zwielichts*, liegt nicht in Schichten vor und verhält sich auch nicht analog zu der in Artefakten oder sonstigen Trägerobjekten akkumulierten Energie. Bislang scheint es so, als ändere die Schwarze Energie, wie wir sie fürs Erste genannt haben, ihre Kraft, Spannung und auch das Zielobjekt völlig willkürlich. Oder, um es anders auszudrücken: Man könnte meinen, die fraglichen Sektenmitglieder fungierten lediglich als Transmitter, während die Energie selbst von einem Dritten gesteuert wird. Dies würde auch erklären, warum wir die Quelle nicht finden. Weil sie nämlich gar nicht existiert. Es existiert lediglich ein Wesen, das freie Energie manipuliert oder akkumulierte Energie freisetzt, diese Energie dann aber nicht direkt auf die Objekte, die beeinflusst werden sollen, leitet, sondern sie zunächst auf die Sektenmitglieder überträgt. Ebendies würde auch die unkontrollierten Wutausbrüche der drei Mitglieder der Kiewer Sondergruppe erklären. Sie müssen in den Einflussbereich der Schwarzen Energie geraten sein.

Für die jüngeren Kollegen, die leider allzu leicht zu beeindrucken sind, will ich noch hinzufügen: Wenn ihr annehmt, in St. Petersburg treibe ein Anderer von außergewöhnlicher Kraft sein Unwesen und lasse alle sonstigen Anderen nach seiner Pfeife tanzen, kann ich euch beruhigen. Dem ist nicht so. Organische Wesen, zu denen Andere ja wohl zweifellos auch gehören, verändern Energie nicht in dieser Weise.«

Maxim schickte einen leicht ironischen Blick zu Solodownik und den beiden Petersburgern hinüber, aber auch zu Arik Turljanski und seiner Freundin. Doch während die ersten drei anfangs wirklich einen alarmierten Gesichtsausdruck gezeigt hatten, hatte sich in Ariks Miene gar nichts gerührt, wofür Laik ihm gedanklich ein dickes Plus in die Personalakte eintrug.

Nun kam Maxim zum Schluss: »Damit müssen wir als Fazit wohl festhalten, dass wir es mit einer bislang unbekannten Natur- und *Zwielicht*-Erscheinung zu tun haben.

Die Empfehlungen des Untersuchungsausschusses des Europabüros der Inquisition lauten: Alle Sektenmitglieder dürfen weiterleben und werden in Theorie und Praxis moderner Magie ausgebildet, entsprechend ihren Neigungen und natürlichen Anlagen. Es soll eine Forschungsgruppe nach St. Petersburg fahren, aber auch eine Sondergruppe in die Stadt geschickt werden, die im Falle unvorhergesehener Vorkommnisse intervenieren kann. Allen Anderen wird geraten, St. Petersburg zu verlassen oder mit Unterschrift zu bekunden, dass ihnen das Risiko ihres Bleibens klar ist.

Ich danke für die Aufmerksamkeit.«

Maxim nickte Eulenkopf, der sich nach wie vor nicht rührte, den Richtern, Shinji persönlich und allen Anwesenden rundum würdevoll zu.

»Sie haben das Wort, Helllichter Geser!«, verkündete Vítězslav.

Der Lichte Magier hatte das Gehörte unterdessen analysiert und erkannt, dass es töricht und naiv wäre, auf der ursprünglichen Forderung nach Dematerialisierung der Schwarzen zu bestehen. Wenigstens etwas.

»Vielen Dank, Herr Referent, Ihr Vortrag war in höchstem Maße interessant und aufschlussreich.« Geser applaudierte zurückhaltend. »Vor allem jener Teil, der auf die Natur und die Spezifika der magischen Energie, die hier Schwarze Energie genannt wurde, sowie auf die schreckliche Quelle dieser Energie einging. Ich vermute, die alten Magier werden ihn zu schätzen wissen und herzlich lachen.«

»Unterlass diese Albernheiten, Geser«, warnte Eulenkopf – ohne sich zu rühren und anscheinend sogar ohne den Mund aufzumachen. In diesem Augenblick sah er einem Standbild aus der russischen Verfilmung von *Pu der Bär* zum Verwechseln ähnlich. Man wartete darauf, dass sich das Tier gleich wieder rührte, aber nein, Eulenkopf war erstarrt und fixierte einen Punkt.

»Habe ich das richtig verstanden? Die Entscheidung, diesen Haufen Hexen nicht zu dematerialisieren, ist bereits getroffen worden?«

»Wie kommst du darauf?«, hielt Eulenkopf leise dagegen, während er seine Stellung nun doch veränderte. »Warum hätten wir uns dann versammeln sollen? In diesem Fall hätten wir lediglich unseren Entschluss verkündet. Nein, unser Ziel ist es, dem

Kläger die Sinnlosigkeit eines solchen Schritts klarzumachen.«

»Ja, ja, ich weiß.« Geser nickte mehrmals. »Und ich möchte betonen, dass diese Versammlung mein ungeteiltes Wohlwollen findet. Der Protokollant, ein Dunkler, der …«

»Der Protokollant ist ein Inquisitor«, korrigierte ihn Eulenkopf mit knarzender Stimme.

»… der in der Vergangenheit ein Dunkler Magier war«, fuhr Geser fort. »Sie wird von einem Vampir geleitet. Der Vorsitzende Richter ist der Große Shinji, der Schatten des Dunkels. Im Saal befinden sich ausschließlich Dunkle. Wir verhandeln einen Fall, in dem es um drei Dutzend Dunkle geht. Was soll ich dazu noch sagen? Es ist ja wohl höchste Zeit, mein Recht auf Unparteilichkeit einzuklagen!«

»Das Recht auf Unparteilichkeit verkörpere ich«, mischte sich Shinji leise ein und sah Geser in die Augen.

Unter seinem Blick gab sogar Geser nach.

»Ich möchte nur meine Auffassung zum Ausdruck bringen, wonach die Dunklen von Lichten gerichtet werden müssen. Oder von jemandem, der in der Vergangenheit ein Lichter war.«

»Ich diene schon seit Langem weder dem Dunkel noch dem Licht oder dem Gleichgewicht, das weißt du genau, Geser. Ich diene schon seit Langem niemandem mehr, nicht einmal mehr mir selbst. Zu dienen, das ist allein das Los der Suchenden.«

Die Stimme Shinjis klang gleichmäßig und schien keine Ober- oder Untertöne aufzuweisen, genau wie eine alte Aufzeichnung mit einem Drahttongerät.

»Ein Lichter darf die Dunklen nicht richten, da er unweigerlich voreingenommen wäre. Ein Dunkler darf die Dunklen nicht richten, da er unweigerlich voreingenommen wäre. Doch statt dich damit zu beschäftigen, wer wen richten darf, solltest du lieber darüber nachdenken: Ist es überhaupt nötig zu richten? Du willst diese Mädchen dematerialisieren? Dann dematerialisiere auch die Jungen, die früher Schwarze waren. Alle hundertundfünfzig. Was sagst du jetzt, Geser? Diese Jungen sind inzwischen wieder normale Menschen, so wollte das Schicksal es. Und selbst wenn du sie dematerialisierst – was hilft das den toten Anderen oder den toten Menschen?«

»Nichts.« Geser zog ein immer finstereres Gesicht. Auf seinem ureigenen Territorium, mit seinen ureigenen Waffen war er geschlagen worden, da brauchte er sich nichts vorzumachen. »Deshalb halte ich die Forderung nach Dematerialisierung ja auch nicht aufrecht.«

»Worüber reden wir dann?«

»Wir reden darüber«, Geser fand seinen Faden sogleich wieder, »dass die Dunklen rund dreißig Zauberinnen erhalten, die mit der Zeit zu Zauberinnen außerhalb jeder Kategorie heranwachsen dürften. Bei einer könnte es sich sogar um eine Große handeln.«

»Sehr schön, jetzt fängst du also an zu feilschen.« Um Shinjis Augen bildeten sich feine Fältchen. »Schön, schön. Aber deine Worte sind klug. Dunckel, ihr müsst den Lichten eine Reihe außerplanmäßiger, einseitiger Interventionen auf höchstem Niveau gestatten. Geser mag euch sagen, wie viele, und ich bin mir sicher, der Hohe Lichte wird sich nicht erdreisten, mehr zu fordern, als diese frischgebackenen Anderen insgesamt wert sind. Und was diese Große betrifft … du hast doch eine Große, Geser. Noch dazu eine aussichtsreiche. Was vergießt du also dicke Tränen?«

Geser breitete kapitulierend die Arme aus, sagte erstaunlicherweise aber kein Wort.

»Dunckel, du hast meine Worte gehört. Da nichts mehr von Belang verhandelt wird, gehe ich jetzt«, verkündete Shinji.

Der alte Andere stand auf und drehte sich Vítězslav zu. Dieser öffnete beflissen ein Portal, hinter dem sich das Durchschnittszimmer in einem Durchschnittsbau aus der Chruschtschow-Ära erahnen ließ, wenn auch in eine ungewöhnliche rötliche Finsternis gehüllt.

»Es ist weitaus leichter, die Lebenden zu richten als die Toten«, murmelte Shinji, während er in das Portal trat. »Die Lebenden brauchen schließlich immer etwas.«

Während der ganzen Sitzung hatte der Schatten des Dunkels nicht einmal Magie angewendet.

»Also«, kam Vítězslav seinen Verpflichtungen wieder nach. »Helllichter Geser, wenn Sie uns nun bitte die Position der Nachtwache der Stadt Moskau vor dem Hintergrund des … äh … bisher Gesagten darlegen würden.«

Nachdem Geser kurz nachgedacht und einen raschen Blick mit von Kissel gewechselt hatte, antwortete er: »Wenn das Gericht den Vorschlag des Großen Shinji unterstützt, dann … dann würden wir die Klage wohl zurückziehen.«

»*Wohl* zurückziehen oder zurückziehen?«

»Zurückziehen.«

»Dann soll es so sein«, verkündete einer der beisitzenden Inquisitoren und hämmerte mit einem imaginären Hammer auf ein imaginäres Pult.

»Ach, und wegen der …«, setzte Eulenkopf an, der damit der Versammlung jeden offiziellen Anstrich nahm, »Geser, du solltest es mit den Interventionen wirklich nicht übertreiben. Nicht mehr als zwei ersten Grades. Und achte auf den zeitlichen Abstand, ich werde das kontrollieren.«

»Vielen Dank, Sie sind zu gütig«, knurrte Geser. »Ich habe jedoch noch eine Forderung. Die da«, er deutete mit einer Kopfbewegung zum Nachbarsaal, in dem Tamaras Gefolge sein Urteil erwartete, »dürfen nicht alle in einer Stadt ausgebildet werden. Verteilt sie, pro Stadt ein Mädchen.«

»Drei pro Stadt«, widersprach Sebulon sofort und leitete die Diskussion damit endgültig in ein billiges Gefeilsche zwischen zwei Konkurrenten über, die sich schon lange und gut kannten. »Denk an den Stress, Helllichter Geser, dem diese unglücklichen Mädchen ausgesetzt sein werden, wenn sie ganz allein in die gefahrenreiche Welt der Anderen kommen, ohne Freunde und ohne Freundinnen! Dich sollte dergleichen beunruhigen.«

»Diese Mädchen werden ihre Masken bald fallen lassen«, konterte Geser grimmig. »Einige werden anfangen, Blut zu trinken, einige werden Verderben bringen … Gut, treffen wir uns bei zwei pro Stadt.«

»In Ordnung«, bestätigte Sebulon. »Für die Anführerin gilt das allerdings nicht, die werden wir ausbilden, wo es uns gefällt. Kollege Dunckel?«

»Keine Einwände«, winkte Eulenkopf ab.

Aber auch Laik wollte seine Chance nicht ungenutzt verstreichen lassen. »Verehrtes Gericht, verehrte Inquisition!«, sagte er. »Ich möchte die Aufmerksamkeit auf den recht beklagenswerten Zuwachs neuer Kräfte innerhalb der Wachen der Ukraine lenken, wobei ich selbstverständlich von den Tagwachen spreche! Die Katastrophe von Tschernobyl aus dem Jahr 1986, uns allen noch frisch im Gedächtnis, hat bekanntlich zur Folge gehabt, dass nur noch ein Vierzigstel so viele Andere geboren werden.«

»Fass dich kurz, Laik«, unterbrach ihn das Standbild Eulenkopf. »Was willst du?«

»Das Vorrecht der ukrainischen Wachen auf die Ausbildung.«

»Zehn Mädchen«, fertigte ihn Eulenkopf ab.

»Ist das nicht ein bisschen viel für die Ukraine?« Sebulon kratzte sich die Schläfe. »Schließlich hast du niemanden, der sie ausbilden kann.«

»Und wer ist daran bitte schuld?«, parierte Laik. »Schließlich hast du mir die besten Leute ausgespannt.«

»Schon gut.« Sebulon strich die Segel. »Ich werde dir ein paar Ausbilder abstellen, das Dunkel sei mit dir.«

»Ich habe übrigens noch eine organisatorische Frage, da wir uns nun schon einmal hier versammelt haben.« Laik erhob sich sogar, was er normalerweise schon seit Langem nicht mehr tat. »Aristarch Turljanski, Chef der Tagwachen der Schwarzmeerregion, wird aus völlig einsichtigen Gründen nach Kiew beordert. Seinen Platz soll ein Magier zweiten Grades einnehmen, der Schwed genannt wird, den meisten Anwesenden aber nicht bekannt sein dürfte, wovon ich hiermit alle Anwesenden in Kenntnis setzen möchte … äh … verzeihen Sie die Tautologie.«

»Jetzt hast du es ja gesagt!«, bemerkte Sebulon. »Wie Bismarck in seinen besten Jahren, sogar mit einer aparten Tautologie. Willst du uns damit etwa nahelegen, die zukünftige Große müsse ebenfalls nach Kiew?«

»Man kann die beiden doch nicht trennen!« Laik wies mit theatralischer Geste auf Arik und Tamara. »Vor allem, da ihre … Beziehung eine Schlacht auf dem Marsfeld verhindert hat.«

»Die ersten Jahre, gut.« Sebulon zeigte sich einverstanden, wobei er den Fußboden anstarrte. »Danach sehen wir weiter.«

Er verhehlte nicht, wie viel ihn dieses Zugeständnis kostete.

»Dann bin ich fertig«, erklärte Laik hastig und setzte sich.

»Hervorragend«, kam Vítězslav zum Schluss. »Der letzte Punkt der heutigen Tagesordnung ist die Einschätzung der Tätigkeit der unter dreifacher Schirmherrschaft stehenden Sondergruppe, die von Anderen aus Kiew und weiteren ukrainischen Städten gebildet worden ist.«

»Sie muss als erfolgreich anerkannt werden, was denn sonst?«, bemerkte Sebulon achselzuckend. »Sie hat wie immer tadellos funktioniert.«

»Haben die Lichten der Gruppe etwas vorzuwerfen?«

»Die Lichten haben den Dunklen immer etwas vorzuwerfen«, antwortete Geser mit traurigem Lächeln.

»Und dieser Gruppe?«, unterbrach ihn Eulenkopf seelenruhig.

»Nein«, brachte Geser angewidert heraus. »Die Gruppe ist wie üblich hinterhältig und zynisch vorgegangen, unserer Ansicht nach wurde aber keine der Bestimmungen des Großen Vertrags verletzt.«

»Dann wäre das geklärt.« Der Richter schlug abermals mit seinem imaginären Hammer auf den Tisch und übergab Vítězslav das Wort.

»Damit wäre die heutige Tagesordnung abgearbeitet. Ich erinnere noch einmal daran, dass bei der morgigen Sitzung die Tätigkeit der Nachtwache und der Tagwache der Stadt St. Petersburg in den letzten zehn Jahren betrachtet und bewertet wird. Kollegen, bereitet bitte alles für die Registrierung der nun ordnungsgemäß initiierten Anderen, also der ehemaligen Schwarzen, vor.«

Erst jetzt gestattete es sich Arik, seinen angespannten Gesichtsausdruck aufzugeben und Laik anzulächeln.

Und erst danach küsste er Tamara.

Während Arik auf den Fahrstuhl wartete, schaute er zum Fenster hinaus. Die nächtliche Stadt wirkte so nah. Tausende Auren der Menschen verschmolzen zu einem einzigen gleichmäßigen Glühen. Vor meinem Aufenthalt in Piter, sinnierte er, habe ich eine Stadt nie aus einer solchen Höhe betrachtet. Wie schön sie ist. Oder liegt das nur daran, dass aus dieser Höhe der Dreck nicht zu sehen ist?

Denn Großes sieht man nur aus der Ferne. Und es sieht dann in der Regel sauber und ordentlich aus.

Auf Anordnung von Laik sollte er mit Tamara morgen früh nach Kiew fliegen, während der Chef selbst wie üblich noch einiges zu erledigen hatte. Übermorgen wollten Arik und Laik sich dann treffen. Selbstverständlich im *Viktoria*.

ACHT

Schwed kam als Erster ins *Viktoria*. Laik wollte aus unerfindlichen Gründen unterwegs noch Zigaretten kaufen, bei den alten Frauen, die ihre Ware neben dem Supermarkt feilboten. Der Barkeeper Ihor, den in der Regel alle Hryhorytsch nannten, stand hinterm Tresen und goss Schwed, sobald er ihn bemerkte, schweigend ein dunkles Obolon ein. »Willst du eine Soljanka?«, fragte er.

»Nein«, antwortete Schwed. Hier hat sich nichts geändert, dachte er zufrieden.

Kurz darauf betrat auch Laik das Restaurant. Natürlich küsste er zunächst alle greifbaren Kellnerinnen, danach beglückte er zwei kleine Hexen, die an Spielautomaten standen, mit seinen Küssen.

»Wo ist Turljanski?«, fragte er verwundert, nachdem er den Blick durch den halb leeren Raum hatte schweifen lassen.

»Das wissen wir nicht«, antworteten die Hexen im Chor und irgendwie fröhlich.

»Aha. Ist er überhaupt hier aufgekreuzt?«

»Nein! Vermutlich hat er seiner Prinzessin sofort die Stadt gezeigt!«, kicherten die Hexen.

»Quatsch!« Laiks Verwunderung nahm zu.

Arik hätte hier im *Viktoria* auf ihn warten sollen. Während ihres Aufenthalts in Petersburg hatte ein agiler Freund Jefims mit dem exotischen Namen Wikentij endlich zwei Wohnungen in dem achtstöckigen Haus kaufen können, in dessen Parterre das *Viktoria* lag, und diese sogar renovieren und möblieren lassen. Zwei weitere Wohnungen, ebenfalls im obersten Stockwerk, versprach Wikentij, im Laufe der Woche anzukaufen.

Laik fragte sich schon seit Langem und völlig zu Recht, warum er sich mit Hotels – und seien diese noch so erstklassig – herumschlagen sollte, wenn Schwed, Symonow und selbst der leicht versnobte Arik viel lieber hier überm *Viktoria* am Platz des Sieges wohnten. Arik, Tamara und die beiden Kiew zugeteilten ehemaligen Schwarzen aus Petersburg waren jetzt in diesen zwei Wohnungen untergebracht, Schwed und Symonow hatten jedoch Laiks Gesellschaft gesucht, um sich gehörig mit ihm zu betrinken, was sie dann auch mit der gebotenen Sorgfalt und dem nötigen Eifer getan hatten. Zumindest verschmähte Schwed an diesem Morgen eine Soljanka, was Laiks Aufmerksamkeit nicht entging, während sich Symonow rundheraus geweigert hatte, überhaupt aufzustehen, und immer noch in Scheremetjews Wohnung auf einem Stapel verstaubter Bücher seinen Rausch ausschlief.

»Gut, das Dunkel sei mit den beiden.« Laik winkte hoffnungslos ab. »Wo steckt Iraklij?«

Der Barkeeper Ihor blickte schweigend zur Toilettentür hinüber.

»Verstehe! Dann habe ich also noch Zeit, ein Bier zu trinken!«

Nach der Abschlusssitzung in Petersburg und dem kurzen Resümee der Inquisition hatte Laik noch keine Zeit gefunden, in aller Ruhe mit Schwed zu sprechen. Der Mann aus Nikolajew hatte jedoch gespürt, dass sein Chef etwas ausheckte. Etwas, das direkt mit den jüngsten Ereignissen in Piter zusammenhing. Behutsame Versuche, während des gestrigen Besäufnisses mit Laik darüber zu sprechen, waren gescheitert. Ohne Iraklij wollte der Chef seine Pläne nicht preisgeben. Schwed hatte allerdings vermutet, dies läge weniger an der Abwesenheit Iraklijs als vielmehr an der Anwesenheit Symonows. Und der Umstand, dass der Alkohol bei Symonow quasi komatös gewirkt hatte, während er Laik und Schwed nicht sonderlich viel hatte antun können, sprach ebenfalls Bände.

Jetzt gesellte sich Iraklij zu ihnen und entfaltete raschelnd eine Zeitung.

Irgendwann schnippte Laik in Richtung der Hexen herrisch mit den Fingern. »Hey, ihr! Gebt mir mal ein Handy!«

Sein eigenes Handy hatte er vor der Fahrt nach Piter dem Beobachter Solodownik gegeben, der es seinerseits – entgegen der proklamierten Position eines tadellosen und gerechten Lichten – nicht sonderlich eilig hatte, das fremde Eigentum zurückzugeben. Das in Moskau gekaufte Handy hatte Laik ebendort gelassen, bei einem jungen Geschöpf, das bisher noch nicht mit einem Mobiltelefon beglückt worden war. Zur Erinnerung.

Angelka katapultierte sich förmlich mit dem Handy in der Hand vom Hocker. In so jungen Jahren bedeutete es immer ein Vergnügen, dem Chef einen Gefallen zu tun.

Laik hämmerte recht lange auf die Tasten des zusammenklappbaren, silbernen Mobiltelefons ein.

»Warum hast du die Nummer von Turljanski nicht gespeichert?«, nörgelte er.

»Weil, weil ich ihn nicht kenne«, murmelte Angelka kleinlaut.

»Dann ist das dein Handy?«

»Ja!«

»Und wo ist meins?«

»Das hast du doch vor eurem Abflug diesem Lichten gegeben«, rief ihm Schwed in Erinnerung.

Laik sah ihn an, als stünde ein Vorschüler vor ihm. »Wenn ich es weggegeben habe, dann ist es ja wohl auch nicht mehr meins. Aber wenn ich kein Handy habe, muss mir jemand auf der Stelle ein neues organisieren! Wer ist bei uns dafür verantwortlich?«

»Jefim«, Angelka war völlig verwirrt.

»Jefim ist mit mir mitgefahren. Wer hat ihn hier vertreten?«

»Ich weiß es nicht.«

»Was für Verhältnisse! Aber das werde ich euch schon noch austreiben! Wo ist Sajrink? Oder Palatnikow? Wo ist Plakun?«

»Palatnikow hat heute Morgen nur kurz reingeschaut. Er hat gesagt, er komme erst später in die Wache.«

Die arme Angelka hätte beinahe angefangen zu weinen. Da hatte sie ihrem Chef einen Gefallen tun wollen – und nur seinen Zorn geerntet.

»Dann nimm inzwischen das! Bevor du völlig ausrastest!« Schwed reichte ihm zur Besänftigung sein eigenes Handy, ein viel gereistes Nokia.

Laik blitzte ihn mit vor Zorn funkelnden Augen an, griff jedoch nach dem Nokia. Angelka schenkte Schwed einen respektvollen Blick. Mit der weiblichen Hälfte der Kiewer Wache verkehrte der Nikolajewer lächerlich wenig, praktisch gar nicht, könnte man sagen. Wenn er in Kiew war, kümmerte er sich zunächst um die dringendsten Geschäfte, um sich dann dem ewig gleichen Kreis aus Laik, Dymka Rubljow, Jefim, Darth Vader und Saburow anzuschließen. Irgendwann brachte ihn eine angeheiterte Truppe zum Bahnhof, es gab ein Obolon mit auf den Weg und ein bequemes Bett im Schlafwagen. Und dann hieß es: eingeschlafen in Kiew, aufgewacht in Nikolajew. Nun aber gewann dieser Provinzdunkle, der dem zornigen Chef unverfroren ein »Bevor du ausrastest!« vor den Latz knallte, in den Augen der naiven und die Hierarchie der Anderen noch nicht durchschauenden Hexe ungemein an Ansehen.

»Weg jetzt«, befahl Laik Angelka, die erleichtert den Rückzug zu den Spielautomaten antrat.

Es dauerte lange, bis Arik ranging. »Hallo, Schwed«, meldete er sich schließlich.

»Hier ist nicht Schwed«, knurrte Laik und unterdrückte seine Wut.

Nur weil er seinem Ärger bereits Luft gemacht und sich wieder beruhigt hatte, hieß das noch lange nicht, dass die erwähnten Dunklen Sajrink, Palatnikow und Plakun ungeschoren davonkommen würden. Nein, sie alle würden ihr Fett schon abkriegen, daran zweifelten die erfahreneren Mitarbeiter der Tagwache nicht eine Sekunde. Daran zweifeln, das konnte nur jemand wie Angelka, die gerade erst dem Lolita-Alter entwachsen war.

»Wo bist du?«, fragte Laik schon wesentlich ruhiger. »Ich hab dir doch gesagt, du sollst im *Viktoria* auf mich warten.«

»Tamara geht es nicht gut«, sagte Arik mit wenn nicht gebrochener, so doch gänzlich tonloser Stimme.

»Was heißt das?«, hakte Laik alarmiert nach.

Als er das Pärchen vor ihrer Fahrt zum Flughafen Pulkowo verabschiedet hatte, hatte er sich gewohnheitsgemäß die Wahrscheinlichkeitslinien angeschaut und weder in Turljanskis noch in Tamaras naher Zukunft etwas Verhängnisvolles entdeckt. Aber wie es Wahrscheinlichkeitslinien nun mal an sich haben, können sie sich abrupt verändern.

»Am besten kommst du rauf und siehst es dir selbst an.«

»Und wo bist du?«

»Na hier, über dem *Viktoria*. Von Borispol aus sind wir direkt hierher gefahren, seitdem haben wir die Wohnung nicht mehr verlassen.« Arik schwieg kurz, bevor er hinzufügte: »Sie schläft jetzt.«

»Ich komme hoch«, sagte Laik rasch. »Und ich bringe Iraklij und Schwed mit. Also zieh ihr ein Negligé an.«

»Gut.« Arik schniefte und beendete das Gespräch.

»Gehen wir! Iraklij, vergiss deine Zeitung.«

Iraklij erhob sich, nahm seine Zeitung aber mit. Auf dem Weg zum Personaleingang küsste Laik keine einzige Frau.

Ein normaler Mensch musste, wenn er aus dem *Viktoria* zum Hauseingang wollte, auf die Straße gehen und zweimal nach links abbiegen. Andere konnten darauf verzichten. Sie gingen an der Küche mit ihrem funkelnden Nickel vorbei, traten schlicht und ergreifend durch ein paar Wände und fanden sich im Treppenhaus wieder, direkt vor dem Fahrstuhl.

»Hier ist Moos«, krittelte Schwed, während er sich umsah und verärgert ausspuckte. »Kann ich es gefrieren?«

»Tu dir keinen Zwang an«, erwiderte Laik.

In den nächsten Sekunden erging es dem blauen Moos, dem Bewohner des *Zwielichts*, nicht sonderlich gut. Dann kam der Fahrstuhl.

Es war ein respektabler, achtbarer Lift, weshalb er auch knarrte, jammerte und schaukelte, wie es einem verdienten Lift zukam, den ein ständig betrunkener ukrainischer Fahrstuhlmechaniker wartete, der auf den unmöglichen Namen Kengurogow hörte. Diesen unmöglichen Namen verkündete zumindest ein grünes Schild über dem Notrufknopf: Verantwortlicher Mechaniker: W. P. Kengurogow. Laik versicherte, der Name des früheren, ständig betrunkenen Mechanikers sei noch klangvoller gewesen, nämlich Aligagator. I. S. Aligagator. Turljanski hatte in diesem Zusammenhang einmal vermutet, die Einrichtung, die die Kiewer Fahrstuhlmechaniker ausbildete, müsse eine ganze Gruppe von ehemaligen Waisenkindern aufgenommen haben, die bisweilen ja noch bizarrere Namen erhielten. Vielleicht war das ja wirklich so.

Sobald sie den achten Stock erreichten, keuchte der Fahrstuhl erleichtert auf und riss mit fast spürbarer Mühe die Türen auseinander.

Arik rauchte nervös auf dem Treppenabsatz vor der Tür. Iraklij hätte bei diesem Anblick beinahe die Zeitung fallen lassen. Laik und Schwed wunderten sich ebenfalls.

»Arik?«, brachte Schwed voller Anteilnahme heraus. »Was ist denn mit dir?«

Schweigend drückte Turljanski die Kippe an der Wand aus und warf sie auf den Fußboden.

»Kommt rein«, bat er finster.

Während sie die Wohnung betraten und sich in der modern eingerichteten Küche niederließen, sagte niemand ein Wort.

»Also, ich erzähle es der Reihe nach«, fing Arik nach circa einer halben Minute an. »Auf dem Weg zum Flughafen war noch alles in Ordnung und dort auch noch. Aber dann ... etwa zehn Minuten nach dem Start hat Tamara mit einem Mal ziemlich viel Kraft verloren und ist Grad um Grad schwächer geworden. Sie selbst hat das gar nicht gemerkt. Nach zwanzig Minuten hat das dann wieder aufgehört.«

Laik scannte Tamara sofort, direkt von der Küche aus. »Bis zum dritten Grad ist sie abgesackt«, erklärte er nachdenklich. »Komische Sache.«

»Sie ist bereits im Flieger eingeschlafen. Zum Taxi habe ich sie praktisch getragen. Um mit ihr in die Wohnung zu kommen, musste ich in die zweite Schicht abtauchen. Seitdem schläft sie. Ich habe sie nicht geweckt. Wahrscheinlich hast du eben selbst festgestellt, dass sie wie eine ganz gesunde und mit ihrem dritten Grad zufriedene Zauberin aussieht.«

»Was soll das für eine Geschichte sein?«, fragte Iraklij und blinzelte mehrmals. »Hast du so was schon mal gehört, Laik?«

»Nein«, gab dieser ehrlich zu. »Aber etwas in der Art habe ich erwartet.«

Die drei starrten ihren Chef erschrocken an, der es daraufhin für geboten hielt zu erklären: »Sagen wir es so, ich habe nicht mit bestimmten Ereignissen wie dieser konkreten Kraftveränderung bei Tamara gerechnet. Ich habe ganz allgemein mit etwas gerechnet, das sich allerdings kaum prognostizieren ließ.«

»Verstehe ich zwar nicht, klingt aber überzeugend«, kommentierte Schwed.

»In Piter sind wir nur auf die oberste Schicht eines ganzen Systems von Ereignissen gestoßen, auf die Grasnarbe über einer Militärbasis«, fuhr Laik zwar fort, doch der reichlich poetische Vergleich machte seine bisherigen Worte auch nicht klarer.

»Hast du dir Piter von dort oben aus der Halle einmal aufmerksam im *Zwielicht* angesehen?«, wollte der finstere Turljanski von Laik wissen.

»Arik!« Der Chef der Dunklen grinste. »Wenn ich mir überhaupt etwas anschaue, dann immer aufmerksam. Das muss ich *dir* ja wohl nicht erklären, oder?«

Arik schüttelte träge den Kopf. Nein, das musste Laik nicht.

»Also, was meinst du zu dieser Geschichte? Ich würde gern erst mal hören, wie du die Sache siehst.« Laiks Stimme nahm einen recht fordernden Ton an.

Turljanski nickte verständnisvoll und zeigte dann widerwillig mit dem Finger auf das Fenster. »Gestern habe ich mir das nächtliche Kiew mal von oben angesehen«, holte er aus. »Natürlich wohnen wir hier nicht im siebzehnten Stock, nur im achten, aber auch von hier aus siehst du einiges. Und dabei, Kollegen, ist mir aufgefallen, dass sich Kiew aus unterschiedlichen Auren zusammensetzt, die alle verschieden sind und sich nicht ähneln. In diesem Meer schwimmen wie kleine, regenbogenfarbige Inseln auch die Auren der Anderen. Wenn man darüber nachdenkt, kommt man darauf, dass es ganz genauso sein muss. Aber Piter leuchtete vollkommen gleichmäßig, wie ein gigantischer einfarbiger Scheinwerfer.«

»Du hast wirklich aufmerksam hingeschaut, Hut ab«, lobte ihn Laik. »Und was schließt du daraus?«

»Entweder haben alle Petersburger eine ähnliche – nein, keine ähnliche, eine identische! – Aura. Oder wir haben da nicht die Aura von Menschen und Anderen gesehen, sondern etwas Drittes. Dieses Dritte hat mich allerdings an etwas erinnert, auch wenn dies ein sehr gewagter Vergleich ist …«

»Ja?« Laik hörte ihm mit lebhaftem Interesse zu.

»Also, wenn man mal davon absieht, dass es sich um eine Stadt handelt, dann würde ich sagen, die Aura sieht wie die eines frisch initiierten Anderen aus, der sich noch nicht für eine Seite entschieden hat.«

»Oder im Gegenteil. Er hat sich entschieden und drückt seine Gefühle mit einer urtümlichen Direktheit aus«, ergänzte Laik. »Arik, du hast wirklich lange genug in der Provinz gehockt! Du hast schon gehört, dass du nach Kiew beordert werden sollst, ihr wisst das aber noch nicht.« Laik wandte sich Iraklij und Schwed zu. »Deshalb teile ich es euch jetzt mit. Und noch was, du, Schwed, kannst dir endlich zur Beförderung gratulieren. Von heute an bist du Chef der Tagwachen der Schwarzmeerregion! Und diesmal kannst du auch nicht ablehnen!«

»Immer langsam!« Schwed fuchtelte ungeduldig mit der Hand herum. »Lass uns erst mal bei der Geschichte mit Piter bleiben!«

»Okay.« Laik grinste. »Was kannst *du* in diesem Zusammenhang denn Kluges vorbringen?«

»Nichts«, antwortete Schwed sofort.

»Oh, oh, oh.« Laik schüttelte tadelnd den Kopf. »Verkauf dich nicht unter Wert, Schwed. Und du kannst dich noch so dumm stellen, das rettet dich auch nicht vor der neuen Position. Also, lass uns deine Hypothesen hören! Wessen Aura könnte das sein?«

Schwed legte die Stirn gehorsam in Falten, kam jedoch zu keinem Schluss. »Ich habe nicht die geringste Ahnung! Möglicherweise liegt unter Petersburg etwas vergraben? Oder ein besonders starkes Artefakt ist in der Stadt aufgetaucht? Möglicherweise ist ja auch ein großer Magier der Vergangenheit aufgewacht?«

»Das ist lächerlich! Primitiv! Hast du Conan Doyle gelesen? *Sherlock Holmes*? Dann vergegenwärtige dir die Prinzipien des großen Detektivs: Scheide erst alles Unmögliche aus. Und das, was dann übrig bleibt, muss die Wahrheit sein, wie unwahrscheinlich sie auch anmutet.«

»Woher soll ich wissen, was möglich und was unmöglich ist?«, konterte Schwed mürrisch. »Vor dreißig Jahren habe ich auch Magie noch für unmöglich gehalten.«

»Moment mal!«, mischte sich Iraklij ein, der schon wieder nervös blinzelte. »Willst du damit etwa sagen, der weiße Hintergrund sei …«

»Genau! Genau das will ich sagen!«, bestätigte Laik nachdrücklich. »Die Jungen können sich nicht an die alten Zeiten erinnern, sie wurden geboren, als die Städte bereits einen weißen Hintergrund hatten. Und den nehmen sie einfach nicht mehr wahr!«

»Das hat mich also in Piter irritiert«, murmelte Iraklij. »Aber früher hatte die Stadt einen weißen Hintergrund, daran kann ich mich genau erinnern.«

»Stopp! Stopp!«, jammerte Schwed. »Das verstehe ich nicht! Halt!«

»Erklär es ihm«, bat Laik, der sich eine neue Zigarette ansteckte.

Iraklij setzte sich sogar in Positur, um das, was er zu sagen hatte, gleich einem Toast vortragen zu können. »Worin besteht der Unterschied zwischen einer Stadt und einem Dorf?«, fragte er, unwillkürlich in den Tonfall eines hitzigen Agitators während der Moskauer Olympiade wechselnd. »In der Größe? Richtig! Darin, dass in einer Stadt und in einem Dorf unterschiedliche Menschen leben? Ebenfalls richtig! Dies sind indes Unterschiede, die einfachen Menschen auffallen. Worin besteht hingegen der Unterschied aus Sicht der Anderen? Das wisst ihr nicht? Dann werde ich es euch sagen! Im weißen Hintergrund besteht er, dieser Unterschied! So wie potenzielle Andere vor ihrer Initiierung eine reine und ungetrübte Aura besitzen, so besitzt auch jede zu einer bestimmten Größe herangewachsene und sich selbst respektierende Stadt einen weißen Hintergrund, den wir als spezifische Aura dieser Stadt bezeichnen dürfen.«

»Ach, wie schön du das darstellst«, feuerte ihn Laik an. »Und das von der sich selbst respektierenden Stadt hast du auch ganz vortrefflich ausgedrückt. Um es jetzt noch einmal auf den Punkt zu bringen, die Dörfer der Menschen hatten früher überhaupt keinen Hintergrund. Aber als die europäischen Städte auf etwa eine Million Einwohner herangewachsen waren, gaben die größten unter ihnen ihren in emotionaler und energetischer Hinsicht neutralen Zustand auf. Offiziell gilt die Natur des weißen Hintergrunds bis heute als nicht geklärt. Aber ich glaube, dass wir der Lösung auf der Spur sind.«

Schwed versuchte nicht einmal, die ihn quälende Neugier zu verstecken. Für diese unbändige Neugier, für dieses nicht auszurottende Verlangen nach Wissen, schätzte Laik diesen im Grunde schwachen und durchschnittlichen Provinzmagier, wobei er genau wusste, dass Schweds Schwäche vor allem in seiner Faulheit wurzelte. Wenn es nach seinen wahren Fähigkeiten gegangen wäre, hätte der Mann aus Nikolajew längst wesentlich mehr als seinen trivialen zweiten Grad erreicht haben müssen. Wenn er diese Fähigkeiten nur entwickelt und geschärft hätte!

»Piter hat also seinen Hintergrund geändert«, sagte Schwed. »Von Weiß zu …?«

»… zu Schwarz«, ergänzte Laik. »Rot-Schwarz.«

»Aber warum? Was hat diese Veränderung ausgelöst?«

»Genau damit, meine lieben Freunde, werden wir uns in der nächsten Zeit beschäftigen«, erklärte Laik mit einer gewissen Verschlagenheit in der Stimme. »Mit der Transformation des weißen Hintergrunds.«

»Ja, können denn nicht nur Menschen, sondern auch Städte«, setzte Schwed nachdenklich an, »Andere sein?«

Die nächsten fünf Sekunden herrschte Totenstille, nur das Geratter der Straßenbahn drang von unten herauf, und der Lärm des belebten Prospekts drängte sich in die Stille.

»Beim Dunkel!«, stieß Laik aus. »Was für eine präzise und korrekte Formulierung für einen Gedanken, den ich gerade erst zu denken wage! Genau, Städte können Andere sein! Und wie die Anderen die Menschen zu ihren eigenen Zwecken einspannen, benutzen auch die Anderen Städte uns Andere! Sie schaffen die Schwarzen! Sie verändern die Kraft dieser Chaosbewahrer! Sie lenken uns, die gewöhnlichen Anderen! Beim Dunkel! Ja, so muss es sein!«

»Das hört sich an, als sei die Stadt ein Lebewesen!«, bemerkte Schwed zweifelnd. Ihn schreckte seine eigene Schlussfolgerung etwas.

»Was heißt das schon, ein Lebewesen? Ein Mensch oder ein Anderer, was spielt das für eine Rolle?! Genau genommen besteht der Unterschied zwischen beiden einzig und allein darin, mit welcher Information ein bestimmtes Grundgerüst versehen ist. Und verhält es sich mit Städten nicht ganz genauso? Habt ihr noch nie den Willen einer Stadt gespürt? Ihre

Stimmung? Ihre Seele? Meine Güte, damit rückt endlich alles an seinen Platz!«

»Das heißt also«, mischte sich Arik ein, der bis eben verdrossen geschwiegen hatte, »Tamara hat ihre Kraft verloren, weil sie Piter verlassen hat? Weil sie sich damit dem Einfluss der Stadt entzogen hat?«

»Das könnte durchaus möglich sein.« Laik hielt nach einem Aschenbecher Ausschau und aschte, da er keinen fand, ins Spülbecken. »Durchaus. Zumindest scheint mir das die überzeugendste Erklärung. Weck sie, Arik, wir fahren zum Wolodymyr-Hügel.«

Nach der feuchten Kälte in Petersburg wirkte die Kiewer Sonne blendend klar. In den sanften Sommer zurückgekehrt zu sein, war so angenehm, dass es ihnen fast den Verstand raubte und in den Fingerspitzen schmerzlich kribbelte. In der Ferne funkelte im Tal der Dnjepr, der das träge Wasser in den noch wärmeren Süden führte. Vor Kurzem waren die mit Abertausenden von Stimmen zirpenden Spatzen verstummt. Und nur die knallgrünen Blätter wogten leise im Takt des Windes. Dieser Wind, so schien es, war der Atem der Stadt.

Angesichts der jüngsten Ereignisse fiel es schwer, die Stadt nicht als Lebewesen, ausgestattet mit Bewusstsein und Willen, zu betrachten. Natürlich lebte sie nicht im traditionellen Sinne – aber mit Sicherheit war sie beseelt.

Sie setzten sich auf den Hang, um auf sich und auf die Stadt zu lauschen. Laik, Schwed, Arik und die immer noch verschlafene Tamara.

»Du hast dir doch bereits auf dem Weg nach Piter Gedanken über Städte gemacht«, erinnerte Schwed seinen Chef. »Im Zug. Mit Moskau haben wir angefangen, dann über Kiew geredet und über Winnyzja. Hast du damals schon von alldem gewusst?«

Laik zuckte vage die Achseln und warf ein Stöckchen nach unten, das er bis eben in den Händen gedreht hatte. »Ich habe es vielleicht geahnt. Gespürt. In den letzten hundert Jahren haben sich die Städte wirklich stark verändert. Vielleicht haben sie inzwischen tatsächlich auch einen eigenen Willen entwickelt.«

»Willst du jetzt auch Kiew wecken?«, fragte Arik ganz offen.

»Das weiß ich noch nicht. Wir müssen abwarten, alles genau beobachten und bedenken. Überhaupt sollten wir wohl besser erst woanders eine Methode ausprobieren, um eine Stadt zu wecken.«

»Wo?«, wollte Arik weiter wissen. Auch diesmal direkt, ohne Umschweife oder viele Worte.

»In Odessa«, antwortete Laik seelenruhig. »Wir haben einen guten Grund, dorthin zu fahren, denn Schwed muss sein Amt antreten. Gleichzeitig können wir in Erfahrung bringen, wie es in der Stadt aussieht.«

»Warum fahren wir dann nicht nach Nikolajew?«, wollte Schwed eifersüchtig wissen. »Ich habe nicht die Absicht, nach Odessa umzusiedeln.«

»Nikolajew ist zu klein«, erklärte Laik. »Wie ich bereits gesagt habe, damit überhaupt ein weißer Hintergrund entsteht, muss die Bevölkerung ungefähr auf eine Million angewachsen sein. Wir haben fünf

Millionenstädte in der Ukraine: Kiew, Charkow, Dnjepropetrowsk, Odessa und Donezk.«

»Was ist mit Saporoshje?«, fragte Schwed erstaunt. »Das ist doch auch eine große Stadt!«

»Saporoshje hat gut achthunderttausend Einwohner. Übrigens solltest du als Chef der Schwarzmeerregion in Zukunft die Einwohnerzahlen der großen Städte aus dem Ärmel schütteln können. Und zwar die aktuellen. Zu deiner Information, sogar Lwow und Kriwoj Rog sind größer als Nikolajew, auch wenn sie für unseren Zweck – genau wie Saporoshje – zu klein sind.«

Schwed seufzte. »Dabei gab es in Nikolajew einmal rund siebenhunderttausend Einwohner«, brachte er bitter hervor.

Was Schwed eigentlich in diese Stimmung versetzte, war nicht ganz klar. Die Sehnsucht nach dem einst dicht besiedelten Nikolajew oder der Vorgeschmack auf die neuen Pflichten, um die er sich – sagen wir es offen – nicht gerade gerissen hatte.

»Vielleicht sollte ich den Posten ja doch besser nicht antreten?«, wandte er sich mit kläglicher Stimme an Laik. »Symonow würde das bestimmt mit Vergnügen machen. Oder schick fürs Erste Iraklij nach Odessa. Soll er sich ruhig mal am Strand die Sonne auf den Pelz knallen lassen. Ich bin doch viel zu schwach, um den Chef der Schwarzmeerregion ...«

»Iraklij brauche ich in Kiew«, fiel ihm Laik ins Wort. »Außerdem würde er sowieso nicht fahren. Und ihm kann ich nichts vorschreiben, schließlich ist er kein fester Mitarbeiter der Wache, sondern arbeitet, wenn du so willst, freiberuflich für uns.«

»Aber Symonow, der ist ein fester Mitarbeiter!«

»Symonow ist noch nicht mal bei sich in Winnyzja der stärkste Dunkle. Und er wird es auch nie werden.«

»Und ich schaff das, ja?«

»Richtig.«

»Und wenn nicht?«

»Schwed!«, fuhr ihn Scheremetjew an. »Klag hier nicht rum! Du hast lange genug den Dummkopf gespielt. Wird Zeit, dass du dich an die Arbeit machst und wächst. Schließlich brauche ich starke Mitarbeiter! Sonst fange selbst ich noch an, in der Kiewer Ruhe und Gemütlichkeit Fett anzusetzen.«

»Früher hat sich doch auch niemand beklagt.«

»Früher sind Städte auch nicht zu Anderen mutiert! Die Zeiten ändern sich, Schwed. Das musst du verstehen. Und zwar nicht nur mit deinem dummen Kopf, sondern auch mit deiner weisen Leber.«

Schwed, der einsah, dass er seinem Schicksal nicht entkam und niemand ihn von dem neuen Amt entband, brachte kein Wort mehr heraus.

Eine Weile saßen sie schweigend und fast reglos da, nur Laik warf immer wieder dünne Zweige den Hang hinunter.

»Tamara«, wandte er sich irgendwann an die ehemalige Schwarze. »Versuch mal zu beschreiben, was du fühlst.«

»Ich weiß nicht, wie ich es ausdrücken soll, Leere vielleicht. Und eine Art Müdigkeit. Aber so ist es immer gewesen, wenn ich Piter verlassen habe.«

»Und dass du schwächer geworden bist, spürst du das auch?«

»Das weiß ich auch nicht. Mir ist ja bisher nie in den Sinn gekommen, dass sich die Kraft überhaupt messen lässt. Gut, in Piter kam es schon vor, dass ich mal ohne Weiteres Berge versetzen konnte und mal die Pantoffeln in der Diele nicht von der Stelle gekriegt habe.«

»Und beim Abflug, was war da?«

»Am Anfang nichts. Aber plötzlich war ich hundemüde. Ich bin auch eingeschlafen. Ich erinnere mich kaum noch an die Landung. Selbst jetzt bin ich noch müde. Weshalb sind wir eigentlich hierhergekommen?«

Laik klaubte einen neuen Zweig auf. »Ich möchte herausfinden, wie Kiew zu dir steht.«

»Und? Wie steht es zu mir?«

»Die Stadt interessiert sich für dich«, sagte Laik. »Und sie steht dir nicht feindlich gegenüber, was schon mal sehr schön ist.«

Schwed streckte sich auf dem Hang aus, schob die Arme unter den Kopf und schloss die Augen. »Ich begreife das alles nicht«, murmelte er mit geschlossenen Augen. »Willst du etwa behaupten, du kommunizierst mit der Stadt?«

»*Kommunizieren* ist vielleicht zu viel gesagt. Aber ich fange ihre Stimmungen ein, das ja«, antwortete Laik. »Das Erste, was sich in einer Stadt rührt, sind die Emotionen. Wenn du spürst, dass sich eine Stadt dir gegenüber warm oder kalt verhält, wenn du ihre Zuneigung oder Abneigung wahrnimmst, dann bedeutet es, die Stadt könnte aufwachen.«

»Aber auch Kleinstädte können manchmal warm oder kalt sein«, mischte sich Arik ein. »Du kommst jedoch immer wieder auf die Einwohnerzahl von einer Million zurück.«

»Wenn ich sage, eine Stadt könne aufwachen, dann meine ich auch genau das. Wenn sie auf eine Million heranwächst, dann *kann* sie aufwachen. Ihr Charakter lässt sich jedoch schon davor spüren. Ich habe ihn bei Kiew sofort gespürt, als ich hierher gezogen bin.«

»Ist das lange her?«, fragte Schwed und drehte sich auf die Seite. Offenbar interessierte ihn diese Frage sehr.

»Recht lange«, sagte Laik mit verhaltenem Lächeln.

Mehr kriege ich nicht aus ihm raus, begriff Schwed sofort. Der alte Geheimniskrämer! Warum hält er bloß damit hinterm Berg?

Dieses verhaltene Lächeln des Chefs der Kiewer Tagwache kannten im Übrigen alle sein Mitarbeiter sowie die meisten Mitarbeiter in den übrigen Städten der Ukraine.

»Gut, gehen wir mal davon aus, wir fahren alle zusammen nach Odessa«, nahm Schwed den Faden wieder auf. »Was dann? Wie wollen wir die Stadt wecken? Wie wollen wir sie initiieren?«

»Das weiß ich noch nicht«, entgegnete Laik sorglos. »Da ich mir diese Frage noch nicht gestellt habe, weiß ich auch noch keine Antwort darauf. Jetzt habe ich allerdings angefangen, über das Problem nachzudenken. Wir werden die Schriften der alten Magier im Bereich der Urbanistik durchackern, beobachten und experimentieren. Und improvisieren. Denn man muss improvisieren, wenn einem nur wenige Fakten zur Verfügung stehen.«

Laik warf das letzte Stöckchen den Hang hinunter, beäugte die am Denkmal für Fürst Wolodymyr vorbeiflanierenden Menschen und katapultierte sich so geschmeidig wie ein Marder in die Vertikale. »Gehen wir«, sagte er. »Ich habe alles herausbekommen, was ich wissen wollte.«

Arik erhob sich und half Tamara. Auch Schwed sprang auf, indem er sich locker mit dem Rücken vom Boden abstieß.

Eine Andere Stadt, dachte er verwirrt. Eine Stadt mit eigenem Willen und Gefühlen. Wenn man da nicht den Verstand verliert.

Dem künftigen Chef der Tagwachen der Schwarzmeerregion kam mit aller Klarheit plötzlich zu Bewusstsein, wie wenig er über die Welt wusste, die ihn umgab. Das stachelte seinen Wunsch, ein in der Hierarchie der Anderen recht verantwortungsvolles Amt zu übernehmen, nicht gerade an. Überhaupt haftete dieser überraschenden Beförderung etwas Seltsames an. Wie üblich legte Laik seine Karten nicht auf den Tisch, sondern spielte ein kompliziertes Spiel auf mehreren Ebenen, das nur er verstand. Oder, gut, vielleicht auch noch ein paar Oberschlaue wie Iraklij oder Laryssa Narymanowna. Schwed suchte jedoch nicht in Illusionen Zuflucht. Den Chef würde er nicht austricksen, das brauchte er nicht einmal zu versuchen. Also fand er sich besser gleich mit dem neuen Amt ab. Wobei er allerdings höchst wachsam darauf achten würde, sich nicht eines Tages zwischen Hammer und Amboss wiederzufinden. Denn je höher man die Karriereleiter hinaufstieg, desto schmerzlicher würde der Absturz werden. Da unterschieden sich die Anderen nicht von den Menschen, ja, im Grunde ging es bei ihnen sogar noch grausamer zu.

»Wann fahren wir?«, fragte Arik finster.

»Jetzt«, erklärte Laik, ohne sich umzudrehen.

Sie fuhren in der Tat unverzüglich los. Ohne Vorbereitungen. Aber mit welchen Vorbereitungen sollten sich Andere auch aufhalten. Die Dunklen streben stets nach einem Höchstmaß an Freiheit, und die Freiheit belastet sich auf einer Reise nicht mit Gepäck. Die Freiheit – das ist eine Reise ohne jedes Gepäck. Laik setzte sich ans Steuer des Subaru und verkündete: »Dann wollen wir mal eine kleine Spazierfahrt machen!« Bevor er allerdings den Motor anließ, rief er noch Jefim an. »Komm nach Odessa!«, befahl er ihm ohne jede Erklärung. Jefim, an die Gepflogenheiten Scheremetjews gewöhnt, antwortete nur lakonisch: »Zu Befehl, Chef!«, und stürzte sofort zum Moskauer Platz und dort gleich zum nächsten Reisebus.

Bis Uman trat Laik voll aufs Gas. Nachdem sie Kiew verlassen hatten, war die Geschwindigkeit ohnehin nie unter hundert Stundenkilometer gesunken. Schwed bekam ansatzweise die magischen Interventionen mit, mit denen Laik die Straße freihielt, aber der Chef nahm diese derart virtuos und schnell vor, dass dem Nikolajewer die Art und Abfolge der einzelnen Schritte entgingen. Arik und Tamara dösten im Fond.

Hinter Uman musste Laik das Tempo drosseln, weil die Straße immer miserabler wurde.

»Übrigens«, sagte Laik, ohne sich an jemand Bestimmten zu wenden, »wer betreut eigentlich die Kiew zugewiesenen Mädchen?«

Schwed wusste nichts davon, was er auch ehrlich zugab.

»Ruf in Kiew an, damit sich jemand darum kümmert«, verlangte Laik.

Er rief Palatnikow an. Der hatte vom morgendlichen Wutanfall des Chefs gehört und eilte deshalb sofort los, um in Erfahrung zu bringen, dass die Mädchen schon seit über einer Stunde mit Plakun im Ausbildungscenter in der Sagajdatschnyj-Straße seien und ihre Ausbildung sowie die des kürzlich von Sajrink initiierten Dunklen Wahrsagers nach einem von ihm, Palatnikow, selbst aufgestellten Programm erfolge. Palatnikow wollte nun seinerseits wissen, wo Jefim eigentlich stecke, da sein Handy ebenso schweige wie ein Partisan beim Verhör.

Schwed antwortete ihm mit Worten, die voll des Lobes für die Leute waren, die alles so trefflich organisiert hätten, und gab Palatnikow dann zu verstehen, die Kiewer müssten wohl leider einige Zeit ohne Jefim auskommen.

Als Laik daraufhin wie eine alte, streitsüchtige Klatschbase loskicherte, erstarrte Schwed mit dem Handy in der Hand. »Was ist denn?«, fragte er irritiert.

»Nichts«, antwortete Laik fröhlich. »Aber deine Stimme klingt schon wie die eines Chefs: Ihr werdet ja wohl wissen, wer am Apparat ist. Wir stellen bohrende Fragen, lassen uns zu einem arroganten Lob herab, geben nie mehr als nötig preis … Du wächst,

Schwed. Sekündlich. Ich hätte dich schon längst befördern sollen.«

»Hör bloß auf damit«, knurrte Schwed, während er das Handy in die Tasche an seinem Gürtel zurücksteckte.

Laik kicherte weiter. »Kann ich gern tun. Das ändert aber nichts daran, dass du dich innerlich schon mit dem neuen Amt abgefunden hast«, stichelte er weiter. »Selbst wenn du es nicht wahrhaben willst.«

Mit schmerzendem Herzen musste sich Schwed eingestehen: Ja, so war es. Sogar einige Ideen, was die ersten Amtshandlungen in Odessa und Nikolajew anging, waren ihm schon gekommen. Er würde die vordringlichsten Probleme in Nikolajew mit Isa durchsprechen und jemanden von den frisch Initiierten zu seinem Assistenten bestimmen. Einen aufgeweckten Burschen, einen wie Jefim. Und er musste einen Kurier finden, der auf Dauer die Strecke nach Odessa übernahm.

Ja, es stimmte. Obwohl er es selbst noch nicht realisiert hatte, hatte Schwed den Chefsessel bereits ausgemessen, auch wenn er sich noch vor Kurzem für einen freien Vogel ohne jedes Verantwortungsgefühl gehalten hatte. Sein innerer Wandel hatte sich – wie dies häufig geschah – unbemerkt vollzogen. Da hatte er sich noch ganz für den Alten gehalten, während er eigentlich schon ein Stück über sich hinausgewachsen war und die nächste Sprosse auf der Leiter erklommen hatte, die zu phantastischen Gefilden hinaufführte. Nun galt es, alte Gewohnheiten und die bisherige Lebenseinstellung zu ändern. Vielleicht nicht grundlegend, sondern nur in Details. Aber geändert werden mussten beide, da half kein Lamentieren.

Wie immer hatte ausschließlich Laik diesen Wandel bemerkt, was Schwed im Grunde jedoch nicht erstaunte. Erfahrung bleibt nun mal Erfahrung. Wahrscheinlich las Laik in den Seelen seiner jüngeren Kollegen ohnehin wie in einem offenen Buch, das in einer Sprache geschrieben war, die er bis in die kleinste Feinheit hinein kannte.

Genauso unbemerkt waren sie nun übrigens zunächst ans Randgebiet von Odessa und dann in die Stadt selbst gelangt. Laik schoss wild durch die Straßen. Natürlich raste er ins Zentrum, in die Gogol-Straße. Zum Haus Nr. 4, also zu jenem Torbogen, der in den Hof mit der großen, verzweigten Akazie führte, die um den Hauseingang herum so angenehmen Schatten spendete und Ariks Küchenfenster verbarg. Dieses Küchenfenster lag, nebenbei bemerkt, über dem Eingang des Nachbarhauses. Der Grundriss des alten, noch aus vorrevolutionärer Zeit stammenden Baus wies alle Eigenheiten der damaligen Zeit auf.

Laik bremste direkt neben dem Baumstamm, krächzte triumphierend und öffnete sofort den Sicherheitsgurt.

»Wir sind da!«, rief er den beiden im Fond zu.

Arik, vor allem aber Tamara hätte offenbar selbst das verschlafen. Doch auf Scheremetjews Worte reagierten sie.

Laik öffnete die Tür, stieg aus und reckte sich genüsslich neben dem Wagen. Seine Wirbelsäule knirschte erbärmlich.

Gleich darauf erstarrte er jedoch mit erhobenen Armen. Vor Überraschung und Staunen.

Auf der Bank im Hof saß, verborgen hinter einer aufgeschlagenen Zeitung, ein hagerer Mensch. Genauer gesagt, kein Mensch, sondern ein Anderer.

Sebulon.

Seelenruhig faltete der Chef der Moskauer Tagwache die Zeitung zusammen und schob die Sonnenbrille die Nase hinauf.

»Guten Tag, Artur«, murmelte Laik. »Was treibt dich hierher?«

Scheremetjew war wirklich überrascht, etwas, das nur sehr, sehr selten vorkam.

»Guten Tag, Laik. Komische Fragen stellst du! Wer hat mich denn eingeladen, mal eine Runde mit dem Tragflügelboot zu fahren? Das warst doch wohl du, oder?«

»Hmm, stimmt schon. Das war ich. Genauer gesagt Arik.«

Laik hatte bereits verstanden. Hier ging es nicht um eine Bootsfahrt. Hier kündigten sich gewichtigere Dinge an.

»Lass uns ein Stück spazieren gehen, Artur, wenn ich nicht bald ein Bier bekomme, verdurste ich«, sagte Laik.

»Einverstanden«, erwiderte der Moskauer.

»Arik, Schwed, ihr besorgt was zu essen, ja? Wir sind bald wieder da.«

»Machen wir«, versicherte Schwed. »Ich schmeiß ein paar Steaks in die Pfanne. Und mache einen frischen Salat. In Ordnung?«

»Absolut!«

»Arik!«, rief Schwed volltönend. »Hinters Steuer mit dir. Wir fahren zum Markt. Hast du einen Bräter?«

»Ja«, brummte Arik. »Als ob du das nicht wüsstest, schließlich fragst du jedes Mal danach.«

»Weil ich es immer wieder vergesse.« Schwed nahm erneut auf dem Beifahrersitz Platz. »Wenn ich mir jeden einzelnen Bräter merken müsste, würde das mein Hirn sprengen. Auf der Jacht habe ich einen, das weiß ich genau. Zu Hause auch. Aber ob bei dir auch noch einer ist, das weiß ich eben nicht mehr.«

»Ich hab einen, also nerv nicht.« Arik setzte sich ans Steuer. »Sollen wir dir den Schlüssel geben, Tamara? Dann kannst du dich oben ausruhen.«

»Nein, ich komme mit euch mit. Ich glaube, ich habe jetzt endlich genug geschlafen.«

»Wie du willst.« Arik ließ den immer noch warmen Motor wieder an. Der Subaru fuhr durch den Torbogen und verschwand in Richtung Markt.

Laik und Sebulon schickten ihm Blicke hinterher, die sich sehr ähnelten.

»In letzter Zeit sehen wir uns reichlich oft«, stellte Laik fest, während er seine Zigaretten herausholte. »Findest du nicht auch?«

»Die Zeiten sind nun mal so«, entgegnete Sebulon achselzuckend. »Die Jahrtausendwende.«

Um die beiden Magier herum verdichtete sich ein Schutzkokon, der dann erhärtete und mit Signalfäden durchsetzt war. Laik hatte ihn erzeugt, mit dem Recht des Hausherrn. Sebulon hatte ihn auf seine Zuverlässigkeit geprüft, mit dem Recht des Gastes.

»Gehen wir«, meinte Sebulon. »Ich könnte nämlich auch ein Bier vertragen.«

Die Tjoschtschin-Brücke lockte. Genauso wie ein gemütliches Straßencafé am hiesigen Ende der Brücke. Oder die im salzigen Wind knisternden Tischdecken, die Tische selbst, die beschlagenen Bierflaschen in den Kühlvitrinen, der Geruch des nahen Meers und des Hafens und schließlich der warme Zauber des südlichen Sommers.

Über alldem lag jedoch der Schatten schlechter Neuigkeiten. Denn was sonst könnte den Chef der Moskauer Tagwache nach Odessa bringen – wenn nicht schlechte Neuigkeiten?

Entgegen Scheremetjews Erwartungen kam Sebulon jedoch nicht gleich zur Sache.

Kaum hatten sie sich an einen Tisch gesetzt, machte Sebulon eine Bewegung, als greife er in die Innentasche seines *unsichtbaren* Jacketts – denn es gab gar keins, schließlich war Sommer – und zog aus dem *Zwielicht* einen länglichen Umschlag, der nicht irgendwo, sondern in der Moskauer Abteilung der Inquisition gesiegelt worden war. Das Kuvert verströmte den Hauch von offizieller Magie.

»Bitte«, sagte Sebulon brummig. »Gilt aber erst mal nur für die Barkeeper.«

In dem Umschlag steckte die offizielle Erlaubnis für die Initiierung des Personals im *Viktoria*, die Laik schon vor geraumer Zeit und bisher vergeblich beantragt hatte. Selbstverständlich hatte er nicht darauf gehofft, alle Angestellten – von der Direktorin bis hin zu den Kellnerinnen – auf einen Schlag initiieren zu dürfen. Doch selbst die Genehmigungen für die beiden Barkeeper und die beiden Köche hatte er lange Zeit nicht bekommen.

»Na endlich!« Laik nahm den Umschlag an sich. »Was ist mit den Köchen? Wenigstens Sascha? Oder immer noch nicht?«

»Nein, momentan bekommst du keine Genehmigung für sie.« Sebulon gab sich nach wie vor brummig. »Die Inquisition hat nämlich Wichtigeres zu tun. Und das hier ist für deinen Turljanski. Das musst du ihm geben, ich habe dafür keine Zeit.«

In dem zweiten Umschlag steckte ebenfalls eine Genehmigung der Inquisition. Laik brauchte sich den in *Zwielicht*-Schrift abgefassten Text gar nicht erst anzusehen:

Hiermit wird dem Dunklen Magier Aristarch Turljanski, geboren und initiiert in Odessa, das Recht zugestanden, von heute an, den *Zwielicht*-Namen zu tragen, den sein Mentor für ihn gewählt hat und den er selbst in Seele und Herz bewahrt.

Das Dunkel bestätigt die Verdienste seines Adepten.

Das Licht erkennt sie an und legt ihm keine Hindernisse in den Weg.

Die Inquisition bezeugt: So möge es sein.

Erstellt:

Das Schreiben wies das gestrige Datum auf.

»Oho!« Laik zog die Brauen hoch. »Gestern schon?«

»Wenn du dir die Mühe machen möchtest und die Wahrscheinlichkeitslinien überprüfen willst«, murmelte Sebulon, »dann wirst du wissen, wovor er die

Dunklen auf dem Marsfeld bewahrt hat. Dass Turljanski diese wahnsinnige Petersburger Zauberin kannte, ist ein ungeheurer Glücksfall gewesen. Aber genug davon. Sag mir lieber, ob du in Moskau einen Ort kennst, der sich mit dem *Viktoria* vergleichen ließe? Möglichst in der Nähe der Taganka.«

Laik brach in schallendes Gelächter aus und steckte beide Umschläge sorgfältig weg. »Bist du endlich auf den Geschmack gekommen?«

Sebulon blickte den Kiewer kalt an. Selbst die Sommerhitze schien den Tisch, den sich die beiden Anderen ausgesucht hatten, zu meiden. »Ein solches Etablissement bietet mit Sicherheit gewisse Vorteile.«

»Ich könnte eine Hexe anrufen, die ich kenne. Sie ist höchst beschlagen darin, solche Orte ausfindig zu machen.«

»Wen? Die Schwester Si?«

»Genau.«

»Dann ruf sie an.«

»Mach ich.«

In diesem Augenblick wurde ihr Bier gebracht. Warmes Bier. Darauf hätte Sebulon einmal seinen eisigen Blick lenken sollen, die Kühlvitrinen versagten inzwischen völlig.

»Wieso seid ihr so überstürzt aus Kiew aufgebrochen?«, wollte Sebulon giftig wissen.

Er ist unzufrieden, begriff Laik plötzlich. Und zwar gewaltig. Deshalb brummt er mich die ganze Zeit an.

»Na ja, nach diesem stinkenden Petersburg hatten wir Sehnsucht nach dem Meer. Wir wollten Sonne tanken. Etwas Wärme, verdammt noch mal. Arik muss die Geschäfte übergeben. Schwed muss ins Amt eingeführt werden. Und ich muss das alles kontrollieren, die Leute einweisen und ihnen meinen Segen geben.«

»Laik«, seufzte Sebulon tadelnd, »mir machst du das nicht weis, klar? Leg die Karten also bitte auf den Tisch. Was hast du dir in der Frage zur Initiierung einer Stadt überlegt?«

Gleichzeitig verstärkte Sebulon die Schutzhaube, die ohnehin nicht gerade schwach war.

Natürlich, dachte Laik müde. Er weiß über alles Bescheid. Es war dumm zu versuchen, ihm etwas zu verheimlichen. Dumm und selbstgefällig. Ob ich ihn je austricksen werde? Bestimmt! Irgendwann muss mir das doch mal gelingen!

Aber nicht diesmal!, konterte Sebulon in Gedanken, während er seinen Kollegen unverwandt ansah.

Über die Brücke kam eine Hochzeitsgesellschaft heran. Noch ein, zwei Stunden, und die Frischvermählten und ihre Gäste würden unter der Hitze stöhnen. Deshalb beeilten sich alle, die bei solchen Feierlichkeiten obligatorischen Gedenkstellen aufzusuchen und dann rasch für einen traurigen, älteren Fotografen Modell zu stehen, um schließlich in die rettende, von einer Klimaanlage erzeugte Kälte des rechtzeitig gemieteten Restaurants zu entfliehen.

»Übrigens«, bemerkte Sebulon, »von Kissel hält sich ebenfalls in Odessa auf. Und Geser hat einen Emissär geschickt. Mit Gefolge.«

»Wen?«

»Ilja.«

»Ist das dieser Brillenträger?«

»Bei denen trägt doch jeder Zweite eine Brille«, brummte Sebulon. Er war immer noch unzufrieden.

Und das war ganz untypisch für den Chef der Moskauer Tagwache. Er ließ sich eine Laune oder seine Gefühle selten anmerken, und wenn doch, dann dauerte dergleichen nie lange. Normalerweise hätte er längst aufgehört, seine Unzufriedenheit zur Schau zu tragen, und stattdessen aus Laik die nötigen Informationen herausgepresst – worauf er sich wie kein Zweiter verstand. »Ich warte, Laik.«

Daraufhin legte Scheremetjew ehrlich und ohne Auslassungen alles dar, gab Sebulon alle Gespräche wieder, die er mit seinen jüngeren Kollegen kürzlich zu diesem Thema geführt hatte. Dazu auch noch ein paar eigene Gedanken. Und verschiedene Hypothesen, die ihm während dieser Darlegungen kamen. Es hatte keinen Sinn, weiter mit etwas hinterm Berg zu halten. Mehr noch, es fing an, gefährlich zu werden.

Der Chef der Moskauer Dunklen versank nach diesem Bericht lange in Gedanken. Für die Dauer einer ganzen Halbliterflasche Heineken. Laik mochte kein Heineken, deshalb trank er patriotisch das klassische helle Obolon und wartete.

»Das heißt also«, Sebulon tauchte endlich aus seinen Überlegungen auf »wir haben es mit einer Anderen Stadt zu tun. Eine kühne Schlussfolgerung, beim Dunkel, eine wirklich kühne Schlussfolgerung! Auf wessen Mist ist das gewachsen? Mal wieder auf dem von deinem Turljanski?«

»Schwed. Mein Mann aus Nikolajew. Der neue Chef der Schwarzmeerregion.«

»Aha. Und dann hast du dir gedacht, niemand würde dein Experiment mitkriegen, wenn du es hinter der Ämterübergabe tarnst?«

»Hatte ich denn eine andere Wahl?«, fauchte Laik. »Kiew ist mir für das Experiment zu schade, außerdem behalten es alle scharf im Auge. Und wo sonst hätten wir es durchführen sollen? In Charkow hockt Shinji, am Dnjepr und in Donez wäre es zu gefährlich. Aber Odessa verkraftet so was ohne Schwierigkeiten. Es spült den ganzen Mist einfach ins Meer, in die Tiefe, ins Hydrogensulfid.«

»Du und deine Experimente!« Sebulon wollte offenbar einen neuen Rekord im Dauerbrummen aufstellen.

»Hast du wenigstens die Berichte von Raphael Plumarge über das Leuchten in Paris gelesen?«

»Ja.«

»Und Scott Darcy? *Über das Wesen menschlicher Ansiedlungen*?«

»Ja.«

»Und den *Urbanoiden* von einem gewissen Maribor Branik?«

»Den habe ich nicht gelesen, den habe ich selbst geschrieben.« Laik musste sich zusammenreißen, um nicht mit der Faust auf den Tisch zu hauen.

Jetzt war es an Sebulon, sich zu wundern. »Wirklich? Du hast den *Urbanoiden* geschrieben?«

»Ja. 1836. Nach … Gut, du weißt schon, wonach, wenn du es in diesem Zusammenhang erwähnst.«

»Darauf wäre ich nie gekommen«, stieß Sebulon beeindruckt aus. »Das heißt, du verstehst mehr von der Sache, als ich angenommen habe. Sehr schön.«

Laik lächelte bescheiden.

»Damit kann ich mir lange Erklärungen sparen«, fuhr Sebulon fort. »Es reicht, wenn ich dir sage, dass die meisten deiner Schlussfolgerungen im *Urbanoiden* falsch sind. Einige richtige gibt es allerdings auch. Aber alles, was ihr beide, du und Darcy, über den weißen Hintergrund geschrieben habt, hat sich als falsch erwiesen. Dafür finden wir alles, was Plumarge über die verschiedenen Stadien geschrieben hat, in Piter. Auch wenn wir ihre Abfolge im Einzelnen nicht haben beobachten können. Denn wie sich jetzt herausgestellt hat, beschäftigt sich die Inquisition seit fünf Jahren mit dem Petersburger Phänomen.«

»Hast du das gewusst?«, fragte Laik.

»Ich habe gewusst, dass sie etwas untersucht, aber nicht, was. Ich habe vermutet, Eulenkopf suche mal wieder die Ingermanländischen Sümpfe nach Artefakten von Griddig und seiner Gruppe ab.«

»Und die Lichten? Haben die das gewusst?«

»Ich nehme an, sie wussten nicht mehr als ich. Aber auch nicht weniger. Gestern hat Eulenkopf in einer geheimen Sitzung die Ergebnisse der Petersburger Untersuchungen vorgestellt. Da waren Geser und ich auch dabei.«

»Dann geht die Inquisition also davon aus, dass das Thema ohnehin nicht länger geheim gehalten werden kann?«, folgerte Laik.

»Richtig. Bereits gestern hat sich Geser mit von Kissel und den Europäern getroffen. Und du bist heute wie eine gesengte Sau von Kiew nach Odessa gerast! Ich glaube, die Lichten hätten beinahe Alarm geschlagen! Ich übrigens auch.«

»Aber warum?«, fragte Laik völlig verwirrt. »Was ist so Schlimmes daran, wenn der Chef der Kiewer Tagwache nach einer recht komplizierten und anstrengenden Operation im Ausland ans Meer fährt, um sich zu erholen? Selbst wenn ich in der dortigen Wache etwas zu erledigen gehabt hätte.«

Sebulon trank sein Bier aus und bedachte Laik mit einem durchdringenden Blick. Und in diesem Blick lag sowohl die Kälte der Arktis als auch der Widerschein der Höllenfeuer. »Ist dir das wirklich nicht klar?«

»Was, beim Dunkel noch mal, meinst du?« Laik geriet sogar ein wenig in Wut. »Sei so freundlich, Artur, und verrat es mir.«

»Sieh dir mal Odessa an«, riet Sebulon müde. »Mit den Augen von Maribor Branik.«

Laik wechselte gehorsam ins *Zwielicht*. Schon kurz darauf begriff er, dass er Odessa nicht mehr zu wecken brauchte.

Die Stadt war bereits von jemandem um den Schlaf gebracht worden. Die Auren der einzelnen Menschen ließen sich vor dem städtischen Hintergrund zwar noch erkennen, verblichen jedoch bereits. Genau so wie damals in Piter. Vor zwanzig Jahren.

Eine ganze Weile lang saß Laik reglos da, dann schimpfte er ausgiebig in einer längst ausgestorbenen Sprache und stürzte sein Bier mit einem einzigen Schluck hinunter.

NEUN

Vor fünf Jahren hatte Arik genau an dieser Stelle gestanden. Zusammen mit Tamara. Dem Haus Nr. 2 in der Gogol-Straße gegenüber. Arik erinnerte sich an alles, was er seiner neuen Bekannten damals gesagt hatte, als er ihr Odessa gezeigt hatte.

»Das«, hatte Arik damals im begeisterten Ton eines Fremdenführers erklärt und auf das Haus gedeutet, »ist der Schah-Palast. Erbaut vom Schah von Persien, nachdem er aus dem Iran vertrieben worden ist. Russland hat ihm damals, um England nicht zu erzürnen, kein Asyl in einer der Hauptstädte gewährt, sondern ihn nach Odessa geschickt, in den Porto franco, in die freie Stadt.«

Darüber, dass im Schah-Palast seit einiger Zeit die Tagwache der Schwarzmeerregion untergebracht war, hatte Arik kein Wort verloren. Auch im nächsten Jahr hatte er Tamara nichts über die Wachen erzählt. Fünf Jahre lang hatten sie sich getroffen, immer im Sommer, immer in Odessa – und die ganze Zeit über war Tamara eine Wilde geblieben, eine nicht registrierte Andere.

Arik konnte sein Verhalten – genauer gesagt, sein Nicht-Verhalten – nicht erklären. Was hatte ihn eigentlich gehindert, sie ins Büro zu bitten, um die neue Andere offiziell anerkennen und registrieren zu lassen? Sie hätte ja nicht mal die Initiierung im engeren Sinne vornehmen müssen, darauf hätten die Lichten nicht bestehen können.

Trotzdem hatte er sich nie dazu durchgerungen. Vielleicht hatte ihn das ein wenig seltsame Auftreten dieser traurigen Frau daran gehindert. Vielleicht auch der Umstand, dass sie niemals etwas über sich erzählte, nicht einmal, woher sie kam. Gut, aus Russland, das immerhin wusste Arik. Aber mehr nicht. Ihr Dialekt schien ihm vage bekannt, ja, den hatte er schon öfter gehört. Aber Arik spekulierte nun mal nicht gern – und direkt fragen wollte er Tamara nicht.

Wie jeder Andere verließ er sich auf sein Vorgefühl. Deshalb hatte er auch weiterhin nichts unternommen.

»Das ist unser Büro«, erklärte Arik jetzt, nachdem er sich von seinen Erinnerungen losgerissen hatte und in den heutigen Tag zurückgekehrt war.

»Dann sind wir also schon da!« Tamara rang sich ein Lächeln ab. »Und wir müssen da rein?«

»Hmm.«

»Später geht es wohl nicht? Wir haben noch kaum was gesehen.«

»Ich muss doch heute mein Amt übergeben, Toma. Laik hat alle für zehn Uhr einbestellt. Da werden Andere aus Nikolajew, Cherson, Ismail und Owidiopol dabei sein.«

»Verstehe.«

»Bringen wir es hinter uns?«

»Okay.«

In der Halle war es dämmrig und kalt. Henka hatte Dienst, der einzige Tiermensch, den Arik kannte, der sich in einen Delfin verwandelte. Ein unersetzlicher Kollege für alle Operationen im Wasser, was in Odessa durchaus keine Seltenheit war.

»Hallo, Arik!«

»Hallo, Henka. Sind die anderen schon da?«

»Nur Kobernik fehlt noch.«

»Der ist überhaupt nicht in Odessa. Ist Brumel da?«

»Ja.«

»Und Isa?«

»Auch. Er heckt gerade was mit Schwed aus. Jefim aus Kiew ist auch hier. Stimmt es, dass du nach Kiew beordert worden bist?«

»Ja.«

»Hmm«, brummte der Tiermensch. »Und wer wird dein Nachfolger?«

»Schwed!«

»Hab ich's mir doch gedacht!« Henkas Stimmung bekam sofort wieder Auftrieb.

Schwed war ein guter Freund von ihm. Aber mit wem sollte sich ein Delfin auch anfreunden, wenn nicht mit einem passionierten Segler?

In Odessa wurde Schwed von allen gekannt und gemocht. Arik konnte sich überhaupt nur schwer einen Dunklen vorstellen, der Schwed, diese Frohnatur und die Seele jedes geselligen Beisammenseins, nicht mochte. Arik wusste aber auch, dass Schwed sich schwertun würde, die freundschaftlichen Beziehungen zu seinen Kollegen in ein Chef-Untergebenen-Verhältnis zu überführen. Trotzdem glaubte der

Chef – pardon, der Ex-Chef – der Schwarzmeerwachen vorbehaltlos an seinen Nachfolger. Gab Schwed nicht auch auf seiner Jacht Kommandos? Da würde er ja wohl auch diese etwas größere Jacht befehligen können, die die Maße der ganzen Südukraine hatte. Denn letztlich hatten Seeleute keine Probleme mit der Hierarchie, davon hatte sich Arik bereits während der Zwanziger und ihren Aufständen überzeugen können.

Im Versammlungsraum hatten sich inzwischen alle sechsundzwanzig Mitarbeiter aus Odessa eingefunden mit Ausnahme von Kobernik. Und auch vier Kollegen aus den Gebieten sowie drei Mitarbeiter aus den Nachbargebieten waren anwesend.

Von den sechsundzwanzig aus Odessa arbeiteten nur fünf im Außendienst; die Mehrheit – alle noch im Teenager-Alter – waren Computerspezialisten, denen Arik strikt verbot, auf illegalen Wegen Geld für einen leistungsstarken Rechner zusammenzukratzen. Diese Leute fristeten ihr Dasein im Rechenzentrum im Keller.

Fünf Fahnder für eine Stadt mit anderthalb Millionen Einwohnern und ihr Umland! Gut, sechs, wenn man den ständig abwesenden Kobernik mitzählte. Von denen aber einer nur im Wasser zu Hochform auflief. Vermutlich würde jedem Moskauer angesichts dieser lächerlichen Zahl der Unterkiefer runterklappen. Die Situation wurde allerdings dadurch gerettet, dass die Lichten in der Nachtwache neben ihrem Chef nur zwei Mitarbeiter vorzuweisen hatten. Die Ideen des Lichts erfreuten sich in der freien Stadt Odessa nicht gerade sonderlicher Beliebtheit.

Wie wenige wir sind, dachte Arik wieder einmal, der automatisch lächelte und zur Begrüßung winkte, als er den Saal betrat.

Die Computerleute sondierten Tamara kaltschnäuzig im *Zwielicht*, was Arik sofort zu unterbinden wusste.

»Hallo, Aristarch Witalitsch!«

»Hallo!«

Schwed sprach gerade mit seinem Landsmann Isa, mit Jefim und Brumel aus Cherson. Von Laik fehlte weit und breit jede Spur.

Ob Sebulon wohl auch kommt?, fragte sich Arik, dessen Gedanken sich allmählich auf die neue Situation einstellten. Aber dazu besteht wohl keine Veranlassung, oder?

»Setz dich ruhig.« Arik wies Tamara besorgt auf den freien Stuhl neben Baruch Stein hin. Dieser war ein trauriger älterer Jude, der Leiter der Buchhaltung. Stein hatte diese Abteilung bereits geleitet, als der weiße Offizier den jungen und naiven Turljanski damals, vor knapp einem Jahrhundert, im aufrührerischen Odessa initiiert hatte – und schon damals hatte er dieses Amt nicht erst seit zehn Jahren innegehabt.

Der Buchhalter lüpfte zur Begrüßung einen Altherrenhut. Den gleichen hat Shinji auch, registrierte Arik. »Shalom, meine Verehrung!«

»Guten Tag!« Tamara lächelte freundlich und nahm Platz.

Arik tätschelte ihr aufmunternd die Hand und begab sich anschließend zu der schmalen Bühne. Gerade als er die Stufen erklomm, betrat Laik den Raum. Finster und blass, zumindest blasser als sonst. Das versprochene und wie immer meisterlich zubereitete Essen mit frischem Salat hatten sich die beiden Chefs entgehen lassen. Da war es nur gut gewesen, dass Jefim gestern eingetroffen war und ihnen geholfen hatte, die Fleischmengen zu vertilgen. Laik und Sebulon hatte Arik die ganze Nacht über nicht gespürt, vielleicht waren die beiden ja gar nicht in Odessa gewesen.

Laik folgte ein Inquisitor.

Im Prinzip hätte die Amtsübergabe die Anwesenheit eines Inquisitors nicht erfordert. Zumindest damals, als Arik das Amt angetreten hatte, waren Laik und der Chef der Tagwache von der Krim die einzigen hochrangigen Gäste gewesen. Abgesehen davon stellte die Anwesenheit eines Anderen, der kein Dunkler war, im Hauptsitz der Tagwache eine kleine Sensation dar. Gewiss, theoretisch war das zwar nicht verboten, praktisch kam es jedoch kaum vor. Wer lässt schon gern Fremde in sein Allerheiligstes?

Stille senkte sich herab.

An den Inquisitor erinnerte sich Arik noch von der außerordentlichen Sitzung im siebzehnten Stock des Hotels *Sowjetskaja* her; da hatte er die Petersburger Wächter begleitet. Offenbar bekleidete er bei der Inquisition keinen sehr hohen Rang. Arik konnte nicht feststellen, was der Gast früher gewesen war, ein Dunkler oder ein Lichter. Aber welchen Unterschied machte das schon, wenn er mit dem Beitritt zur Inquisition aufgehört hatte, Freund oder Feind zu sein? Das Schlüsselwort war dabei natürlich *aufgehört hatte*. Der Inquisitor nahm ganz außen in der ersten Reihe Platz, Laik folgte Arik auf die Bühne.

»Guten Tag, Kollegen«, begrüßte der Kiewer die Anwesenden mit gelassener Stimme. »Mir ist klar, dass wir jetzt, im Sommer, bei der Hitze, Besseres zu tun haben – deshalb wollen wir uns auch nicht über Gebühr hier aufhalten. Zudem hat unser Gast es eilig.« Laik blickte in Richtung des Inquisitors. Der thronte etwas abseits, unerschütterlich wie ein chinesischer Götze. »Ich habe zwei Neuigkeiten für euch«, fuhr Laik fort. »Mit welcher soll ich anfangen? Mit der guten oder mit der unvermeidlichen?«

Die Computerfreaks wurden daraufhin lauter, ganz wie es zu erwarten gewesen war.

»Hauptsache, nicht mit einer schlechten«, rief einer von ihnen.

»Gut, dann fange ich mit der guten Nachricht an«, entschied Laik. »Euer Aristarch Turljanski, immer noch euer Chef, hat, wie alle wissen, kürzlich eine Mission erfüllt, die unter dreifacher Schirmherrschaft stand. Dabei hat er sich ausgezeichnet geschlagen und der Sache des Dunkels hervorragend gedient.«

Scheremetjew hielt plötzlich einen länglichen Umschlag in Händen. Drei Siegel schmückten ihn, die feierlich im *Zwielicht* leuchteten.

»Für die besonderen Verdienste um das Dunkel erhält Aristarch Turljanski, Anderer, Dunkler, das besondere Recht, von heute an einen *Zwielicht*-Namen zu tragen. Ich bitte darum, das Kuvert öffnen zu dürfen.«

»Öffnen Sie es«, sagte der Inquisitor.

Laik fuhr mit der Hand über die Siegel, woraufhin sie sogleich erloschen. Zitternd verströmte sich die

Kraft im Raum. Die Schutzzauber lösten sich auf und zerfielen zu unsichtbarem Staub.

»Von heute an heißt du Ozchar, Dunkler Magier. Zum Ruhme des Dunkels und gemäß seinem Willen.«

»Es ist bezeugt«, murmelte der Inquisitor, der sich nach wie vor nicht von seinem Platz erhob, aber etwas mit den Amuletten unter seinem Umhang anstellte. Arik spürte, wie es auf seiner Brust, an der Stelle, wo im *Zwielicht* das Registrationssiegel der Schwarzmeerregion gleichmäßig leuchtete, kurz brannte. Erneut strömte Kraft durch den Raum, diesmal jedoch ganz in seiner Nähe, sodass sie fast seine Haut berührte.

Damit wurde Arik zu Ozchar. Nun stand der Inquisitor auch endlich auf, raffte seinen grauen Umhang zusammen und versuchte auf einem der ihm offen stehenden Wege zu verschwinden. Aber so leicht kam man aus dem Hauptsitz der Tagwache nicht heraus.

»Hier drinnen wird daraus nichts, Kollege. Das klappt nur draußen auf der Straße«, rief ihm Laik sanft in Erinnerung. »Wenn bitte jemand den Inquisitor zum Ausgang bringen würde.«

Einer der jungen Mitarbeiter sprang bereitwillig auf und geleitete den Gast hinaus. Ein paar Minuten später war er wieder da.

»Er ist weg!«, teilte er Laik mit, vielleicht auch seinem alten Chef mit dem neuen Namen oder einfach allen Anwesenden.

»Sehr schön«, bemerkte Scheremetjew zufrieden. »Dann kommen wir jetzt, da wir unter uns sind, zum

Unvermeidlichen. Es wird nicht für jeden eine Neuigkeit sein, aber der Dunkle Magier Ozchar wechselt zur Tagwache von Kiew über. Sein Amt wird der allen bestens bekannte Dmytro Schwedow übernehmen, Mitarbeiter der Nikolajewer Wache. Schwed, sei so gut, und komm zu uns rauf, um deine Untergebenen zu begrüßen.«

Ozchar, dachte der ehemalige Odessaer und zukünftige Kiewer, während Schwed zur Bühne kam. Wahrscheinlich wird es in der ersten Zeit komisch sein, den Namen mit den Ohren und nicht mit der Seele zu hören. Aber ich werde mich schon daran gewöhnen.

Schwed wandte sich an die Versammelten, wobei er nicht sonderlich fröhlich klang, sondern eher so, als fände er sich nolens volens mit der neuen Tätigkeit ab. Die jungen Leute applaudierten der improvisierten Rede Schweds trotzdem, bis sie fortgejagt wurden, während die Gäste, die Fahnder und Stein einen Stock höher gebeten wurden, in das ehemalige Büro des nicht länger existierenden Arik Turljanski.

Ozchar hatte kaum persönliche Sachen. Nur das Foto von Tamara in einem massiven Rahmen aus Ebenholz und ein paar Magazine für die Pistole im Tresor.

Die Dienstamulette und Artefakte würde Schwed übernehmen.

»Jemand muss sich um Getränke, Snacks und die Bedienung kümmern«, kommandierte Laik – vielleicht bat er aber auch, das war nicht so genau zu deuten. »Tamara, mein Goldherz, damit bist natürlich nicht du gemeint.«

Der Chef der Schwarzmeerwachen verfügte über einen ausreichenden Vorrat guten Sekts. Seinen Geschmack nahm Ozchar allerdings kaum wahr.

»Was ist, Kollege Ozchar? Ich glaube, es wäre angebracht, wenn du als Erster deinem Nachfolger gratulierst. Nur zu, im Namen des Dunkels.«

»Ich gratuliere dir, Schwed«, brachte Ozchar heraus, der seine Stimme kaum unter Kontrolle hatte.

Es ist nämlich nicht gerade einfach, einen *Zwielicht*-Namen anzunehmen. Ozchar gewann jedoch relativ schnell die Kontrolle über sich zurück, schließlich hatte ihn das Dunkel heute selbst berührt.

Das Dunkel – und noch etwas, aber was genau, das vermochte er nicht zu sagen.

Erst um Mitternacht kam er dem Phänomen auf den Grund, als er von Bord des Tragflügelboots, mit dem sie Sebulon eine Fahrt versprochen hatten, auf das nächtliche Odessa blickte. Aber zuvor war noch allerlei geschehen.

Zunächst waren die Anderen vom Hauptsitz der Tagwache in das nahe gelegene Restaurant *Ta Odessa* gezogen, um den Ämterwechsel bei den Schwarzmeerwachen zu feiern. Hier war irgendwann früher am Tag Sebulon wie aus dem Nichts aufgetaucht, zusammen mit einem weiteren Moskauer Magier namens Juri. Als Ozchar an der Spitze der bereits reichlich angeheiterten Prozession ins Restaurant einzog, saßen die beiden jedoch schon nicht mehr an dem Ecktisch.

Laik war trotz des genossenen Alkohols völlig nüchtern geblieben, Ozchar hatte fast nichts getrunken, ihm wollte einfach kein Tropfen die Kehle runter. Dafür hatte sich Tamara entspannt und nicht mehr so traurig gewirkt wie bisher. Ein paarmal hatte sie sogar gelächelt. Das hatte Ozchar gefallen, auch wenn es ihm schwerfiel, in Anwesenheit seiner Kollegen die eigenen Gefühle zuzulassen. Irgendwann waren alle irgendwohin verschwunden. Aus unerfindlichen Gründen erinnerte er sich nur noch an das finstere Gesicht seines bisherigen Stellvertreters, Senja Krytschkowski. Offenbar war Krytschkowski der Einzige, der mit dem neu ernannten Chef unzufrieden war. Ozchar war sich sehr wohl darüber im Klaren, dass Krytschkowski schon seit Langem nach dem Chefsessel für die Schwarzmeerwachen schielte. Aber Scheremetjew hatte ihn aus irgendeinem Grund übergangen, obwohl er eine umgängliche und von den Dunklen im Süden geschätzte Persönlichkeit war. Nach Ozchars Auffassung passte Schwed aber wirklich besser als Krytschkowski in diesen Sessel, denn der Mann aus Nikolajew war zwar nicht unbedingt stärker, dafür aber erfahrener.

In Ozchars Gedanken herrschte also gelinde gesagt Chaos und phänomenale Ratlosigkeit. Er hatte Tamara verwirrt über den ungebräunten Arm gestrichen und beschlossen, sich heute einfach dem Lauf des Lebens zu überlassen, vor allem, da die besorgten Mienen von Sebulon, Juri und Laik baldige und vermutlich nicht sehr angenehme Überraschungen verhießen. In einem Augenblick allgemeiner Wuseligkeit war Ozchar einfach seinen Kollegen gefolgt, hatte sich vor einem gelben Opel mit dem Taxizeichen an den Türen wiedergefunden, Tamara den

Wagenschlag aufgehalten, sich neben sie gesetzt und zu seiner Zufriedenheit Laik auf dem Vordersitz entdeckt. Dann lief also alles in den richtigen Bahnen. Sie waren irgendwo hingefahren, Ozchar hatte sich nicht einmal darum geschert, wohin. Tamara hatte sich an ihn geschmiegt, ihm war leicht zumute gewesen, er hatte sich ruhig und gut gefühlt. Bald hatte der Geruch nach Meer in der Luft gehangen. Laik hatte auszusteigen verlangt, und Ozchar hatte plötzlich neben einem Anlegeplatz gestanden, ohne sich im Geringsten darüber zu wundern. Links plätscherte das Meer, rechts funkelte in etwas größerem Abstand der Hafen mit seinen Lichtern, hinter ihnen führte die Potemkinsche Treppe zum Boulevard hoch. Natürlich war die Mannschaft des Raketenboots auch nachts an Bord. Ozchar hatte Tamara die Gangway hochgeholfen, froh darüber, nichts getrunken zu haben. Kurz darauf war ihm aufgefallen, dass sich außer ihm und Tamara nur noch Laik sowie – wieder aufgetaucht – Sebulon und Juri auf dem Boot befanden. Nicht einmal Schwed war mit ihnen gekommen, obwohl er, dieser Klabautermann, eigentlich nicht hätte fehlen dürfen.

In gemäßigtem Tempo waren sie abgefahren, ohne sich auf die Flügel zu stellen, obwohl das ruhige, praktisch spiegelglatte Meer wahrlich zu einer rasanten Fahrt eingeladen hatte. Die Dämmerung war gerade angebrochen, die Lichter Odessas hatten immer heller und feierlicher geleuchtet. Da endlich hatte Ozchar begriffen, was ihn seit heute früh verwirrte.

Odessa hatte sich verändert. Seine bunte Aura hatte sich verändert, der Eindruck, den seine Heimatstadt auf ihn machte, hatte sich ebenfalls verändert. Die Stadt wirkte nun kompakter und munterer, als sei sie aus einem jahrhundertelangen Schlaf erwacht.

Es erforderte keine allzu große Anstrengung des Verstandes, dieses Erwachen mit den jüngsten Ereignissen in Piter und den besorgten Mienen der Hohen Magier in Verbindung zu bringen.

Die Anderen verteilten sich auf die Liegestühle auf dem Achterdeck. Ein Jung-Steward brachte ihnen Getränke und verschmolz wieder mit dem Halbdunkel der Bordbeleuchtung. Laik, der zu faul war, einen völlig neuen Schutz zu wirken, griff auf ein Amulett zurück, das ihm ein zusammengepresstes Grundgerüst zur Verfügung stellte. Und die Mühe, dieses zu ergänzen und zu verstärken, konnte seine Faulheit gerade noch akzeptieren.

Seine Kollegen warteten, bis er fertig war.

»Da ist noch ein Ungleichgewicht in der Luft der sechsten«, brummte Juri kurz darauf.

»Das ist kein Ungleichgewicht«, wies ihn Sebulon zurecht. »Das ist eine höchst interessante Vorgehensweise. Aber du solltest nicht zweimal hintereinander den gleichen Trick anwenden, Laik.«

»Hier sind wir ja unter uns«, entgegnete Laik achselzuckend.

»Da kann man nie sicher sein«, gab Sebulon seufzend zu bedenken.

Laik verzichtete darauf zu erklären, dass das vermeintliche Ungleichgewicht, das man nur mit dem invertierten weißen Blick sah, längst nicht der einzige Trick in seinem Verteidigungsgerüst war. Aber vermutlich ahnten das Sebulon, Juri und sogar Ozchar sowieso.

»Du bist also unsere Petersburger Heldin«, sagte Juri, sobald die Verteidigung stand. »Du siehst gut aus!«

»Danke«, erwiderte Tamara bloß.

»Nur krankhaft bleich. Dabei haben wir doch Sommer.«

»Das geht vorbei, dafür wird Odessa schon sorgen.« Laik zündete sich eine Zigarette an und blinzelte zu den Sternen hinauf.

»Wenn Odessa genügend Zeit dafür bleibt«, warf Sebulon in einem Ton ein, der Böses ahnen ließ.

Laik senkte den Kopf. Die Sterne schwiegen, wie immer – wohingegen sein Moskauer Kollege fraglos etwas mitzuteilen hatte. Im Grunde wusste Laik bereits fast alles, aber Ozchar und Tamara mussten noch eingeweiht werden, da die Sache vor allem sie beide betraf.

»Was soll das heißen?«, fragte Ozchar erschrocken und drückte unwillkürlich Tamaras Hand.

»Erst seid ihr uns noch ein paar Antworten schuldig«, knurrte Juri unfreundlich.

Juri war ein alter und erfahrener Magier. Mit den Jahren hatte er sich eine finstere und zynische Haltung angewöhnt, die er nicht einmal mehr Kollegen gegenüber ablegte. Laik und Ozchar schätzten ihn jedoch als geschickten und abgebrühten Fahnder, dem man in jeder Konfrontation blind vertrauen durfte. Absurderweise konnte man im Alltag nicht auf Juri bauen. Doch wenn es zu einer offenen Auseinandersetzung kam, legte Juri eine simple, aber unschätzbare Philosophie an den Tag: Entweder wir siegen zusammen, oder aber wir gehen gemeinsam unter. Dieser brutale Radikalismus erschreckte viele.

Die Lichten fürchteten Juri genauso sehr wie Sebulon. Vielleicht sogar noch mehr.

»Nur zu, stell deine Fragen«, forderte Sebulon ihn auf.

Das hätte komisch wirken können, da es eine bestimmte Tradition der Wachen kopierte. Bei Operationen bekam häufig der unerfahrenste Andere das Kommando, während die Erfahreneren ihn beobachteten und ihm bei Bedarf halfen. Damit sollte die Selbstständigkeit gefördert werden.

Juri bekümmerte dies jedoch nicht weiter. Die Zeiten, in denen er sich darum Sorgen gemacht hatte, komisch zu wirken, waren lange vorbei. Heute wusste er vermutlich, dass am Ende häufig der lacht, der am Anfang den merkwürdigsten Eindruck gemacht hatte. Deshalb brachten ihn die Worte des Chefs nicht auf.

»Sag mal, Ozchar, hast du schon viele Andere initiiert?«

»Etwa ein Dutzend«, antwortete Ozchar. »Warum?«

»Wie gehst du dabei vor?«

»Also …« An dieser Stelle geriet Ozchar ein wenig in Verlegenheit, da er sich vor Tamara schämte.

Sebulon, dem nichts entging, grinste verhalten. »Rück einfach mit der Sprache raus, das Mädchen wird es schon verstehen. Es wäre naiv zu glauben, ein hundertjähriger Dunkler hätte sich seine Unschuld bewahrt. Abgesehen davon ist das Mädchen ja auch nicht gerade zimperlich gewesen. Auf dem Altar.«

Ozchar schielte zu Tamara hinüber, die ihm aufmunternd die Hand drückte, die sie ohnehin umklammert hielt, und ihm kaum merklich zulächelte.

»Wie soll ich das sagen«, setzte Ozchar an, »also am einfachsten ist es, eine Frau im Bett zu initiieren. Jedenfalls für mich. Einen Mann habe ich bisher nur einmal initiiert, aber da erinnere ich mich schlecht an die Einzelheiten, weil wir bis oben hin mit Met abgefüllt waren. Das war 1934 bei Owidiopol. Die Hexe Solocha hat mich damals extrem zusammengestaucht.«

»Daran erinnere ich mich«, sagte Laik. »Und auch an den Met. Wer war der Mann?«

»Einer von hier, Roma Kobernik. Er arbeitet in unserer … äh … also, in der Odessaer Tagwache als Kurier. Er ist ständig unterwegs.«

»Und jetzt erklär uns, was du bei der Initiierung empfindest? Wie machst du das?«

Ozchar dachte kurz nach. Es war fast so, als frage man einen Tausendfüßler, woher er wisse, welches Beinchen er bewegen müsse.

»Wie soll ich das formulieren? Am ehesten ist es wohl so, dass ich versuche, mir die Aura nach der Initiierung vorzustellen. Ich stelle mir vor, wie sie sich einfärbt, an welchen Stellen sie durchscheinend wird und an welchen Stellen sie sich verdichtet. Ich stelle mir die Seele vor, wie sie sich befreit und für das *Zwielicht* öffnet. Als ginge ein Samen auf. Oder wie ein Film in Zeitlupe. In Gedanken strecke ich diesem Wesen direkt die Hand entgegen, zum Herzen hin oder zur Seele, berühre sie und sage: ›Öffne dich! Wach auf!‹«

Ozchar verstummte. Kurz darauf seufzte er und schüttelte den Kopf: »Das klingt wirklich idiotisch. Nein, ich kann nur sagen, ich weiß es nicht. Manchmal gelingt die Initiierung eben, das ist alles.«

»Mach jetzt keinen Rückzieher«, schnaubte Sebulon und sah Laik und Juri an. »Im Großen und Ganzen passt es. Auch hier haben wir den Versuch, sich an den Kern eines Objekts zu wenden. An das Herz, wenn du so willst. Das ist übrigens eine gute Formulierung, meinen Glückwunsch.«

Ozchar verstand im Grunde nichts, bis ihm Laik zu Hilfe kam. »Wir haben letzte Nacht versucht, einen legalen und angemessenen Mechanismus für die Initiierung einer Stadt zu erarbeiten. Dabei sind wir zu dem Schluss gekommen, man müsse irgendwie auf ihren Kern einwirken oder – wie du es völlig richtig nennst – auf ihr Herz. Ich nehme an, du hast bereits begriffen, was mit Odessa geschehen ist. Die Daten lassen darauf schließen, dass die Initiierung der Stadt mit euerm ersten Treffen hier zusammenfiel. Als ihr beide, du und Tamara, euch getroffen habt. Erinnert ihr euch noch, was ihr in den ersten Tagen nach eurer Begegnung getan habt? Wartet, ich helfe euch.«

Ein simpler Zauber, mit dem das Gedächtnis befreit wurde, hüllte erst Ozchar, dann Tamara ein, und sie fielen überraschend aus der Sommernacht zurück in einen Sommermorgen vor fünf Jahren. Auch er war warm, aber im Unterschied zur Nacht strahlte dieser Morgen unsagbar hell.

»Das ist der Woronzow-Palast«, erklärte Arik, indem er auf das Gebäude zeigte. Auf die typischen Gesten eines Fremdenführers zu verzichten, das gelang ihm nicht.

»Woronzow?« Tamara wunderte sich. »Ich habe immer gedacht, der Woronzow-Palast sei auf der Krim.«

»Das stimmt auch«, antwortete Arik. »Der Sommerpalast von Woronzow steht in Alupka. Dies hier ist der Winterpalast. Woronzow war der Gouverneur des Gebietes Noworossia, das ist sein Gouverneurspalast. Der Säulengang dient gewissermaßen als Gartenhaus und ist zur gleichen Zeit erbaut worden. In Odessa halten sich übrigens hartnäckige Gerüchte, Woronzow habe einen unterirdischen Gang vom Palast zum Hafen angelegt. Damals soll das Meer näher an der Stadt gewesen sein. Von hier sollen auch heimlich Waffen für die griechischen Rebellen verschifft worden sein, und zwar ebenfalls, damit England und die Türkei nicht wütend wurden, genau wie im Fall des Schah.«

»Ein unterirdischer Gang?«, fragte Tamara erstaunt zurück. »Das ist spannend! Wie beim Grafen von Monte Christo!«

»Das sind aber leider nur Gerüchte. Es gibt keinen Gang. Wir haben das mal untersucht. Trotzdem halten wir diese Geschichte aufrecht. Einmal habe ich sogar einen Artikel in der Lokalzeitung geschrieben. Der war natürlich erstunken und erlogen.«

»Wir? Wer ist das?«, hakte Tamara nach.

»Das sind solche wie du und ich. Keine hundertprozentig normalen Menschen. Genauer gesagt, mehr als normale Menschen.«

Tamara verzog prompt das Gesicht. Arik nahm daher an, ihre Einzigartigkeit sei mit unschönen Erinnerungen verbunden. Bei Wilden Anderen kam das öfter vor, da es in ihrem Umfeld keinen erfahrenen Anderen gab, der ihnen alles erklärte, sie in die neue Welt einwies und vor unüberlegten Schritten bewahrte. Arik teilte vorbehaltlos die Auffassung, dass potenzielle Andere hilfloser als ein Baby waren und ihr weiteres Schicksal entscheidend davon abhing, ob es in ihrer Nähe einen erfahrenen und wohlwollenden Anderen gab.

»Komm, gehen wir weiter«, sagte er, wobei er versuchte, seine Stimme munter und sorglos klingen zu lassen. »Den Boulevard runter. Zum Denkmal von Richelieu und zur Potemkinschen Treppe.«

»Stimmt es, was man von der Luke erzählt? Dass du, wenn du dich darauf stellst und in Richtung Denkmal …«

»Die Leute in Odessa leiden an einer wilden Phantasie«, fiel ihr Arik ins Wort. »Stimmt schon, wenn du auf der Luke stehst, hast du wirklich eine komische Perspektive. Und die Schriftrolle in der Hand Richelieus ragt dann an einer merkwürdigen Stelle auf. Aber deshalb komme ich nicht gleich auf zweideutige Gedanken. Lass uns das Thema wechseln, ja?«

»Okay«, willigte Tamara ein.

Sie flanierten den Boulevard hinunter, um sie herum Mütter mit ihren Sprösslingen, träge, gemächlich schlendernde Menschen sowie Einheimische, die geschäftig irgendwohin eilten. Am Denkmal herrschte wie üblich wildes Gedränge, es wimmelte von Händlern, Fotografen, Gaffern, Taschendieben und Verliebten.

»Wahrscheinlich«, sagte Arik mit leiser Stimme, fast, als denke er noch nach, »beginnt Odessa an dieser Stelle. Möchtest du einmal die wahre Stimme der Stadt hören?«

»Na klar!«, antwortete Tamara.

»Dann stell dich mit dem Gesicht zum Meer, schließe die Augen und lausche. Auf dich und auf die Stadt. Ich werde dir dabei helfen.«

Folgsam schloss Tamara die Augen und drehte sich dem Meer zu. Dabei tauchte sie – offenbar unwillkürlich – halb ins *Zwielicht* ein.

»Stopp!«, keilte sich die finstere Stimme Sebulons in Ariks Erinnerungen. Die Miene des Moskauers passte zu seiner Stimme. »Das dürfte die Antwort sein.«

»Könnte schon sein«, meinte Laik müde. »Es würde passen, ohne Frage.«

Ozchar schüttelte den Kopf, als wolle er die Reste des Erinnerungszaubers verscheuchen, und säuberte sorgfältig seine Aura. Beiläufig besah er sich dabei auch Odessa. Die Aura der Stadt sah inzwischen wirklich beinahe genauso aus wie die in Piter. Allerdings fehlten in ihr schwarze Töne fast ganz. Es dominierten blaue Tupfer, die sich über dem Wasser erhoben und das Ufer einhüllten.

»Aber was würde das heißen?«, entwickelte Laik seine Gedanken weiter. »Dass uns in Odessa auch ein paar Überraschungen mit Sektierern erwarten?«

»Gibt es in Odessa denn Sekten?«, wollte Juri wissen und schaute Laik schief an.

»Die gibt es überall. Aber unsere sind friedlich. Wie viele haben wir, Ari … äh … Ozchar?«

»In Odessa sind sechs dunkle Sekten registriert, die jedoch während meiner Amtszeit als Chef der Wache nicht ein einziges Mal eine der Bestimmungen des Großen Vertrags verletzt haben«, gab Ozchar Auskunft, und zwar in etwas offiziellerem Ton, als es bei einem nächtlichen Gespräch an Bord eines Tragflügelboots nötig schien. »Ab und zu treiben unregistrierte Sekten ihr Unwesen, richten dabei aber keinen großen Schaden an.«

»Verstehe«, brachte Juri hervor.

»Du brauchst dir bloß mal die Aura anzusehen«, empfahl Sebulon. »Odessa ist nicht Piter. Im Unterschied zu der Stadt des Nordens färbt es sich nicht schwarz ein. In Piter hing über der Stadt eine Aura, dass du dich am liebsten auf der Stelle aufgehängt hättest, gleich am Haken der Deckenlampe.«

»Dazu kann ich nichts sagen, ich bin noch nie in Piter gewesen«, sagte Juri achselzuckend. »Dazu bestand bisher kein Anlass, dem Dunkel sei Dank. Ist das wirklich eine so morbide Stadt?«

»Ich habe nur geringfügig untertrieben«, grinste Sebulon. »Gut, also weiter im Text. Tamara, ich habe noch ein paar Fragen an dich. Erinnerst du dich an deine Initiierung? Ist dir auf dem Marsfeld einmal etwas Schreckliches passiert? Ich kann dir gern noch einmal helfen, wenn du möchtest. Dass das nicht wehtut, davon hast du dich ja gerade überzeugen können.«

»Diesmal brauche ich keine Hilfe«, sagte Tamara leise. »Meine Mutter ist auf dem Marsfeld vergewaltigt worden, direkt vor dem Ewigen Feuer. Neun Monate später kam ich auf die Welt.«

»Oh!« Sofort setzte sich Sebulon im Liegestuhl auf. »Dass eine derart widerliche Geschichte dahintersteckt, hätte ich nicht vermutet. Aber damit hätten wir den zweiten Ziegelstein in der Mauer unserer Schlussfolgerungen. Meiner Ansicht nach zeichnet sich das Bild immer klarer vor uns ab.«

»Dann bist du wirklich ein Wecker für Städte, Mädchen«, bemerkte Juri ungläubig. »Und ich fress einen Besen, wenn von deiner Stimmung in diesem Augenblick nicht die zukünftige emotionale Grundeinstellung der geweckten Stadt abhängt.«

»Aber als Piter geweckt wurde, gab es mich doch noch gar nicht«, wandte Tamara mit noch immer leiser Stimme ein.

»Pah! Im Gegenteil! Mit dir und deiner Mutter hat alles hundertmal intensiver funktioniert. Da hat Ozchar absolut recht, Sex und die Initiierung sind sehr eng miteinander verbunden, gerade durch die Emotionen.«

»Scheiße!«, brummte Laik plötzlich und drückte die Kippe wütend im Aschenbecher aus.

»Was ist?« Genau in diesem Augenblick spürte Sebulon, wie sich bestimmte Wahrscheinlichkeiten verdichteten. Die Fäden, die sich in die Zukunft zogen, vibrierten und verflochten sich in Vergangenheit und Gegenwart.

»Gestern habe ich sie zum Herzen von Kiew gebracht. Auf den Wolodymyr-Hügel«, knurrte Laik. »Ich habe versucht …«

»Hast du etwa Kiew geweckt?«, fiel ihm Juri ins Wort, der sich einen Reim aus allem machte.

»Wenn ich das wüsste!«, zischte Laik wütend. »Vielleicht, vielleicht auch nicht. Aber sie war im Herzen von Kiew, und ich habe die Stadt um Hilfe angefleht.«

»In welcher Stimmung ist sie gewesen?« Juris Stimme klang jetzt wie ein Reibeisen.

»Sie ist müde gewesen.«

»Tamara!«, wandte sich Sebulon an die Frau. »Was hast du dort gespürt? Im Herzen von Kiew? Wie hast du dich gefühlt? Gut? Schlecht?«

»Ich habe mich sehr wohl gefühlt«, antwortete Tamara, ohne zu überlegen. »Viel besser als in Piter. Unbeschwert und frei. Schon lange habe ich mich nicht mehr so unbeschwert und frei gefühlt wie auf dem Wolodymyr-Hügel.«

»Eine üble Sache«, seufzte Juri. »So weit hätten wir es nicht kommen lassen dürfen, Kollegen. Sobald die Lichten davon erfahren, dürfte es Proteste hageln. Und sobald die Inquisition es mitbekommt, müssen wir mit Sanktionen rechnen. Die Frau kommt garantiert hinter Schloss und Riegel, und in den Zentren aller Städte, die erweckt werden können, wird man Wachen aufstellen.«

»Ich will aber nicht ins Gefängnis«, jammerte Tamara.

»Von deinen Wünschen hängt jetzt gar nichts mehr ab, Mädchen«, sagte Sebulon. »Zumindest bis zu jenem Zeitpunkt nicht, an dem der Mechanismus zur Initiierung von Städten und auch deine Rolle in diesem Prozess klar ist. Dein Schicksal hängt dabei unmittelbar von den Untersuchungsergebnissen ab.«

»Artur«, bat Tamara mit zitternder Stimme. »Du siehst doch weit voraus! Was wird mein Schicksal sein? Wenigstens in groben Zügen? Wer werde ich sein? Ein Versuchskaninchen? Eine Todgeweihte? Oder …«

In ihren Augen flackerte Hoffnung auf.

»Ich weiß es nicht«, antwortete Sebulon nach einer langen Pause in kaltem Ton. »Ich kann nur eins sagen, du wirst ein Schicksal haben.«

Vierzig Minuten später schickten sie Tamara schlafen. Nun wurde es für Ozchar richtig interessant. Zum ersten Mal wohnte er einer Besprechung so hoher Dunkler bei. Bisher hatte Laik die wirklich wichtigen Probleme nur mit Artur alias Sebulon und ähnlichen Koryphäen entschieden, also ohne die heranreifenden jungen Kollegen.

Aber inzwischen hatte sich viel verändert.

Zunächst redeten sie über die mutmaßlichen Schritte der Lichten, allerdings ohne rechten Eifer. Dann kamen sie auf die Inquisition zu sprechen.

»Ich glaube«, sagte Juri, »dass sowohl das Prager als auch das Berner Büro besser informiert sind, als wir annehmen.«

»Das ist ja schon fast Tradition«, bemerkte Laik nicht gerade heiter.

»Eben«, pflichtete ihm Juri bei. »Sie hat bereits die Arbeiten von Plumarge und Darcy mit höchster Aufmerksamkeit zur Kenntnis genommen. Darcy ist sogar der Inquisition beigetreten, damit dürften auch die unveröffentlichten Berichte in ihren Archiven gelandet sein.«

»Hast du die Resolution von Hanimex II. einmal gründlich gelesen?«, wollte Sebulon mit Unschuldsmiene wissen.

»Ja«, antwortete Juri gelassen. »Aber ich habe nur eine gekürzte Version in Händen gehabt.«

»Ich auch.« Sebulon grinste schief. »Deshalb musste ich auch zwischen den Zeilen lesen. Schon damals, schon in den Sechzigern, wurden von der Inquisition vier Großstädte als erwacht anerkannt: Tokyo, London, New York und Los Angeles. Sie drückten das allerdings etwas anders aus, ohne das Wort ›erwacht‹.«

»Wie denn?«, wollte Laik wissen.

»Sie formulierten etwas wie ›ausgestattet mit einer bislang noch unerforschten Informations- und Energiestruktur, die erhebliche Schwierigkeiten bei der praktischen Anwendung magischer Energie nach sich zieht‹. Als eines der Klassifizierungsmerkmale fungierten Veränderungen in der Aura. Auch die Parallele zwischen Menschen, die zu Anderen wurden, und Städten, die zu Anderen wurden, haben sie nicht gezogen. Schon damals habe ich mir gedacht, dass auch Moskau bald auf der Liste erscheinen würde.«

»Willst du damit sagen«, fragte Juri zweifelnd, »dass uns Piter überholt hat?«

»Nicht uns, aber Moskau. Genauso wie andere Städte. Außerdem hat Piter uns nicht überholt, sondern sich vielmehr als widerlicher herausgestellt. Und obwohl die vier Städte *erwacht* sind, sind sie doch noch nicht vollständig initiiert. Deshalb sind sie bisher auch weder dem Dunkel noch dem Licht zugeneigt. Piter dagegen – ihr wisst selbst, wem es sich zuneigt.«

»Heißt das, dass Tamara die Städte eigentlich gar nicht initiiert? Dass sie neutral bleiben, genau wie die Wilden Anderen?« Laik versuchte das Gesagte auf den Punkt zu bringen.

»Genau.«

»Dann müssen diese Anderen Städte also remoralisiert werden?«

»Etwas in der Art. Ich glaube, an Tamaras Mutter hat sich ein starker Anderer vergangen, der mit Sicherheit einsam und wahnsinnig war, vielleicht wie Fafnir oder der Würger von Braunschweig. Vielleicht irgendein Sektierer. Piter ist einfach ein zu fruchtbarer Boden für allerlei Gesindel. Das hat uns dreißig Jahre später eine Bande von Schwarzen und ihre Schwarzen Messen beschert. Und noch etwas. Auf die Gefühle des Vergewaltigers und auf die Gefühle des Opfers hat die Stadt wild und bereitwillig reagiert. Tamara ist seine Tochter, vielleicht hat sie das väterliche Wesen geerbt. Das würde auch erklären, warum sie als *Wecker* in Erscheinung treten kann. Außerhalb von Piter ist sie aber ein unschuldiges Kind, weshalb Odessa bisher auch nicht das Schicksal des Schwarzen Palmyras teilen musste. Und Kiew dürfte damit vermutlich in der nächsten Zeit ebenfalls keine Gefahr drohen.«

»In der nächsten Zeit – soll das heißen, bis Kiew richtig initiiert wird? Sich dem Dunkel oder – verdammt noch mal – dem Licht zuneigt?«

»Ganz genau.«

»Das sind doch alles bloß Hypothesen«, murmelte Laik. »Nichts als Hypothesen. Wir haben keine einzige gesicherte Information an der Hand.«

»Gesicherte Informationen kannst du in einem Fall wie diesem nur bei der Inquisition finden«, konterte Sebulon völlig gelassen.

Juri trommelte nachdenklich mit den Fingern auf den Tisch. »Sollten wir Tamara nicht besser verstecken und bewachen?«, sagte er seufzend. »Sie ist zu einem allzu wertvollen Forschungsobjekt geworden. Wenn die Inquisition zu ähnlichen Schlüssen gelangt wie wir, werden sie sie haben wollen. Und die Inquisition *wird* zu diesen Schlüssen kommen – wenn unsere Überlegungen auch nur ansatzweise etwas mit der Realität zu tun haben.«

»Sie vor der Inquisition zu verstecken, das wäre sinnlos«, erwiderte Laik und blickte seine Kollegen nacheinander an. »Sie würden sie sich doch holen, wenn Prag es so entscheidet. Und was die Lichten angeht, nein, die Inquisition würde Tamara auch ihnen wegschnappen. Ich glaube nicht, dass die Lichten mit Tamaras Hilfe großes Unheil anrichten könnten.«

»Doch, das könnten sie ohne Zweifel!«, hielt Sebulon dagegen. »Tamara bräuchte bloß einmal über den Roten Platz zu schlendern, danach könnte jeder Lichte Moskau initiieren und dem Licht zuneigen. Das wäre durchaus nach dem Geschmack von Geser und seinen nichtsnutzigen Experimentatoren.«

»Das würde Jahre dauern, Artur.« Laik gab nicht nach. »Wenn wir von Piter ausgehen, mindestens zwanzig bis dreißig Jahre.«

»Ja, und? Glaubst du etwa, Geser würde in dieser Zeit alt werden und sterben?«

Juri stieß ein unterdrücktes Schnauben aus und klopfte Laik auf die Schulter. »Wäre keine schlechte Lösung, was?«

»Lassen wir das. Was können wir denn nun festhalten?«

»Nichts«, erklärte Sebulon überraschend sorglos. »Das heißt, wir müssen Tamara natürlich nach Moskau bringen. Da nehme ich sie unter meiner Fittiche.«

Sebulon wandte sich Ozchar zu und sah ihn eindringlich an. »Gefällt dir Moskau, Kadett?«

Ozchar zuckte unbestimmt die Achseln. »Als ob das etwas ändern würde!«

»Völlig richtig, das würde nicht das Geringste ändern. Ein Kadett, der mitdenkt! Aber auch dir werden wir noch einiges beibringen. Anlagen hast du, keine schlechten übrigens. Nur bilde dir nicht allzu viel darauf ein, Stolz hat schon manch einem fähigen Magier das Genick gebrochen.«

»Ich werde mir nichts darauf einbilden«, versprach Ozchar. »Ich mache mir hauptsächlich um Tamara Sorgen.«

»Auch das ist gut«, lobte ihn Sebulon erneut. »Die Sorge schärft die Aufmerksamkeit. Und aufmerksam werden wir in der nächsten Zeit sein müssen. Übrigens«, Sebulon wechselte abrupt das Thema, »gibt es auf diesem Schiff Angeln?«

»Angeln?«, fragte Ozchar leicht irritiert. »Ich glaube schon. Warum?«

»Liegt nicht Kinburn vor uns? Da könnten wir doch ein paar Fische fangen, oder? Zur Tarnung. Außerdem würden wir auf diese Weise Tamara aus Odessa herausbringen. Sollen sich Gesers Späher ruhig den Kopf zerbrechen, warum wir das tun. Spendieren wir uns doch die drei Tage.«

»Ich werde nicht mitkommen«, warf Juri ein. »Ich habe ein Ticket für einen Flug morgen früh.«

»Wie du willst.«

»Soll ich dem Kapitän den Befehl erteilen?«, fragte Ozchar und wollte schon aufstehen.

»Lasst uns lieber erst morgen früh losfahren, ja?«, schlug Laik vor. »Ich habe Jefim befohlen, dann hier aufzukreuzen. Ich hab ja nicht mal ein Handy.«

»Von mir aus.« Sebulon gähnte heftig. »Was ihr tut, ist mir egal, ich verschwinde jetzt jedenfalls ins Bett. Wie heißt das Bett auf einem Schiff?«

»Keine Ahnung. Als ich auf Schweds Jacht geschlafen habe, haben wir es Sarg genannt«, berichtete Ozchar.

»Wie treffend. Obwohl es besser zu einem Vampir passen würde.« Sebulon kicherte. »Und wo ist der nächste Sarg?«

»Warten Sie, ich zeige es Ihnen.« Jetzt erhob sich Ozchar doch, der Rest folgte seinem Beispiel.

Über dem Tragflächenboot spannte sich der nächtliche Himmel.

»Bring uns zur Anlegestelle zurück«, befahl Ozchar dem Kapitän ein paar Minuten später. »Morgen nehmen wir noch jemanden an Bord, anschließend fahren wir nach Kinburn zum Angeln.«

»Aye, aye!«, sagte der Kapitän munter.

»Gute Nacht.«

»Ihnen auch.«

ZEHN

Schwed, Jefim und Henka erreichten gegen Morgen die Anlegestelle, als alle noch friedlich in den Kajüten schliefen. Jefim schwankte nach ihrem nächtlichen Gelage deutlich, kicherte ununterbrochen und teilte jedem, den er traf, mit nasaler Stimme seine Ansicht mit: »Was für ein Sturm das heute ist!« Schwed blinzelte verschlafen ins Licht und hickste ab und zu laut. Henka sah noch am nüchternsten aus, steckte jedoch in völlig durchweichten Sachen, als sei er unterwegs im Meer gelandet oder auf die Idee gekommen, eine Runde zu schwimmen. Und Henka brachte es durchaus fertig, ein Bad in einem Brunnen zu nehmen, sofern ihm der Sinn danach stand. Trotz ihrer desolaten Verfassung und des Kraftverlusts schleppten alle drei unverdrossen eine Tasche voll mit Bierflaschen.

Der wachhabende Matrose an Bord beobachtete sie vom Deckhaus aus und winkte ihnen zu, sie sollten ruhig raufkommen, die Gangway sei angelegt. Schwed kannten selbstverständlich alle.

Die Taschen mit dem Bier wurden scheppernd unter den Tisch verfrachtet. Die drei Ankömmlinge machten es sich in den Liegestühlen bequem, ohne auch nur zu ahnen, welch spektakuläre und wichtige Dinge hier gestern Nacht diskutiert worden waren.

»Wie sieht's aus?«, fragte der nasse Henka. »Genehmigen wir uns noch ein Fläschchen?«

»Okay«, stimmte Schwed zu. »Hicks.«

Das Tragflügelboot schaukelte sanft auf den Wellen. Dieses Schaukeln erfolgte zwar nicht im Takt von Jefims Schwanken, schien dieses jedoch vortrefflich auszugleichen, denn Jefim gab folgenden tiefsinnigen Kommentar von sich: »Der Sturm hat sich gelegt!«

»Du bist an Bord, du Dummkopf! Hicks!«, sagte Schwed zu ihm. »Wir sind jetzt nicht mehr am Ufer. Deshalb stürmt es auch nicht mehr.«

Henka öffnete nicht ohne Mühe eine Flasche Obolon Sobornoje. Die Gespräche wichen vorübergehend diffusen Schlürf- und Schmatzlauten sowie genussvoll ausgebrachten »Ja-ah-ahs« oder »Ä-ä-ähs«.

Fünf Minuten später kam, von diesen Geräuschen angelockt, der zerwuschelte Juri herbei, schaute auf die Uhr, blinzelte in die Sonne und pisste ohne viel Federlesens über Bord.

»Willst du ein Bier?«, fragte ihn Jefim, als er sich ihnen nach erledigtem Geschäft wieder zuwandte.

»Das nehme ich an Land«, lehnte Juri ab. »Wenn ihr in See stecht, braucht ihr es dringender. Sagt Sebulon, dass ich los bin. Hey, du da auf der Brücke – danke für alles! Und tschüs!«

Der Matrose winkte müde, der Moskauer Magier ging an Land.

Weitere zehn Minuten später wachte der Kapitän auf, begrüßte alle per Handschlag, akzeptierte ein

Bier, fachsimpelte mit Schwed über irgendwelche maritimen Angelegenheiten und zog dann ab, um in Erfahrung zu bringen, wann er in See stechen sollte.

Als Nächste kamen Ozchar und Sebulon aus ihren Kajüten. Laik reagierte natürlich auf keinen Versuch, ihn zu wecken. Sie konnten noch froh sein, dass er nicht – was auch schon vorgekommen war – mit den Beinen nach ihnen ausschlug.

»Hast du ein Handy für Laik mitgebracht?«, fragte Ozchar Jefim.

»Klar!« Jefim klopfte auf die pralle Gürteltasche, deren Verschlüsse mit simplen, aber effektiven Zaubern belegt waren. »Sogar noch eins zur Reserve!«

»Ist Juri schon weg? Sein Flieger geht heute früh.«

»Er ist vor einer Viertelstunde los«, beruhigten die drei Ozchar.

»Dann können wir abfahren!«, erwiderte er. »Gib den Befehl, Kapitän. Nach Kinburn, in die Bucht, wo sich früher das Austernkombinat befand.«

»Ein guter Ort!«, lobte Schwed fachmännisch. »Die Fischer dort kochen uns bei unserer Ök-Tour immer eine prima Fischsuppe. Pass auf, wenn wir ankommen, gibt's da mit Sicherheit ein Lagerfeuer, drüber einen Topf, Wodka …«

»Und was ist das für eine Ök-Tour?«, wollte Sebulon wissen, der heute wie ein Geschäftsmann im Urlaub aussah, entspannt und gutmütig.

»Eine ökologische Regatta, in drei Etappen mit Segelkreuzern. Unser Jacht-Club organisiert sie.«

»Der Club aus Nikolajew?«

»Nikolajew hat zwölf Jacht-Clubs«, erklärte Schwed. »Unserer ist der Club NSI, Nikolajewer Schiffsbauinstitut. Das Institut ist natürlich schon vor ewigen Zeiten umbenannt worden, es heißt jetzt Maritim-Technische Universität, aber unser Club hat seinen Namen behalten.«

»Verstehe.«

Das Tragflügelboot legte unterdessen ab und tuckerte zum Hafenausgang. Irgendwann heulte der Motor tief auf, das Schiff hob sich auf die Flügel und schoss über das Wasser davon, einen zarten Schweif aus feinsten Spritzern nach sich ziehend.

»Klasse!«, begeisterte sich Jefim. »Wow! Henka, sei ein Freund und gib mir noch ein Bier.«

Ozchar überlegte, ob er Tamara wecken sollte, damit sie sich dieses Wunder ansah, entschied jedoch im letzten Augenblick, dafür auch später noch Gelegenheit zu haben. Besser sie schlief sich aus, schließlich dürfte die Zukunft nicht allzu viel Freude für sie bereithalten.

Der Steward hatte schnell ein paar Salate zubereitet und servierte Knabbereien zum Bier, sodass niemand bemerkte, wie sie erst Jushny, dann Koblewo, Morskoje und Rybakowka backbord liegen ließen und sich vor ihnen der Rand einer Landzunge abzeichnete. Das Boot drehte spürbar nach Süden ab und fuhr eine Weile an der Spitze von Kinburn vorbei. Am flachen Ufer erstreckten sich Bauten, deren Funktion nicht auf Anhieb klar war, und Reste einer Anlegestelle.

»Das ist Rymby!«, erzählte ihnen Schwed und deutete mit dem Finger in Richtung Ufer.

Kurz darauf erreichten sie zwei Inseln, Krugly und Dolgi.

Da das Wasser an der Südseite von Dolgi sehr flach war – weniger als einen Meter tief –, umfuhren sie die Insel weiträumig.

Das Tragflügelboot war in der Tat ein erstaunlich schnelles Schiff. Nicht einmal ihr Bier hatten sie austrinken können, da machte die Mannschaft schon an einem hohen Betonkai fest, der recht verlassen wirkte. Über der Anlegestelle erhob sich der rostige Pilz eines Beobachtungsturms. Am menschenleeren Ufer lagen das verbeulte, halb im Sand versunkene Gestell eines Tretboots sowie ans Ufer gespülte, trockene Algen.

Nein, ich muss Tamara doch wecken, überlegte Ozchar. Sonst verschläft sie noch den ganzen Tag.

Er schlenderte gemütlich zur Kajüte, wo er den Rest der Nacht in der oberen, hängematteartigen Koje zugebracht hatte. Das Bett unter der Hängematte, das auch als untere Sitzbank diente, war leer.

Aha, dachte er, sie ist schon aufgestanden.

Er kehrte an Deck zurück. Sebulon und der Kapitän sondierten gerade einen Armvoll Spinnangeln und diskutierten leidenschaftlich ein Anglerproblem. Ozchar hatte dem Angeln nie etwas abgewinnen können, weshalb er von diesen Dingen nicht das Geringste verstand. Wenn mit dem Tragflügelboot jedoch irgendein Chef hinausfuhr, durfte er sich, was den Ausgang des Fischfangs betraf, immer sicher sein. Jemand wie Henka der Delfin garantierte einen zweihundertprozentigen Erfolg.

An Deck war Tamara auch nicht.

An seinem Bier nuckelnd, ließ Ozchar zehn Minuten verstreichen. Doch Tamara tauchte nicht auf.

Hmm. Ob sie vielleicht nur zum Klo gegangen ist und sich danach wieder hingelegt hat?

Er stapfte noch einmal runter in die Kajüte, aber die war immer noch leer. Die Klotür war verschlossen.

Aha, dachte Ozchar, hier steckt sie also. Doch in diesem Augenblick klackte das Schloss, und die Tür ging auf. Einer der Matrosen kam vom Klo.

»Ist frei«, teilte er Ozchar fröhlich mit.

Ozchar wollte schon fragen, ob dem Matrosen nicht Tamara begegnet wäre, aber es hätte irgendwie komisch geklungen, eine solche Frage direkt vorm Eingang zur Toilette zu stellen.

Er suchte das Tragflächenboot weiter ab, blickte in alle Kajüten und Räume. Sogar den Maschinenraum und das Deckhäuschen inspizierte er.

Tamara blieb verschwunden.

Als Ozchar zu seinen Leuten zurückkehrte, hielt er mit seiner Sorge nicht hinterm Berg. »Hat jemand Tamara gesehen?«, fragte er, alle übertönend.

Das Anglergemurmel verstummte sofort.

»Ist sie nicht in der Kajüte?«, wollte einer wissen.

»Die Kajüte ist leer. Alle Kajüten sind leer, bis auf die, in der Laik schläft.«

Ozchar spürte, wie Sebulon etwas im *Zwielicht* unternahm, dies jedoch derart schnell, dass er nichts Genaueres bemerkte.

»Wo soll sie denn hin sein?«, brachte Schwed ungläubig hervor. »Sie wird schon nicht über Bord gefallen sein!«

»Das ist sie nicht«, sagte Sebulon kalt und überzeugt. »Gehen wir mal in ihre Kajüte.«

In dem engen Zwischendeck fanden sie kaum Platz. Hinter Ozchar und Sebulon quetschten sich ausnahmslos alle anderen, sogar der Steward, vom Kapitän ganz zu schweigen, den der Verlust eines Passagiers mehr als die Übrigen beunruhigte.

»Hier?«, fragte Sebulon finster.

Statt zu antworten, schob Ozchar die Tür zur Seite.

In der Kajüte sagte Sebulon eine geschlagene Minute lang kein Wort und unterband mit Gesten sämtliche Versuche Ozchars und des Kapitäns hereinzukommen. Irgendwann drängte sich Laik durch die Menge, verschlafen, zerstrubbelt, barfuß und nur mit einer Badehose bekleidet. »Was ist passiert?«, fragte er mürrisch.

»Tamara ist weg«, antwortete Ozchar leise. »Ich habe sie heute Morgen nicht geweckt, ich dachte, sie solle sich ruhig ausschlafen. Dann habe ich nach ihr gesehen – und da war sie weg.«

»Hier ist ein dynamisches Portal geöffnet worden. Vor etwa einer Stunde«, teilte Sebulon sachlich mit. »Übrigens ein lichtes Portal.«

Mit einer einzigen Bewegung schickte Laik die Mannschaft fort, sogar den Kapitän, einen schwachen Anderen.

»Was heißt das?«, wollte Ozchar wissen, sobald die Außenstehenden abgezogen waren.

»Offenbar sind Gesers Späher zu aktiven Handlungen übergegangen«, meinte Sebulon achselzuckend.

Ihn unterbrach das Klingeln von Jefims analogem Zweithandy.

»Hallo? Was?!«

Nachdem Jefim eine Weile zugehört hatte, entglitten ihm die Gesichtszüge. Er wiederholte kein Wort laut. Dafür wirkte er einen einfachen Übertragungszauber, worauf jeder der Anwesenden die panische Stimme des Kiewers Sajrink vernahm: »Jefim! Ruf sofort den Chef an! Wir haben Krieg! Die Lichten greifen das Ausbildungscenter in der Sagajdatschnyj an! Plakun ist tot, glaube ich! Die Petersburger Mädchen wurden entführt! Rubljow, Palatnikow und Laryssa Narymanowna sitzen in der Tagwache fest und können nicht raus! Das *Viktoria* ist umstellt! Ich weiß nicht …«

»Warte!«, befahl Laik mit Jefims Stimme und drehte sich Sebulon zu. »Ich brauche ein Portal zum Dnjepr. Gegenüber dem Postplatz. Hilfst du mir?«

»Ja.«

Den nächsten Anruf aus Kiew erahnte Sebulon bereits eine Minute vor dem Klingeln. Er und Laik hatten es nicht mehr geschafft, den Kapitän davon ins Bild zu setzen, was ihm und seinem Schiff bevorstand, als der Moskauer zunächst erstarrte, dann langsam zu seinem Gürtel griff und das Handy aus der dort befestigten Tasche zog. Er wartete eine Sekunde, bis es klingelte, auf eine Art, die nur als unheilschwanger bezeichnet werden konnte.

Der Chef der Moskauer Dunklen presste das Handy ans Ohr, hörte schweigend zu, zehn, fünfzehn Sekunden vielleicht, und verstaute dann, noch immer ohne ein Wort zu sagen, das Telefon wieder in der Tasche.

»Laik«, stieß er endlich aus, »du musst dir selbst helfen. Ich verschwinde. Der Krieg tobt jetzt auch in Moskau, wir haben schon erste Opfer. Wir setzen uns nachher in Verbindung.«

Mit diesen Worten verschwand er ins *Zwielicht*, und zwar in die tiefsten Schichten.

Laik sah ihm traurig nach.

»Du musst dir selbst helfen«, murmelte der Kiewer verärgert. »Wieder mal! Wenn sie mir wenigstens einmal helfen würden, diese verfluchten Russen!«

Er hob den Kopf und betrachtete alle Anwesenden mit bannendem Blick. »Ich brauche die Kraft von euch allen«, sagte Scheremetjew übertrieben deutlich und starrte dann ins Nichts. »Also entspannt euch.«

»Laik!« Ozchar konnte nicht an sich halten. »Was ist mit Tamara? Wir müssen sie finden.«

»Wir suchen sie ja bereits. Hilf mir jetzt!«

Eine träge, trübe Welle schwappte über ihrer aller Bewusstsein, denn Laik setzte einen Gruppenzauber ein. Ozchar hörte wie durch Watte, dass die Motoren ansprangen und das Tragflügelboot gleich einem von der Leine gelassenen Jagdhund losschoss. Eine Sekunde später war die Kraft von Ozchar und seinen Kollegen fast restlos verbraucht. Laik stand da, starr über die Reling blickend, die Arme ausgebreitet, die Finger gekrümmt, und sang die Worte eines Zauberspruchs.

Mit einem Mal wurde es still, ganz still! Als sei in einem Katastrophenfilm mitten in der spannendsten Szene der Ton im Kino ausgefallen. Zwischen Laiks Händen zuckte lautlos ein blauer Blitz. Die Welt wurde grau. Sie alle zog es mit voller Wucht ins *Zwielicht*.

Eine blendende Explosion erfolgte. Eine Sekunde später löste sich das *Zwielicht* auf. Kurz darauf kehrten die Geräusche widerwillig in die Welt zurück. Laik schwankte, stützte sich mit den Händen auf der Reling ab und hastete zur Gangway. Sobald der Rest zu sich kam, folgten sie ihm, erst Ozchar und Schwed, dann Jefim und Henka.

Die schwere südliche Hitze war einer normalen und mäßigen Wärme gewichen. Das Tragflächenboot schipperte über den Dnjepr, vor ihnen zeichnete sich der Hafen ab. Der Kapitän schien genau zu wissen, was er zu tun hatte, steuerte er doch sicher zum äußersten Pier.

Vermutlich hatte die Öffnung des recht großen Portals, das sogar das Schiff durchließ, Laik völlig ausgelaugt. Vielleicht wollte er auch seine Kräfte schonen. Jedenfalls sprang er einfach auf den Pier, noch bevor die Matrosen die Gangway angelegt hatten. Er stürzte in Richtung Stadt davon, zu Fuß, ohne jede Magie, denn bis zum Ausbildungscenter in der Sagajdatschnyj war es nicht weit. Jefim machte seinem Ruf als Organisationstalent alle Ehre. Noch am Hafen hielt er ein Taxi an. Ozchar, Schwed, Henka und er selbst zwängten sich auf die Rücksitze, der gelbe Wolga schoss los, bremste und sammelte Laik auf. Mit überraschender Geschicklichkeit brachte Jefim den lebhaften Verkehr auf dem Postplatz und in der Sagajdatschnyj zum Erliegen.

Mit dem Auto sparten sie tatsächlich drei bis vier Minuten.

Der Eingang ins Ausbildungscenter lag in der weißen Fassade eines dreistöckigen Hauses, direkt zwischen den mittleren Fenstern. Allerdings musste man durchs *Zwielicht* hinein. Unmittelbar hinter der Tür schlug etwas dumpf auf sie ein. Andere waren für fremde Schmerzen empfänglich, vor allem für die Schmerzen von Anderen.

Auf der Treppe lag Plakun, seitlich niedergestreckt, einen Arm vorgeworfen, mit letzter Kraft nach jemandem greifend, der längst geflohen war. Sein verbranntes Gesicht war entstellt, offenbar hatte er seinen Feind vor dem Tod mit gefletschten Zähnen angesehen, genau wie ein Tiermensch.

Einen Treppenabsatz weiter oben erinnerte nur noch die Silhouette an der vom Feuer geschwärzten Wand an den Wachhabenden. Er war ebenfalls gestorben, während er sich verteidigt hatte, denn die Umrisse seines Arms deuteten klar auf den Versuch, den Schild des Graas-Mo aufzustellen.

Weiter oben, in den Hörsälen, entdeckten sie dagegen nicht den kleinsten Hinweis auf einen Kampf. Keinen einzigen umgeworfenen Stuhl oder verrückten Tisch, keinerlei verstreute Blätter – alles war an Ort und Stelle, die Stühle standen gerade in einer Reihe, die Papiere bildeten akkurate Stapel. Und es war niemand zu sehen.

Laik betrachtete dies alles mit finsterer Miene.

»Sollen wir vielleicht in die Wache fahren?«, schlug Jefim zaghaft vor. »Hier können wir ohnehin nichts mehr ausrichten. Aber im Büro sitzen Iraklij und Laryssa Narima…«

»Auch da können wir nichts mehr ausrichten«, knurrte Laik. »Seit zehn Minuten ist alles vorbei. Iraklij kommt gleich her.«

Müde ließ er sich auf einen Stuhl fallen, den er aus der tadellosen Reihe gezogen hatte.

Noch hatte sich das *Zwielicht* nicht ganz beruhigt. Noch entwirrte das blaue Moos, das sich während des Kampfs aufgeschreckt verklumpt hatte, das fasrige Geflecht. Nur nach und nach nahm die alarmierte graue Finsternis wieder einen neutralen Zustand an. Die Spuren der heutigen Auseinandersetzung würden lange wahrnehmbar bleiben, vor allem für starke Magier. Anfänger wie Jefim oder der Tiermensch Henka würden sie wahrscheinlich schon in einer Stunde nicht mehr registrieren – und wenn doch, dann würden sie sie nicht zu deuten wissen.

Iraklij tauchte dann tatsächlich auf. Sein Schnauzer hatte sich kämpferisch gesträubt, die Brille rutschte ihm ständig von der verschwitzten Nase.

»Und?«, fragte ihn Laik streng.

»In der Tagwache hat's keine Verluste gegeben«, antwortete Iraklij. »Weiter als bis in die Halle haben wir sie nicht gelassen.«

»Wen?« Heute war Laik besonders einsilbig.

»Die Lichten. Nicht die aus Kiew, denn ich habe sie nicht gekannt, Lara und Dymka auch nicht.«

»Warum?«

»Genau das verstehe ich nicht. Und noch etwas … Unterwegs habe ich von Kissel getroffen. Er hat geschworen, nicht zu wissen, wer uns überfallen hat und warum. Er hat sogar das Licht als Zeugen angerufen.«

Laik sah Iraklij unverwandt an, mit leicht zusammengekniffenen Augen und ohne seine aufrichtige Neugier zu verbergen.

»Sollte von Kissel gelogen haben«, fuhr Iraklij bedrückt fort, »dann ist mir das entgangen. Aber meiner Meinung nach kannst du nicht die Urkräfte anrufen und gleichzeitig lügen, vor allem dann nicht, wenn Leichen im Spiel sind.«

Laik dachte kurz nach, dann drehte er sich Jefim zu. Der stand etwas abseits, in jeder Hand ein Mobiltelefon. Den Klingelton hatte er vorsichtshalber abgeschaltet, denn im Augenblick diente er sozusagen als lebendiges Kommunikations- und Informationscenter, und er wollte seinen Chef nicht mit Geräuschen von außen ablenken oder verärgern.

»Was ist mit dem *Viktoria*?«

»Da ist schon wieder alles still. Opfer hat es da auch keine gegeben, alle sind am Leben, aber der Schreck sitzt ihnen noch in den Knochen. Die Angreifer sind bloß hineingestürmt und haben das Restaurant, die Küche und die beiden Wohnungen oben inspiziert. Oben war niemand, unten haben sie niemanden angerührt. Daraufhin haben sie kehrtgemacht und sind im *Zwielicht* verschwunden.«

»Wir sind also zu spät gekommen«, fasste Laik zusammen. »Wie sieht's in den anderen Städten aus?«

»Praktisch genauso, Chef. Überfallartige Attacken, um Gefangene zu machen, und ein genauso rasanter Abzug. Es werden immer nur die Petersburger Mädchen, die ehemaligen Schwarzen, gefangen genommen. Charkow, Winnyzja und Lwow haben schon Bericht erstattet. Ich nehme an, Donezk kommt noch, meine Handys waren die ganze Zeit über besetzt, und im Büro geht niemand ran.«

»Hat es auch in den Städten Angriffe gegeben, in denen keine Mädchen aus Piter untergebracht waren?«

»Nein, Chef, darüber liegt nicht ein einziger Bericht vor.«

»Besorg mir mal eine Übersicht über Russland. In Moskau muss auch was passiert sein. Sieh dir vor allem die Städte an, auf die die Petersburgerinnen verteilt wurden.«

Jefim stürzte zum Tresor und schnappte sich den erstbesten Laptop. Schon im nächsten Augenblick stand die Internetverbindung. Und ebenso schnell kannte er alle Neuigkeiten.

»Genau so ist es, Chef! Die Lichten haben nur die Städte angegriffen, in denen sich die Petersburgerinnen aufhielten! Moskau, Twer, Jekaterinenburg, Rostow, Nowosibirsk, Perm, Samara. Kasan hat gerade eben Bericht erstattet. Dito.«

»Hat Moskau in den letzten Tagen von einem der Hohen Magier aus Europa Besuch erhalten? Einem Lichten?«

»Darüber liegt nichts vor«, antwortete Jefim sofort. »Ich meine, es liegen keine offiziellen Angaben vor.«

»Und Piter?«, fragte Laik plötzlich.

»Piter?« Jefim wunderte sich. »Moment … Hmm … An die Daten für Piter komme ich nicht ran. Ob bei denen der Server abgestürzt ist?«

In dem Moment traf es Ozchar wie ein Schlag. Ein Bild – oder eine Vorahnung? – tauchte so plötzlich vor ihm auf, wie der Schnee vom Dach auf einen zufälligen Passanten hinabstürzt. Bilder hatte er schon früher gesehen, in den Augenblicken eines heftigen

Gefühlsaufruhrs. Und immer hatten sie sich bewahrheitet.

»Laik«, sagte Ozchar heiser, »sie ist in Piter. Ich spüre es.«

»Wer?« Laik begriff nicht sofort.

»Tamara. Und ihre Frauen meiner Meinung nach auch.«

Daraufhin sah Laik ihn lange und eindringlich an, genauso wie er eben gerade Iraklij angeschaut hatte. »Bist du dir sicher?«

»Ja.«

»Gut! Manchmal ist das Herz zuverlässiger als Telefone und Computer. Jefim! Verbinde mich mit der Inquisition.«

Ein paar Sekunden später drückte Jefim seinem Chef ein Mobiltelefon in die Hand.

Laik sagte praktisch kein Wort, sondern hörte nur zu. »Jefim!«, befahl er anschließend. »Ein Auto. Iraklij, Ozchar und Schwed, ihr begleitet mich.«

Sie gingen nach unten.

Auf der Straße brauchten sie kaum zu warten. Ein weißer Nissan mit einer kaum zu bemerkenden Delle in der rechten Vordertür fuhr vor. Der Fahrer hatte einen etwas gläsernen Blick, auf seinen Lippen lag ein einfältiges Lächeln. Jefim mochte ein schwacher Magier sein, aber mit Autofahrern kam er bestens und selbst auf gewaltige Entfernung zurecht.

Sie mussten nicht weit fahren, bis zum Gostiny Dwor in der Sagajdatschnyj, dann hoch zum Andrijiwskyj, zum ehemaligen Sitz des Komsomol. Das war ein Gebäude mit Säulen und der Form eines gigantischen Hufeisens.

Nachdem die Anderen den Halter des Nissans nach Hause geschickt hatten, fuhren sie mit dem Fahrstuhl nach oben, in die *Zwielicht*-Etage. Mit diesen waren die Stalinbauten in allen großen Städten der ehemaligen UdSSR ausgestattet.

Sie wurden bereits erwartet. Von Inquisitoren. Drei Inquisitoren.

Edgar, Maxim und Chena. Keiner der drei hatte es für nötig befunden, sich in den grauen Umhang der Inquisition zu hüllen. Der Erste trug trotz der Hitze einen tadellosen Dreiteiler, der ehemalige Wilde leichte Leinenhosen und ein buntes Hemd, Chena Jeans und ein helles T-Shirt mit dem blauen Aufdruck »Galitschina«. Der über den Boden wogende Nebel entzog ihr Schuhwerk zwar dem Blick, die Inquisitoren dürften jedoch kaum etwas Außergewöhnliches getragen haben. Edgar mit Sicherheit feste Schuhe, der Wilde aller Wahrscheinlichkeit nach leichte Mokassins und Chena billige chinesische Turnschuhe oder etwas in der Art.

»Bring deine Beschuldigungen vor, Tawiskaron!« Maxim ergriff das Wort, bevor überhaupt einer der Ankömmlinge etwas gesagt hatte.

»Zunächst einmal würde ich gern wissen, was hier vorgeht«, presste Laik zwischen den Zähnen hervor, wobei er den Kopf auf die Seite legte. »Wenn das ein Krieg ist, was ist dann der Anlass? Und wer hat stillschweigend seine Einwilligung dazu gegeben?«

»Das ist kein Krieg.«

»Was denn sonst? Wer hat meine Leute angegriffen? Wer hat mindestens zwei von ihnen ermordet?«

»Du weißt ganz genau«, antwortete Maxim unerschütterlich, »dass Andere nicht so leicht umzubringen sind. Ich setze dich hiermit davon in Kenntnis, dass die Frage der Rückkehr des Magiers Plakun und des Hexers Moissejenko aus dem *Zwielicht* auf die Tagesordnung gesetzt werden wird – sofern dies auf einer außerplanmäßigen Sitzung der Inquisition gebilligt wird. Freilich sind alle Voraussetzungen gegeben, um dies zu billigen.«

»Das heißt?« Laik versuchte seine Verblüffung zu überspielen. »Ist die Schuld der Lichten Aggressoren bereits bewiesen und anerkannt?«

»Es waren nicht die Lichten, die euch angegriffen haben, Tawiskaron«, teilte ihm Maxim sachlich mit.

»Wer dann? Diese Sektierer?«

»Euch haben Inquisitoren angegriffen.«

Damit hatte nicht einmal der weise Scheremetjew gerechnet. »W-w-was?«

»Inquisitoren«, wiederholte Maxim. »Das ist eine offizielle Erklärung. Gestern Nacht hat eine größere Gruppe von Inquisitoren aus der Forschungsgruppe, die sich in St. Petersburg aufhält, ohne jede Erklärung und ohne ersichtlichen Grund die Stadt verlassen. Sie hat Vierergruppen gebildet, die sich in die großen Städte Russlands und der Ukraine begeben haben, und zwar ausschließlich in solche Städte, in die vor Kurzem die Schwarzen aus Petersburg gebracht wurden. Der Überfall auf die Tagwachen ist ihr Werk. Ihre Motive konnten noch nicht eruiert werden, aber ich bin befugt, eine Erklärung dahingehend abzugeben, dass es sich hier um ein internes

Problem der Inquisition handelt und keine Mitarbeiter der Tag- oder der Nachtwache aus den fraglichen oder sonstigen Städten zu seiner Klärung hinzugezogen werden, genauso wie auf die Mitarbeit freier Anderer bei der Untersuchung verzichtet wird.«

Laik drehte sich zu seinen Kollegen um, wahrscheinlich verzweifelt, mit Sicherheit jedoch in dem Wunsch, Zeit zu gewinnen. Iraklij zuckte auf seine unausgesprochene Frage nur kaum merklich die Schultern.

»Und? Was sollen wir jetzt tun?«, wandte sich Scheremetjew nach dieser kurzen Schweigepause wieder an die Inquisitoren.

»Abwarten«, erklärte Maxim. »Einfach abwarten. Der Schaden wird erstattet. Die Schuldigen werden bestraft. Diejenigen, die ins *Zwielicht* getrieben worden sind, werden zurückgeholt – sofern das möglich ist. Und jetzt würde ich euch bitten, euch zurückzuziehen und in der nächsten Zeit nichts Unbedachtes zu unternehmen. Wir suchen euch auf, wenn es an der Zeit ist.«

»Ich habe noch eine Frage«, mischte sich Ozchar unerschrocken ein. »Wo befinden sich die gefangenen Frauen im Augenblick? Und wie geht es ihnen?«

»Alle Frauen – einschließlich Tamara, der potenziellen Großen Zauberin – befinden sich momentan in St. Petersburg. Soweit ich weiß, ist keiner von ihnen etwas Schlimmes passiert. Details werden wir noch klären. Das war's, mehr kann ich nicht sagen!«

Mit einer gebieterischen Geste entließ der Inquisitor Laik und seine Leute. Edgar und Chena hatten sich während des Gesprächs nicht einmal gerührt, sondern hatten wie zwei Unheil verkündende Götzen links und rechts neben Maxim aufgeragt. Vielleicht, um dessen Worten mehr Gewicht zu verleihen?

Im Fahrstuhl und auf dem Weg zum Ausgang brachte keiner der Dunklen ein Wort hervor. Vor dem Haus wartete bereits der Rolls-Royce, selbstverständlich mit Platon Smereka am Steuer. Im Wagen saß Jefim, in Begleitung eines der Computerexperten der Wache, der sich mit einem GPRS-Laptop ins Internet eingeloggt hatte.

»Chef!«, platzte Jefim heraus. »Symonow ist aufgetaucht. Er sitzt im Büro – und ist in Panik. Außerdem bin ich auf etwas gestoßen, das vielleicht interessant sein könnte.«

»Was?«, wollte Laik wissen, während er die Klappe des Barfachs aufriss.

»Gestern ist in Piter einer der mächtigsten Zauberkundigen aus Jamaika eingetroffen. Logischerweise ein Anderer. Er arbeitet aber für keine Wache, hat das auch früher nie getan.«

Ob diese Nachricht Laik in irgendeiner Weise interessierte, ließ sich nicht sagen. Er schenkte sich ein Glas bis knapp unter den Rand voll mit Kognak und leerte es ohne abzusetzen bis auf den letzten Tropfen. »Nach Borispol«, befahl er Smereka anschließend.

»Wohin fliegen wir?«, erkundigte sich Jefim.

»Du fliegst nirgendwohin. Reserviere vier Plätze nach Moskau. Wenn es in den nächsten zwei Stunden keinen Flug gibt, arrangiere das. Symonow soll im Büro bleiben und sich nicht vom Fleck rühren.«

Nachdem er diese Befehle erteilt hatte, machte es sich Laik auf der ausladenden Sitzbank des Rolls-Royce bequem und schloss die Augen. Bis Borispol gab er kein Wort mehr von sich, rührte sich nicht und schlug auch die Augen nicht auf.

Ozchar und Schwed – und Iraklij erst recht – wussten nur zu gut, wenn der Chef derart mürrisch und einsilbig ist, dann kocht er vor Wut. In solchen Momenten sollte man ihm lieber aus dem Weg gehen. Insofern folgten sie, wenn auch unfreiwillig, dem Beispiel des Chefs, schließlich bot die Bar im Wagen einiges, und die komfortable Sitzbank reichte für alle.

Erst bevor sie das Flugzeug bestiegen, fragte Scheremetjew Jefim leise: »Woher stammt die Information über diesen jamaikanischen Zauberer?«

»Aus dem gestrigen Bericht der Inquisition.«

»Ist das eine frei zugängliche Information?«

»Nein, eine interne. Aber sie trägt nicht das Siegel *Streng geheim*. Die Inquisition hat versucht, seine Einreise nach Piter zu verhindern, aber ...«

»Was *aber*?«

»Aber sie hat es offenbar nicht geschafft.«

»Und sie wird es auch in Zukunft nicht schaffen«, bemerkte Laik düster.

Ozchar und Schwed war schleierhaft, was er damit sagen wollte.

In Wnukowo schaute Iraklij besorgt auf die Uhr, stellte die Moskauer Zeit ein und berührte Laiks Oberarm: »Brauchst du mich in Moskau?«

»In Moskau nicht unbedingt. In Piter unbedingt.«

»Dann verabschiede ich mich fürs Erste.«

»Lass dein Handy immer eingeschaltet«, verlangte Laik.

Iraklij nickte Laik noch einmal zu und verlor sich rasch in der Menge.

Das Gesicht des Chefs der Kiewer, seit heute Morgen versteinert, hatte sich kein bisschen geändert.

Man könnte übrigens auch sagen, nicht nur sein Gesicht sei versteinert gewesen. Auch das Herz Scheremetjews hatte sich in einen Stein verwandelt oder, schlimmer noch, in einen Eisklumpen. Seine Leute konnten sich solche Assoziationen nicht recht erklären, trotzdem kamen sie ihnen immer wieder in den Sinn, wenn die Angelegenheiten der ukrainischen Wachen aus dem Ruder liefen. Und sobald ihr Chef ihnen wie ein Denkmal mit einem Eisklumpen statt einem Herzen vorkam, rechneten sie mit dem Schlimmsten.

Der erstbeste Taxifahrer, der natürlich ein hübsches Sümmchen verlangte, brachte die drei ins Stadtzentrum.

Auf dem Weg bemerkte Schwed, aufmerksam wie immer, einen dunkelblauen Ford, der sich an ihr Taxi hängte. »Chef«, informierte er Laik, indem er gleichzeitig die Aufmerksamkeit des Fahrers ablenkte, »wir werden verfolgt.«

Laik beugte sich vor und schaute in den Rückspiegel. Eine halbe Minute beobachtete er den Verkehr.

»Der Ford Taurus?«, fragte er.

»Hmm«, bestätigte Schwed.

Ein flüchtiger Blick durchs *Zwielicht* räumte jeden Zweifel aus. Sie wurden von Anderen verfolgt, von

Lichten. Vielleicht war das Wort »verfolgt« allerdings etwas voreilig gewählt, schließlich fuhren die Lichten ihnen im Moment nur hinterher und behielten sie im Auge.

Im Moment noch.

Dieses verfluchte *noch*! Denn wie schnell konnte das Beobachten in eine Verfolgung oder auch in einen Angriff umschlagen!

»Was wollen wir jetzt machen?« Als umtriebige Natur ließ Schwed nicht einmal den Gedanken daran zu, man könne die Beobachter einfach ignorieren. Wenn man Verfolger entdeckte, musste man sie sofort abschütteln, das war für Schwed gar keine Frage. Laiks Worte: »Sollen sie uns ruhig hinterherfahren«, verlangten von ihm, wenn auch mit blutendem Herzen, gegen seine Natur zu handeln. Sein Chef fiel prompt erneut in Starre.

Schwed seufzte, sagte jedoch kein Wort. Dennoch drehte er sich immer wieder um und spähte mit finsterer Miene hinaus, in alter Seemannstradition den Rückspiegel ignorierend.

»Lass doch!« Ozchar versuchte ihn zu beruhigen. »Was kümmern uns die? Wenn sie uns verfolgen wollen, bitte schön!«

Schwed antwortete nicht.

Ozchars Stimmung war auch nicht gerade sonnig. Trotz der Überfälle in Kiew kehrten seine Gedanken immer wieder zu Tamara zurück. Er spürte es, Tamara lebte, rein körperlich war sie absolut in Ordnung. Aber eben nur körperlich. Sonst jedoch … Abgesehen davon missfiel Ozchar ihre überstürzte Rückkehr nach Piter. Zu der man sie gezwungen hatte. Was diese dem Chaos zugeneigte und erweckte Stadt alles anzurichten vermochte – das zu erfahren hatte der Ukrainer bereits das zweifelhafte Vergnügen gehabt.

»Wir fahren doch zur Moskauer Tagwache, oder?«, wollte Schwed wissen.

»Richtig«, brummte Laik.

»Müssen wir uns nicht registrieren lassen?«

»Das erledigen wir dort.«

Die Moskauer Tagwache befand sich in der Twerskaja, in der Nähe des Stadtzentrums. Fast im Herzen Moskaus.

Die Lichten folgten ihnen immer noch und bogen erst in der Wosdwishenka in Richtung Neuer Arbat ab. Sobald Schwed das bemerkte, entspannte er sich ein wenig und betrachtete nun die gezackten Mauern des Kremls am Alexandergarten. Lange sollte er sich an dem Anblick jedoch nicht erfreuen dürfen, denn schon zog der Manegeplatz an ihnen vorbei, das Auto bog links ab, fuhr ein Stück in die Twerskaja hinein und hielt gegenüber einem länglichen, sechsstöckigen Haus, zu dem jedoch noch drei *Zwielicht*-Etagen gehörten. Eine lag zwischen Parterre und erstem Stock, die zwei anderen ganz oben. Im *Zwielicht* wirkte das Gebäude ausgesprochen imposant; der schwarze Stein der *Zwielicht*-Etagen nahm sich höchst elegant aus, selbst die modernen Klimaanlagen machten den betont klassischen Anblick nicht zunichte. Die untere *Zwielicht*-Etage diente als Lager, außerdem waren die technischen Abteilungen hier untergebracht. Obendrein kam dem Stockwerk eine Bedeutung als Puffer zwischen den eigentlichen Räumlichkeiten und der Straße zu, auf der alle möglichen Wesen verkehrten, Lichte eingeschlossen. Die normalen Stockwerke kontrollierte die Tagwache nicht. Die Mieter hier hatten nicht die geringste Ahnung von der recht gefährlichen Nachbarschaft. Ohne es zu wissen, gaben sie eine Sicherheitsgarantie für die Dunklen ab, denn jeder Sturm der Tagwache brächte unweigerlich den Tod der Mieter aus den gewöhnlichen Etagen mit sich, ein für die Lichten inakzeptabler Umstand. Aus ihrer Sicht wog nur noch eins schlimmer als der Verlust von Menschenleben, der Verlust von Lichten.

Am Eingang hatten Anfänger Dienst, ein Vampir und eine niedliche Hexe mit traurigen Augen.

»Das geht aber …«, setzte die Hexe fiepend an, doch da klingelte das interne Telefon und eine herrische Stimme, die sogar am Eingang hervorragend zu vernehmen war, befahl: »Sie sollen reinkommen.«

Die Frau klimperte mit den Wimpern, der Vampir wollte zum Fahrstuhl eilen, doch Laik kannte den Weg. Mit einer Geste vereitelte er die Absicht des Vampirs, und dieser rührte sich nicht von der Stelle.

Sie mussten ganz nach oben. Dort empfing die drei Ukrainer eine gestrenge, ältliche Hexe, die alle Moskauer nur mit ihrem Vor- und Vatersnamen, Anna Tichonowna, ansprachen, meistens mit echtem Respekt in der Stimme.

»Guten Tag«, begrüßte Laik sie und neigte leicht den Kopf.

»Er ist nicht allzu gut«, antwortete die Hexe und kniff die Lippen zusammen. »Gehen wir, ihr bekommt eine Registrierung, die Inquisition versteht zurzeit keinen Spaß – nach den jüngsten Ereignissen.«

Die Registrierungsprozedur dauerte nicht lange, und schon bald betraten Laik, Ozchar und Schwed mit einem weiteren Siegel auf der Brust den Hauptraum der Tagwache. Hier arbeiteten einige Computerexperten. Jemand rief mit leiser Stimme einen gewissen Gellemar. Ein grauhaariger Magier, vermutlich der Chef der Schicht, überflog einen elend langen Ausdruck. An einem Tisch etwas abseits tranken Juri, den sie vor Kurzem in Odessa gesehen hatten, und ein weiterer starker Magier mit dem Namen Nikolaj Kaffee. Beide sahen so mürrisch aus wie die Patriarchenteiche im Spätherbst.

»Der Chef ist nicht da«, brummte Juri statt einer Begrüßung. »Er ist gerade bei der Inquisition.«

»Sieht es so schlimm aus?«, wollte Laik wissen, während er sich erstklassigen löslichen Tchibo-Kaffee in eine Tasse löffelte. Was den Kaffee anging, genügten die Moskauer stets den höchsten Ansprüchen.

»Schlimm? Widerwärtig!«

Keiner der beiden Moskauer Magier griff nach dem Teekessel, um dem Kiewer Gast heißes Wasser einzuschenken. Laik hatte jedoch auch nicht auf diese Art von Gastfreundschaft gehofft, galt sie unter Dunklen doch eher als Speichelleckerei denn als Höflichkeit.

»Was ist in Piter passiert?«

»Wüssten wir auch gern. Da ist irgendein Typ aus Jamaika angekommen, daraufhin hat sich der Nachwuchs der Inquisition in Marionetten verwandelt, genau wie deine Leute während eurer Mission. Aus der ganzen Forschungsgruppe sind nur Eulenkopf und Chena mit heiler Haut davongekommen. Der tschechische Vampir und der ehemalige Wilde waren nicht in Piter, sie sind am Abend vorher nach Prag zurückgekehrt.«

Juri gab nur unwillig und nicht gerade in offiziellem Ton Auskunft. Fraglos hätte er für den weiteren Konfliktverlauf mit Freude die ruhigste und ereignisloseste Variante bevorzugt. Leider war das aber auch die unwahrscheinlichste Variante.

»Wo ist Eulenkopf jetzt?«

»In Moskau. Auf einer Sondersitzung in der Lomonossow-Uni.«

»Was wird da entschieden?«

»Das Übliche.« Juri runzelte die Stirn. »Sein oder Nicht-Sein, das ist hier die Frage.«

»Und um wessen Sein oder Nicht-Sein geht es?«

»Um das von Piter.«

»Oh.« Laik hielt sich die Tasse eine ganze Weile unter die Nase, um das Kaffeearoma zu inhalieren.

»Und wenn sie sich für Nicht-Sein entscheiden? Wird Piter dann geflutet?«

»Als ob das etwas nützen würde!«, entgegnete Juri lakonisch. »Aber mal im Ernst. Wenn Piter initiiert werden konnte, dann kann es als Andere Stadt auch dematerialisiert werden. Genau dieses Problem diskutiert Eulenkopf gerade mit Sebulon. Sie wollten übrigens zunächst auf dich warten, haben dann aber doch schon angefangen.«

»Soll mir recht sein«, brummte Scheremetjew. »Dafür werden sie dann wie üblich mich schicken, um die Sache durchzuziehen. Daran dürfte wohl kein Zweifel bestehen.«

»Ich zweifel ja auch gar nicht daran. Ehrlich gesagt, Laik, mir hängt dieses Schwarze Palmyra schon seit Jahren zum Hals raus.«

»Wem nicht?«

Statt zu antworten seufzte Juri nur traurig.

»Wenn ihr Kaffee wollt«, wandte sich Nikolaj an Ozchar und Schwed, die etwas abseits standen, »da drüben sind Tassen, im Schrank.«

»Danke«, sagte Schwed. »Bier ist wohl keins da?«

»Im Kühlschrank.«

Das Bier war gut, wenn auch kein ukrainisches.

Etwa eine Stunde später erschien Sebulon auf der Bildfläche und rief Laik sofort zu sich. Ozchar und Schwed blieben im Hotelzimmer, das eher an eine Wohnung aus der Stalinzeit erinnerte. Sogar eine Küche gab es, obendrein eine recht große. Ozchars Stimmung verfinsterte sich zunehmend, und Schwed wusste nicht, wie er seinen Freund von den düsteren Gedanken ablenken sollte. Er konnte ihm weder helfen noch einen Rat geben. Schwed hatte keinerlei Erfahrungen mit irgendwelchen Liebesbeziehungen, geschweige denn, dass ihm schon einmal die Frau geklaut worden war. Ja, im Grunde verstand er Ozchar nicht einmal. Natürlich, vom Kopf her war es nicht schwer, darauf zu kommen, dass Ozchar traurig war und sich nach Tamara sehnte. Doch Schwed konnte diesen Zustand nicht mit einem Gefühl vergleichen, das er kannte, er konnte ihn nicht auf sich selbst übertragen. Dafür fehlte es ihm an Lebenserfahrung.

Schwed hegte den starken Verdacht, es sei vor allem dieses Fehlen von Lebenserfahrung, das die jungen Anderen daran hinderte, die Kraftleiter zu erklimmen. Sicher, die angeborenen Fähigkeiten spielten auch eine Rolle – aber den bereits durchlebten Jahren kam ein mindestens genauso großes Gewicht zu. Da brauchte er nur einmal die aktuelle Lage zu nehmen. Eine ganze Stadt erwachte aus einem jahrhundertelangen Schlaf und schien förmlich alle Fesseln zu sprengen. Daraufhin verrohten erst die dortigen jungen Wilden völlig und brachten sogar Menschenopfer, dann verloren die Dunklen aus Laiks Mannschaft die Kontrolle über sich und stürzten sich Hals über Kopf in eine sinnlose und dumme Schlägerei, und am Ende griff es sogar auf Inquisitoren über. Dabei waren das ausgebildete und ausgesuchte Andere, den Petersburger Wilden weit überlegen. Schwed war noch nie mit so etwas wie diesem hier konfrontiert gewesen. Die alten Magier dagegen – Sebulon, Laik, Chena und Eulenkopf – wussten auch diese Situation einzuordnen. Laik hatte sich sogar schon einmal mit der Frage beschäftigt, wie Städte zu wecken seien, er hatte ein ganzes Buch darüber geschrieben. Womit sich wieder der Vorteil eines langen Lebens und einer großen Erfahrung zeigte! Mochte dieser Vorteil auch nur in dem Wissen bestehen, wie man dem Problem begegnete. Selbst diesbezüglich herrschte bei dem – aus magischer Sicht – jungen Schwed nämlich völlige Leere im Kopf. Er hatte nicht die geringste Ahnung, wo er hätte ansetzen sollen.

Ozchar war fast fünfmal so alt, aber ihn störte die Erfahrung nur. Weil der Mann aus Odessa einen Prozess seltsamer psychischer Veränderungen durchmachte, wie alle Männer, die sich zu einem Wesen des anderen Geschlechts hingezogen fühlten. Ja, ein Anderer war ebenfalls in der Lage, sich über beide Ohren zu verlieben und deshalb allerlei Unsinn anzustellen, genau wie ein normaler Mensch und ungeachtet aller Erfahrung. Andererseits konnte sich Schwed einen verliebten und eben deshalb törichten Laik überhaupt nicht vorstellen. Aber Ozchar war nicht Laik, Ozchar war jünger und hatte sich diese seltsame Mischung aus Weisheit und Zynismus noch nicht zu eigen gemacht, die es verhinderte, sich vorbehaltlos zu verlieben. Mit der Zeit verhärtete sich die Seele, und zwar umso stärker, je älter man wurde. Die alten Magier waren ausnahmslos einsam. Sie fingen kurze Affären an, manchmal sogar mit Menschen, und unterhielten lange Allianzen, wie Geser und Olga zum Beispiel. Aber das war keine Liebe und auch keine Familie. Das war nur die blinde Sehnsucht nach der eigenen Jugend und der eigenen Unerfahrenheit.

Entweder verfügte man also über Weltwissen, oder man konnte sich verlieben. Was immer die Lichten auch dazu sagen mochten, beides in sich zu vereinigen war unmöglich.

Als Schwed versuchte, Ozchar seine Überlegungen darzulegen, geriet ihm sein Vortrag jedoch so wenig überzeugend und zusammenhanglos, dass er bald aufgab. Ozchar hüllte sich in Schweigen.

Der Odessaer, der nun doch nicht zu einem Kiewer geworden war, wälzte ein ganz anderes Problem. Seine Freundin Tamara, die ihm vertraute und seine

Gefühle erwiderte, war einfach *geklaut* worden. Was musste ein Mann in einer solchen Situation tun? Die Erde aufreißen, Berge versetzen, die Entführer suchen und die Auserwählte ihren Klauen entreißen! Was aber tat er? Er ließ sich mit ein paar Sätzen abspeisen, die Laik ihm widerwillig hingeworfen hatte, raste nach Moskau und akzeptierte diese elende Warterei. Dabei hätte Ozchar freudig alles hingeworfen, hätte gern seine Reserveamulette geopfert, um ein Portal nach Piter zu öffnen, und wäre losgestürzt, um Tamara zu suchen. Aber …

Eben, aber. Um ein Portal nach Piter zu öffnen, brauchte man jede Menge Energie. Das stellte bereits eine Intervention zweiten Grades dar. Die nicht sanktioniert war, versteht sich. Das würde die Lichten auf den Plan rufen. Was wiederum Laik wütend machen konnte und Sebulon auch, da es dessen Territorium war, auf dem das Portal geöffnet werden würde. Deshalb schaute der verliebte Ozchar lieber tatenlos zu und fürchtete sich, ohne die Erlaubnis der alten Anderen auch nur einen Finger zu krümmen. Welches Recht hatte er dann aber, seine Gefühle Liebe zu nennen? Durfte er sich überhaupt noch einen Mann nennen? Oder war er nur ein Feigling?

Er wollte schreien und mit den Fäusten gegen die Wände hämmern, bis Blut floss, bis der Schmerz die Verzweiflung vertrieb. Und hoffen, dass die klugen Pläne Laiks und sonstiger Hoher auch die Suche und Befreiung Tamaras vorsahen. Aber die Erfahrung – seine Erfahrung, von der Ozchar fünfmal mehr besaß als Schwed – sagte ihm das Gegenteil voraus. Auf die alten Magier zu hoffen war sinnlos. Ihre Ziele lagen nie auf der Hand, ihre Mittel waren meist grausam. Aber es waren nun einmal ihre Szenarien, denen das Leben folgte, Szenarien, geschrieben von den Apologeten des Intellekts und der sublimierten Gefühle, die bereits vor Jahrhunderten verlernt hatten zu lieben.

Konnte die Wirklichkeit so grausam sein?

Bevor Ozchar den Gedanken zu Ende denken konnte, wurde die Tür mit einem Ruck aufgerissen, und Laik kam herein. Er zeigte eine konzentrierte und entschlossene Miene.

Ozchar sprang sofort hoch. »Laik! Lass mich nach Piter fliegen!«, bat er inständig.

»Du kommst schon noch rechtzeitig hin«, brummte Laik.

Als Zweiter betrat Sebulon das Zimmer, wie immer in einem dunklen Anzug, mit grauem Hemd und Stiefeletten. Seine Hände steckten in den Hosentaschen, und er wirkte wie ein Dandy, der über einen Boulevard flanierte. Nur die Chrysantheme im Knopfloch fehlte noch.

»Laik, ich muss Tamara finden! Hilf mir!«

»Du wirst sie finden«, entgegnete Laik scharf und erstarrte mitten im Zimmer, als lausche er auf etwas.

»Zu schwach«, stellte Sebulon plötzlich fest. »Mit einem solchen Schutz werden sich die beiden keine fünf Sekunden gegen den Jamaikaner halten.«

»Hmm.« Laik fing an, in den Taschen seiner Weste zu kramen. »Dann wollen wir ihnen mal was Besseres verpassen. Etwas, wo kein Voodoo durchkommt.«

Die nächsten zehn Minuten arbeitete er an den magischen Schilden für Ozchar und Schwed, in die er seltsame, unbekannte Zauber hineinwirkte. Außerdem band er ihnen einige höchst sonderbare Amulette um, die die beiden unter der Kleidung tragen mussten. Sebulon beobachtete ihn skeptisch, schwieg jedoch und mischte sich nicht ein.

»Und jetzt?«, fragte Laik, als er sich nach Beendigung seiner Arbeit Sebulon zuwandte.

Der Moskauer sondierte rasch die beiden jungen Ukrainer, abermals auf eine Weise, die keiner der beiden richtig durchschaute.

»Das dürfte meiner Meinung nach reichen«, konstatierte er. »Schließlich müssen sie da ja keine Blockade überstehen, nicht wahr? Wenn sie ihre Aufgabe nicht schnell erledigen, kannst du so viele Schilde wirken wie du willst, die werden dann alle nichts nützen.«

Sebulons Worte deuteten auf einen neuerlichen Ausflug der Ukrainer nach Piter, diesmal allerdings mit reduzierter Mannschaft. Bis auf die Anwesenden befand sich nur noch Iraklij in Moskau, und Laik hatte ja gesagt, er wolle ihn auch dabeihaben.

»Dann hört mir mal zu, meine Falken«, ließ sich Scheremetjew endlich zu einer Erklärung herab. »Wir werden euch heute – welche Überraschung! – nach Piter schicken. Ihr habt eine einfache und nicht sonderlich heroische Mission zu erfüllen. Ihr fahrt zu zweit. Genauer gesagt, zu dritt. Schagron bringt euch, wird euch aber irgendwo in Piter rauslassen und selbst nach Moskau zurückkehren. Ihr müsst dann allein sehen, wie ihr weiterkommt. Eure Aufgabe wird sein … also …« Laik stockte und fing an zu improvisieren. »Ihr könnt Tamara suchen!«

»Wurde ja auch Zeit!« Ozchar sprang auf.

»Setz dich, ich bin noch nicht fertig«, fuhr ihn Laik an. Der Odessaer nahm eiligst wieder auf der Sesselkante Platz. »Stattet dem Haus in der Fontanka einen Besuch ab. Ich glaube, das kann nicht schaden.«

»Wenn wir sie haben, sollen wir dann sofort wieder abhauen?«, fragte Ozchar ungeduldig.

»Immer mit der Ruhe, mein Junge«, schnaubte Laik. »Ich glaube, ihr werdet unsere Freunde sehr schnell finden. Aber ob die euch auch wieder gehen lassen? Unser Mann aus Jamaika – übrigens der Vater deiner Tamara – wird sein Töchterchen nicht so einfach rausgeben. Und sie selbst wird auch nicht mitwollen, weil ihr dieses Piter inzwischen in die Seele eingepfropft ist. Macht euch also auf Prügel gefasst, meine Lieben. Rechnet mit dem Schlimmsten. Aber seid auch gewiss, im geeigneten Augenblick wird die schwere Artillerie eingreifen. Ihr versteht, was ich meine.« Laik seufzte tief und sah seine beiden Untergebenen nacheinander an. »Alles klar?«

»Nein«, gab Schwed ehrlich zu. »Aber ich habe verstanden, was wir tun müssen. Die werden uns doch hoffentlich nicht dematerialisieren?«

»Das werde ich nicht zulassen. Schließlich brauche ich euch noch.«

»Komm jetzt, Schwed.« Ozchar hatte sich schon wieder erhoben. »Wo ist Schagron? Unten?«

»Ja.« Laik wirkte plötzlich niedergeschlagen und gekrümmt – wie ein alter Mann. Als laste auf seinen

Schultern die nicht zu stemmende Last durchlebter Jahrhunderte.

Ozchar hatte bereits ein paar Schritte in Richtung Tür gemacht, als Laik ihn rief: »Warte.«

Er ging auf ihn zu und sah ihm in die Augen. »Die Sache ist gefährlich, Ozchar. Aber ihr werdet es schaffen, davon bin ich überzeugt. Ich würde euch nie in den Tod schicken.«

Der Odessaer nickte bloß. Schwed murmelte etwas Unverständliches, etwas halbwegs Unzufriedenes, was jedoch noch keiner Verletzung der Disziplin gleichkam.

»Viel Erfolg.«

Ozchar nickte abermals.

»Dann los.«

Sebulon hielt es nicht für nötig, noch etwas hinzuzufügen.

Im Fahrstuhl blickte Ozchar unverwandt in den Spiegel, sich selbst in die Augen. Schwed trommelte nervös mit scharfen Fingernägeln auf das Plastik. Die Hexe mit den traurigen Augen und der junge Vampir sandten ihnen begeisterte Blicke nach. Offenbar wussten die hiesigen Leute mehr über die Operation als die ukrainischen Legionäre.

Draußen blieb Ozchar stehen und hielt nach dem schwarzen BMW Ausschau, aber Schagron winkte ihnen aus dem Fenster eines zweifarbigen Bugatti zu, ein 120er Modell, stromlinienförmig und so flach, dass man den Eindruck hatte, darin könne man nur liegen.

»Dann wollen wir mal das Kanonenfutter abgeben«, sagte Schwed und knuffte seinen Freund.

Sie lagen tatsächlich eher in dem Wagen, als dass sie saßen. Schagron fuhr sofort los.

Vermutlich war der Moskauer in einem früheren Leben Astronaut gewesen.

Von oben, aus der vorletzten *Zwielicht*-Etage, sahen zwei Magier außerhalb jeder Kategorie dem schwarzbordeauxroten Blitz hinterher.

»Da schießt er davon, der verliebte Sohn, den Auftrag zu erfüllen, die Sehnsucht zu stillen«, kommentierte Sebulon gallig. »Was es nicht alles gibt im Leben.«

»Die beiden werden es schon schaffen«, sagte Laik. »Vor allem, da Ozchar das Mädchen wirklich liebt, auch wenn er sich scheut, es sich einzugestehen.«

»Wie meinst du das? Er scheut sich?«, widersprach Sebulon. »Wenn du mich fragst, macht er keinen Hehl aus seinen Gefühlen.«

»Nein, mit sich selbst ist er noch nicht im Reinen. Und ich werde ihn ja wohl kennen, oder?«

»Du warst immer ein Schwein, Laik«, urteilte Sebulon seelenruhig. »Vor allem in Fragen der Treue. Aber fraglos verfügst du über eine unschätzbare Eigenschaft.«

Der Moskauer Magier riss den Blick von der Straße und sah seinen Kiewer Kollegen unverwandt an.

»Du hilfst denjenigen, die du kalten Herzens verrätst. Immer. Etwas, das ich von mir selbst leider nicht behaupten kann.«

»Deshalb habe ich ja auch vorgeschlagen, *meine* Leute zu schicken und nicht deine«, erwiderte Scheremetjew, der Sebulon die Bemerkung nicht im Mindesten verübelte.

ELF

Zu behaupten, Schagron schösse über die Straße, wäre eine Untertreibung. Wie eine Rakete jagte er dahin, wie eine Feuerkugel mit irrsinniger Geschwindigkeit. Die Autos, die ihnen entgegenkamen, verschmolzen zu einer Kette diffuser Silhouetten, die kein klares Bild auf der Netzhaut hinterließen, sowie zu einem rhythmischen »Wschschu!« auf ihrer linken Seite. Die Wagen auf ihrer eigenen Fahrbahn überholte der raubtierhafte Bugatti so mühelos, als parkten sie. Die äußerste linke Spur befuhr niemand, mit Sicherheit hatte Schagron ohne viel Federlesens alle davongejagt – unterstützt von den Leuten aus der Chefetage.

Als die glatte Straße endete und in aufgerissenen Asphalt überging, setzte Schagron ein unbekanntes Amulett ein, woraufhin das Auto nicht länger hin und her geschüttelt wurde. Ihm schienen Flügel gewachsen – oder zumindest ein Luftkissen –, und es sauste in unvermindertem Tempo weiter. Noch immer flitzten die Autos auf der Gegenfahrbahn an ihnen vorbei, noch immer quetschten sich diejenigen auf ihrer eigenen Fahrbahn an den Straßenrand.

Schwed schaffte es während der rasanten Fahrt nicht einmal, sich innerlich auf den Auftrag einzustellen, da flog schon das Hotel *Pulkowskaja* an ihnen vorbei, und dann kam der Obelisk am Wosstanije-Platz, der im Volksmund nur »Stemmeisen« hieß.

»Yes-s-s!«, stieß Schagron aus, ohne dabei das Tempo zu drosseln. »Das ist Rekord für die Strecke von der Twerskaja zum ›Stemmeisen‹. Unter vier Stunden!«

Ozchar starrte völlig abwesend durch die Windschutzscheibe.

»Ich lass euch da vorn an der Kreuzung raus«, kündigte Schagron munter an. »Weiter müsst ihr euch allein durchschlagen. Das hat der Chef befohlen.«

Keiner der beiden antwortete ihm.

Sobald Ozchar und Schwed ausgestiegen waren, brach die finstere Aura Piters über sie herein, legte sich wie Blei auf ihre Schultern, drang in jede Zelle ihres Körpers und drückte sie erbarmungslos nach unten auf den rissigen Asphalt. Immerhin regnete es diesmal nicht, aber tief am Himmel hingen Wolken, die eine Decke bildeten, durch die das Licht der sommerlichen Sterne nie und nimmer dringen würde.

»Ach du Scheiße!« Schwed fing sogar an zu husten. »Hast du so was schon mal gesehen?!«

Doch Ozchar hüllte sich weiterhin in Schweigen und zog bloß trotzig die Schultern gegen die Last des Schwarzen Palmyras hoch. Im Vergleich zu diesem monströsen Druck nahm sich die bisherige Atmosphäre Piters wie zärtlicher Wind aus.

Schagron rief ihnen, zur offenen Tür hinausgelehnt, noch etwas nach, zog den Wagenschlag zu, legte ein spektakuläres Wendemanöver direkt auf der Fahrbahn hin und war schon zehn Minuten später ihren Blicken entschwunden, untergetaucht in den roten Bremslichtern vor der nächsten Ampel.

Bis Mitternacht blieben ihnen nur wenige Minuten.

»Und was jetzt?«, fragte Schwed voller Kampflust. »Wie geht's weiter?«

»Erst mal ohne Magie«, brummte Ozchar. »Wir dürfen die Aufmerksamkeit auf gar keinen Fall zu früh auf uns ziehen.«

Daraufhin riss er den Arm hoch, um ein Auto anzuhalten.

Punkt Mitternacht hielt neben ihnen ein Wagen an.

Nach der Fahrt mit Schagron schien der gepflegte Shiguli förmlich zu kriechen. Es schüttelte sie unbarmherzig durch, jeder Buckel machte sich erst in der Wirbelsäule bemerkbar, eine Sekunde später dann auch im Kopf. Die Stadt lastete weiter auf ihnen, dreist, dumm und dumpf, wie uralte Migräne.

»Schwed!«, sagte Ozchar irgendwo auf halbem Weg zur Lermontow-Chaussee.

»Ja?«

»Du wirst doch nicht wieder den Kopf verlieren? Wie beim letzten Mal, als du diese jungen Petersburger abgemurkst hast?«

Schwed spannte sich zunächst an, dann sagte er selbstsicher: »Wir haben doch diesmal guten Schutz. Nicht wie beim letzten Mal.«

Eine Zeit lang sagte Ozchar kein Wort. Dann aber: »Gut. Aber pass auf, verlier nicht die Kontrolle. Mach keinen Quatsch.«

»Werd ich nicht«, versprach Schwed.

Und er versuchte mit aller Kraft, an seine eigenen Worte zu glauben.

Direkt hinter der Ägyptischen Brücke stiegen sie aus. Ozchar bezahlte mit dem, was er in seiner Tasche fand, einem Hundert-Euro-Schein. Natürlich hatte keiner von ihnen russische Rubel dabei. Immerhin hob der Geldschein die Laune des Shiguli-Besitzers erheblich, der sich daraufhin eilig in Richtung Sadowaja entfernte.

»Und, Schwed?«, fragte Ozchar mit seltsam angespannter Stimme. »Machen wir es wie in Jalta?«

»Klar«, antwortete dieser. »Vorwärts!«

Sie marschierten los, bogen in den Hof ein, betrachteten das Haus mit der verrückten Nummerierung der Wohnungen und begaben sich in den ersten Stock hinauf. Da die Klingel so stumm blieb wie ein Fisch, klopfte Ozchar gegen die Tür.

Ihnen öffnete eine von Tamaras Frauen, die mit ihrem kurzen rotblonden Haar an Marlène Jobert in *Der aus dem Regen kam* erinnerte. Beim Anblick der Besucher entglitten ihr die Gesichtszüge, sie prallte instinktiv zurück und versuchte, sich mit einem einfachen Schild zu schützen. Natürlich hegte keiner der beiden die Absicht, sie anzugreifen.

»Guten Abend«, begrüßte Ozchar sie leise. »Ist Tamara da?«

»G-guten …«, murmelte die Frau. »G-gleich …«

Jetzt, zurück in Piter, machte die Frau wieder einen stärkeren Eindruck. Ein, wenn nicht gar zwei Grad stärker. Mindestens ein solider dritter Grad.

Die Tür schlug zu. Ozchar und Schwed warteten geduldig etwa eine Minute. Dann wurde die Tür wie in Zeitlupe wieder geöffnet, die Angeln, die etwas Öl vertragen konnten, quietschten. Vor ihnen stand Tamara. Bleich, mit über die Schultern fallendem Haar.

»Hallo, Toma«, begrüßte Ozchar sie mit zitternder Stimme.

Sie sah Ozchar an, als versuche sie sich krampfhaft zu erinnern, wer dieser Mann sei. Was sie beide miteinander verband. »Weshalb?«, fragte sie ganz leise, nachdem sie ihn lange angesehen hatte, und betonte jede Silbe einzeln. »Weshalb? Bist? Du? Gekommen?«

»Deinetwegen«, antwortete Ozchar schlicht. »Du hast in dieser toten Stadt nichts verloren. Komm mit mir mit, ich bringe dich nach Moskau. Oder nach Odessa.«

»Nein.« Tamara schüttelte verärgert den Kopf, was ihre Mähne knistern ließ wie eine wilde, schwarze Flamme. »Mein Platz ist hier! Mein Vater ist gekommen.«

»Dein Vater?« Ozchar kannte ihre Achillesferse genau. Trotzdem musste er genau da ansetzen. Er musste sie schütteln, sie der narkotischen Betäubung durch das Schwarze Palmyra entziehen. »Oder derjenige, der deine Mutter vergewaltigt hat?«

Tamara zuckte zusammen. Für einen kurzen Augenblick schien es sogar so, als fände sie zu sich selbst zurück, aber dann ging die Tür weiter auf und hinter ihr stand ein hochgewachsener Mann in einem langen Mantel. Von ihm wehte deutlich spürbar Kraft zu ihnen herüber.

Komischerweise hatte der Jamaikaner keine dunkle Haut. Eher wirkte er wie ein braun gebrannter Europäer. Sobald man ihn allerdings durchs *Zwielicht* ansah, stimmte wieder alles, dann war er nämlich noch größer und so dunkel wie Schokolade. Ein Dutzend feiner Zöpfe lugte unter seiner komischen Kopfbedeckung hervor, einer Art englischem Zylinder mit Schirm. Diesen Hut hatte er sich schräg auf den Kopf gestülpt, mit dem Schirm zur Seite. Der Hut war über und über mit unverständlichen Buchstaben und Zeichen bemalt, die alle eindeutig magische Bedeutung hatten. Seinen Mantel zierten etliche Knochen, wahrscheinlich Vogelknochen. Um seinen Hals baumelte ein Amulett in Gestalt einer vertrockneten Hühnerkralle. Genauer gesagt, der Kralle eines Hahns, der lange, gekrümmte Sporn war deutlich zu erkennen.

»Oho!«, rief der Jamaikaner mit Bassstimme und breitete die Arme so weit aus, wie der schmale Korridor es erlaubte. »Lass sie doch reinkommen, Tochter!«

Ozchar und Schwed schien jemand von hinten zu schubsen und ihnen gleichzeitig die Arme festzuhalten. Ihre Beine wollten sich kaum bewegen. Der Jamaikaner und Tamara wichen nach hinten zurück, in Richtung des großen Zimmers.

»Wir brauchen ihre Kraft, Tochter«, fuhr der Jamaikaner mit seiner tiefen Stimme fort.

Bevor Schwed in das Zimmer gestoßen wurde, nahm er aus den Augenwinkeln heraus noch die Frauen wahr, die mit unsagbar ernsten Gesichtern hinter dem als Tisch dienenden Fernsehkarton saßen. Es waren nicht alle da, sondern nur fünf, einschließlich der Rotblonden, die ihnen die Tür geöffnet hatte. Ozchar dagegen hatte nur Augen für Tamara, sah nur ihre immer ungeschmeidiger werdenden Bewegungen und ihre immer wilder lodernden Augen.

Die Tür fiel krachend ins Schloss.

»Mit wem fangen wir an, Tochter?«, fragte der Jamaikaner.

»Mit dem.« Tamara zeigte auf Schwed. »Ihn heben wir uns für später auf.«

Dabei sah sie Ozchar in die Augen.

So sehen Vampire ihr Opfer an, fünf Sekunden, bevor sie zubeißen.

Schwed entspannte sich und versuchte, in die zweite Schicht des *Zwielichts* abzutauchen, doch er wurde so schnell wieder daraus hervorgezogen wie eine mutwillige Katze unterm Sofa.

Plötzlich stand der Jamaikaner mit einer riesigen, hakenartigen Waffe vor ihm, wie Schwed sie so ähnlich einmal im Ägyptischen Museum gesehen hatte. Die Ägypter hatten diese Instrumente wohl für die Trepanation vor der Mumifizierung gebraucht, diese Sichel oder dieses Messer oder wie auch immer das Ding heißen mochte. Panisch kniff Schwed die Augen zusammen, da ihm seine Beine nun vollends den Dienst versagten.

Aber noch ritzte der Jamaikaner Schwed nur das Hemd auf, um es anschließend mit bloßen Händen in Stücke zu reißen. Das gleiche Los traf die Shorts und die Unterhosen. In rund fünf Sekunden stand Schwed völlig nackt da. Im nächsten Augenblick lag er auch schon auf dem Altar, der so kalt war wie alles im *Zwielicht*.

Den Jamaikaner und Tamara hüllte das *Zwielicht* halb ein. Sie waren sowohl von der ersten Schicht wie auch von der normalen Welt aus zu sehen. Offenbar verstanden es diejenigen, die sich in Piter wohlfühlten, nicht besser. Oder sie wollten es nicht.

Noch ehe Schwed in Panik geraten konnte, polterte es im Zimmer los. Lang und laut. Das heißt, *laut* polterte es natürlich in der normalen Welt, ins *Zwielicht* drang lediglich ein bassartiges Echo. Es wurden zwei Portale gleichzeitig geöffnet. Ein dunkles und ein lichtes. Aus dem ersten traten Sebulon und Laik, aus dem zweiten Geser und von Kissel. Darüber hinaus erschienen noch Eulenkopf und Chena auf dem Plan, aber woher die beiden eigentlich kamen, hatte Schwed nicht bemerkt.

Gepriesen sei das Dunkel!, dachte Schwed erleichtert. Da kommt sie also, die schwere Artillerie! Pünktlich wie immer.

»Guten Abend!«, krächzte Eulenkopf und starrte in seiner eigenwilligen Manier den Jamaikaner an.

Dieser bleckte wie ein Raubtier die Zähne und tauchte in die nächsttiefere Schicht ab. Diesmal aber ganz. Alle bis auf Chena und Schwed folgten ihm, auch Ozchar. Aber nicht lange. Rund zehn Sekunden später kehrten sie wieder zurück.

»Zappel nicht so, Jamaikaner«, riet Geser – offenbar haftete Tamaras Vater dieser Spitzname untrennbar an. »Wir haben mehr als genug Kraft.«

»Ach ja?« Der Jamaikaner versprühte vor Wut funkelnde Blicke. »Glaubst du?«

Daraufhin schnippte er mit den Fingern, anscheinend war dies ein Zeichen für Tamara. Diese breitete auf die schon bekannte Art die Arme aus und hob den Blick zwar zur Decke, sah aber geradezu durch diese hindurch. Das Einzige, was sie jetzt wahrnahm, war der pechschwarze Himmel des *Zwielichts* über St. Petersburg.

Unmittelbar darauf schoss eine Säule bläulichen Lichts aus dem Altar, die Schwed in die hinterste Ecke schleuderte. Er knallte gegen die Wand und fiel wie eine Amöbe auf den kalten Boden. Chena war vorausschauend aus der Flugbahn getreten.

»Mach keinen Quatsch, Jamaikaner.« Geser war noch immer die Ruhe selbst. »Wir werden dich so oder so zerquetschen.«

Der schien das nicht einmal zu hören. Er sah Sebulon an, der, die Hände in die Hosentaschen gesteckt, gegen die Wand gelehnt dastand und sich sonstwo befand – in der ersten Schicht des *Zwielichts* oder völlig außerhalb des *Zwielichts*.

»Bei dem Chingachgook hier kann man ja nichts anderes erwarten«, sagte der Jamaikaner heiser, während sein Blick Laik abtastete. »Aber du, Sebulon! Was ist bloß aus dir geworden? Dass du dich jetzt schon mit den Lichten einlässt?«

»Besser mit den Lichten als mit dir«, parierte Sebulon gelassen. »Vor allem, da ich es im Moment weniger mit den Lichten als vielmehr mit der Inquisition halte. Die Lichten sind sozusagen eine Gratisdreingabe.«

Bei diesen Worten schnaubte Geser verächtlich, ging aber darauf ein.

Im Zimmer pulsierte und vibrierte Kraft, eine ungeheure Kraft, die in der Lage schien, verheerende Schäden anzurichten, aber auch Großes schaffen konnte. Nur sah es nicht so aus, als wolle sie jemand dafür einsetzen, Großes zu schaffen.

»Schluss jetzt, Jamaikaner«, mischte sich Eulenkopf ein. »Niemand wird es zulassen, dass du die Herrschaft über die Stadt an dich reißt. Wir haben aus Unwissenheit einige Rückschläge einstecken müssen, aber inzwischen verfügen wir über alle nötigen Informationen. Du wirst uns nicht noch einmal in Marionetten verwandeln.«

»Das ist meine Stadt!«, schrie der Jamaikaner wütend. »Ich habe zweihundert Jahre gebraucht, um sie zu wecken! Glaubst du wirklich, da gebe ich jetzt einfach auf, werfe alles hin und ziehe mich zurück?«

»Siehst du das hier?« Eulenkopf zeigte ihm etwas, offenbar ein Amulett oder ein kleines Artefakt. »Na, kommt dir das bekannt vor? Von dir, von ihr und von dem Altar wird nicht das Geringste übrig bleiben. Die Entscheidung liegt ganz bei dir.«

»Wag es ja nicht, Dunckel!«, konterte der Jamaikaner zähnefletschend. »Kannst du dir überhaupt vorstellen, was du damit anrichtest? Ich habe nämlich auch noch einen Trumpf im Ärmel! Na, komm! Mach schon! Wollen wir doch mal sehen, wer wozu imstande ist.«

Eulenkopf seufzte und griff nach seiner magischen Waffe. Gleichzeitig nahmen die Hohen ihre *Zwielicht*-Gestalt an und tauchten endgültig ins *Zwielicht* ein.

»Halt!«, schrie Ozchar mit einem Mal und stellte sich neben Tamara und den Jamaikaner. »Ich lasse nicht zu, dass ihr sie tötet! Dann müsst ihr auch mich töten!«

»Bist du verrückt?«, fragte Laik perplex.

»Ich habe meine Entscheidung getroffen, Laik! Versuch nicht, mich davon abzubringen!«

Der Jamaikaner legte den Kopf in den Nacken und lachte triumphierend. »Nun, Dunckel? Wie gefällt dir diese Wendung? Die Liebe ist ein hervorragender Multiplikator unserer Kräfte! Damit dürfte uns der Sieg sicher sein, oder?«

»Ozchar! Komm zur Besinnung!« Laik sah angespannt aus, eine Miene, mit der er seine Bestürzung kaschierte. Der Rest hatte mit dieser Neuverteilung der Kräfte, die in der Tat vieles änderte, offenbar ebensowenig gerechnet. In Augenblicken starker innerer Erschütterung schärfen sich die Fähigkeiten der Anderen. Wenn man die Gefühle Verliebter richtig lenkt, vor allem, wenn sich ein geschickter Magier der Sache annimmt ... Damit hatte sich das Blatt sogar für die Crème de la Crème der Hohen gewendet.

Ozchar interessierte das alles nicht mehr. Er fing einen Blick von Tamara auf, der jeden Gedanken daran, den Hohen nachzugeben, im Keim erstickte.

Die Auswahlmannschaft des Dunkels, des Lichts und der Inquisition zögerte. Offenbar war das geplante Szenario auf völlig überraschende Weise gekippt worden. Die Situation wurde kritisch für sie.

Wie mir das alles zum Hals raushängt!, dachte der nackte Schwed in der Ecke und versuchte ungeschickt, sich zu bewegen. Sein Rücken tat nach dem Schlag gegen die Wand noch immer weh. Die Fesseln, die ihm die Bewegungsfreiheit genommen hatten, waren vor ein paar Minuten abgefallen. Anscheinend wollte der Jamaikaner nicht auch noch dafür magische Energie verschwenden.

Schwed verließ sich oft auf die erste Idee, die ihm kam.

Zwei Meter von ihm entfernt stand in der Mitte des Zimmers der Jamaikaner mit dem Rücken zu ihm. Dicht neben ihm funkelte ein gusseiserner, rund einen Meter hoher Kerzenhalter.

Dem Jamaikaner mit Magie beikommen zu wollen, war sinnlos. Wenn sogar schon die Hohen zögerten …

Kurz und gut, Schwed stand auf, packte den Kerzenständer, trat aus dem *Zwielicht* und zog dem Jamaikaner gänzlich ohne Magie, dafür aber mit aller Wucht ein banales Gusseisen von einigen Kilo Gewicht über den Schädel.

Was dann geschah, bekam Schwed nicht mehr ganz mit, weil ihn ein magischer Schlag ausschaltete. Um ihn herum schien es zu donnern und zu blitzen. Zweimal kroch er ins *Zwielicht*, zweimal wurde er von diesem in die normale Welt zurückgestoßen.

Und dann war alles vorbei.

Schwed öffnete die Augen und sah sich um.

An der Stelle des Altars rauchte schwach ein geschmolzener Obsidanklumpen von bizarrer Form. Ozchar stand etwas abseits und hielt Tamara im Arm. Eulenkopf hatte den Kopf zur Schulter geneigt und beobachtete kritisch, wie die vier Inquisitoren dem regungslosen Jamaikaner immer weitere mit Siegeln versehene Fesseln anlegten. Die Lichten hatten sich offenbar schon wieder verdrückt. An der gegenüberliegenden Wand saßen, mit dem Rücken gegen die zerfetzte Tapete gelehnt, Sebulon und Laik und lachten Tränen.

»Also wirklich, du und deine Jungs! Hahaha! Irgendwann lach ich mich noch tot über euch!« Sebulon presste die Worte zwischen einzelnen Lachsalven heraus. »Hat man so was schon gesehen? Mit einem Kerzenständer! Über den Schädel! Ohne jede Magie!!! Prust, haha!«

Laik krümmte sich vor Lachen, wobei ihm seine Rockermähne ins Gesicht fiel. Sprechen konnte er nicht mehr.

Schwed stemmte sich auf die Ellbogen hoch. Es roch widerlich nach Karbid oder etwas in der Art. Als er bemerkte, dass er noch immer splitternackt war, versuchte er, den Parandsha-Zauber anzuwenden, um sich Kleidung zu wirken, aber der Zugang zur Magie war auf solide Weise versperrt. Klar, was sollte man auch erwarten, wenn sich Inquisitoren der Sache annahmen?

Während er sich an der Wand abstützte, rappelte sich Schwed hoch und stolperte prompt über den verdammten Kerzenständer.

»Au!«, schrie er und hüpfte auf einem Bein herum. »Scheiße! Sagt mal, gibt's hier irgendwelche Hosen für mich? Hat nicht jemand welche übrig?«

Sebulon und Laik erlitten einen neuen Lachanfall. Die übrigen Anwesenden ignorierten Schwed einfach.

Typisch, dachte er traurig. Die Hohen haben nicht mal Zeit, sich um ein paar banale Hosen zu kümmern. Die Hohen haben überhaupt für nichts Zeit, von ihren mysteriösen Hohen Angelegenheiten einmal abgesehen.

Was die Inquisitoren und Wächter auf dem Marsfeld taten, wusste Schwed. Sie dematerialisierten das durch den Jamaikaner zum Leben erwachte Wesen der Stadt. Die einzelnen Schritte dieser geheimnisvollen Prozedur hätte er jedoch nicht erklären können.

Schwed gesellte sich nicht zu den Anderen am Ewigen Feuer, sondern wartete im Auto.

Etwa ein Dutzend Inquisitoren war hierher zum Marsfeld gekommen, darunter Eulenkopf, Chena, Vítězslav und Maxim. Die Dunklen waren seltsamerweise hauptsächlich durch die Kiewer Wächter vertreten. Dabei wunderte sich Schwed nicht sonderlich über Iraklijs Anwesenheit. Mit Laryssa Narymanowna hätte er in Piter jedoch nie und nimmer gerechnet. Andererseits wäre ohne Laik und Sebulon eine solche Aktion von vornherein sinnlos gewesen.

Ozchar und Tamara waren natürlich auch hinzugebeten worden.

Schwed saß bei offener Tür im Wagen und leerte mit finsterem Blick einen halben Liter Jack Daniel's. Zu seiner Gemütsverfassung hätte Wodka besser gepasst, aber allein Wodka zu trinken, war nicht russisch genug. Wodka musste man aus Gläsern trinken, anstoßen durfte man, musste man aber nicht – doch Gesellschaft war unverzichtbar. Den amerikanischen Gerstenschnaps konnte man dagegen direkt aus der Flasche und allein trinken. Vermutlich war der Whiskey noch das Beste, was diese eingefleischten Individualisten gemütvollen Trinkern anzubieten hatten.

In seiner Seele sah es schlimm aus. Aus vielen Gründen. Vor einer Woche hatte Schwed auf dem

Weg hierher nicht mal annähernd am Sieg und am Erfolg der Operation gezweifelt. Und sie hatten die Operation ja auch wirklich erfolgreich über die Bühne gebracht. Danach durfte er doch wohl ein bisschen feiern, oder? Sicher, die nicht gerade ersehnte Beförderung belastete ihn, dafür war er rasch wieder zu Hause gewesen, im Süden, in Nikolajew und Odessa, Kinburn. Am Meer.

Es hatte alles so klar und einfach ausgesehen. Sie hatten gegen die Schwarzen gekämpft und gewonnen. Wer hätte ahnen können, dass sie so schnell nach Piter zurückkehren mussten? Noch dazu, weil sich die Situation derart verschärft hatte. Jetzt machte ihm nicht einmal mehr der Schlag mit dem Kerzenständer, der ihm inzwischen wie ein Traumgespinst vorkam, Freude. Einen starken Magier mit einem nicht-magischen Schlag auszuknocken? Selbst wenn dessen Aufmerksamkeit durch die Anwesenheit von sechs Hohen gefesselt war? Das waren doch Märchen für frischgebackene Andere!

Überhaupt erschienen ihm die Ereignisse zunehmend wie ein irrwitziger Zufall oder wie ein wilder Traum.

In dieser verfluchten Stadt sind nicht einmal die Kämpfe richtige Kämpfe!, dachte Schwed verärgert und setzte ein weiteres Mal die Flasche an. Und mit der Magie stimmt hier auch was nicht! Verdammter Scheiß! Und Arik – Ozchar – den schmeißen sie jetzt garantiert aus der Wache.

Sein alter Freund hatte sich in der Tat der Insubordination schuldig gemacht, indem er sich auf die Seite des Gegners gestellt hatte. Welche Motive ihn dazu bewogen haben mochten – Kalkül, Gefühle oder sonstige Überlegungen –, interessierte niemanden. Er hatte die Seiten gewechselt und damit basta.

Dergleichen vergaben sie nicht, schon gar nicht solche Magier vom Schlage eines Sebulon oder Laik.

Schwed verband eine lange und enge Freundschaft mit dem Mann aus Odessa. Es gab nur wenige, die Schwed mitten in der Nacht anrufen und ohne weitere Erklärungen verlangen durften: »Komm her!« Und Schwed würde immer kommen. So wie er auch immer gekommen war.

Kurzum, Schwed war zum Heulen zumute. Und selbst als Piter endlich aufschrie, das *Zwielicht* aufloderte und die hermetische, einfarbige Aura der Stadt unversehens in Abermillionen bunter, funkelnder Splitter zerfiel – selbst in diesem Augenblick freute sich der Nikolajewer nicht. Ehrenwort, wenn es nach Schwed gegangen wäre, hätte diese graue, düstere Stadt des Nordens die Seelen seiner blind in den Petersburger Moder verliebten Einwohner ruhig weiter auffressen können – wenn nur Ozchar, früher Arik Turljanski, der geblieben wäre, der er war. Und wenn er dort geblieben wäre, wo er immer gewesen war.

Doch nicht einmal Andere konnten den Lauf der Dinge ungeschehen machen.

Die leere Whiskeyflasche hüpfte ein paarmal auf und ab, als sie den Asphalt hinunterkullerte. Schwed schickte ihr einen sehnsüchtigen Blick hinterher und stieß einen langen Seufzer aus.

Als sie im Flugzeug saßen, verzogen sich zum ersten Mal in diesem Sommer die Wolken über Piter. Die

Sonne brach durch. Die Einwohner der nördlichen Hauptstadt blinzelten unsicher ins Licht und probierten auf ihren Gesichtern scheu ein Lächeln aus.

Sie flogen zu zweit, nur Laik und Schwed. Laryssa Narymanowna zog es wie üblich vor, allein zu reisen. Iraklij hatten dringende Angelegenheiten nach Wyborg gerufen, wohin er aufgebrochen war, sobald ihn Laik entlassen hatte. Ozchar war zusammen mit Tamara in der Obhut außerordentlich besorgter, dabei aber mit sich selbst hochzufriedener Inquisitoren zurückgeblieben. Wieder einmal war eine komplizierte Operation von Erfolg gekrönt, jetzt galt es Bilanz zu ziehen und dem Europabüro das Ganze mit Trara vorzutragen.

Von der Tagwache wurde, wenn überhaupt, nur die Moskauer Wache mit diesem Sieg in Verbindung gebracht, und auch diese nicht in ihrer Gesamtheit, sondern nur in der Person von Sebulon. Über diejenigen, die die eigentliche Arbeit gemacht hatten, verlor niemand mehr ein Wort.

Die ukrainische Mannschaft, die mal wieder den gefährlichsten und anspruchvollsten Teil dieser Arbeit geleistet hatte, hatte einen ihrer aussichtsreichsten Magier verloren und die Heimreise ohne Ehren und Insignien antreten müssen.

Laik schäumte vor Wut, weil der Verlust von Ozchar sämtliche Pläne für die Zukunft durchkreuzte. In der Wache klaffte nun eine Lücke, die niemand stopfen konnte. Statt der seit Langem erhofften Aufstockung seiner Leute durch die Petersburger Zauberinnen hatte er Verlust um Verlust hinnehmen müssen. Gewiss, man hatte versprochen, Plakun und Vitka Moissejenko – die beiden Opfer der Inquisitoren, die der Jamaikaner um den Verstand gebracht und zu den Überfällen auf die Wachen gezwungen hatte – zurückzuholen. Den realen Wert solcher Versprechen seitens der europäischen Bürokratie kannte Laik jedoch zur Genüge. Zwischen Wort und Tat konnte bisweilen ein ganzes Jahrhundert liegen. Manchmal blieb die Tat auch völlig aus.

Sebulon hatte Laik nahegelegt, noch einen Abstecher nach Moskau zu machen, aber diese Reise hatte sich der Kiewer geschenkt. Er hatte genug davon, nach der Pfeife gewisser Herren zu tanzen. Außerdem wurde es Zeit, sich wieder mit den eigenen bescheidenen Angelegenheiten zu beschäftigen.

So kam es, dass sich der Sieg für die unmittelbaren Exekutivkräfte der Operation Schwarzes Palmyra in eine bittere Niederlage verwandelte.

War es da noch ein Wunder, dass Laik während der Rückreise kaum ein Wort sagte, sondern mit undurchdringlicher Miene ein am Flughafen gekauftes Buch las? Schwed, der sich unwillkürlich schuldig fühlte, sobald sein Chef in eine solche Stimmung verfiel, holte den Player heraus, stöpselte sich die Kopfhörer ein und versank in der Welt der Musik.

Es blieb zu hoffen, das Kiew ihn aufheitern und trösten konnte.

Warum?, fragte sich Schwed. Warum hat Ozchar das getan? Bedeutete ihm die Frau wirklich mehr als unsere Sache? Mehr als seine Freunde und Kollegen?

Warum tun sich die Menschen überhaupt zusammen? Die Einsamkeit ist doch viel vorteilhafter und ungefährlicher. Allein hat man es leichter, man muss sich um niemanden Sorgen machen und nicht einen Menschen um eines anderen willen verraten.

Warum aber wählen dann so viele die Unfreiheit, noch dazu sehenden Auges? Warum lassen sie sich unter das Joch der Beziehungen spannen, obwohl sie in einem tückischen Sumpf versinken, dem man nur entkommt, wenn man sich mit Schmerz, Leere und Trennung abfindet?

Warum stürzen sich manche so bereitwillig für andere ins Feuer, obwohl sie genau wissen, dass sie in zynischer Weise ausgenutzt werden?

Und wenn sie sich in dieser zynischen Weise ausnutzen ließen – was unterschied die Anderen dann noch von Menschen?

Schwed versuchte gar nicht erst, auf all diese Fragen Antworten zu finden. Die Fragen fielen ins Nichts, eine um die andere, sie fielen, um in der Seele von irgendjemandem widerzuhallen. Die Welt aber blieb genauso ungerecht und falsch wie damals, in der fernen Kindheit, als der eine alles durfte, dem anderen aber nur das erlaubt war, was am wenigsten Spaß machte. Niemand durfte tun, was er wollte – mit Ausnahme derjenigen, die es am wenigsten verdienten.

Als Schwed sein Gejammer und Genörgel irgendwann auffiel, ließ das seine Stimmung weiter in den Keller sinken. Kurzerhand beschloss er, alle Gedanken aus seinem Kopf zu verbannen und sich ganz der Musik zu überlassen. Vor allem da sich weit unten, verborgen unter dem Dunst, bereits die gewohnten

Konturen des alten Kiew abzeichneten und in den Kopfhörern die vertraute Stimme von Viktor Zoi erklang.

Das Flugzeug setzte zum Landeanflug an.

Weißer Schnee, graues Eis,
Darunter geborstene Erde.
Darüber eine Flickendecke –
Eine Stadt im Strick der Straßen,
Über der Stadt ziehen Wolken,
Verbergen das himmlische Licht.
Über der Stadt hängt gelber Rauch,
Zweitausend Jahre ist sie alt,
Und lebt im Licht des Sterns,
Der Sonne heißt …

Es gab nur wenige Wolken, zumindest nicht so viele, dass sie Schwed, wenn er hinausschaute, die Sicht nahmen. Vielleicht legte ja jemand da unten gerade den Kopf in den Nacken und sah dem Silbervogel nach, der über den Dnjepr flog.

Zweitausend Jahre tobt Krieg,
Ohne Grund und ohne Anlass.
Ein Krieg, gemacht für die Jugend,
Als Wundermittel gegen Falten …

Ihren Krieg bemerkte fast niemand. Wie viele Petersburger wohl je von den Ereignissen der letzten Wochen erfahren würden? Von dem Kampf auf dem Marsfeld und der kuriosen Gefangennahme des Jamaikaners? Viele waren es bestimmt nicht.

Und Krieg schwitzt im Licht des Sterns,
Der Sonne heißt …

Der Stern, der Sonne heißt, schaute durchs Fenster ins Flugzeug herein, warf ein paar flinke Sonnenflecken an die Verkleidung und auf die Sessel in der gegenüberliegenden Reihe. Die Passagiere blinzelten.

Ja, so war es immer, das wissen wir,
Das Schicksal liebt nun einmal die,
Die nach anderen Gesetzen leben,
Und die, die jung sterben.
Die sich nicht an ein Ja oder Nein erinnern,
Die sich nicht an Ränge oder Namen erinnern.
Die sich nach den Sternen strecken,
Auch wenn das ein Traum ist,
Die abstürzen, verglüht im Licht des Sterns,
Der Sonne heißt …

O nein, Viktor, da irrst du dich. Eine Stadt, die erinnert sich schon an ein Ja oder ein Nein. Sie erinnert sich überhaupt an vieles. Und ich bin mir fast sicher, dass du das auch gewusst hast. Sonst hättest du die nächste Strophe doch auch den gewöhnlichen Menschen vorsingen können, oder? Aber nein, diese Strophe bekommt man nur im *Zwielicht* zu hören.

Jetzt zündet die Stadt ihre Lichter an,
Die Lichter – das sind unsere Augen,
Die Stadt weiß, wie wir an klaren Tagen sind,
Die Stadt erinnert sich, wie wir weinten.

In den letzten zweitausend Jahren
Gewöhnte sie sich an die Lichter unserer Augen.
Sie teilt uns nicht in eigene und fremde,
Denn für die Stadt sind wir alle
Nur kurz gebannt im Licht des Sterns,
Der Sonne heißt …

»Hoch mit dir!« Laik klopfte Schwed auf die Schulter. »Wir sind da.«

Schwed schaltete den Player ab und nahm die In-Ear-Kopfhörer heraus.

Jefim und Platon Smereka holten sie ab. Im Rolls-Royce wollte Laik, der nach alter Gewohnheit ein Glas Wermut in der Hand hielt, von Schwed verdächtig beiläufig wissen: »Ist dir wenigstens klar, was du da angerichtet hast?«

»In welchem Sinne?«, fragte Schwed. Wer weiß, worauf Laik nun schon wieder hinauswollte.

»Du hast den Jamaikaner vor der ganzen Welt blamiert. Ihn ohne jede Magie auszuschalten!«

»Was sollte ich denn tun?«, fragte Schwed.

Nachdem Laik mit einem Schluck gleich das halbe Glas geleert hatte, antwortete er nachdenklich: »Nebenbei bemerkt hast du mit diesem Schlag einen Schlussstrich unter eine der ältesten Auseinandersetzungen gezogen. Verschiedene Andere haben lange für das partielle Eintauchen ins *Zwielicht* plädiert. Damit sei es möglich, sowohl Magie anzuwenden als auch Kräfte zu sparen. Dafür kann dir aber jeder, selbst ein einfacher Mensch, mit dem erstbesten Gegenstand eins über die Rübe ziehen.«

»Chef«, sagte der Mann aus Nikolajew mürrisch, »was ich nicht verstehe, ist, lobst du mich oder machst du mir Vorwürfe?«

Scheremetjew unterdrückte einen schweren Seufzer. »Da wir mit deiner Hilfe den Jamaikaner ohne Aufsehen und Verluste gefangen nehmen konnten, lobe ich dich wohl eher.«

Jefim verfolgte das Gespräch schweigend, ohne sich einzumischen.

»Mir ist klar, dass du nach Hause willst«, sagte Laik jetzt zu Schwed. »Also gut, fahr und erhol dich! Platon! Mach bitte einen Abstecher zum Bahnhof!« Dann fügte er etwas leiser hinzu: »Der Zug nach Nikolajew geht in vierzig Minuten.«

»Danke«, murmelte Schwed. Er sehnte sich wirklich nach seinem Zuhause.

Hinter den getönten Scheiben zog Kiew vorbei.

Am Bahnhof drückte Schwed die Hand seines Chefs, nickte Jefim zu und stieg aus.

»In einer Woche setze ich mich mit dir in Verbindung«, sagte Laik. »Uns steht ein ziemliches Ämtergeschiebe ins Haus.«

»Hmm. Bis dann.«

Die Tür schlug fast lautlos zu, der Rolls-Royce fuhr an.

Die letzten Stunden hatte Schwed ein seltsames und nicht sonderlich angenehmes Gefühl der Irrealität gequält. Wahrscheinlich war er einfach nur müde. Vielleicht hatte ihn aber auch Piter, das ja erst heute Morgen dematerialisiert worden war, zu sehr ausgelaugt. Möglich. Alles war möglich.

Er hatte einfach die Nase voll, nicht mal mehr das

Zugpersonal wollte er mit Magie übers Ohr hauen. Deshalb stellte er sich ehrlich in der Schlange vor der Kasse an, um ganz normal eine Fahrkarte zu kaufen – fast, als wäre er kein Anderer.

Es fuhren nie viele Leute mit dem Schlafwagen nach Nikolajew, Plätze gab es also fast immer. Vorsichtshalber kaufte Schwed gleich zwei Karten, auf einen nervenden Abteilgenossen konnte er jetzt gut verzichten.

Nachdem er sich für unterwegs das obligatorische Obolon besorgt hatte, machte er es sich im Abteil bequem. Er rechnete damit, dass ihm bald die Augen zufielen. Doch *ein* Gespräch sollte ihm noch bevorstehen. Mit jemandem, den Schwed am allerwenigsten erwartet hätte.

Etwa eine halbe Stunde nach der Abfahrt und genau zwei Flaschen Obolon Sobornoje später klopfte es ausgesprochen korrekt und höflich an die Tür.

»Ja!«, brummte Schwed widerwillig, da er annahm, es sei ein Zeitungsverkäufer oder die Zugbegleiterin.

Die Tür wurde zur Seite geschoben, und ein jugendlich wirkender Mann, ohne Frage ein Anderer, stand vor ihm.

»Guten Abend, Dmytro«, begrüßte ihn der Gast freundlich. »Kommen Sie doch bitte mit, man möchte mit Ihnen reden.«

»Wer?«, fragte Schwed erstaunt.

»Das werden Sie gleich erfahren.«

Der Mann setzte ein entwaffnendes Lächeln auf, das Schwed allerdings überhaupt nicht gefiel. Der Gast war ein Lichter.

Trotzdem musste er mitgehen.

Als Schwed das übernächste Abteil betrat, blieb ihm – bis auf das letzte Tröpfchen – die Spucke weg. Am Tisch saß kein Geringerer als Shinji, der Richter der Toten.

»Gu… Guten Tag«, murmelte Schwed fassungslos.

»Guten Abend, junger Mann. Setzen Sie sich. *Sie* sind das also. Der Donnergott mit dem Kerzenständer.«

Schwed nahm scheu auf der Sitzbank Platz, mehr oder weniger gegenüber von Shinji.

Der sah ganz alltäglich aus, ein stinknormaler Rentner, nur den Altherrenhut hatte er abgenommen, der hing jetzt an einem Haken über dem Lichtschalter. Der Lichte kam glücklicherweise nicht ins Abteil, sondern blieb draußen und schloss die Tür.

Shinji studierte Schwed eine ganze Weile, was diesen regelrecht verlegen machte.

»Ja«, sagte Shinji mit einem Mal – und antwortete damit auf eine unausgesprochene Frage. »Ozchar muss die Wache verlassen. Genau in diesem Moment probiert er den Umhang der Inquisition an.«

Schwed sah den alten Anderen ungläubig an. »Die Inquisition akzeptiert Ozchar?«

»Ja, warum denn nicht? Eulenkopf hat nicht die Angewohnheit, verdiente Kräfte einfach auszusortieren. Das Mädchen dürfte aller Wahrscheinlichkeit nach auch genommen werden, sobald die Untersuchung abgeschlossen ist.«

»Aber … Ozchar hat doch das Dunkel verraten!«

»Warum sollte das die Inquisition interessieren?«, erwiderte Shinji achselzuckend. »Das Dunkel, das Licht – all das sind nur Sprachregelungen. Aber wie leicht wird das Licht zum Dunkel, wenn es die eigenen Interessen verfolgt.«

»Und das Dunkel?«

»Das Dunkel wird genauso leicht zum Licht, wenn es seine Interessen verfolgt. Nur haben die Anderen neben ihren persönlichen Interessen noch wesentlich weiter reichende als die normalen Menschen.«

»Aber die Inquisition ...«

»Die Welt ist ein Kreisel, und die Inquisition achtet lediglich darauf, dass dieser Kreisel nie aufhört, sich zu drehen. Sollte er nämlich einmal doch aufhören, dann kippt er um – und das wäre wirklich schrecklich. Und einzig diese Sorge hält die Inquisition – und damit auch die Wachen – bei der Stange. Wenn das sogenannte Gute aufhört, gegen das sogenannte Böse zu kämpfen, dann bedeutet dies den Untergang der Welt. Die Welt endet dann einfach, erstarrt wie ein Foto. Die Inquisition hat aber ein Interesse daran, dass die Welt überlebt. Wer jedoch zu einer bestimmten Zeit gut genannt wird und wer schlecht – welche Rolle spielt das schon? Das Einzige, was zählt, ist, dass sich der Kreisel dreht und der sogenannte Kampf stattfindet. Du wirst das noch verstehen, zu gegebener Zeit. Wenn du reifer bist. Und wenn du irgendwann befürchtest, der Kreisel falle um, dann wirst du Inquisitor.«

Schwed spürte intuitiv, dass er jetzt jede Frage stellen durfte.

»Ja, Shinji antwortet.«

»Warum sind Sie dann nicht Inquisitor geworden?«

»Weil ich reif genug gewesen bin, um zu verstehen, dieser Kreisel fällt niemals. Er weiß einfach nicht, wie das möglich wäre. Und wenn du so weit herangereift bist, um zu verstehen, dass der Kreisel nicht umfallen kann, dann verlässt du die Inquisition.«

»Und wohin gehe ich dann?«

Shinji legte den Kopf in den Nacken und lachte leise. »Zum nächsten Kreisel. In der Welt der Anderen gibt es nämlich nicht nur einen Kreisel. Wir leben in einem relativen Gleichgewicht. Das Ideal liegt jedoch nicht im Gleichgewicht, sondern in der Harmonie. Ich glaube, du spürst den Unterschied, Dmytro, genannt Schwed. Gut, geh jetzt und schlafe. Ich habe gesehen, was ich sehen wollte. Leb wohl.«

»Auf Wiedersehen«, murmelte Schwed und erhob sich.

Mit dieser Episode fand eine ereignisreiche Nacht – der ein nicht minder ereignisreicher Tag vorausgegangen war – einen würdigen Abschluss. Schwed kehrte in sein Abteil zurück, ließ sich auf die Sitzbank nieder und fiel in der Tat sofort in tiefen Schlaf. In einen Schlaf, wie ihn nur Tote schlafen.

Etwa zur gleichen Zeit tranken Laik und Symonow im *Viktoria* ihre zweite Flasche Kutusow.

»Da haben wir es diesem Schwarzen Palmyra aber ordentlich gegeben«, stellte Symonow zufrieden fest, während er den Kognak in kugelförmige Schwenker einschenkte. »Zu schade, dass ich nicht dabei war.«

»Das Schwarze Palmyra ist noch nicht erledigt, es wird sein wahres Antlitz erst noch zeigen«, erwiderte Laik finster. »Denk an meine Worte.«

»Keine Sorge, Chef, ich mach mir da nichts vor, aber ich hoffe inständig, dass uns dieser Anblick erspart bleibt.«

PIPER

Markus Heitz

Die Legenden der Albae

Gerechter Zorn. 592 Seiten. Klappenbroschur

Die Albae sind gefährlich, grausam und scheuen keinen Krieg. Ihre Feinde fürchten sie, und ihre Sklaven folgen ihnen bedingungslos. Doch die dunklen Geschöpfe bergen ungeahnte Geheimnisse – und ihre Macht ist nicht grenzenlos. Das Reich der Albae ist bedroht, und die ungleichen Krieger Sinthoras und Caphalor erhalten den Auftrag, einen mächtigen Dämon für ihr Volk zu gewinnen. Doch schnell stellt sich heraus, dass jeder der Albae eigene Pläne verfolgt. Der Kampf um Ehre, Leidenschaft und Macht bringt sie in höchste Gefahr – und das Schicksal ihres Volkes steht auf dem Spiel …

»Vollgepackt mit einer guten Prise Dunkelheit und dem bösartigen Charme der Albae. Dark Fantasy im besten Sinne des Wortes.«
Nautilus

01/1785/01/R

PIPER

Michael Peinkofer

Die Zauberer

Roman. 592 Seiten. Klappenbroschur

Es ist der Vorabend der großen Schlacht, die als der »Zweite Krieg« in die Chroniken von Erdwelt eingehen wird. In einer Festung im Ewigen Eis, der Ordensburg von Shakara, leben die mächtigsten Wesen von Erdwelt, die Zauberer.
Dort treffen drei ungewöhnliche Novizen aufeinander. Die junge Elfin Alannah, der ehrgeizige Elf Aldur und der magisch begabte Mensch Granock sollen lernen, ihre einzigartigen Gaben für das Wohl ihres Landes einzusetzen. Doch in den eisigen Hallen treffen sie nicht nur auf Freundschaft und Liebe, sondern auch auf Verschwörung und Verrat. Schnell sehen sich die jungen Zauberer ihrer größten Aufgabe gegenüber – Erdwelt vor der Vernichtung zu bewahren.
Das fesselnde neue Abenteuer des Bestseller-Autors Michael Peinkofer führt in die Anfänge von Erdwelt, dem magischen Reich, in dem schon die Orks Balbok und Rammar ihre Äxte kreisen ließen.

01/1786/01/R